AF307840

CATHERINE LLOYD

MORD IN KURLAND ST. MARY

EIN FALL FÜR MAJOR KURLAND
& MISS HARRINGTON

Deutsche Erstausgabe 2021

© 2021 dp Verlag, ein Imprint der dp DIGITAL PUBLISHERS
GmbH

Made in Stuttgart with ♥
Alle Rechte vorbehalten

Mord in Kurland St. Mary

ISBN 978-3-96087-243-9
E-Book-ISBN 978-3-96087-502-7

Published by Arrangement with KENSINGTON PUBLISHING
CORP., NEW YORK, NY 10018 USA THE PUBLISHER

Dieses Werk wurde vermittelt durch die Literarische Agentur
Thomas Schlück GmbH, 30161 Hannover.

Übersetzt von: Robin Morgenstern
Covergestaltung: ARTC.ore Design
Umschlaggestaltung: ARTC.ore Design
Unter Verwendung von Abbildungen von
shutterstock.com: © gyn9037, © asharkyu, ©KathySG
stock.adobe.com: © irisphoto1
Korrektorat: Buchgezeiten
Satz: dp DIGITAL PUBLISHERS GmbH
Druck und Bindung: Books on Demand GmbH, Norderstedt

Das Werk darf – auch teilweise – nur mit
Genehmigung des Verlages wiedergegeben werden.

*Dieses Buch widme ich meiner Mum, Pat, weil sie
das hier endlich offen auf den Wohnzimmertisch legen kann, ohne rot zu werden.*

Liebe Dich, Mum XX

Kapitel 1

Februar 1816

Kurland St. Mary, England

„Verflucht noch mal!"

Der Ruf einer Schleiereule riss Major Robert Kurland aus seinem unruhigen Halbschlaf. Mit ungleichmäßigem Atem und staubtrockener Kehle starrte er wütend ins Dunkel.

Sobald er wieder auf den eigenen Beinen gehen konnte, würde er mit seinem Gewehr in den Wald ziehen und die Kreaturen der Nacht dafür büßen lassen, dass sie ihm jetzt schon seit Monaten den Schlaf raubten. Auch wenn das Vorhaben vielleicht in erster Linie von egoistischen Motiven getrieben war, so war es doch durchaus verständlich. Denn für ihn war jedes bisschen Schlaf so wertvoll wie Wasser für einen Verdurstenden.

Er setzte sich beschwerlich im Bett auf und lehnte sich gegen die unzähligen Kissen hinter sich. Neben dem vertrauten, ziehenden Schmerz seines gebrochenen Beins war jetzt auch ein neues, hämmerndes Pochen in seinem Kopf aufgeflammt. Unglücklicherweise hatte er seinen Diener angewiesen, die Vorhänge geöffnet zu lassen, sodass sein Zimmer jetzt wie die Landschaft vor den Fenstern von fahlem Mondlicht erhellt wurde. Sein Blick wanderte zu der schwarzen Flasche Laudanum und dem Wasserglas auf dem Nachttisch. Er könnte sich einfach eine Dosis davon gönnen, zurück ins warme Bett sinken und sich vom Schlaf übermannen lassen ...

Eine verlockende Aussicht. Doch entgegen dem Rat seines Leibarztes ging Robert sparsam mit dem Opiat um. Die verführerische Flüssigkeit dämpfte seine Sinne und machte ihn vergesslich – zu jemandem, der einfach nicht er selbst war. Entschlossen widmete er sich stattdessen dem akuten Problem: Ohne die Vorhänge zu schließen, würde er niemals wieder einschlafen können. Die alte Uhr auf dem Kaminsims schlug ächzend zwei. Natürlich konnte er auch die Glocke neben dem Bett läuten und schon würde Bookman herbeieilen, aber es erschien Robert falsch, den Schlaf eines anderen Mannes für den eigenen zu stören. Er würde sich selbst des Problems annehmen müssen.

Robert schlug die Bettdecke zurück und inspizierte sein bandagiertes und geschientes linkes Bein. Wäre er ein Pferd gewesen, hätte man ihn für eine solche Verletzung einfach erschossen. Doch bei ihm hatte man in mühevoller Kleinarbeit versucht, die zertrümmerten Knochen wieder zu richten. Manchmal war ihm in den letzten qualvollen Monaten der Gedanke gekommen, dass die andere Lösung vielleicht besser gewesen wäre. Selbst nach all dieser Zeit war sein Bein noch immer recht nutzlos. Mit etwas Kraft aus dem Oberkörper gelang ihm eine halbe Drehung, sodass er beide Füße auf den Boden setzen konnte. Selbst eine so geringe Anstrengung ließ ihn in Schweiß ausbrechen und er stieß einige Flüche aus, die selbst die niedersten Fußsoldaten unter seinem Kommando hätten erröten lassen.

Er stützte sich auf die Kommode neben dem Bett und richtete sich auf. Bei jeder Bewegung musste er sichergehen, dass er nicht zu viel Gewicht auf seine linke Seite verlagerte. Bis zu den Fenstern war es nicht sonderlich weit und es gab auf dem Weg viele Möbel, an denen er sich abstützen konnte. Ein Teil von ihm war angewidert von dem Anblick, den er wohl bei dem Versuch abgeben würde, seinen verwundeten Körper durch den Raum zu schleppen. Doch der restliche Teil von ihm weigerte sich stur aufzugeben. Wenn er einfach tatenlos im Bett lag, befürchtete er, dass er niemals wieder aufstehen würde.

Er wankte von der Kommode zum Ohrensessel neben dem Kamin und ließ sich in das Polster sinken. Hier verweilte er einen Moment, bis er wieder zu Atem kam und seine Entschlossenheit zurückkehrte. Von diesem Platz aus erblickte er durch die Fenster die Umrisse der normannischen Kirche, die sich vor dem schwarzen Nachthimmel abzeichneten. Der klobige Bau stand zwischen seinem Anwesen und dem Dorfzentrum. Seitlich von Kurland Hall führte ein Weg direkt zur Kirche, in der seine Familie seit Generationen zur Sonntagspredigt dieselbe Bank zu besetzen pflegte. Nicht, dass er noch an Gott glaubte, aber es galt, den Anschein zu wahren.

Dass es wichtig war, ein gutes Vorbild abzugeben, hatten ihn zunächst sein Vater und später die Armee gelehrt. Und so würde er – sobald es ihm besser ginge – selbstverständlich seinen angestammten Platz in der ersten Reihe einnehmen.

Sofern es ihm jemals besser gehen würde ...

Robert biss die Zähne zusammen und stand wieder auf. Den Blick hielt er auf die Erkerfenster fokussiert. Drei weitere taumelnde Schritte brachten ihn zu einem kleinen Schreibtisch, der unter seinem Gewicht unheilvoll ächzte. Seine Brust hob und senkte sich wie nach einem Wettrennen und sein Herz pochte so laut, dass es die tickende Uhr übertönte. Für einen kurzen Augenblick schob sich ein Schatten vor den Vollmond. Robert erkannte sofort den allzu vertrauten Umriss einer der verhassten Eulen.

Er schätzte die verbleibende Distanz bis zu den schweren, seidenbestickten Vorhängen ab. Konnte er vielleicht schon einen der Vorhänge schließen, wenn er sich ein wenig nach vorn lehnte? Er streckte die Hand aus, verlor jedoch kurz die Balance, sodass er unwillkürlich sein Gewicht nach hinten auf die Fersen verlagerte. Ein stechender Schmerz fuhr durch das linke Bein. Unter Roberts Gewicht waren die Tischbeine kaum stabiler als seine eigenen, sodass das Möbelstück ebenso sehr schwankte wie er. Er stützte sich an der Wand ab, um die Balance wiederzuerlangen. Schweiß rann sein Gesicht hinunter und die Welt verschwamm vor seinen Augen.

Er konzentrierte sich auf den beruhigenden Anblick der vertrauten Kirche, bis sich sein Atem verlangsamt hatte. Er konnte es schaffen. Er *musste* es schaffen. Die Unfähigkeit, seine eigenen verdammten Vorhänge zu schließen, spiegelte all den Frust wider, der sich in den letzten Monaten angesammelt hatte. Fast genau zwischen den beiden Fenstern stand noch ein Stuhl. Er musste ihn nur erreichen und er wäre am Ziel. Robert machte einen stolpernden Schritt nach vorn, warf sich halb über die Lehne des eleganten Stuhls und klammerte sich mit all seiner Kraft daran fest. Als er sich gefangen hatte und nach draußen blickte, bemerkte er einen Schatten, der sich durch den Park vor dem Fenster bewegte.

Er runzelte die Stirn. Was auch immer da draußen war, es kam nur langsam voran, fast so, als ob es etwas Schweres mit sich schleppte. Robert kniff die Augen zusammen. Erst jetzt erkannte er, dass es kein Tier war, das er beobachtete, sondern ein Mensch. Und dieser schien tatsächlich mit großer Mühe etwas zu tragen – ob in den Armen oder über der Schulter, war in der Dunkelheit nicht zu erkennen. Der Unbekannte folgte dem Weg zur Kirche hinab und warf im Mondlicht einen grotesk verzerrten Schatten an die alte Steinmauer.

„Was zum Teufel geht hier vor?", murmelte Robert und reckte den Kopf, um das Geschehen besser verfolgen zu können. Der Stuhl geriet ins Wanken und Roberts Hände suchten nach Halt – doch vergeblich. Im Fallen drehte er sich wie ein verwundetes Tier instinktiv auf die rechte Seite, sodass diese zuerst auf die Dielen prallte. Auf dem Rücken kam er zum Liegen, gepackt von einer unbändigen Übelkeit verursacht durch die Wucht des Sturzes. Die weiße Stuckdecke war das Einzige, was er noch sehen konnte. Durch den Lärm, den sein Sturz verursacht haben musste, rechnete Robert damit, dass jeden Moment der halbe Haushalt ins Schlafzimmer gestürmt kommen würde.

Doch außer den spöttischen Rufen der Eulen blieb alles ruhig.

Robert war beinahe zum Lachen zumute. Zwar war er am Ziel angekommen, allerdings konnte er die Vorhänge noch immer nicht schließen. Obendrein sah es so aus, als wäre er dazu verdammt, eine außerordentlich unbequeme Nacht auf dem Fußboden zu verbringen. So viel zum stattlichen Major. Er vergrub sein Gesicht in der Armbeuge. Das letzte Mal hatte er mit sieben geweint, als man ihn ins Internat geschickt hatte. Zur Hölle mit seiner Würde, dann würde er eben zurück ins Bett *kriechen*!

***

„Vergiss bitte nicht, Major Kurland heute einen Besuch abzustatten, Lucy."

Lucy Harrington warf ihrem Vater am Kopfende des Tischs einen kurzen Blick zu. Gelassen trank er seinen Tee und aß dazu Schweinebraten. Im Pfarrhaus war das Frühstück immer eine recht lebhafte Angelegenheit und dieser wunderschöne Frühlingsmorgen war keine Ausnahme. Anna und Anthony tauschten sich hitzig über das Wetter aus und die Zwillinge hielten sich damit bei Laune, sich gegenseitig mit Brotkrumen zu bewerfen. Im Sonnenlicht, das durch die hohen Erkerfenster einfiel, glänzte das blonde Haar der beiden jüngsten Pfarrerskinder engelsgleich, beinahe heller als die silberne Kaffeekanne. Das war allerdings auch das Einzige an den Zwillingen, das auch nur entfernt engelsgleich wirkte. Bevor Lucy sich Gedanken über eine passende Antwort für ihren Vater machen konnte, war sie erst einmal damit beschäftigt, den tropfenden Honiglöffel aus dem festen Griff von Michael zu entringen, während sie gleichzeitig versuchte, ihm das klebrige Gesicht abzuwischen.

„Hast du mir zugehört, Lucy?"

„Ja, Vater, habe ich." Nachdem sie erfolgreich den Löffel erobert hatte, tätschelte sie den Kopf ihres jüngsten Bruders und schenkte ihm noch etwas Milch nach. „Wirst du den Major heute nicht selbst besuchen können?"

Er sah sie ungehalten über den Rand seiner Brille an. „Ich muss zur Pferdeschau in Saffron Walden. Ich brauche ein neues Jagdpferd."

Natürlich kam die Begeisterung ihres Vaters für neue Pferde immer vor seinen anderen Verpflichtungen. Lucy nickte den Zwillingen zu, die sofort eilig vom Tisch aufsprangen und durch die Tür verschwanden. Nur einen Augenblick später hörte sie, wie das Kindermädchen nach ihnen rief, gefolgt von zwei Paar Stiefeln, die sich die Hintertreppe hinunterstahlen. Vermutlich hätte Lucy den Zwillingen folgen sollen, um sie aufzuhalten, bevor sie in den Wald entkommen konnten. Doch ihr Vater sah sie an, als ob er noch eine Antwort erwartete.

„Ich glaube nicht, dass Major Kurland sich in meiner Anwesenheit sonderlich wohlfühlt, Vater." Sie legte ihr Messer auf dem Teller ab. „Er schätzt die Gespräche mit dir viel mehr."

„Unfug, meine Liebe." Der Pfarrer erhob sich und inspizierte das Schlachtfeld auf dem Frühstückstisch. „Es ist deine Pflicht, den Kranken und Armen zu helfen, auch wenn deine eigenen egoistischen Wünsche anders aussehen mögen."

Lucy hob entschlossen das Kinn. „Es ist Waschtag. Wer soll die Bediensteten beaufsichtigen, während ich auf Krankenbesuch fort bin?"

„Dir wird schon etwas einfallen, Lucy, so wie immer." Der Pfarrer faltete die Zeitung und legte sie auf der Leinentischdecke ab. „In meinem Arbeitszimmer liegen die neuesten Zeitungen aus London. Vielleicht kannst du sie zu Major Kurland mitnehmen und ihn mit den neuesten Skandalen am Hof unterhalten. An das Bett gefesselt zu sein, muss einem Mann der Tat wie unserem verehrten Major unsagbar schwerfallen."

„Sicher ist es nicht einfach, Vater, aber –"

Der Pfarrer schob seinen Stuhl an den Tisch. „Meine Liebe, ich werde zum Abendessen zurück sein. Richte der Köchin bitte aus, dass mein Magen nicht noch ein weiteres Mal Hammel erträgt."

„Ich kann mir eine Angel schnappen und unser Abendessen selbst fangen, wenn du möchtest," warf Anthony ein und zwinkerte dabei Lucy zu.

Ihr Vater hielt kurz inne, senkte die lange Nase und ließ seinem Sohn einen strengen Blick zuteilwerden, wie ihn nur ein Pfarrer beherrschte. „Du, werter Herr, wirst mit Mr Galton für die Aufnahmeprüfung in Cambridge lernen."

„Aber nicht den ganzen Tag. Ich werde irgendwann schon Zeit zum Angeln finden. Natürlich nur, wenn Lucy mich nicht die Wäsche machen lässt."

Lucy schenkte ihrem Bruder ein Lächeln. „Ich würde es nicht wagen, dir kostbare Zeit fürs Lernen zu stehlen."

Anthony grinste und widmete sich wieder seinem Teller. Wie die meisten jungen Männer besaß er einen unstillbaren Appetit, der sich auch vom Auf und Ab der Emotionen am Tisch des Pfarrhauses nur wenig beeindrucken ließ.

„Nun, solange es kein Hammel ist, könnt ihr mir heute servieren, was euch beliebt." Der Pfarrer ließ seine Brille in die Westentasche gleiten. „Ich nehme Harris mit. Ihr braucht seine Dienste heute nicht, richtig?"

„Nein, Vater." Lucy begann damit, das Geschirr abzudecken, das die Zwillinge zurückgelassen hatten. „Und ich werde dafür sorgen, dass die Köchin über deine Anforderungen an das Abendessen Bescheid weiß."

Ihr Vater blieb kurz stehen, um ihr einen Kuss auf die Stirn zu geben, und verließ dann den Speisesaal in Richtung der Stallungen. Durch die Tür hörte sie seinen fröhlichen Ruf nach Harris, mit dem er ihm gebot, sein Pferd nach vorn zu bringen. Lucy stützte das Kinn auf den Händen ab und begutachtete die krümeligen Überreste ihres Marmeladentoasts.

„Es ist schon in Ordnung, Schwesterchen. Ich finde sicher Zeit zum Angeln, egal was Vater sagt."

Sie sah Anthony an. „Wenn du es einrichten könntest, wäre mir das eine große Hilfe. Unglücklicherweise wird der Rest von uns heute in jedem Fall wieder Hammel essen müssen. Außer natürlich du fängst einen Wal. Die Köchin muss noch eine komplette Hammelhälfte verarbeiten."

Anthony stöhnte. „Kannst du *das* nicht den Armen spenden? Ich bin sicher, Major Kurland würde eine Schüssel Hammelsuppe sehr zu schätzen wissen."

„Er würde sie mir wahrscheinlich an den Kopf werfen." Lucy platzierte den Deckel auf der Butterdose. „Ich habe nie einen übellaunigeren Menschen getroffen."

„Aber Lucy!" warf ihre Schwester Anna ein. „Er ist im Dienst für König und Vaterland bei Waterloo verwundet worden. Da kannst du kaum erwarten, dass er immerzu manierlich ist."

„Bei meinem ersten Besuch zusammen mit Vater war der Major noch höflich. Erst seit ich es allein auf mich genommen habe, ihn zu besuchen, scheint er zu glauben, mir keinerlei Höflichkeit schuldig zu sein."

Anna streckte den Arm aus und drückte Lucys Hand. Mit 20 Jahren war Anna nur fünf Jahre jünger als Lucy und galt gemeinhin als die Schönheit der Familie. Mit ihrem fröhlichen und entgegenkommenden Gemüt sah sie – im Gegensatz zu Lucy – grundsätzlich das Gute in allen Menschen. Wie die Zwillinge hatte sie blondes Haar, während Lucy und ihr Bruder mit ihren dunklen Haaren eher nach ihrem Vater kamen.

„Er kann nichts *dafür*, dass er anstrengend ist. Hast du einmal versucht, ihn aufzumuntern?"

„Das ist mir natürlich nicht in den Sinn gekommen. Ich sitze dort, weine in mein Taschentuch und bedaure ihn wegen seiner Wunden."

„Kein Grund, schnippisch zu werden." Anna warf Anthony einen Blick zu. „Ich habe mich nur gefragt, ob du vielleicht ein bisschen ‚forsch' ihm gegenüber warst."

„Meinst du so, wie ich mich meiner Familie gegenüber verhalte?" Lucy hob die Augenbrauen. „Anna, wenn du den Mann an meiner Stelle besuchen willst, bist du herzlich dazu eingeladen."

Die Bemerkung trieb ein sanftes Rot auf Annas Wangen. „Oh nein, ich bin sicher, *mich* würde er nicht sehen wollen."

„Willst du etwa die Lady von Kurland Manor werden, Anna?", fragte Anthony und stupste seine Schwester in die Seite. „Du hast Major Kurland doch schon angehimmelt, als du noch ein kleines Mädchen warst."

Lucy lehnte sich zurück und musterte ihre errötende Schwester. „Das stimmt, das hatte ich ganz vergessen. Du bist ihm früher nachgelaufen wie eine Ministrantin."

Anna nahm einen Schluck Tee und hielt den Blick sittsam gesenkt. „Trotz unseres großen Altersunterschieds war er immer sehr freundlich zu mir."

Lucy aß den letzten Rest ihres Toasts. „Vielleicht solltest dann wirklich *du* zu ihm gehen. Ich wette, dich würde er für den bloßen Versuch, ein Gespräch zu führen, nicht ankeifen."

„Damit sie ihn umschwärmen kann?", fragte Anthony spöttisch. „Er ist fünfzehn Jahre älter als sie."

„Na und? Vater war fünfzehn Jahre älter als Mutter. Es ist nicht ungewöhnlich, wenn Männer älter sind als ihre Ehefrauen."

„Und trotzdem ist sie vor ihm gestorben, weil sie zu viele Kinder hatte." Annas Lächeln verblasste. „Das hat ihr mehr abverlangt, als sie aushalten konnte."

Lucy griff nach Annas Hand. „Das mag stimmen, aber wie Vater dich sicher erinnern würde, ist das die Bestimmung einer jeden Frau."

Anna riss ihre Hand los. „Das macht es trotzdem nicht besser!"

Lucy konnte ihr nur zustimmen. Der Verlust ihrer Mutter bei der Geburt der Zwillinge vor fast sieben Jahren hatte eine verheerende Wirkung auf die Familie gehabt. Ab diesem Tag war Lucy mit neunzehn Jahren plötzlich verantwortlich für zwei schreiende Kleinkinder gewesen. Während die Erinnerung an ihre Mutter immer weiter verblasste, fühlte Lucy sich zunehmend, als wäre *sie* die Mutter der Zwillinge. Und natürlich behandelten die beiden sie auch wie ihre Mutter. Lucy würde es sehr mitnehmen, wenn die Zwillinge im Herbst in die Schule kamen.

Lucy erhob sich abrupt. Es brachte nichts, hier zu sitzen und Trübsal zu blasen. Sie hatte schon vor langer Zeit gelernt, dass man so gar nichts erreichte. „Anna, wenn du nicht wünschst, Major Kurland zu besuchen, dann wirst du Betty und Mary beaufsichtigen, während sie die Wäsche machen." Sie versuchte, nicht allzu hoffnungsvoll dreinzuschauen. Vielleicht konnte sie so Anna doch noch umstimmen und die unliebsamste Pflicht des Tages an sie abtreten. Zu ihrer Enttäuschung nickte ihre Schwester nur zustimmend.

„Natürlich werde ich helfen. Soll ich nach Betty klingeln, damit sie den Tisch abdeckt?"

„Nein, das werde ich selbst erledigen." Lucy erblickte durch das Fenster den strahlend blauen Himmel. „Betty zieht gerade schon die Betten ab und ich will sie nicht dabei stören. Fangt am besten jetzt schon mit der Wäsche an, bevor das schöne Wetter umschlägt."

„Ich werde auch helfen", bot Anthony an. „Mr Galton wird erst in einer Stunde hier sein."

„Aber solltest du nicht eigentlich Edward in der Kirche zur Hand gehen?"

Anthonys charmantestes Lächeln blitzte auf, das Lucy verdächtig an das ihres Vaters erinnerte. „Ach was, Edward wird schon zurechtkommen. Er mag es ohnehin nicht, wenn ich ihm helfe. Er sorgt sich wohl, dass Vater mir seinen Posten übertragen könnte." Er schnaubte. „Als ob ich ein einfacher Vikar in einem Dorf wie diesem hier sein wollte."

„Sei still, Anthony!", ermahnte Lucy ihren Bruder. „Edward kann wohl kaum etwas für seine Umstände. Und ohne ihn würde Vater nicht um all die lästigen Aufgaben herumkommen, die als Pfarrer mehrerer kleiner Gemeinden anfallen."

„Das Einkommen eines Pfarrers schätzt er dann aber doch." Anthony nahm einen letzten Schluck Tee.

„Das geht uns nichts an", sagte Lucy streng. „Auch wenn Vater vielleicht ein großzügiges Einkommen erhält, muss er damit auch für eine große Familie sorgen. Wie, glaubst du, kann er sich einen Privatlehrer für dich leisten?"

Anthonys Mund verzog sich zu einem Schmollen. „Er gibt mehr für seine Pferde aus als für meine Bildung, und seinem Vikar zahlt er kaum einen Hungerlohn."

Der Vikar, Edward Calthrope, war ein biederer Mann etwa in Lucys Alter, der mit ihnen im Pfarrhaus wohnte. Er erledigte all die einfachen Aufgaben, die in der Gemeinde Kurland St. Mary und den Nebengemeinden Lower Kurland und Kurland St. Anne anfielen und von einem Pfarrer zwar erwartet, aber lieber gemieden wurden. Lucy wusste nur wenig über Edwards Hintergrund, da er selten über seine Familie sprach. Es war ein Mysterium, wie es ihn nach Kurland verschlagen hatte.

„Du solltest gehen und Edward deine Hilfe anbieten", ermahnte Lucy ihren Bruder. „Er arbeitet viel zu viel."

„Und ich etwa nicht?" Anthony gähnte, streckte die Beine und blickte auf seine Stulpenstiefel herab. „Immerhin lerne ich gerade für Cambridge."

Lucy nahm einen Tellerstapel und steuerte auf die Tür zu. „Und ich muss Major Kurland einen Besuch abstatten. Wie Vater schon gesagt hat: Wir alle müssen manchmal Dinge tun, die wir lieber nicht tun würden." Sie musterte ihren Bruder. „Und du wärst weniger müde, wenn du nachts tatsächlich schlafen würdest. Ich habe heute Morgen nicht überhört, dass du die Treppe hinaufgeschlichen bist."

„Spionierst du mir etwa nach, Lucy? Das hätte ich nicht von dir erwartet."

„Ich habe nicht spioniert, ich bin lediglich aufgestanden." Sie wartete kurz ab, aber Anthony machte keine Anstalten zu enthüllen, wo er gewesen war – und warum sollte er auch? Als junger Mann war es sein gutes Recht zu verschwinden, wann immer ihm danach war.

Anthony nahm seinen Teller und seine Tasse. „Also gut, liebste Schwester, dann mache ich mich auf den Weg in die Kirche, wo ich Kerzenwachs abkratzen und die Mausefallen wieder aufstellen darf."

„Danke!" Lucy blieb kurz stehen, um ihm ein Lächeln zu schenken. Trotz seiner oft anstrengenden Gewohnheiten, die er mit vielen jungen Männern teilte, war er ein ausgesprochen guter Bruder. Auch ihn würde sie verlieren, wenn er die Prüfungen bestehen und in Cambridge aufgenommen werden würde. Das bereitete ihr zwar weniger Sorgen als der Gedanke, die Zwillinge zu verlieren, aber es bedeutete dennoch, dass ihre Familie sich weiterentwickelte, während sie ...

„Oh, Miss Lucy!"

Sie drehte sich um und erblickte das Kindermädchen der Zwillinge, wie es die Haupttreppe mit schief sitzender Haube und bis zu den Knien hochgezogenem Kleid heruntergeeilt kam.

„Was gibt es, Jane?"

„Die beiden Bengel sind schon wieder ausgebüxt. Was soll ich nur mit ihnen machen?"

„Lass sie erst einmal laufen. Sie können nicht ewig wie die Wilden herumtoben."

Jane wischte sich den Schweiß mit der Ecke ihrer Schürze von der Stirn. „Das stimmt natürlich, Miss. Aber es ist mir ein Rätsel, wie sie in der Schule zurechtkommen sollen."

Unglücklicherweise wusste Lucy aus der Erfahrung mit Anthony, dass das Leben im Internat schon bald jeglichen Eigensinn aus den Köpfen der Zwillinge treiben würde. Sie hasste den Gedanken, aber es gab nichts, was sie dagegen tun konnte. Ihr Vater bestand darauf, dass sie echte englische Gentlemen werden mussten.

Und offenbar musste ein Gentleman lernen, alles zu ertragen, was seine Feinde sich für ihn ausdenken mochten, ohne auch nur mit der Wimper zu zucken. Zwar hatte ihr Vater Schriften darüber vorgelesen, wie das englische Schulsystem sich an den Eckpfeilern der spartanischen Agoge orientierte, Lucy war aber noch immer nicht überzeugt, dass dies der richtige Weg war, ein Kind zu erziehen.

„Sie kommen spätestens zurück, wenn sie hungrig werden. Wieso hilfst du mir nicht, den Tisch abzudecken, und gehst anschließend mit Miss Anna den Wäschehaufen an?"

Erst viel später fiel Lucy wieder ein, dass sie im Arbeitszimmer ihres Vaters nach den neuesten Londoner Zeitungen schauen sollte, um sie Major Kurland vorlesen zu können. Nicht, dass dieser die Geste zu würdigen wissen würde. Wenn er den neuesten Tratsch aus der Stadt gewollt hätte, hätte er sich zweifelsohne selbst eine Zeitung leisten können. Sein Vater hatte eine reiche Erbin aus dem industriellen Norden geheiratet, und im Gegensatz zu vielen anderen Adelshäusern ging es dem Hause Kurland blendend.

Lucy ermahnte sich selbst für die unchristlichen Gedanken und suchte die Zeitungen wie geheißen zusammen. Das Arbeitszimmer roch nach Brandy, Sattelleder und dem Duftwasser, das der Kammerdiener ihres Vaters nach dessen Rasur aufzutragen pflegte. Sie ließ den Blick an den langen Bücherreihen entlangwandern und stellte sich vor, anstelle von Anthony auf Cambridge vorbereitet zu werden. Ihr Vater sagte immer, dass sie viel zu intelligent sei für ein Mädchen, aber er hatte ihr dennoch stets erlaubt, jedes Buch zu lesen, das sie sich aussuchte – selbst die etwas skandalträchtigeren Werke. Gedankenverloren setzte sie den Stopfen auf das Tintenglas. Sobald die Zwillinge und Anthony aus dem Haus waren, wäre vielleicht die richtige Zeit, um mit Vater über ihre Zukunftspläne zu reden.

Nachdem sie noch einmal sichergegangen war, dass alles, was sie für ihre verschiedenen Pflichten im Dorf benötigte, auch tatsächlich in ihrem Korb war, machte Lucy sich auf den Weg. Dabei behielt sie stets das Wetter im Auge, denn es konnte recht unbeständig sein und innerhalb weniger Augenblicke von Sonnenschein in Wolken umschlagen. Sie band die Schnüre ihrer schlichten Strohhaube fest unter dem Kinn zusammen und knöpfte ihren blauen Wollmantel zu. Vielleicht sah sie damit aus wie die alte Jungfer, zu der sie sicherlich einst werden würde, aber wenigstens würde sie nicht frieren.

Entlang der Auffahrt zum Pfarrhaus reckten bereits einige versprengte Frühblüher ihre Köpfe der strahlenden Sonne entgegen. In ein paar Wochen würde der Rest ihrem Beispiel folgen und die Beete in ein Blumenmeer aus Gelb und Purpur verwandeln. Vor etwa zehn Jahren hatte ihr Vater das Pfarrhaus neu bauen lassen und dabei Steine in einem sanften Gelbton gewählt, der Lucy an die Häuser in Bath erinnerte. Das Bauwerk war symmetrisch als Rechteck angelegt. Die weiße Eingangstür war beidseitig von je vier hohen Fenstern flankiert, ganz im klassischen Stil von Robert Adam, den ihr Vater sehr bewunderte.

Der Pfarrer hatte die Reparaturversuche am zweihundert Jahre alten Haus, das zuvor hier gestanden hatte, aufgegeben und es stattdessen abreißen lassen. Lucy hatte noch immer schöne Erinnerungen an das ältere Pfarrhaus mit seinen Rautenfenstern, Holzbalken, hohen Decken und verschlungenen Wendeltreppen. Als Kind hatte es sich angefühlt, wie in einem Märchenschloss zu leben. Sie dachte aber praktisch genug, um zuzugeben, dass es schwer gewesen wäre, das Gebäude weiter instand zu halten – besonders für einen jungen

Mann mit einer stetig wachsenden Familie. Das neue Haus fügte sich immer noch nicht richtig in die Umgebung ein und wirkte daher etwas fehl am Platze. Die Narben des Baus waren noch sichtbar anhand der klar abgetrennten Wegränder und der fehlenden hohen Bäume im direkten Umfeld.

Lucy war froh, dass es nicht länger durch das Dach tropfte und dass die Küche nicht nur einen guten Rauchabzug besaß, sondern auch über einen geschlossenen Herd verfügte. Zuvor hatte hier ein riesiges, offenes Feuer gebrannt, wie es in mittelalterlichen Küchen üblich gewesen war. Vorbei waren die Zeiten, in denen die Flammen Qualm und Ruß über das gekochte Mahl gehustet hatten. Ihre Mutter hatte immer geliebt, wie die hohen, rechteckigen Fenster die Räume erhellten und sie hatte darauf bestanden, dass immer in jedem Kamin des Hauses ein Feuer zu brennen hatte.

Am Fuße der Auffahrt bog Lucy nach rechts ab und folgte der Hauptstraße Richtung Kurland Village. Der Untergrund war feucht und matschig, sodass sie im Nachhinein froh war über ihre Entscheidung, doch lieber ihre stabilen Stiefel anzuziehen. Sie begegnete auf der Straße niemand anderem – aber das war zu dieser Tageszeit auch nicht anders zu erwarten gewesen. Trotz des wärmenden Sonnenscheins konnte sie ihren Atem als kleine, weiße Wolke sehen. Auch ihre Wangen bekamen die Berührung der letzten eisigen Ausläufer des Winters zu spüren.

Lucy erreichte die ersten strohgedeckten Häuser am Wegrand, in denen die Feldarbeiter vom Kurland-Anwesen wohnten. Sie passierte eine Frau, die gerade damit beschäftigt war, die Wäsche aufzuhängen. Mit dem Mund voller Wäscheklammern nickte sie Lucy zur Begrüßung zu. Lucy lächelte und erwiderte die Geste. Eine Windböe drückte den Kittel der Frau eng an den Bauch und enthüllte so, dass sie wohl ein weiteres Kind erwartete. Lucy machte sich einen gedanklichen Vermerk auf ihrer Liste anstehender froher Anlässe. Bald würde sie eine weitere Garnitur Wöchnerinnenkleidung nähen oder stricken müssen.

Die Häuser standen zunehmend eng beieinander, bis Lucy schließlich das Dorfzentrum mit seinem von Gebäuden umringten Park erreichte. Auf dem Ententeich war endlich das Eis getaut und Lucy war froh zu sehen, dass einige der ansässigen Vögel zurückgekehrt waren und ihren angestammten Platz am mit Schilf überwucherten Ufer eingenommen hatten. Etwas Großes, das Lucy nicht ganz erkennen konnte, ragte aus dem Teich wie ein merkwürdig verdrehter Ellenbogen. Sie würde darüber mit Major Kurland reden müssen, denn es war seine Aufgabe, dafür zu sorgen, dass der Teich nicht verkam und überwucherte.

Tatsächlich aber hatte sie kein Bedürfnis, mit Major Kurland über irgendetwas zu sprechen, das seinen Zorn auf sie ziehen könnte. Möglicherweise wäre es besser, sich mit ihren Bedenken an seinen recht unausstehlichen Landverwalter zu wenden. Bei ihm bestand immerhin die Möglichkeit, dass er zuhören würde, auch wenn er am Ende nichts unternahm.

„Miss Harrington?"

Der Ruf riss Lucy aus den Gedanken über den Ententeich. Sie drehte sich um und erblickte Mrs Weeks, die Frau des Bäckers, die ihr aus der Tür ihres Ladens zuwinkte. Der Duft von frischem Brot gemischt mit einem Hauch von Zimt und Zucker drang verführerisch an Lucys Nase. Als Kind hatte sie oft ihre Pennys zusammengespart und sich ins Dorf geschlichen, nur um sich ein glasiertes Teilchen oder einen Eccles Cake von der Bäckerei zu holen.

„Guten Morgen, Mrs Weeks!" Lucy trat in die Bäckerei und schloss eilig die Tür, um die Kälte auszusperren. „Kann ich etwas für Sie tun?"

Mrs Weeks verschränkte die Arme. „Ich habe mich nur gefragt, ob Sie wünschen, dass ich eine Torte für den Geburtstag unseres Herrn Pfarrers backe.“

„Ich würde sie liebend gern von Ihnen machen lassen, Mrs Weeks. Aber leider gibt es da das kleine Problem, dass Mrs Fielding uns das übel nehmen könnte.“

„Sie regt sich über jede Kleinigkeit auf, aber auch sie kann nicht abstreiten, dass ihre Torten nicht so fluffig sind wie meine.“

Lucy hatte ihr ganzes Leben ähnliche Diskussionen gehört. Die Rivalität zwischen der Bäckerei und der Köchin des Pfarrers hatte noch vor Lucys Geburt ihren Anfang genommen. Damals hatte ihre Mutter die Tradition begründet, anlässlich des Geburtstags ihres Ehemanns extra eine Überraschungstorte in Auftrag zu geben. Sie hatte Mrs Weeks darum gebeten, was ihr Mrs Fielding nie verzeihen konnte. Das Problem war, dass Mrs Weeks weitaus bessere Torten machte, die Lucys Vater viel lieber mochte.

„Bitte backen Sie die Torte, Mrs Weeks“, sagte Lucy und unterbrach damit die lange Aufzählung aller Dinge, die Mrs Fielding zu Mrs Weeks gesagt und was diese darauf erwidert hatte. „Ich bin sicher, sie wird wie immer vorzüglich sein.“

Sie würde Mrs Fielding besänftigen, indem sie sie damit beschäftigt hielt, ein üppiges Abendessen mit allen Lieblingsspeisen des Pfarrers zu kochen. Vielleicht würde sie den zusätzlichen Kuchen dabei gar nicht bemerken. Natürlich würde es ihr irgendwann auffallen, aber dann wäre es bereits viel zu spät, um noch etwas daran zu ändern. Die Strategie hatte in den letzten Jahren recht gut funktioniert und Lucy war überzeugt, dass sie erneut erfolgreich sein konnte – vorausgesetzt, dass Mrs Weeks nicht allzu lautstark nach der Sonntagsmesse mit ihrem Triumph prahlte.

Lucy bemerkte, dass Mrs Weeks noch immer sprach, und schenkte ihr daher wieder ihre Aufmerksamkeit.

„Meine Daisy, Miss Harrington."

„Entschuldigen Sie, aber was ist mit Ihrer Daisy?"

„Sie hätte gern bald eine neue Stelle. Und ich habe mich gefragt, ob Sie vielleicht im Pfarrhaus ihre Dienste brauchen könnten. Sie ist eine starke, hart arbeitende junge Frau und sie weiß, was sich gehört."

Lucy versuchte sich Daisy in Erinnerung zu rufen und sah dicke, geflochtene Zöpfe, braune Augen und einen dauerhaft grimmigen Gesichtsausdruck vor ihrem geistigen Auge.

„Möchte sie nicht bei Ihnen im Laden weiterarbeiten?"

„Nicht mehr, Miss. Sie sagt, sie will hoch nach London ziehen und die Magd einer reichen Lady werden."

„Und Sie sind anderer Meinung?"

„Sie ist meine Jüngste und ich hatte gehofft, sie noch ein paar Jahre bei mir zu haben. Ich glaube nicht, dass sie schon bereit dafür ist, nach London zu ziehen. *Sie* ist da natürlich anderer Meinung. Wahrscheinlich liegt sie immer noch oben im Bett und schmollt nach unserem letzten Streit."

„Wie alt ist sie?"

„Achtzehn, Miss."

Lucy ging die Bediensteten im Pfarrhaus durch. „Wenn mein Bruder nach Cambridge geht und die Zwillinge im Herbst zur Schule kommen, brauche ich vermutlich eher weniger Bedienstete als mehr. Tut mir leid, Mrs Weeks. Aber ich werde mich bei den Nachbarn umhören, ob jemand dort eine Magd braucht."

„Ist schon gut, Miss. Da kann man nichts machen." Mrs Weeks streifte die Hände an der Schürze ab. „Ich bin sicher, sie wird etwas finden – so Gott will. Nun dann, kann ich Ihnen noch etwas anbieten, wo Sie schon hier sind?"

Lucy verließ den Laden mit einem halben Dutzend glasierter Teilchen und ging nebenan zum Gemischtwarenladen, um den Inhalt ihres Nähkästchens aufzustocken. Erst plauderte sie dort mit der Inhaberin, dann unterhielt sie sich eine weitere Viertelstunde mit dem Metzger über die Qualität der Weihnachtsgänse. Dabei ließ sie taktvoll einfließen, dass das Pfarrhaus in nächster Zeit kein weiteres Hammelfleisch benötigen würde. Ihr war klar, dass sie nur Zeit schindete, weil sie den Weg zum Kurland-Anwesen hinauszögern wollte. Doch irgendwann gingen ihr die Themen aus.

Als Kind hatte sie es geliebt, das Anwesen zu besuchen. Die Mutter des Majors war eine charmante und freundliche Gastgeberin gewesen, die den Kindern des Pfarrhauses eingetrichtert hatte, das Anwesen als Erweiterung ihres eigenen Zuhauses zu betrachten. Natürlich hatte Lucys Mutter angedeutet, dass der Grund dafür war, dass Mrs Kurland nicht von adeliger Abstammung war und daher ein wenig überfreundlich auftrat, doch Lucy hatte das nicht gestört. Sie hatte sich darüber gefreut, ab und zu von ihrer Mutter loszukommen und den beiden Kurland-Jungen hinterherzulaufen. Selbst damals hatte sich Robert Kurland recht distanziert gegeben und nichts von ihren Kinderspielen gehalten. Als ältester Sohn und Erbe hatte er nichts von der sorglosen Art seines Bruders gehabt. Er hatte die Kinder des Dorfes kaum beachtet, die sich auf dem weitläufigen Anwesen von Kurland Hall getroffen hatten, um zu schwimmen und zu spielen. Nach seiner Aufnahme in Eton und dem Tod seines Bruders hatte er sich vollends zurückgezogen.

Sie marschierte den Weg zum Familiensitz des Majors mit ähnlich viel Vorfreude hinauf wie eine Kavallerieeinheit, die auf dem Hügel von einer Kanonenstellung erwartet wurde. Der Marsch brachte sie außer Atem. Plötzlich flammte dabei in ihr eine schmerzliche

Sehnsucht nach ihrem älteren Bruder Tom auf, der in der Familiengruft bei der Kirche lag und auf das Jüngste Gericht wartete.

Sie zwang sich dazu, an fröhlichere Angelegenheiten zu denken. Insgeheim war sie dankbar, dass Major Kurland nicht dem Beispiel ihres Vaters gefolgt war und das elisabethanische Anwesen durch einen modernen Klotz aus Stuck ersetzt hatte. Das Haus war E-förmig und geprägt von dicken Balken, schmalen Fenstern und fantastisch hohen und schiefen elisabethanischen Schornsteinen im prachtvollen Stil von Hampton Court. Im Ort erzählte man sich, dass viele der Balken im Inneren von den zerstörten Schiffen der Flotte von König Heinrich VIII. stammten. Das würde sowohl ihre ungewöhnliche Dicke als auch die teils unpraktischen Krümmungen erklären.

Generation für Generation hatten die Kurlands an das Haus angebaut – einige erfolgreicher als andere. Heute war es daher ein Durcheinander von Treppen, die ins Nichts führten, von hohen Fenstern, wo einst Schießscharten gewesen waren, und das alles war umringt von einem wunderschönen Park, den der berühmte Landschaftsgärtner Capability Brown angelegt hatte.

Lucy klopfte an die alte Eichentür und blickte in böser Erwartung das geschnitzte Familienwappen der Kurlands an, das auf dem Holz prangte. Eigentlich hätte sie mehr Mitgefühl für Major Kurland empfinden müssen. Er musste im Gegensatz zu ihrem Bruder mit den Schrecken von Waterloo weiterleben.

Foley, der Butler, öffnete ihr die Tür und begrüßte sie mit einem Lächeln.

„Guten Tag, Miss Harrington. Sind Sie hier, um den Major zu besuchen? Er liegt schon wieder im Bett."

„Dann will ich ihn nicht weiter stören", sagte Lucy hastig. „Vielleicht können Sie ihm diese Zeitungen geben, wenn er aufwacht?"

„Oh nein, Miss. Er ist wach und wird Sie sicherlich gern sehen wollen." Er senkte die Stimme. „Der Doktor war hier. Der Major ist schon den ganzen Morgen über mürrisch wie ein Ochse und beschwert sich, dass er keine anständige Gesellschaft hat."

Lucy versuchte sich etwas zu überlegen, um ihr Eintreten doch noch zu verhindern, aber irgendwie war es Foley schnell gelungen, sie mit bestimmtem Griff an ihrem Ellenbogen die Treppe hinaufzubugsieren. Für so einen kleinen Mann war er außerordentlich kräftig. Sie ordnete ihren Korb und entledigte sich ihrer Handschuhe. Dies war eine Gelegenheit, christliche Nächstenliebe zu zeigen, und dies sollte sie eigentlich mit Freude tun.

Foley klopfte an die Schlafzimmertür des Majors und stieß sie weit auf. „Miss Harrington ist hier für Sie, Sir. Ich werde den Tee bringen."

Kapitel 2

„Guten Morgen, Major Kurland. Wie geht es Ihnen heute?"

Lucy setzte ein breites Lächeln auf und trat in das geräumige Schlafzimmer des Majors. Die Vorhänge waren halb zugezogen, ließen aber genug Licht herein, sodass sie nicht Gefahr lief, versehentlich gegen eines der wenig einladend wirkenden Eichenmöbelstücke zu laufen. Major Kurland saß aufrecht in seinem Himmelbett inmitten eines Hügels aus Kissen. Selbst von der Tür aus konnte Lucy sehen, dass der Major recht blass wirkte. Kurz zuckte ein schmerzvoller Ausdruck über sein Gesicht.

„Gut genug, Miss Harrington."

Lucy zögerte. „Ich kann auch morgen wiederkommen, wenn es gerade unpassend ist."

„Ich glaube kaum, dass sich bis morgen irgendetwas bessern wird. Sie können genauso gut eintreten."

„Ich möchte aber keine Umstände machen."

„Miss Harrington, wenn ich Sie nicht sehen wollte, hätte ich Foley angewiesen, Sie schon an der Tür abzuweisen."

„Sie *wollten* mich sehen?"

„Umgeben von all diesen Untergangspropheten sind Sie eine willkommene Stimme der Vernunft."

Aus seinen Worten war eine Spur Ungeduld zu hören, die sie inzwischen nur allzu gut kannte.

„Bin ich das?"

„In der Tat. Ihre optimistische Sicht auf das Leben ist immer äußerst unterhaltsam."

Lucy hob entschlossen das Kinn. Vielleicht war es an der Zeit, sich gegen den verbitterten Major durchzusetzen. „Wenn Sie gedenken, sich über mich lustig zu machen, werde ich Sie in Frieden lassen." Sie wartete auf eine Antwort und hielt dabei den Griff ihres Korbes umklammert. Doch Major Kurland starrte weiter aus dem Fenster.

„Ich mache mich nicht über Sie lustig. Ich habe einen furchtbaren Morgen hinter mir, den ich damit verbracht habe, Dr. Baker an mir herumzerren zu lassen. Und jetzt steht mir der Sinn nach etwas Ablenkung."

Hinter seinem höflichen Ton war eine Spur Niedergeschlagenheit herauszuhören. Brauchte er wirklich etwas Gesellschaft? In ihrer Brust rührte sich das nur allzu bekannte Gefühl von Schuld. Ihr Vater würde von ihr erwarten, dem armen Mann eine Chance zu geben und zu bleiben, um ihn ein wenig aufzubauen.

Sie nahm die gefalteten Zeitungen aus ihrem Korb und schritt an die Seite des Bettes. „Vater hatte die Eingebung, dass Sie sich vielleicht über Zeitungen aus London freuen würden."

Erst jetzt drehte er sich zu ihr – und zuckte unwillkürlich zurück, denn sie hielt ihm die Zeitungen direkt unter die Nase, wie um einen tollwütigen Hund kurz vor dem Angriff mit einem saftigen Knochen abzulenken. Sie errötete und stopfte die Zeitungen zurück in den Korb.

„Was ist passiert? Die Prellung in Ihrem Gesicht, meine ich."

Er winkte ab. „Ich bin gestürzt."

Ohne nachzudenken, stellte Lucy ihren Korb ab und setzte sich auf die Bettkante, um ihn genauer zu untersuchen. „Was in aller Welt haben Sie nur gemacht?"

Er blickte sie finster an. „Nichts, worüber Sie sich Gedanken machen müssten, Miss Harrington. Sie sind weder meine Krankenschwester noch meine Mutter.

„Gott sei Dank“, murmelte Lucy mehr zu sich selbst.
„Wie war das bitte?“

Unglücklicherweise war sein Gehör besser als erwartet. Ohne mit der Wimper zu zucken, erwiderte sie den düsteren Blick seiner dunkelblauen Augen. „Sie sind ein ungemein schwieriger Patient, Major, und ich bin aufrichtig erleichtert, dass ich nicht länger für Ihre Pflege verantwortlich bin.“

Seine Augenbrauen zogen sich zusammen. „Ich vermute, ich schulde Ihnen erneut eine Entschuldigung.“ Er räusperte sich. „Ich bin heute Morgen etwas streitlustig. Ich habe mich letzte Nacht ein wenig übernommen. Laut Dr. Baker habe ich meine Genesung um mehrere Wochen zurückgeworfen.“ Die Art und Weise, wie er sprach – niedergeschlagen und trostlos –, ließ Lucy vermuten, dass der Major gerade viel mehr von seinen innersten Gefühlen preisgegeben hatte als beabsichtigt. Instinktiv tätschelte sie seine Hand.

„Dr. Baker ist ein Pessimist, Major. Ich bin mir sicher, Sie werden weit schneller genesen, als er vorhersagt.“ Er gab keine Antwort, stattdessen schien sein Blick fixiert auf den Anblick ihrer Hand auf der seinen. „Ich denke, ich sollte Sie wahrscheinlich in Ruhe die Zeitungen lesen lassen und zurückkehren, wenn Sie sich besser fühlen.“

„Gehen Sie nicht!“ Zu ihrer Bestürzung legte er seine starken Finger um ihr Handgelenk. „Auch wenn Sie das vielleicht nicht glauben, Miss Harrington, aber ich weiß Ihre Besuche sehr zu schätzen.“

„Tatsächlich?“ Lucy versuchte nicht, die Hand zurückzuziehen. Selbst in seinem geschwächten Zustand vermutete sie, dass Major Kurland weit stärker war als sie, und sie hatte nicht vor, sich auf ein unwürdiges Ringen mit dem Major einzulassen. „Ich tue nur meine christliche Pflicht, Sir.“

„Ihre christliche Pflicht", wiederholte er. „Wo ist Ihr geschätzter Vater heute?"

„Ich bin mir nicht ganz sicher." *War es falsch, über die Angelegenheiten eines Pfarrers zu lügen, selbst wenn es ihr Vater war?* „Ich vermute, er kümmert sich in irgendeiner Form um die Gemeinde."

„Merkwürdig, denn mein Kammerdiener hat mich darüber informiert, dass es heute eine Pferdeauktion in Saffron Walden geben soll, an der der Pfarrer wohl teilnehmen wollte."

Lucy setzte einen strengen Blick auf. „Es steht mir nicht zu, die Handlungen meines Vaters zu hinterfragen, Sir. Ich bin hier, weil er mich darum gebeten hat, Ihnen einen Besuch abzustatten."

„Und Sie sind natürlich ganz die pflichtbewusste Tochter."

„Offensichtlich."

„Denn sonst wären Sie nicht gekommen."

Zwischen ihnen hing eine schwere Stille. Schließlich hob Lucy den Kopf und blickte dem Major herausfordernd in die Augen. „Sie sagten, Sie schätzen meine Besuche. Wenn das der Fall ist, dann bin ich nur allzu froh, Ihnen zu Diensten sein zu können."

Einer seiner Mundwinkel zuckte kurz nach oben und formte ein überraschendes Lächeln. „Ich glaube, deshalb weiß ich Ihre Besuche so zu schätzen. Trotz Ihrer höflichen Worte vermute ich doch, dass Sie mir nur allzu gern eine Standpauke halten würden. Sie sind die einzige Person, die mich nicht wie einen Invaliden behandelt, der nicht nur die Fähigkeit zu laufen, sondern auch seine geistigen Kräfte verloren hat."

Was auch immer in der Nacht passiert war, hatte den Major anscheinend dazu veranlasst, offen mit ihr zu sprechen. Lucy entschied, dass sie im Gegenzug ebenfalls ehrlich sein sollte. Das war das Mindeste, was sie tun konnte. Tatsächlich fühlte es sich sogar erleichternd an.

„Ich bedaure zutiefst, dass Sie verletzt worden sind, Sir, aber ich glaube nicht, dass es Ihnen das Recht gibt, sich gegenüber allen wie ein missmutiger Ochse zu verhalten."

Er gab ihre Hand frei und ließ sich in die Kissen sinken. Auf dem weißen Leinen erschien sein kurzes, dunkles Haar fast pechschwarz. „Ich fühle mich, als ob eine Pferdebrigade durch meinen Kopf galoppiert, mein Bein schmerzt höllisch und seit meinem Sturz zieht sich der Schmerz durch meinen ganzen Körper. Und der Sturz war auch noch meine eigene verdammte Schuld, weil ich mich für schlauer hielt als meinen eigenen Arzt. Ich denke, ich habe jedes Recht, nicht immer die Freundlichkeit in Person zu sein."

„Ihnen selbst gegenüber vielleicht, aber nicht zu denen, die Ihnen nur helfen wollen. Ihr Benehmen schreit nur nach Selbstmitleid."

Das hier war die vielleicht unorthodoxeste Unterhaltung ihres Lebens. Was auch immer dem Major in der vorigen Nacht widerfahren war, hatte ihn offenbar an diesen Punkt gebracht. Sicherlich war es jetzt ihre Pflicht, ihn zumindest anzuhören. Also saß sie hier, ohne Aufsicht, auf dem Bett eines Gentlemans, der sich seine Gefühle von der Seele redete. Gefühle, die sie als unverheiratete Frau niemals hören sollte und von denen sie niemals gedacht hätte, dass sie sich unter dem harten Äußeren des Majors verstecken könnten.

Aber er hatte gesagt, dass er ihre Anwesenheit schätzte – dass sie die Einzige war, die ihn nicht bemitleidete.

Seine abrupte Bewegung riss sie aus den Gedanken. „Ich bin mir bewusst, dass ich mich derzeit nicht von meiner besten Seite zeige, Miss Harrington. Deshalb lasse ich nur sehr wenige Leute überhaupt zu mir." Er fuhr sich mit der Hand durchs Haar. „Aber da wir uns nun schon so lange kennen, werde ich – nur für Sie – die Anstrengung wagen, ein Mindestmaß an Höflichkeit aufzubringen."

Lucy schenkte ihm ein Lächeln, erhob sich vom Bett und zog einen Stuhl heran. „Dann werde ich eine Weile bleiben. Im Pfarrhaus ist Waschtag. Ich habe also tatsächlich kein Bedürfnis, zu früh dorthin zurückzukehren."

„Danke, Miss Harrington." Er rutschte unruhig auf den Kissen herum, als versuche er unter großer Mühe, eine Position zu finden, die nicht schmerzhaft war. „Geht es Ihrer Familie gut?"

„Ja, Major, sehr gut. Ich versuche, die Zwillinge zu zivilisierten Menschen zu erziehen, bevor sie im Herbst in die Schule kommen."

„Sie sind schon alt genug für die Schule?"

„In der Tat." Lucy setzte ein Lächeln auf.

„Ich erinnere mich noch, als meine Mutter mir von ihrer Geburt schrieb ... Und von dem Tod Ihrer Mutter. Das muss eine schwere Zeit für Ihren Vater gewesen sein."

„Ich glaube, das war es auch."

„Er hatte sehr viel Glück, dass Sie für ihn da waren, um ihn zu unterstützen und den Haushalt so kompetent zu führen."

„Es war meine Pflicht, Sir."

„Ah, da ist das Wort schon wieder." Seine Finger gruben sich verkrampft in die Laken. „Wir haben alle unsere Pflichten, nicht wahr?"

„Ich schätze, so ist es." Lucy versuchte ein anderes Gesprächsthema zu finden. Manchmal fühlten sich die Anforderungen ihrer Familie erdrückend an, aber sie glaubte nicht, dass der Major davon etwas wissen wollte. Er war dem Ruf der Pflicht für König und Vaterland gefolgt und als Belohnung verwundet worden.

Ihre armseligen Beschwerden darüber, die Tochter zu sein, die zu Hause bleiben musste, waren nichts dagegen.

„Und wie geht es Ihrem Cousin Paul, Sir?"

Er hob die Augenbrauen. „Ich habe keine Ahnung."

„Er hat nicht einmal geschrieben, um sich nach Ihrer Gesundheit zu erkundigen?"

„Ich habe Paul das letzte Mal gesehen, als er mich nach einem beträchtlichen Kredit für eine seiner neuen Geschäftsideen bat, Miss Harrington. Da ich ihm keinen Penny gegeben habe, haben wir uns seitdem nicht mehr gesprochen."

„Oh." Am mürrischen Gesichtsausdruck des Majors erkannte Lucy, dass er nicht mehr über seinen ungeratenen Cousin sprechen wollte. „Würden Sie gern Zeitung lesen oder sollen wir vielleicht eine Partie Schach spielen?"

„Ich kann mich auf Schach nicht konzentrieren und ich kann nicht lesen, ohne Kopfschmerzen davon zu bekommen. Vielleicht könnten Sie mir vorlesen?"

Gerade griff Lucy nach den Zeitungen in ihrem Korb, da klopfte es an der Tür und Foley trat mit einem Teetablett ein.

„Bitte sehr, Miss Harrington."

„Danke, Foley." Lucy lächelte dem Butler zu, der das Tablett auf einem kleinen Tisch neben ihr abstellte.

Foley zog sich zurück und Lucy wandte sich wieder Major Kurland zu. „Darf ich Ihnen Tee einschenken?"

„Gibt es auch Kaffee?"

Lucy ließ den Blick über das Tablett schweifen und schüttelte den Kopf. „Nein, es gibt nur Tee und warme Muffins. Haben Sie Hunger?"

„Nein, danke. Ich nehme einfach nur Tee."

Lucy erkannte, dass er nur aus Höflichkeit zustimmte, aber immerhin bemühte er sich. Sie schenkte ihm eine Tasse des duftenden Gebräus ein und trug es an die Bettseite.

„Brauchen Sie Hilfe, sich hinzusetzen?“

„Nein, das schaffe ich schon.“

Mit Mühe richtete er sich ein Stück weiter auf. Lucy unterdrückte dabei den Impuls, ihm zu helfen. Sie hatte kein Bedürfnis danach, angeschrien zu werden. Männer und ihr Stolz waren manchmal ausgesprochen albern. Sie pustete zur Abkühlung auf den Tee und hielt ihm die Tasse auf dem zierlichen Untertässchen hin.

„Soll ich …“

„Nein.“

Er riss ihr die Tasse aus den Händen, sodass das Porzellan gefährlich wankte und rappelte wie ein zerbrechliches Ruderboot auf hoher See. Sie griff reflexartig nach dem Tee, wusste aber bereits, dass es zu spät war. Eine Welle heißen Tees schwappte auf die Hand des Majors und auf das Bett.

„Teufel, verdammt!“

Sie ignorierte seine haarsträubende Ausdrucksweise und machte Anstalten, das Geschirr wieder an sich zu nehmen und den verschütteten Tee aufzuwischen. Er hielt die Hand an die Brust gedrückt und besudelte damit auch sein weißes Nachtgewand mit Tee. Vorsichtig nahm Lucy seine geballte Faust in die Hand, entfaltete die Finger und untersuchte sie eingehend.

„Ich glaube, es ist nicht allzu schlimm. Lassen Sie mich ein Tuch holen, damit Sie sich abwaschen können.“

Sie ging hinüber zum Nachttisch, wo ein Krug und eine Waschschüssel bereitstanden. Sie füllte etwas kaltes Wasser in die Schüssel und brachte es zusammen mit einem weichen Leinentuch zurück an die Bettseite. Major Kurland sprach kein Wort, als sie erneut seine Hand zu sich zog, auf den nassen Lappen legte und in die Schüssel eintauchte. Sie beugte sich über das Gefäß und studierte seine Finger.

„Tun sie noch weh?"

„Machen Sie sich um mich keine Sorgen."

Sie zog seine Hand und das Tuch aus dem Wasser, wickelte die gekühlten Finger in das feuchte Tuch und drückte sanft zu.

Er stieß einen halb unterdrückten Fluch aus, der Lucy zusammenzucken ließ. Sie schaute direkt in seine blauen Augen.

„Geht es Ihnen gut, Major?"

„Was glauben Sie? Ich kann nicht einmal eine Tasse Tee ohne Hilfe trinken. Was bin ich überhaupt noch für ein Mann?"

„Es geht Ihnen nicht gut, Sir. In ein paar Wochen werden Sie schon viel stärker sein."

„Es ist schon Monate her, Miss Harrington, und ich kann kaum stehen."

Lucy nahm die Wasserschüssel und stellte sie zurück an ihren Platz. Sie schenkte sich eine weitere Tasse Tee ein und brachte sie ans Bett.

Major Kurland winkte ab. „Ich will nicht noch mehr verdammten Tee."

„Dann werde ich ihn trinken."

Lucy nahm einen Schluck des heißen Tees und wartete, bis Major Kurland sich wieder etwas entspannter zurückgelehnt hatte. Die verbrühte Hand hielt er weiter an die Brust gedrückt. Er schloss die Augen und ein Schauder schien seinen Körper zu durchlaufen. Lucy vermutete, dass er sich gleich wieder bei ihr entschuldigen würde. Es war nicht leicht, ihren schwierigsten Patienten an seinem Tiefpunkt beobachten zu müssen, und es war außerordentlich schwer, ihn nicht zu bedauern. Aber wie sie ihn kannte, würde es ihn nur wütend machen, wenn sie versuchte, ihr Mitgefühl für seinen Zustand auszudrücken.

„Sie wollten mich heute Morgen sprechen. Hatten Sie dabei ein bestimmtes Anliegen?" Lucy setzte ihre Tasse auf dem Tablett ab.

Langsam hob er den Kopf, um ihren Blick zu erwidern, und atmete schwer aus.

„Ich habe mich gefragt, ob heute Nacht irgendetwas Ungewöhnliches im Dorf passiert ist."

„Was meinen Sie mit ‚ungewöhnlich'?"

„Diebstahl zum Beispiel?"

Lucy runzelte die Stirn. „Nicht dass ich wüsste. Ich war heute schon im Dorf und niemand hat mir gegenüber etwas Derartiges erwähnt. Wieso fragen Sie?"

Er glättete die teedurchtränkten Laken. „Ich habe heute Nacht nicht gut geschlafen. Ich dachte, ich hätte draußen etwas gehört." Er blickte zu den Erkerfenstern. „Meine Fenster gehen Richtung Kirche und auf das Dorf hinaus."

„Sind Sie deshalb aufgestanden?"

„Was hat das damit zu tun?", fragte er ungeduldig. „Ich habe Sie nur gefragt, ob Sie von ungewöhnlichen Vorkommnissen gehört haben."

Auch wenn sie froh war, dass er offenbar wieder ganz sein reizbares Selbst war, so missfiel ihr dennoch sein Tonfall.

„Und ich habe Ihnen geantwortet, dass ich davon nichts weiß." Sie erwiderte seinen zornigen Blick. „Wünschen Sie, dass ich mich für Sie umhöre?"

„Ich *wünschte*, dass ich aus diesem verdammten Bett aufstehen und mich selbst umhören könnte, aber das ist unmöglich."

„Ich weiß, dass Sie nicht in bester Verfassung sind, Major, aber könnten Sie bitte davon absehen, derartige Ausdrücke vor einer Lady in den Mund zu nehmen. Das ist das vierte Mal, dass Sie heute Morgen geflucht haben."

Er nickte steif. „Dann entschuldige ich mich dafür. Mir war nicht klar, dass Sie mitzählen."

Da Lucy in der Antwort echtes Bedauern vermisste, fuhr sie fort: „Ich weiß, ich bin die Pfarrerstochter und Sie kennen mich seit Jahren, aber ich *bin* dennoch immer noch eine Lady."

Sein fast unmerkliches Lächeln kam überraschend und verunsicherte sie. „Tatsächlich neige ich dazu, das zu vergessen, Miss Harrington. Nicht viele unverheiratete Ladys aus meinem Bekanntenkreis würden sich mitten am Tag mit mir das Bett teilen, ohne sofort einen Heiratsantrag zu erwarten."

Lucy fühlte, wie das Blut in ihre Wangen strömte. Sie sprang vom Bett auf und setzte sich zurück auf den Stuhl. „Ich bin die Vertreterin meines Vaters in geistlichen Angelegenheiten und stehe daher auch in dieser Sache über derartigen materiellen Belangen." Sie nahm einen der gebutterten Muffins und kaute ihn langsam und gründlich.

Erst nach einer Weile wagte sie es wieder, den Major anzublicken. Seine Augen waren geschlossen und er sah beinahe so blass aus wie die Kissen hinter ihm. „Wenn Sie es wirklich wünschen, werde ich für Sie weitere Erkundigungen einholen und Ihnen davon berichten."

„Das wäre sehr freundlich von Ihnen, Miss Harrington."

Sie erhob sich und legte vorsichtig die Zeitungen auf dem Bett ab. „Auf Wiedersehen, Major. Ich werde morgen wieder vorbeikommen."

Als keine Antwort kam, wurde Lucy klar, dass er offenbar im Begriff war einzuschlafen. Sie nahm ihren Korb und schlich auf Zehenspitzen zurück auf den Flur. Dabei stieß sie beinahe mit Foley und dem Kammerdiener Bookman zusammen, die direkt vor der Tür vertieft in eine Konversation standen.

„Geht es dem Major gut, Miss Harrington?", fragte Foley.

„Er wirkte recht müde. Ich habe ihm die Zeitungen meines Vaters dagelassen, damit er sie später lesen kann."

Bookman schüttelte den Kopf. „Er ist erschöpft, Miss, so viel ist sicher. Der Doktor war heute Morgen sehr besorgt. Er hat gedroht, das Bein zu amputieren, wenn der Major sich nicht an die Anweisung hält, es zu entlasten."

Lucy schlug sich vor Schreck die Hand vor den Mund. „Amputation? Ich wusste nicht, dass die Lage so ernst ist. Ist die Wunde noch infiziert?"

„Soweit wir wissen nicht, Miss, aber mit all den gebrochenen Knochen, die zusammenwachsen müssen, muss der Major sich viel Zeit zur Erholung nehmen. Und er ist nicht gerade der geduldigste Mann."

„Das kann ich mir vorstellen. Was genau ist denn letzte Nacht passiert?"

Bookman zuckte mit den Achseln. „Es scheint so, als habe der Major versucht aufzustehen und sein Wasserglas nachzufüllen, ohne nach mir zu klingeln. Er stürzte und hat es nicht zurück ins Bett geschafft. Ich habe ihn heute Morgen auf dem Boden aufgefunden."

Lucy fragte sich, warum er seine Vermutung über einen Raub im Dorf nicht mit seinen Bediensteten geteilt hatte. Dachte er, sie würden ihm nicht glauben?

„Oje. Er erzählte, dass er im Moment schlecht schlafe. Kann er nicht etwas einnehmen, das ihm dabei helfen könnte einzuschlafen?"

„Er mag es nicht, Laudanum einzunehmen, Miss. Er sagt, es dämpfe seine Sinne und dass er sich nicht wie er selbst gefühlt habe, als er es noch regelmäßig nehmen musste. Halluzinationen und Albträume und Derartiges." Bookman schüttelte den Kopf.

„Auch ich nehme es nur ungern ein“, bemerkte Lucy. „Besteht denn die Möglichkeit, den Major zu tragen, sodass er tagsüber in einem Stuhl am Fenster sitzen kann? Ist er stark genug, um zu sitzen? Ich vermute, er würde sich viel besser fühlen, wenn er wenigstens sehen könnte, was draußen vor sich geht.“

„Das ist eine gute Idee, Miss. Ich werde Dr. Baker bei seinem Besuch morgen fragen, was er davon hält.“ Bookman seufzte. „Ich mag es wirklich nicht, Major Kurland so zu sehen. Wirklich nicht.“

Lucy machte sich auf den Weg die kurze Eichentreppe in die mittelalterliche Halle hinunter. Als Kind war sie immer von den rostigen Ritterrüstungen an den Wänden fasziniert gewesen. Foley schritt ihr voraus und öffnete die Haupttür. Auf seinem Gesicht war deutlich die Sorge um Major Kurland abzulesen.

„Vielen Dank für Ihren Besuch, Miss Harrington. Auch wenn er es vielleicht nicht sagt, weiß der Major Ihre Besuche doch zu schätzen.“

Lucy lächelte. „Ich werde vermutlich morgen erneut vorbeischauen. Ich hoffe, dass er sich bis dahin besser fühlt.“ Sie zögerte auf der untersten Stufe und Foley blickte sie fragend an. „Haben Sie letzte Nacht aus Richtung des Dorfes irgendwelchen Krach gehört, Mr Foley?“

„Letzte Nacht, Miss?“ Foley runzelte die Stirn. „Nicht dass ich wüsste. Ist denn etwas vorgefallen?“

„Ich bin mir noch nicht sicher.“ Lucy blickte schnell zur Seite. Sie war nicht gut darin, ihre Gefühle zu verbergen, besonders wenn sie versuchte zu lügen. „Ich dachte, mein Vater hätte etwas in der Art erwähnt, bevor ich heute Morgen aufbrach. Aber ich muss mich wohl geirrt haben.“

„Nun, lassen Sie mich wissen, wenn es irgendetwas gibt, das ich tun kann, Miss Harrington. Wir alle wollen, dass das Dorf ein sicherer Ort für unsere Familien bleibt.“

Während Lucy über die Auffahrt des Anwesens zurückging, kreisten ihre Gedanken um die Möglichkeit, dass im Dorf etwas vor sich gehen könnte, von dem sie nichts wusste. In einem solch kleinen Ort wussten die meisten Leute viel zu viel über die Angelegenheiten der anderen. War wirklich jemand ausgeraubt worden, wie der Major vermutete, oder hatte er lediglich geträumt? Wenn er *tatsächlich* in der Nacht Laudanum zu sich genommen hatte, dann litt er vielleicht an Albträumen und hatte sich das Ganze nur eingebildet. Es war eigenartig, dass Foley nichts gehört hatte und dass der Major sich seinen Bediensteten nicht wegen seines Verdachts anvertraut hatte.

Lucy änderte die Richtung und schlug den Pfad ein, der direkt vom Anwesen zur Kirche führte. Es war eine Abkürzung, die es den Bewohnern des alten Hauses ermöglichte, sich den längeren Weg die gesamte Auffahrt hinunter und durch das Dorf bis zur Vorderseite der Kirche zu ersparen. Auf dem Weg wagte sie einen Blick zurück zum Haus und versuchte auszumachen, wo die Schlafzimmerfenster des Majors mit ihren rautenförmigen Segmenten waren. Sie wusste, dass sie am äußeren Ende eines der drei Flügel des Anwesens gelegen waren.

Im Schatten der hohen Kirchenmauer fiel abrupt die Temperatur. Das Tor, das auf den Kirchhof führte, stand offen und der Matsch am Zauntritt war aufgewühlt, als wären mehrere Stiefel hindurchgestapft. Die Zweige am Weißdornbusch auf der anderen Seite des Tores waren abgeknickt. Es sah aus, als hätte sich erst kürzlich jemand einen Weg hindurch gebahnt.

Sie untersuchte das Tor und den Untergrund. Hatte Anthony vielleicht auf dem Spaziergang heute Morgen seine drei Jagdhundwelpen hier hindurchgeführt und vergessen, das Tor zu schließen? Es würde ihm ähnlichsehen, so etwas zu vergessen, wenn er sich um das Wohlbefinden seiner Hunde kümmerte. Oder war jemand mit niederträchtigeren Motiven hier entlanggekommen, um das Dorfzentrum zu umgehen, wie der Major vermutete? Lucy vermied es, in den Matsch zu treten, durchschritt das Tor und vergewisserte sich, dass der Riegel richtig eingerastet war. Sie folgte der Mauer bis zum Friedhof, wo der Seiteneingang zur Kirche lag. In der Kälte gefror ihr Atem zu kleinen Wölkchen.

Direkt vor ihr, gleich auf der anderen Seite der Hauptstraße, lag das Pfarrhaus. Endlich fielen auch wieder die wärmenden Sonnenstrahlen auf sie. Der eigentliche Pfad endete am Seiteneingang, aber Lucy ging noch ein Stück weiter. Sie stützte sich mit der Hand gegen den gewaltigen Eckpfeiler der Kirche. Selbst durch den Handschuh konnte sie die Kälte des Steins fühlen. Lucy zwängte sich geübt durch den schmalen Spalt zwischen Friedhofsmauer und Kirche. Der Pfarrer sah es nicht gern, wenn seine eigenen Kinder die Abkürzung nahmen, aber sie alle taten es dennoch. Es fiel ihr deutlich schwerer, durch den Spalt zu kommen, als noch als Kind, aber es sparte ihr immer noch kostbare Zeit.

Auf dem Weg zum Haus konnte sie bereits den Geruch von Lauge, feuchter Wäsche und Dampf wahrnehmen, der sie innerlich seufzen ließ. Anstatt den Haupteingang zu nutzen, ging sie den Weg über die Küche, wo sie Anna vorfand, die mit hochrotem Gesicht und nasser Schürze die Arbeit koordinierte.

„Ich bin so froh, dass du wieder hier bist, Lucy. Mary ist immer noch nicht heruntergekommen und Betty und ich haben uns die Seele aus dem Leib geschuftet!"

„Wo ist sie denn? Geht es ihr nicht gut?"

Anna wischte die Hand an ihrer Schürze ab und eilte in Lucys Richtung. „Ich habe bisher nicht die Zeit gefunden, das herauszufinden."

„Ich gehe nach oben und schaue, wo sie bleibt. Hat Betty nichts gesagt?"

„Sie schlafen nicht im gleichen Zimmer. Sie sagt, sie hätte keine Ahnung, was mit Mary los ist."

Lucy zog die Handschuhe aus, warf sie auf den Tisch und schritt zur Tür. „Ich lege nur kurz meinen Mantel ab, dann komme ich zurück und helfe euch."

Aber Anna schaute nicht Lucy an, sondern ihre gerade abgelegten Handschuhe. „Meine Güte. Bist du verletzt, Lucy?"

„Wie um alles in der Welt kommst du denn darauf?"

Anna deutete auf die roten Flecken, die die Handschuhe auf dem Küchentisch hinterlassen hatten. „Deine Handschuhe sind blutverschmiert. Igitt – riechst du das etwa nicht?"

Kapitel 3

Lucy ging das Blut an den Handschuhen nicht aus dem Kopf, während sie die zwei Treppen zu Marys Zimmer unter dem Dach erklomm. Sie musste in der Metzgerei im Dorf irgendwann während der Unterhaltung über die Weihnachtsgans und das Hammelfleisch etwas Blutiges berührt haben. Aber wieso hatte Foley das Blut nicht bemerkt, als sie die Handschuhe in Kurland Hall ausgezogen hatte?

Etwas außer Atem blieb Lucy vor der Tür zu Marys Zimmer stehen und klopfte. Nachdem sie keine Antwort bekam, klopfte sie erneut. Vorsichtig drehte sie den Türknauf und spähte hinein. Zu ihrer Überraschung war der Raum lichtdurchflutet. Das kleine Sprossenfenster, von dem aus man die Auffahrt unten sehen konnte, stand offen, sodass die karierten Baumwollvorhänge in der Brise wehten. Lucy schloss das Fenster, wobei sie den Kopf einziehen musste, um nicht gegen die Dachschräge zu stoßen, die bis in die Zimmermitte reichte. Marys Bett war leer und ordentlich gemacht.

Lucy runzelte die Stirn, während sie die blitzsaubere Kammer inspizierte. Das letzte Mal, als sie hier gewesen war, hatte sie Mary darum bitten müssen, ihr Zimmer aufzuräumen. Das Mädchen war einfach eine unordentliche Natur. Jetzt schien das Zimmer nichts mehr von Marys Persönlichkeit widerzuspiegeln und es gab keine Spur von ihren sonst so verstreut herumliegenden Habseligkeiten. Lucy kniete sich vor die Kleidertruhe und öffnete sie.

Sie war leer – abgesehen von einigen handgemachten Säckchen voll Lavendel und Flohkraut, mit denen die Motten ferngehalten werden sollten.

„Mary, wo bist du nur hin?" Lucys Worte hallten von den Wänden des kleinen Zimmers wider. „Und warum hast du niemandem etwas gesagt?" Sie schaute unter das Bett, aber auch hier war nichts außer der tönernen Bettpfanne und Wollmäusen. Es schien, als hätte Mary alle ihre Besitztümer mit sich genommen, nur warum?

Lucy ging zurück nach unten in die dunstverhangene Waschküche und zog Anna beiseite in den Korridor.

„Mary ist nicht oben."

„Was soll das heißen?" Auf Annas Gesicht war deutlich Unmut abzulesen. „Ist sie mit Mrs Fielding einkaufen gegangen? Warum hat mich niemand gefragt, ob sie ausgehen darf? Nur weil ich nicht so einschüchternd bin wie du, muss ich doch trotzdem zumindest informiert werden."

„Ganz so einfach ist es nicht. Ihr ganzes Hab und Gut ist mit ihr zusammen verschwunden."

Anna schlug sich erschrocken die Hand vor den Mund. „Du meinst, sie ist davongelaufen?"

„So sieht es zumindest aus."

„Aber wieso? Sie schien doch absolut zufrieden zu sein, oder etwa nicht?"

„Soweit ich weiß, hatte sie sich eingelebt und war zufrieden." Lucy nahm ihre Haube ab. „War sie mit einem der anderen Dienstmädchen gut befreundet?"

„Ich bin mir nicht sicher. Betty könnte so etwas wissen."

„Dann lass sie uns einfach fragen." Sie wandte sich ab, um wieder in die Küche zu gehen, doch Anna hielt sie am Arm zurück.

„Aber frag sie nicht jetzt, sonst wird die Wäsche nie fertig!"

Lucy hielt inne. „Da hast du recht. Ich helfe dir und im Anschluss fragen wir sie zusammen aus."

„Ich weiß nicht, wo Mary hin ist, Miss." Betty blickte Lucy mit ernster Miene an. „Sie hat sich in den letzten Wochen ein wenig seltsam verhalten, als wäre sie mit den Gedanken nicht ganz bei der Arbeit."

„Aber du hattest keine Ahnung, dass sie vorhatte, uns zu verlassen?"

„Überhaupt nicht, Miss." Betty schüttelte den Kopf so energisch, dass die dunklen Zöpfe vor ihrem Gesicht hin und her schwangen. „Aber sie hat ohnehin ihre Geheimnisse nicht mit mir geteilt."

„Stand sie einem der anderen Bediensteten nahe?"

Betty biss sich auf die Lippe. „Ich weiß, dass sie einige Zeit mit einem der Dienstmädchen im Haus der Hathaways die Straße hinauf verbracht hat. Aber hier stand sie Jane am nächsten. Ich glaube, Mary wollte irgendwann selbst als Kindermädchen arbeiten."

„Das hat sie mir gegenüber nie erwähnt. Aber ich denke, sie wusste, dass es in dieser Familie wohl keine Kinder mehr geben wird. Vielleicht hat sie einfach eine neue Stelle gefunden."

„Ohne eine Empfehlung?" Anna zog die Schürze aus. „Welche angesehene Familie würde eine neue Bedienstete einstellen, ohne die vorherigen Arbeitgeber anzuschreiben? Besonders bei einem Kindermädchen?"

Lucy zog Annas Blick auf sich und nickte in Bettys Richtung. Manchmal neigte ihre Schwester vor den Bediensteten zur Indiskretion. „Betty, fällt dir irgendetwas ein, was uns weiterhelfen könnte?"

„Im Moment nicht, Miss." Betty zupfte an ihrem noch immer nassen Rock. „Nach diesem Wäschehaufen bin ich zu müde, um klar zu denken."

„In Ordnung. Falls dir doch noch etwas einfällt, zögere bitte nicht, zu mir zu kommen und es mir umgehend mitzuteilen." Lucy erhob sich und Betty nickte.

„Ja, Miss."

„Könntest du noch Jane herunterschicken, falls sie nicht zu beschäftigt ist?"

„Natürlich, Miss. Ich hole sie, bevor ich mich umziehe."

„Danke, Betty. Tut mir leid, dass du die Wäsche heute ganz allein bewältigen musstest. Ich verspreche dir, dass ich das wiedergutmachen werde."

Betty machte einen Knicks. „Ist schon in Ordnung, Miss. Aber ich hoffe, wir finden heraus, was mit Mary passiert ist. Ich habe sicherlich ein Wörtchen mit ihr zu reden, wenn ich sie das nächste Mal sehe."

Nachdem Betty die Küche verlassen hatte, blickte Anna zu Lucy. „Ich frage mich, was passiert ist. Hast du ihr überhaupt schon den Lohn für dieses Quartal gezahlt?"

„Nein, noch nicht. Und sie wirkte auf mich nicht wie jemand, der viel von seinem Lohn spart." Lucy runzelte die Stirn beim Anblick der rissigen Haut ihrer Hände, die jetzt stark nach Laugenseife rochen. „Glaubst du, sie hat vielleicht Vaters Geldkassette aufgebrochen und etwas Geld gestohlen?"

„Ach du meine Güte! Ich weiß nicht." Mit vor Schreck geweiteten Augen fasste sich Anna besorgt an die Wange. „Hatte sie womöglich einen Komplizen – einen Mann vielleicht, mit dem sie durchbrennen wollte? Oder der ihr das zumindest vorgespielt hat, um uns zu bestehlen?"

„Du hast eine beeindruckend lebhafte Fantasie. Vielleicht solltest du nicht so viele dieser furchtbaren Schauerromane lesen, die Mrs Jenkins dir immer leiht."

„Du liest sie doch auch, Lucy, und du hast zuerst erwähnt, dass Mary uns vielleicht bestehlen wollte."

Lucy ignorierte die Bemerkung und fuhr damit fort, laut nachzudenken. „Es ist viel wahrscheinlicher, dass Mary einfach eine neue Stelle gefunden hat und uns daher verlassen hat. Ich vermute, wir werden irgendwann einen Brief per Post von ihr erhalten, in dem sie uns um ihren Lohn bittet."

„Den du nicht zahlen wirst."

„Den Vater nicht zahlen wird. Ihm wird die Sache ganz und gar nicht gefallen. Aber mir fällt keine Möglichkeit ein, vor ihm zu verbergen, was passiert ist. Er wird sicher mir die Schuld geben."

„Es ist wohl kaum deine Schuld, wenn eine der Bediensteten sich dazu entscheidet, den Arbeitgeber zu wechseln, Lucy", sagte Anna bestimmt. „Du musst einfach für dich eintreten."

Lucy setzte zu einer Antwort an, überlegte es sich dann aber anders. Für Anna war es leicht, vorzuschlagen, sich gegenüber ihrem Vater mehr durchzusetzen. Sie war ja auch sein Lieblingskind, nicht die älteste Tochter im Haus, der schon in der Wiege ihre Verpflichtungen eingebläut worden waren. Selbst heute, wo sie wusste, dass sich hinter der Autorität ihres Vaters nichts verbarg als sein entsetzlicher Egoismus, gelang es Lucy nur schwer, sich von seinen Erwartungen zu lösen. Was früher unbedingter Gehorsam gewesen war, war jetzt nur noch verbitterte und unausgesprochene Verachtung, die sie verbergen musste, um vor ihm nicht ihre wahren Gefühle ausdrücken zu müssen.

Es klopfte an der Tür und Jane, das Kindermädchen der Zwillinge, trat ein. Ihr hübsches Gesicht war gerötet und die Augen geweitet vor Aufregung.

„Stimmt es, Miss Harrington? Ist Mary fort?"

„So sieht es zumindest aus." Lucy bedeutete Jane, sich zu setzen. „Hat sie dir gegenüber erwähnt, dass sie vorhatte, uns zu verlassen?"

„Nun, sie hat sich ein paarmal darüber beschwert, wie hart sie arbeiten muss, aber nicht mehr als die anderen Mädchen, Miss."

„Hat sie denn irgendetwas Konkreteres gesagt?" Lucy schenkte Jane ein verständnisvolles Lächeln. „Es widerstrebt mir, dich darum bitten zu müssen, ihre Geheimnisse mit mir zu teilen, aber wir machen uns sehr große Sorgen um sie. Hat sie vielleicht eine neue Arbeitsstelle erwähnt?"

„Ich sagte ihr nur, dass ich ihr helfen würde, ein Kindermädchen zu werden. Aber ich glaube nicht, dass sie sich auf irgendwelche Stellen beworben hat. Ich habe ihr gesagt, dass sie erst mehr Erfahrung braucht und dass sie Sie fragen sollte, ob sie nicht häufiger mit den Kindern aushelfen könnte."

„Das war ein guter Ratschlag", stimmte Lucy ihr zu. „Wann hat sie sich denn dazu entschieden, ein Kindermädchen werden zu wollen?"

„Das ist schon einige Zeit her, Miss." Jane strich ihre Schürze glatt.

„Ist Mary mit jemandem im Dorf ausgegangen?", brachte Anna sich trotz Lucys stechendem Blick ins Gespräch ein.

„Das glaube ich nicht, Miss Anna. Es gab da einen Mann, den sie eine Weile lang traf. Er arbeitete damals an den neuen Stallungen, aber er ist jetzt natürlich nicht mehr hier." Jane zögerte. „Sie hat von Zeit zu Zeit Briefe erhalten. Laut ihr waren die von ihrer Jugendliebe."

„Ihr neuer Verehrer war also niemand aus der Gegend?"

„Ich bin mir nicht sicher, Miss."

„Vielleicht ist er hergekommen, weil er um ihre Hand anhalten wollte." Anna klatschte aufgeregt in die Hände. „Das wäre so romantisch, oder?"

„Vermutlich schon, Miss.“ Jane überlegte einen Moment, bevor sie weiterredete. „Aber wieso ist er dann nicht wie jeder gute christliche Gentleman zur Tür hereingekommen und hat um Erlaubnis gebeten, ihr den Hof machen zu dürfen?“

„Das ist ein guter Einwand, Jane. Wirkte Mary in letzter Zeit aufgeregt oder abwesend?“

„Sie wirkte etwas abgelenkt, muss ich sagen. Aber ich hatte keine Ahnung, dass sie vorhatte, davonzulaufen.“ Aus dem Obergeschoss ertönte ein lauter Knall, der Jane zusammenzucken ließ. „Ich habe den beiden Rabauken gesagt, dass sie still sitzen bleiben sollen, während sie darauf warten, dass ich ihnen ihr Abendessen bringe. Wahrscheinlich raufen sie sich wieder. Ich habe noch nie zwei Jungs getroffen, die der Versuchung, bei der kleinsten Gelegenheit einen Boxkampf anzuzetteln, so wenig widerstehen können.“

„Du gehst wahrscheinlich besser nachsehen, Jane.“ Lucy stand auf. „Sag den Jungs, dass sie sich benehmen sollen, andernfalls komme ich nicht mehr hoch, um ihnen gute Nacht zu sagen.“

„Ich werde es ausrichten, Miss. Und wenn mir noch etwas einfällt, was mit Mary helfen könnte, werde ich Ihnen das sofort sagen.“

Lucy fasste sich mit der Hand an die schmerzende Schläfe. „Danke, Jane.“

Anna schloss die Tür hinter dem Kindermädchen. „Ich glaube immer noch, dass es in der Sache um einen Mann geht. Was denkst du?“

„Es ist zumindest eine Möglichkeit.“

„Vielleicht ist Marys Verehrer zuerst zu ihren Eltern gegangen, um ihren Segen für die Heirat zu erhalten. Und dann könnte er hergekommen sein.“

„Ich glaube, sie hat keine Eltern. Wenn ich mich recht erinnere, hat Vater sie in einem Kranken- und Waisenhaus in Cambridge angeworben.“

Anna ging weiter auf dem Teppich auf und ab. „Die Sache ist schon mysteriös, nicht wahr?"

„In der Tat." Die Uhr schlug fünf. „Ich muss nachsehen, ob Mrs Fielding schon aus dem Dorf zurück ist und angefangen hat, das Abendessen zuzubereiten." Sie öffnete die Tür, hielt dann aber inne. „Ist Anthony eigentlich schon wieder da? Ob er wohl ein paar Fische fangen konnte?"

Anna stampfte auf. „Lucy, warum musst du nur immer so praktisch denken? Was ist mit Mary?"

„Wir können Marys wegen nichts unternehmen, solange Vater nicht hier ist." Lucy schluckte kräftig. „Hoffen wir, dass Anthony erfolgreich war und dass ein gutes Abendessen Vaters Gemüt beruhigt, bevor ich ihm die schlechte Nachricht bestellen muss und ihn überprüfen lasse, ob man uns bestohlen hat."

***

Robert setzte sich im Bett auf und wartete, während Foley vorsichtig das Tablett mit dem Abendessen auf seinem Schoß platzierte. Bookman hatte den Abend frei, sodass Foley ihn vertrat. Weil sie schon so viele Jahre während des Krieges fern der Heimat verbracht hatten, vergaß Robert manchmal, dass Bookman im Gegensatz zu ihm noch Familie und Freunde in der Gegend hatte.

„Vorsichtig, Sir, wir wollen uns nicht mit heißer Suppe übergießen", warnte Foley.

Nach dem erniedrigenden Erlebnis mit Miss Harrington heute teilte Robert diese Ansicht aus ganzem Herzen. Er nahm den Löffel auf und inspizierte die klare Brühe einen Moment. „Das lässt sich wohl kaum als Suppe bezeichnen, Foley. Da ist kein Fleisch drin."

„Die Köchin hat die Anweisungen direkt von Dr. Baker erhalten, Sie müssen mich also gar nicht so finster anschauen. Eine gute Brühe wird Ihnen dabei helfen, Ihren Appetit wiederzufinden."

„Meinem Appetit geht es blendend." Robert legte den Löffel wieder ab. „Könnten Sie mir vielleicht einen schönen Teller Rinderbraten holen gehen? Meine Zähne habe ich schließlich alle noch und ich würde sie gern nutzen, solange ich das noch kann."

„Sir, das können Sie von mir nicht verlangen. Sie wissen, in was für Schwierigkeiten ich mit Bookman und der Köchin kommen würde, wenn ich den Anweisungen des Doktors nicht Folge leiste."

„Dann muss ich wohl verhungern." Robert nahm einen vorsichtigen Schluck. Die Suppe war wässrig und nur wenig ansprechend. Aber irgendetwas musste er schließlich essen.

„Es gibt auch einen leckeren Vanillepudding, Sir."

„Wie reizend. Ich fühle mich ganz, als wäre ich wieder im Hospital und würde von meiner Krankenschwester zum Essen überredet."

Foley reichte ihm eine Serviette. „Was halten Sie davon, wenn ich Ihnen ein schönes Stück vom frisch gebackenen Brot aus der Küche zusammen mit einem guten Glas Portwein bringe?"

Robert lächelte das erste Mal, seit Miss Harrington ihn am Morgen besucht hatte. „Sie sind ein wahrer Engel, Foley."

„Aber zuerst müssen Sie Ihre Suppe aufessen."

Er ergriff die Schüssel und trank den Inhalt in einem Zug aus.

„Ich bin fertig. Und jetzt zu dem Portwein, den Sie versprochen haben."

„So sollte sich ein Gentleman zu Tisch wohl kaum benehmen, Sir."

Robert legte den Löffel in die Schüssel und übergab das Tablett an Foley. „Nun, ich sitze nicht am Tisch und ich fühle mich auch nicht wirklich wie ein Gentleman.

Gerade Sie sollten wissen, dass die gehobene Gesellschaft meine Ahnenreihe als recht durchwachsen ansieht."

Foley streckte sein Kinn vor. „Machen Sie mit mir nicht solche Scherze, Sir. Ihre Mutter war hoch angesehen. Sie sind ein geborener Gentleman und das wissen Sie genauso gut wie ich."

Robert entschied, dass er den treuen Familiendiener für einen Abend genug aufgezogen hatte. „Haben Sie letzte Nacht gut geschlafen, Foley?"

„Das habe ich, Sir. Nach dem Abendessen haben Bookman und ich ein paar Runden Pikett gespielt und uns einen Krug Bier gegönnt. Dann bin ich früh zu Bett gegangen und habe wie ein Kleinkind geschlafen."

Robert fragte sich, wie viel Bier Foley und Bookman tatsächlich zusammen getrunken hatten, dass sie nicht von dem Lärm geweckt worden waren, den er veranstaltet hatte, als er mit dem Stuhl zu Boden gekracht war.

„Übrigens, Sir: Bookman fühlt sich furchtbar, weil Sie letzte Nacht nicht nach ihm geklingelt haben, damit er Ihnen zurück ins Bett helfen konnte."

„Damit ich nicht nur meinen, sondern auch seinen Schlaf ruiniere?", erwiderte Robert. Tatsächlich hatte er später aus Verzweiflung die Glocke geläutet, nur war niemand erschienen. Er wollte es nur nicht erwähnen und viel Aufhebens darum machen. „Ich war kaum ein paar Minuten auf dem Boden, bevor er mich gefunden hat."

Das war ebenfalls nicht wahr, aber er wollte nicht, dass sich seine treuen Bediensteten schuldig fühlten. Sie fingen bereits damit an, ihn wie einen völligen Invaliden zu behandeln, und er wollte ihnen nicht noch mehr Anlass dazu geben. Hätte er dann auch noch die Geschichte erzählt, dass er etwas Mysteriöses im Dunkeln auf dem Anwesen beobachtet hatte, würde das kaum helfen, sie davon zu überzeugen, dass er auf dem Weg der Besserung war. Wahrscheinlich würde er am Ende in die Nervenheilanstalt nach Bedlam geschickt.

„Ich gehe den Rest Ihrer Mahlzeit holen, Sir." Foley verbeugte sich und verließ das Zimmer.

Während er auf Foleys Rückkehr wartete, setzte Robert die Brille auf und las die Zeitungen, die Miss Harrington ihm vorbeigebracht hatte. Während seiner Genesung hatte er vermieden, über die Ereignisse in London und dem Rest des Landes zu lesen. Er fühlte sich losgelöst von der sozialen Ordnung, den Unruhen und der umgehenden Sorge, dass die Revolution aus Frankreich über den Ärmelkanal nach England schwappen könnte. Sein Blick hatte sich nach innen gekehrt und sich auf seinen Schmerz, seinen Verlust und das blanke Überleben fokussiert. Aber wie Foley ihn erinnert hatte: Er war ein Gentleman und irgendwann würde er seinen Platz in der Gesellschaft wieder einnehmen müssen, wenn auch nur hier im Dorf. Seine Familie hielt seit Hunderten von Jahren das meiste Land in der Gegend und hatte das Amt des örtlichen Magistrats inne. Und so sollte es auch bleiben.

Er hatte kaum die ersten Seiten über den neuesten Friedensvertrag überflogen, als die Kopfschmerzen zurückkehrten. Er legte die Zeitung beiseite und nahm die Brille von der Nase. Beim nächsten Besuch von Miss Harrington würde er sie darum bitten, ihm vorzulesen. Sie würde es vermutlich genießen, ein guter Engel für ihn zu sein. Der Gedanke daran trieb ihm ein Lächeln aufs Gesicht. Obwohl sie sanftmütig aussah, war sie durchaus eigensinnig und würde es sich nicht gefallen lassen, von ihm herumkommandiert zu werden. Eine willkommene Abwechslung.

„Bitte sehr, Sir. Ein schönes Glas Portwein." Auf dem Weg zum Bett sprach Foley weiter: „Ich habe Ihnen auch die Post heraufgebracht."

„Danke. Irgendetwas Interessantes dabei?“

„Ein Brief von Ihrer Tante Rose, einer ohne Absender, für den wir zahlen mussten, und ein offiziell aussehender von Ihrem Regiment.“

Robert ging die Schreiben kurz durch, widmete sich dann aber dem exzellenten Portwein. Ihm war nicht danach, die krakelige Schrift seiner Tante Rose zu entziffern, und die Armee konnte warten, bis er seinen letzten Atemzug tat.

Der unfrankierte Brief vom unbekannten Absender war vermutlich von seinem Cousin und Erben Paul und auch hiernach stand ihm nicht der Sinn. Er legte die Briefe beiseite.

„Miss Harrington hatte erwähnt, dass letzte Nacht im Dorf etwas vorgefallen sein soll. Haben Sie irgendetwas gehört?“ Foley reichte Robert einen Teller voll Brot, dick bestrichen mit cremiger, gelber Butter.

Robert spannte sich an. „Was soll denn vorgefallen sein?“

„Sie war sich nicht sicher, Sir. Sie sagte, ihr Vater habe morgens so etwas erwähnt, bevor er das Haus verließ.“ Foley schenkte Robert noch etwas Wein nach.

Aus irgendeinem Grund war Robert froh, dass Miss Harrington nicht erwähnt hatte, dass er es war, der sich nach einem möglichen Ereignis erkundigt hatte. Andernfalls hätte er Foley erklären müssen, wie weit er sich *tatsächlich* aus dem Bett vorgewagt hatte. Foley hätte es wiederum Dr. Baker erzählt, der vermutlich seine pessimistische Schätzung, wie lange es dauern würde, bis Robert wieder gehen könnte, verdoppelt hätte.

„Ich nehme an, Sie haben ihr gesagt, dass wir die Augen nach allem Verdächtigen offen halten.“

„Das habe ich, Sir.“ Foley setzte gekonnt den Stopfen auf die Karaffe und stellte sie außer Reichweite von Robert. „Hoffen wir einfach, der Pfarrer hat sich geirrt.

Obwohl ich Gerüchte gehört habe, laut denen sich Banden von entlassenen Soldaten auf dem Land herumtreiben und ehrliche Menschen bestehlen."

„Was sollen sie sonst tun, wenn die Regierung ihnen keine Vergütung für ihren Dienst am Vaterland zahlt?"

„Das sagen Sie so einfach. Bis Sie in Ihrem eigenen Bett ermordet werden." Foley stellte alles, was er mitgebracht hatte, auf das Tablett. „Ich sage den Bediensteten, sie sollen sichergehen, dass ihre Türen heute Nacht verschlossen sind."

„Glauben Sie mir, Foley, eine verschlossene Tür wird eine entschlossene Bande nicht aufhalten."

„Soll ich Ihnen dann lieber Ihre Pistolen bringen, Sir? Bookman hat sie gut in Schuss gehalten."

Er sah Foley mit seinem bedrohlichsten Blick an. „Ich will keine Pistolen, und ich will auch nicht, dass Sie die Bediensteten wegen einer möglichen Gefahr warnen, die es vielleicht gar nicht gibt. Haben wir uns verstanden?"

„Ja, Sir, aber ..."

"Foley ..." Robert streckte die Hand aus. „Geben Sie mir den Portwein, dann brauche ich Sie für heute nicht mehr."

Mit bestürztem Blick übergab Foley die Glaskaraffe und schritt zur Tür.

„Ich werde Bookman anweisen, später noch einmal nach Ihnen zu sehen, Sir."

„Das müssen Sie nicht, ich –" Robert bemerkte, dass er nur noch zu sich selbst sprach, da sich sein treuer Butler geschickt außer Hörweite gebracht hatte. Er atmete tief aus. Es nutzte nichts, sich aufzuregen. Nach dem Debakel letzte Nacht vermutete er, dass Bookman auf jeden Fall nach ihm sehen würde, sobald er zurückkam, egal was Robert auch anordnen mochte.

Er lehnte sich gegen die Kissen und füllte das Glas nach. Waren Foleys Ausführungen über marodierende

Soldaten wahr oder nur Gerüchte? Ihm gefiel der Gedanke nicht, dass die Soldaten unter seinem Kommando heute womöglich um Essen und Arbeit betteln mussten. Es erschien ihm falsch, denn immerhin hatten sie geholfen, Napoleon zu besiegen. Aber was sollte er als Landbesitzer tun? Er konnte sie nicht alle versorgen, sonst wäre seine Familie innerhalb einer Woche bankrott.

Er nahm einen kleinen Schluck Wein. Was, wenn die Gestalt letzte Nacht einer dieser obdachlosen Soldaten gewesen war, der es darauf abgesehen hatte, die Dorfbewohner auszurauben? Hätte er Foley vielleicht sogar dazu ermuntern sollen, seine Dienerschaft und die Nachbarn zu warnen? Ein pochender Schmerz regte sich in seinen Schläfen. Unwillkürlich begann er, die schmerzenden Stellen zu massieren. Was auch immer passieren mochte, in seinem jetzigen Zustand würde er ohnehin nichts unternehmen können, um auch nur eine Person zu retten. Nicht einmal sich selbst. Er schluckte die bittere Vorstellung hinunter und spielte mit dem Gedanken, die gesamte Weinkaraffe auszutrinken. Vielleicht hätte er Foley doch darum bitten sollen, ihm die Pistolen zu bringen. Nicht zur Verteidigung, sondern um seinem miserablen Leben ein für alle Mal ein Ende zu setzen.

Kapitel 4

„Ich bin nicht sicher, was du in dieser Angelegenheit von mir erwartest, Lucy."

Mit gequältem Gesichtsausdruck legte der Pfarrer Messer und Gabel auf den Tisch. Die Sonne stand direkt über dem neu angelegten Garten und erhellte mit ihren Strahlen den Speisesaal, in dem die Pfarrersfamilie ein leichtes Mittagessen zu sich nahm. Nachdem ihre Geschwister den Tisch verlassen hatten, um sich verschiedenen Anliegen zu widmen, war Lucy noch einen Moment am Tisch verblieben, um sich mit ihrem Vater zu besprechen.

Er fuhr fort: „Mary ist offensichtlich verschwunden. Wir hatten nur Glück, dass sie dabei das Silber nicht mit sich genommen hat. Aber ich habe keinen Schimmer, wo sie hingegangen sein könnte."

„Aber du wirst auf deinen Fahrten Erkundigungen einholen, nicht wahr, Vater?", fragte Lucy hoffnungsvoll. „Du wirst doch diese Woche wie üblich die kleineren Gemeinden besuchen."

Der Pfarrer warf seinem Vikar einen Blick zu. Dieser hatte gerade ein Stück Toast auf halbem Weg zum Mund geführt. Hastig schluckte er einen Bissen herunter und sprach mit einigen Schwierigkeiten durch die verbliebenen Krümel im Mund.

„Also, Miss Harrington, eigentlich werde ich Lower Kurland und Kurland St. Anne anstelle des Pfarrers besuchen, damit er sich darauf konzentrieren kann, seine Predigt zu schreiben." Seine Wangen wurden für einen Mann seines Standes ungebührlich rot. „Ich wäre geehrt, wenn Sie mich begleiten würden."

Halb in Gedanken schenkte Lucy ihm ein Lächeln. „Das ist sehr freundlich von Ihnen, Edward. Lassen Sie mich bitte wissen, wenn Sie vorhaben aufzubrechen. Falls ich durch meine Pflichten hier nicht zu sehr eingebunden bin, werde ich Sie gewiss begleiten.“

Sie wandte sich wieder ihrem Vater zu, der sich seiner Zeitung gewidmet hatte. „Glaubst du nicht, dass es in unserer Verantwortung liegt, zu erfahren, was mit der armen Mary passiert sein könnte? Sie war ein Findelkind. Soweit wir wissen, hat sie außer uns keine Familie, die ihrem Schicksal auf den Grund gehen würde.“

„Die Bibel ist recht deutlich, wenn es um Undankbarkeit geht, Lucy. Und es finden sich einige Worte zu Schlangen, die sich im warmen Schoße einnisten.“ Er stand von seinem Stuhl auf und blickte auf sie herab. „Vielleicht möchtest du *darüber* ja einmal reflektieren, bevor du dir herausnimmst, *mich* über meine christlichen Pflichten zu belehren. Meine angeblichen Pflichten gegenüber einer Person, die gesündigt hat, indem sie ein warmes Heim verlassen hat, das ihr von einer liebenden, frommen Familie gegeben wurde.“

Lucy hatte bereits den Mund geöffnet, um zu widersprechen, schloss ihn aber wieder. Sie würde ihren Vater niemals von etwas überzeugen können, wenn er sich durch ihre Andeutung beleidigt fühlte, dass er sich wenig christlich verhalten haben könnte.

Der Pfarrer faltete seine Zeitung und klemmte sie sich unter den Arm. „Wenn ich darüber nachdenke, liebste Tochter, solltest du dein eigenes Gewissen genauer hinterfragen. Mary stand unter deiner häuslichen Aufsicht, nicht meiner. Vielleicht wäre es nie zu diesem unerfreulichen Umstand gekommen, wenn du deinen Pflichten etwas gewissenhafter nachgekommen wärst.“

In Lucys Magen regte sich die allzu bekannte Wut. Doch bevor sie ihr Luft machen konnte, hatte ihr Vater mit dem leichten Schritt eines Mannes, dem gar nichts auf dem Gewissen lastete, den Raum bereits verlassen. Sie hatte vergessen, dass er es hasste, wenn man ihm widersprach, besonders vor seinem Vikar. In dem Moment, als er festgestellt hatte, dass Mary nichts aus dem Haus gestohlen hatte und ohne ihren Quartalslohn gegangen war, sah er seinen Teil in dieser Angelegenheit als erledigt an.

Lucy rührte mit so viel überschüssiger Energie in ihrem Tee, dass die Hälfte der Flüssigkeit auf die Tischdecke schwappte.

„Miss Harrington?"

Sie sah auf und bemerkte, dass Edward sie anstarrte. „Ja?"

„Ich bin mir sicher, dass der Pfarrer Marys wegen besorgt ist. Er hat gerade nur viele andere Dinge, die ihn beschäftigen."

„Natürlich – schließlich muss das neue Pferd noch eingeritten werden und die Jagdsaison rückt näher."

Lucy bereute die Worte, noch während sie sie aussprach. Es war nichts Neues, dass sie auf ihren Vater wütend war, aber es gehörte sich nicht, diese Wut mit dem Vikar ihres Vaters zu teilen. Sie setzte ein gezwungenes Lächeln auf.

„Es tut mir leid, Edward. Ich sorge mich um Mary und mein Vater hat recht: Ich fühle mich natürlich verantwortlich für ihre plötzliche Abreise. Ich hatte ja keine Ahnung, dass sie hier so unglücklich war."

Edward schenkte sich eine weitere Tasse Tee ein und nahm die letzten vier Scheiben Toast. Er war immer hungrig und man konnte sich stets darauf verlassen, dass er die Reste selbst der unappetitlichsten Gerichte aus der Küche des Pfarrhauses verspeiste. Trotz seines beachtlichen Appetits war er dürr wie eine Bohnenstange, blass und picklig, während sein dünnes Haar einen matten Braunton besaß.

„Sie wirkte in letzter Zeit wirklich abgelenkt von ihren Pflichten – als ob sie mit den Gedanken woanders war. Sie hat die Kleidung Ihres Bruders Anthony in den letzten Tagen mehrmals in meinem Zimmer abgelegt und ich musste sie darum bitten, sie wieder mitzunehmen.“

Lucy reichte ihm das Schälchen mit Pflaumenkonfitüre, die er großzügig auf seinem Toast auftrug. „Sie sind schon die zweite Person, die mir berichtet, dass sie abgelenkt zu sein schien. Ich muss gestehen, dass es mir kaum aufgefallen ist. In meiner Gegenwart hat sie ihre Pflichten immer makellos ausgeführt.“

„Natürlich, Sie sind ja auch die Herrin des Hauses.“ Er verschlang ein weiteres Stück Toast und verteilte dabei die Krümel weitläufig auf der Tischdecke. Er nahm einige große Schlucke seines Tees. „Mary hat Sie bewundert, wie wir es alle tun.“

„Ich bin nur vorübergehend die Hausherrin. Eines Tages werde ich für mein eigenes Haus verantwortlich sein.“ Lucy sehnte diesen Tag herbei, konnte aber noch keinen rechten Weg sehen, wie sie ihn erreichen konnte. Sie hatte kaum Zeit für gesellschaftliche Anlässe, bei denen sie einen Ehemann finden könnte. Manchmal fragte sie sich, ob ihr träger Vater von ihr erwartete, ihm ihr ganzes Leben zu widmen. Manchmal erwachte sie nachts aus Albträumen, in denen sie das Gefühl hatte, erdrückt zu werden.

Edward lächelte sie an und setzte damit unappetitlich die violette Konfitüre in Szene, die an seiner Oberlippe klebte. „Sie werden eines Tages einen Mann sehr glücklich machen.“ Er schluckte kräftig. „Sehr glücklich.“

Lucy mied seinen eindringlichen Blick und begann damit, das Geschirr vom Mittagessen einzusammeln. Gott sei Dank war Anthony nicht mehr am Tisch gewesen, um Edwards Bemerkung zu hören. Er hätte ihr zugezwinkert, sich theatralisch ans Herz gegriffen und

Edwards liebeskranken Blick imitiert. Es war allgemein bekannt, dass der Vikar Lucy zur Frau nehmen wollte, aber es gab keinen Grund, ihn darin zu bestärken.

„Nun, sagen Sie mir bitte Bescheid, wenn Sie vorhaben, die anderen Gemeinden zu besuchen. Ich würde gern sichergehen, dass alle von Marys Verschwinden wissen." Nachdenklich unterbrach sie das Stapeln des Geschirrs. „Wissen Sie, ob es jemanden gegeben hat, der sie umworben hat?"

„Ich weiß von niemandem, Miss Harrington. Sie pflegte viel Zeit bei den neuen Ställen zu verbringen, während sie sich noch im Bau befanden, vielleicht war also unter den jungen Arbeitern ein Mann dabei."

„Das ist ein exzellenter Hinweis, Edward. Ich kann die Namen der Arbeiter aus den Rechnungen meines Vaters herausfinden. Ich habe vor, ins Dorf zu gehen und dort herumzufragen, ob jemand eine Idee hat, was mit ihr passiert sein könnte."

Das würde gleichzeitig bedeuten, dass sie dem Auftrag von Major Kurland nachgehen konnte, herauszufinden, ob es in letzter Zeit zu Zwischenfällen oder Überfällen gekommen war. Sie würde den Häusern der örtlichen Landbesitzer einen Besuch abstatten und nachfragen, ob sie kürzlich neue Dienstmädchen eingestellt hatten. Es war zwar durchaus verpönt, die Angestellten anderer Häuser abzuwerben, aber wie ihr Vater oft bemerkte, gab es in der Umgebung einige Familien mit stattlichen finanziellen Mitteln, denen es an adeliger Herkunft und Erziehung mangelte. Diese würden sich vermutlich nicht viel dabei denken, einen gut ausgebildeten Bediensteten mit dem Angebot eines höheren Lohns wegzulocken.

Lucy läutete das Glöckchen, um zu signalisieren, dass das Mittagessen abgeräumt werden konnte. Edward verschlang hastig die letzten Bissen. Mit der Serviette tupfte er sich den Mund ab und stand vom Tisch auf.

„Ich wünsche Ihnen einen schönen Nachmittag, Miss Harrington. Ich werde Ihnen Bescheid geben, sobald ich Pläne für den Besuch der benachbarten Gemeinden habe."

„Danke, Edward."

Lucy nickte und fuhr damit fort, die Teller zu stapeln. Sie war sich nicht sicher, warum sie sich so gegen seine Aufmerksamkeit sträubte. Er wäre eigentlich der offensichtlichste potenzielle Ehemann für sie. Ihr Vater hatte sogar angedeutet, dass eine Ehe mit Edward für ihn infrage käme. Diese würde sein Leben natürlich nur noch komfortabler machen. Denn damit wären sowohl sie als auch Edward für den Rest ihres Lebens daran gebunden, die Verpflichtungen der Gemeindearbeit zu übernehmen.

Betty betrat das Zimmer mit einem leeren Tablett und begann damit, das Porzellan daraufzustapeln. „Gibt es etwas Neues zu Mary, Miss Harrington?"

„Ich fürchte nein, Betty." Lucy bückte sich nach einem Messer, das während des Mittagessens vom Tisch gefallen war. „Ich werde mich gleich ins Dorf aufmachen. Vielleicht kann ich dort mehr herausfinden."

Sie eilte los, um sich schnell Haube und Mantel anzuziehen, bevor irgendjemand im Haus doch noch mit einem Anliegen zu ihr kommen konnte. Der Plan ging auf und sie entkam unbehelligt nach draußen in die strahlende Frühlingssonne. Einige Minuten hatte sie damit verschwendet, nach ihren besten Handschuhen zu suchen, bis sie sich daran erinnerte, dass diese noch immer blutverschmiert waren. Einige weitere Minuten mussten dann dafür aufgewendet werden, ihr altes Paar zu finden. Zuerst würde sie das Hathaway-Haus besuchen, wo ihre Freundin Sophia mit ihren Eltern lebte. Wenn Mary dort mit einem der Dienstmädchen befreundet gewesen war, wäre das vielleicht ein vielversprechender Anfang für ihre Nachforschungen.

Während sie den schmalen Pfad entlangspazierte, fragte Lucy sich, ob wohl einer der Hathaway-Brüder zu Hause sein würde. Sie hatte es immer genossen, sich mit dem jüngeren der beiden, Rupert Hathaway, zu unterhalten. Seit er allerdings in London als Anwalt tätig war, kam er nur sehr unregelmäßig nach Hause. Um ehrlich zu sein, hatte sie immer gehofft, dass er Gefühle für sie entwickeln würde. Aber er hatte nie derartige Andeutungen gemacht und es gehörte sich nicht für eine Lady, ein solch heikles Thema anzusprechen.

Sie seufzte und trat einen getrockneten Kuhfladen aus dem Weg. Wenn es ihr nur gestattet wäre, nach London zu fahren und dort eine der Schwestern oder Cousinen ihres Vaters zu überzeugen, sie für die Saison dort wohnen zu lassen. Aber wann immer sie es vorgeschlagen hatte, war es mit der Bemerkung abgetan worden, dass sie hier gebraucht werde. Und ihr Vater brauchte sie mit Sicherheit, daran bestand kein Zweifel. Aber jetzt, wo die Zwillinge und Anthony bald das Pfarrhaus verlassen würden, sah die Situation vielleicht anders aus. Sicherlich würde sich ihr jetzt die Gelegenheit bieten, ihren häuslichen Pflichten zumindest für eine Weile zu entkommen.

Das Haupttor zum Hathaway-Haus war geschlossen, aber Lucy kannte einen Weg über den Fußweg zum kleineren, weniger auffälligen Eingang für die Bediensteten hinter dem Landhaus. Zu ihrer Freude blühten gerade die Blauglöckchen in dem uralten Waldstück, das Teil des Parks um das Hathaway-Anwesen war. Sie nahm daher eine längere Route, die sie durch das Blumenmeer führte, genoss dabei den würzigen Duft und bewunderte die zarten Formen der glockenförmigen Blüten. Als Kinder waren sie den Hügel hinabgerollt, mitten durch die Blauglöckchen, bis die Kindermädchen die Nase voll davon hatten, die blauen Flecken aus ihren Kleidern zu waschen, und sich bei ihren Eltern beschwerten.

Lucy fasste den Entschluss, beim nächsten Besuch ihr Zeichenbuch mitzubringen, um das Bild einzufangen. Um die natürliche Perfektion nicht zu stören, pflückte sie nur eine einzelne Blume, steckte sie in ihr Knopfloch und machte sich dann auf den Weg zum Kücheneingang des großen, steinernen Anwesens. Die sehr beschäftigt wirkende Köchin und die jüngste Küchenhilfe standen vertieft in die Arbeit mit dem Rücken zu ihr, als sie eintrat. Lucy drang sofort der appetitanregende Duft von Rinderbraten in die Nase.

„Guten Tag, Mrs Lucas, wie geht es Ihnen heute?"

„Sehr gut, Miss Harrington." Die Köchin stupste ihrer jungen Küchenhilfe mit dem Kochlöffel in die Seite. „Mach einen Knicks vor der Lady und wünsch' ihr einen guten Tag, Maggie."

Maggies schmales Gesicht errötete und sie murmelte etwas Unverständliches, während sie einen halb hopsenden Knicks hinlegte.

Lucy lächelte die beiden an. „Haben Sie einen kurzen Augenblick für mich, Mrs Lucas?"

„Natürlich, Miss." Mrs Lucas drängte die Küchenhilfe in Richtung der Pfannen. „Behalte für ein paar Minuten die Töpfe im Auge."

Lucy wartete, bis die Köchin bei ihr am Tisch war. „Mary Smith aus unserer Küche ist verschwunden. Ich habe mich gefragt, ob Sie vielleicht etwas darüber gehört haben, wo sie hingegangen sein könnte und warum."

Mrs Lucas streifte die Hände an der Schürze ab. „Sie ist verschwunden? Hat sie eine neue Stelle oder ist sie davongelaufen?"

„Bisher weiß ich das auch noch nicht." Lucy beobachtete genau die Regungen im freundlichen Gesicht der Köchin. „Ich glaube nicht, dass sie mit ihrem Schicksal unzufrieden war, aber ganz offensichtlich könnte ich mich damit irren."

„Nach allem, was ich gehört habe, behandeln Sie Ihre Angestellten sehr anständig, Miss. Ihre Mary hat sich recht gut mit unserem jungen Dienstmädchen Susan O'Brien verstanden. Würden Sie gern mit ihr sprechen?"

„Wenn das möglich ist, Mrs Lucas. Ich werde natürlich Mrs Hathaway um Erlaubnis bitten, wenn ich mich gleich mit ihr treffe."

„Und ich werde mit Mr Spencer, dem Butler, reden. Es kann sein, dass er bei einer Befragung einer seiner Angestellten anwesend sein möchte."

„Selbstverständlich." Lucy nickte und wandte sich der Treppe zu, die zur Hauptetage des Hauses führte. „Ich gehe hoch und treffe mich direkt mit Mrs Hathaway."

Sie erklomm die Treppe und nahm die Tür auf den Hauptflur des Hathaway-Hauses. Es war schon merkwürdig, wie sie als Pfarrerstochter gleichen Zugang zu allen Schichten der Gesellschaft hatte. Sie fühlte sich in der Küche genauso zu Hause wie im Salon. Immerhin dafür konnte sie ihrem Vater dankbar sein. Nachdem sie die eher schlichten Quartiere der Bediensteten hinter sich gelassen hatte, kam sie in eine weiträumige Halle mit vertäfelten Wänden, Marmorböden und einer reich verzierten, hohen Stuckdecke. Die Hathaways sahen sich als die zweitwichtigste Familie im Dorf – direkt nach den Kurlands – und gaben sich dementsprechend. Sie waren immer sehr nett zu Lucy gewesen und schätzten sie als willkommene Besucherin.

Lucy ging in den hinteren Teil des Hauses, wo Mrs Hathaways sonnige Wohnstube lag, und klopfte an die Tür. Nachdem sie hereingerufen worden war, betrat sie den Raum, wo sie sogleich von den beiden anwesenden Ladys mit einem breiten Lächeln empfangen wurde.

Manchmal fragte sich Lucy, wie ihr Leben wohl aussehen würde, wäre ihre Mutter nie gestorben. Sie hoffte, dass ihr Verhältnis zueinander genauso innig gewesen wäre wie das zwischen Sophia und Mrs Hathaway.

„Lucy!" Sophia sprang auf, rannte ihr entgegen und umarmte sie. Sie war einfach gekleidet in einem grünen Musselin-Kleid mit einem einzelnen Volant. Ihr blondes Haar trug sie um ihren Kopf geflochten und nicht lockig wie sonst. „Wie schön, dich zu sehen. Mama und ich haben uns gerade erst über Major Kurland unterhalten. Du weißt doch sicherlich den neuesten Tratsch über ihn."

Sie küsste Sophia auf die Wange und setzte sich neben sie auf das Sofa. „Guten Tag, Mrs Hathaway. Geht es Ihnen besser?"

Sophias Mutter lächelte. „Das tut es, danke. Ich vermute, ich war einfach müde von der Rückreise aus London. Ein paar Tage in meinem eigenen Heim haben mich und meine Gesundheit wieder wunderbar belebt."

„Das freut mich zu hören." Lucy tätschelte den Kopf von Sophias Hundewelpen, einem Cavalier King Charles. „Geht es Ihren beiden Söhnen gut?"

„Das kann man wohl sagen. Perry treibt sich so viel herum, dass mein Ehemann damit gedroht hat, ihm das Taschengeld zu kürzen. Und Rupert ist stetig darum bemüht, seine Karriere voranzubringen."

„Keiner der beiden ist mit Ihnen zurückgekommen?"

„Leider nein, aber ich erwarte beide zu Ostern. Du und deine Familie müsst zum Abendessen vorbeikommen und die neuesten Nachrichten aus der Stadt hören."

„Das wäre wunderbar."

Sophia stieß ihr mit dem Ellenbogen in die Seite. „Ignorierst du absichtlich meine Frage nach dem schneidigen Major oder demonstrierst du uns nur gerade deine perfekten Manieren?"

„Ich habe nichts Interessantes zu Major Kurland zu berichten. Er ist immer noch ans Bett gefesselt, dafür aber bemerkenswert streitsüchtig."

„Meiner Erfahrung nach sind Männer nie gute Patienten", sagte Mrs Hathaway mit tröstender Stimme. „Sie benehmen sich entweder wie Kinder, glauben sich dem Tode nahe oder geben sich als die einzigen Sterblichen, denen es jemals so schlecht ergangen ist." Sie setzte einen Stich in ihre Stickarbeit. „Glaub mir, ich bin nicht überrascht, dass Major Kurland ein schwieriger Patient ist. Nach seiner erfolgreichen Militärlaufbahn muss es schwer für ihn sein, gar nichts tun zu können."

Lucy machte keine Anstalten zu widersprechen. Das ganze Dorf schien besessen davon, Major Kurland als Helden zu verehren, und akzeptierte keine andere Meinung. Nur sie, Foley und Bookman schienen zu wissen, wie es wirklich war, sich um den ach so galanten Major zu kümmern.

„Hat er denn überhaupt irgendwelche Fortschritte gemacht?" Sophia gab ihrem Hund ein Stückchen Kuchen.

„Es ist schwer zu sagen. Er kann auf jeden Fall noch nicht ohne Unterstützung gehen." Nachdem sie die tiefe Verzweiflung des Majors gesehen hatte, fühlte sie sich selbst bei dieser kleinen Aussage schuldig. „Aber ich bin mir sicher, er wird es schon noch schaffen."

Sophia läutete nach mehr Tee und Lucy führte die Konversation zu alltäglicheren Themen wie dem Wetter und der neuen Stickerei für den Kirchenaltar, an der die sehr talentierte Mrs Hathaway gerade arbeitete. Die Ablenkung gelang ihr so gut, dass sie beinahe vor Schreck aufgesprungen wäre, als der Butler wie aus dem Nichts mit dem Teetablett auftauchte und sich deutlich vernehmbar räusperte.

„Wie mir mitgeteilt wurde, wünscht Miss Harrington mit einer meiner Untergebenen zu sprechen, Ma’am.“

Mrs Hathaway blickte Lucy interessiert an. „Stimmt das?“

„Oh ja! Ich bin nur noch nicht dazu gekommen, es zu erwähnen. Eins unserer Dienstmädchen wird vermisst. Ich habe gehört, dass sie mit Ihrem Hausmädchen Susan O’Brien befreundet war. Ich hatte gehofft, sie fragen zu dürfen, ob sie Neues von Mary zu berichten weiß.“

„Wie außerordentlich ungewöhnlich“, kommentierte Mrs Hathaway. „Hat eure Angestellte keine Nachricht oder neue Anschrift hinterlassen?“

„Nein, sie ist offenbar einfach verschwunden, ohne ein Wort zu jemandem zu sagen.“

Mrs Hathaway sah ihren Butler an. „Dann muss Miss Harrington natürlich mit Susan reden. Stellen Sie bitte sicher, dass sie in der Küche wartet, wenn mein Gast zur Abreise bereit ist.“

„Wie Sie wünschen, Ma’am.“ Der Butler verneigte sich und verließ das Zimmer. Sophia schenkte auf Geheiß ihrer Mutter weiteren Tee nach.

Lucy nahm die Tasse dankend an und wandte sich erneut Mrs Hathaway zu. „Sind Sie sicher, dass es Ihnen nichts ausmacht, wenn ich mit Susan rede?“

„Natürlich nicht, Liebes. Du sorgst dich sicher, was mit eurer Mary passiert sein könnte.“ Mrs Hathaway nahm einen Schluck Tee. „Mach dir keine Sorgen wegen Spencer. Manchmal habe ich das Gefühl, er glaubt, der Kopf dieser Familie zu sein, noch vor Mr Hathaway.“

„Er hat mich nie besonders gemocht“, gab Lucy zurück. „Ich denke, er hält meine ganze Familie für gesellschaftlich zu unwürdig, um in Ihr Haus eingeladen zu werden.“

„Das wohl kaum", schaltete sich Sophia ein. „Tatsächlich weist mich Spencer oft darauf hin, dass dein Vater der Sohn eines Earls ist und dass deine Mutter mit einem Viscount verwandt war. Er meint, ich solle danach streben, mich mehr wie du zu benehmen."

„Wie ich?" Lucy unterdrückte ein Lachen, indem sie ihren Tee trank.

„Du hast ausgezeichnete Manieren und machst deiner Familie alle Ehre", sagte Mrs. Hathaway. „Ich wünschte nur, deine Mutter wäre hier, um zu sehen, zu welch vorbildlicher Frau du dich entwickelt hast. Sie wäre stolz darauf zu hören, wie du an ihre Stelle getreten bist und deine Geschwister erzogen hast, als wären es deine eigenen Kinder."

Lucys Lächeln erlosch. „Manchmal wünschte ich, dass ich ihre Rolle nicht hätte übernehmen müssen, aber ich hatte keine Wahl. Ich wünschte ..." Ihre Stimme brach ab und sie lenkte ihre Gedanken rasch in eine andere Richtung, indem sie ein weiteres Stück Kuchen vom Tablett aussuchte.

Sophia drückte ihre Hand. „Für Mutter und mich bist du eine Heilige, dass du so eine Bürde auf dich genommen hast. Die Zwillinge hätten die meisten Eltern ins nächste Sanatorium gebracht!"

„Kannst du glauben, dass sie im Herbst schon alt genug sind, um in die Schule zu gehen?"

„Dann hast du mehr Zeit, dich endlich um dich zu kümmern und zu entscheiden, was du als Nächstes tun möchtest." Mrs Hathaway zögerte. „Hat dein Vater schon vorgeschlagen, wie du in die Gesellschaft eingeführt werden könntest?"

„In die Gesellschaft eingeführt?" Lucy setzte die Tasse ab. „Ich glaube, er hält mich für zu alt, um mich noch dafür zu interessieren."

Sophia und ihre Mutter tauschten einen unentschlüsselbaren Blick aus. „Und was, wenn doch?"

„Wenn doch was?"

„Du an einer Einführung in die Londoner Gesellschaft interessiert wärst. Zum Beispiel verbunden mit einem längeren Aufenthalt in der Stadt?" Sophia sah sie eindringlich an. „Ich habe beschlossen, dass es Zeit ist, in die Gesellschaft zurückzukehren. Charlies Tod in Badajoz ist schon fünf Jahre her. Er hat mir immer gesagt, ich solle wieder heiraten, wenn ihm etwas zustoßen sollte." Sie atmete schwer ein. „Vielleicht hältst du mich für herzlos, aber ich sehne mich nach all den Dingen, die mir durch Charlies Tod verwehrt geblieben sind. Nach einem Ehemann, Kindern und einem eigenen Zuhause. Ich werde nie wieder jemanden so lieben wie ihn, aber ich hoffe, dass ich einen Mann finden kann, der für mich sorgt und mich als die Person respektiert, die ich bin."

Lucy erwiderte Sophias unerschütterlichen Blick. Ihre Freundin hatte einen gut aussehenden Kavalleristen geheiratet, als sie kaum siebzehn gewesen war, die Entscheidung aber nie bereut. Sein Tod bei der Belagerung von Badajoz hatte sie zutiefst erschüttert. Lucy hatte sich oft gefragt, ob Sophia sich jemals davon erholen würde. Es sah so aus, als sei es ihr inzwischen gelungen. Allerdings wirkte ihre nüchterne Herangehensweise an die Suche nach einem neuen Ehemann auf Lucy recht kaltblütig. Aber wer war sie, ihre Freundin dafür zu kritisieren? In ihren eigenen verzweifeltsten Momenten hatte sie in Erwägung gezogen, den nächstbesten Mann zu heiraten, der ihr ein Angebot machen würde, egal wie alt, wie angesehen und wie wohlhabend er wäre.

„Wenn ich nach London gehe, würde ich dich gern als meine Begleitung mitnehmen. Dein Vater kann dagegen kaum Widerspruch einlegen. Wir können zusammen nach einem Ehemann suchen." Sie lehnte sich nach vorn und ergriff Lucys Hand. „Was hältst du davon?"

Lucy starrte Sophia nur an, während ihr Tausende Möglichkeiten durch den Kopf schossen. „Ich würde es mir mehr als alles andere wünschen."

Sophia lehnte sich wieder zurück. „Das hatte ich gehofft. Mutter wird als unsere Aufsichtsperson mitreisen, damit alles vollkommen respektabel bleibt."

„Ich werde das mit meinem Vater besprechen müssen. Wann planst du aufzubrechen?"

Mrs Hathaway lachte. „Es gibt keine Eile. Wir werden wahrscheinlich erst später im Jahr oder sogar im nächsten Frühjahr bereit sein. Sophia könnte sich bis dahin auch noch umentscheiden."

„Das werde ich nicht", warf ihre Tochter ein. „Ich wollte dich deshalb darum bitten, mich zu begleiten, damit du auch etwas hast, auf das du dich freuen kannst, wenn die Zwillinge zur Schule gehen. Ich weiß doch, dass du sie furchtbar vermissen wirst."

„Ich werde die kleinen Rabauken vermissen – aber die Aussicht auf eine Saison in London wird mir sicherlich dabei helfen, den Verlust zu verarbeiten. Vielen Dank für die Einladung. Ich muss gestehen, ich bin recht überrumpelt."

Sophia grinste sie an. „Ich würde den Gorgonen der Londoner Gesellschaft lieber mit dir an meiner Seite entgegentreten als mit jeder anderen Frau. Ich bin entzückt, dass du mich begleiten willst."

Die Uhr schlug zur halben Stunde und Lucy erhob sich, um eine kräftige Umarmung von Sophia zu empfangen. „Tut mir leid, dass ich dich schon wieder verlasse, aber ich muss noch mit Susan sprechen. Und dann muss ich noch ins Dorf, um dort herumzufragen, ob jemand etwas Neues über Mary weiß."

Als sie die Treppe nach unten eilte, fühlte sich ihr Herz leichter an, als sie es sich jemals hätte vorstellen können. Eine Saison in London! Sobald sich die Jungs erst einmal gut in der Schule eingelebt hatten, wie könnte ihr Vater da noch diesen Wunsch verweigern? Es bedurfte all ihrer Selbstbeherrschung, ihre Freude im Zaum zu halten und dem Butler der Hathaways mit ernster Miene entgegenzutreten.

„Miss Harrington?" Er öffnete die Tür zur Wohnstube und folgte ihr hinein. „Das ist Susan O'Brien."

Ein kleines, rothaariges Mädchen mit Sommersprossen machte vor Lucy einen etwas ungeschickten Knicks.

Lucy setzte sich und bedeutete dem Mädchen, ihr gegenüber Platz zu nehmen. Mit unsicherer Miene tat Susan, wie ihr geheißen.

„Wusstest du, dass Mary Smith geplant hat, unsere Dienerschaft zu verlassen?"

„Mary hat viele Dinge gesagt. Ich hätte nie gedacht, dass sie irgendetwas davon tatsächlich tut. Sie war leicht zu begeistern, wenn Sie verstehen, was ich meine."

„Also hat sie erwähnt, dass sie vorhat zu gehen?"

Susan blickte nach unten auf ihre gefalteten Hände. „Sie wollte nach London gehen, das weiß ich sicher."

„Und ist sie auch gegangen?"

Susan vermied es, Lucy direkt in die Augen zu sehen. „Ich schätze, das muss sie wohl. Schließlich ist sie nicht hier."

„Aber sie hat dir nichts von derartigen Plänen erzählt?"

„Sie war in den letzten Wochen kaum hier." Susan schniefte. „Sie hat sich sicher in jemanden verliebt. So war sie eben: Ist immer allem hinterhergejagt, was ihr nicht zustand."

„Würdest du sie also als unstet beschreiben?"

„Ich denke schon. Sie wollte immer ein besseres Leben haben. Aber wer kann ihr daraus einen Vorwurf machen?"

„Aber was hat sie sich unter einem besseren Leben vorgestellt?" Lucy lehnte sich ein Stückchen näher zu Susan. „Eine bessere Arbeit? Einen Mann, der sie heiraten will?"

Susan blickte kurz auf, sodass Lucy deutlich die Verärgerung in ihren Augen ablesen konnte. Doch war nicht klar, ob sie sich über die Frage ärgerte oder über Mary, die sie in diese Lage gebracht hatte.

„Ich bin mir nicht sicher, was Sie von mir hören wollen, Miss Harrington."

„Lass es mich einfacher ausdrücken: Glaubst du, dass Mary das Dorf verlassen haben könnte, um sich eine andere Stelle zu sichern oder um mit jemandem durchzubrennen?"

„Wie ich Mary kenne, ist beides eine Möglichkeit. Ihr mangelte es nicht an Ehrgeiz oder an möglichen Verehrern, Miss Harrington. Selbst wenn ihr beides nicht immer zustand."

Lucy studierte das Hausmädchen eine Weile lang. „Habt ihr zwei euch gestritten? Du klingst beinahe glücklich darüber, dass sie verschwunden ist."

Susans Miene verdunkelte sich. „Ich habe ihr nichts getan, Miss. Sie muss nur immer alle Aufmerksamkeit auf sich ziehen und damit will ich nichts mehr zu tun haben."

„Vielen Dank, Susan."

Lucy warf Spencer einen Blick zu, um klarzumachen, dass sie keine weiteren Fragen an das Mädchen hatte. Er öffnete die Tür und führte Susan hinaus.

„Das war dann alles, Susan. Falls dir noch etwas Hilfreiches einfallen sollte, sag mir Bescheid und ich werde die Information an Miss Harrington weiterleiten."

„Danke, Sir." Susan machte einen Knicks, bevor sie den Raum verließ und Spencer die Tür hinter ihr schloss.

„Ich bin nicht sicher, was in das Mädchen gefahren ist, Miss Harrington. Sie ist derzeit recht mürrisch."

„Vielleicht haben sie und Mary sich wegen etwas zerstritten und sie fühlt sich deswegen schlecht."

Spencer ließ sich schwer in seinen Stuhl sinken. „Das kann durchaus sein. Weibliche Diener sind so viel schwieriger im Umgang als Männer. Immer ist irgendetwas los – entweder hochtrabende Träumereien oder mögliche Hochzeitspläne."

„Ich weiß." Lucy schloss sich seinem Seufzen an. „Ich bin mir allerdings noch unschlüssig darüber, ob Susan ungehalten war, weil sie nicht in Marys Pläne eingeweiht war oder weil sie für sie lügen musste. Ich hatte den Eindruck, dass das Verschwinden ihrer Freundin sie sehr schockiert hat."

„Ich werde ein Auge auf sie haben, Miss Harrington. Vielleicht ist sie mir gegenüber bereit, mehr zu verraten."

Lucy erhob sich und schnürte ihre Haube wieder fest. „Danke, Spencer. Das weiß ich sehr zu schätzen. Jetzt muss ich mich aber auf den Weg ins Dorf machen. Ich habe dort noch einige Aufgaben zu erledigen."

Langsam schritt sie die mit Ulmen umsäumte Auffahrt des Anwesens hinunter, während sich ihre Gedanken stetig um das verschwundene Mädchen drehten. Wenn Mary weggelaufen war, um zu heiraten, stellte sich die Frage, warum sie nicht einfach Lucy darüber informiert hatte. Dann wäre ihr der fehlende Lohn ausbezahlt worden und sie wäre mit einem Lächeln entlassen worden. So ergab die Sache jedoch keinen Sinn. Die offensichtlichste Antwort war, dass das Mädchen schlicht eine bessere Stelle gefunden hatte und sich nicht die Mühe gemacht hatte, ihren alten

Arbeitgeber darüber zu informieren. Aber was, wenn es sich hier um einen komplizierteren Fall handelte? Vielleicht hatte Mary einen neuen Liebhaber, wollte das Dorf mit besseren finanziellen Mitteln verlassen und war bei der Flucht von Major Kurland gesehen worden.

Lucy spielte dieses Szenario im Kopf durch, während sie sich der Hauptstraße des Dorfes näherte. Diese Möglichkeit könnte beide Mysterien erklären. In einem solch kleinen Dorf war es unwahrscheinlich, dass zwei derart ungewöhnliche Ereignisse nichts miteinander zu tun hatten. Sie vermutete, dass Susan mehr wusste, als sie preisgegeben hatte. Ihre einzige Hoffnung war, dass sie sich dem Butler anvertrauen würde. Hatte Mary ihr vielleicht ihren Schwarm weggeschnappt? Falls Mary damit einen Komplizen hatte, wer war er, und würde man ihn nicht auch vermissen? Vielleicht würde es sich anbieten, auch danach zu fragen.

Die Tür des Fachwerkhauses, in dem sich der Gemischtwarenladen befand, stand offen und so beschloss Lucy, dort mit ihren Nachforschungen anzufangen. Der Laden gehörte zwei unverheirateten Schwestern und führte das Nötigste für die Versorgung der Dorfbewohner im Sortiment. Das Angebot reichte von Nahrungsmitteln und Haushaltswaren bis hin zu Textilien.

Miss Amelia Porter nickte Lucy zu, als sie den Laden betrat. Die rundliche, alte Frau hatte weiche, vom Alter gezeichnete Gesichtszüge. Ihr graues Haar war wie eine Krone um den Kopf geflochten. Sie trug ein altmodisches Kleid aus braunem Musselin und darüber eine breite Leinenschürze.

„Guten Tag, Miss Harrington. Schön, Sie so bald schon wiederzusehen. Wie kann ich Ihnen heute helfen?"

Lucy stellte ihren Korb auf dem Tresen ab. „Ich brauche etwas schwarze Wolle, um die Strümpfe der

Zwillinge zu stopfen. Und dazu sechs weitere Knöpfe für ihre Hemden."

Miss Amelia kicherte diskret hinter vorgehaltener Hand. „Ihre beiden Jungs sind im Umgang mit ihrer Kleidung wohl eine wahre Herausforderung."

„Das sind sie in der Tat." Lucy schaute zu, während Miss Amelia ein Knäuel schwarzer Wolle heraussuchte. „Bald werden wir ihnen eine Schuluniform besorgen müssen. Davor graut es mir schon."

„Das glaube ich Ihnen sofort, Miss Harrington. Wie ich höre, ist es schon für ein einzelnes Kind kein leichtes Vorhaben, geschweige denn für zwei."

„Vater sagt, er wolle sie zu seinem Schneider in London bringen und dort den Großteil der Ausstattung anfertigen lassen. Aber damit bleibt für mich immer noch eine Menge zu tun."

„Da bin ich mir sicher, meine Liebe." Miss Amelia zählte sechs identische Hemdsknöpfe aus dem Knopfglas ab und schlug sie zusammen mit dem Wollknäuel geübt in Papier ein.

„Und wie geht es Ihrer Schwester?", fragte Lucy. „Hat sie noch immer solche Schlafprobleme?"

„Leider wacht Mildred immer noch in aller Herrgottsfrühe auf." Miss Amelia schüttelte den Kopf, wodurch die geflochtene Haarkrone bedenklich wankte. „Und dann hat sie auch noch Angst vor der Dunkelheit. Dadurch weckt sie mich ständig auf, um mir zu sagen, was sie in den Schatten gesehen haben will."

Der Beschreibung nach hatte Mildred Ähnlichkeiten mit Major Kurland, Lucy behielt diesen Gedanken allerdings für sich. Sie verstaute stattdessen die Knöpfe und Wolle in ihrem Korb und legte eine Münze auf den Tresen. „Was stört denn ihren Schlaf?"

„Kämpfende Katzen, dunkle Gestalten, die sich im Dorf herumtreiben sollen, oder auch nur laute Stimmen ..." Miss Amelia legte die Münze in eine Schublade.

„Um ehrlich zu sein, weiß ich viel mehr, als mir lieb ist, über die Vorgänge in diesem Dorf, wenn gute Christen eigentlich schlafen sollten."

„War Mildred auch in der vorletzten Nacht wach?" Lucy steckte den Geldbeutel weg. „Ich frage nur, weil ich selbst wach war und dachte, ich hätte aus Richtung des Dorfes Krach gehört."

„Mildred hat auch etwas gehört. Sie sagte, es seien mehrere Personen unterwegs gewesen, die *dort gar nichts zu suchen hatten.*"

„Oje. Hat sie gesagt, wen sie gesehen hat?"

Miss Amelia sprach mit gesenkter Stimme. „Einige Mädchen, die es besser hätten wissen müssen, und mehrere *Männer.*"

Lucy versuchte ungehalten dreinzuschauen. „Zusammen?"

„Das hat Mildred nicht gesagt, aber ich will sie auch nicht durch Nachfragen ermutigen. Manchmal erwartet sie von mir, dass ich hinausgehe und die Übeltäter ermahne." Miss Amelia erschauderte leicht bei dem Gedanken. „Ich kann mich nicht dazu überwinden, so etwas zu tun. Was würden die Leute denken?" Sie nahm ihr Knopfglas vom Tresen und beantwortete die eigene Frage. „Ich weiß, was sie denken würden: dass meine Schwester und ich zwei alte Tratschtanten sind, die nichts Besseres zu tun haben, als sich Geschichten über die Nachbarn auszudenken."

Lucy nickte verständnisvoll. „Können Sie Ihrer Schwester nicht einen Schlaftrunk geben?"

„Die scheinen bei ihrer schwierigen Gesundheit nicht viel zu bringen." Miss Amelia räumte das Knopfglas zurück auf eines der Regalbretter. „Dr. Baker sagt, dass er nichts mehr hat, was sie ausprobieren könnte. Und ich kann es mir nicht leisten, sie zur Behandlung nach London zu schicken – die Kosten wären astronomisch." Sie blickte sich im kleinen Laden um. „Wir verdienen genug für ein angenehmes Leben, aber nicht genug für extravagantere Dinge. Und seit wir Joseph entlassen mussten ..."

„Was ist denn passiert?" Lucy hatte bereits ihren Korb angehoben, stellte ihn jetzt aber wieder ab. „Ich dachte, er hätte zufriedenstellende Arbeit geleistet."

Ein weiterer Kunde betrat den Laden, sodass Miss Amelia die Stimme senkte. „Das dachte ich auch, aber im Laden sind einige Dinge verschwunden – Kleinigkeiten, aber nach einer Weile ein beträchtlicher Verlust. Als ich Joseph befragte, wurde er wütend und schimpfte, dass ich ihn nur wegen seiner Familiengeschichte beschuldige. Aber er kommt nun mal aus schwierigen Verhältnissen, Miss Harrington, das wissen wir ja beide."

Aus dem Kommentar hörte Lucy einen selbstgerechten Unterton heraus, doch sie hielt sich mit einer scharfen Antwort zurück. Es stimmte, dass Josephs Familie im Dorf für ihre lockere Einstellung gegenüber Arbeit und für hinterlistiges Verhalten bekannt war. Aber sie hielt große Stücke auf Joseph, weshalb sie ihn Miss Amelia als Laufburschen und Aushilfe empfohlen hatte.

„Ist er nach Hause zurückgekehrt? Ich werde so bald wie möglich mit ihm sprechen." Lucy nahm ihren Korb.

„Ich werde ihn nicht zurücknehmen, Miss Harrington."

Lucy gab die beste Imitation ihres Vaters. „Sicherlich verdient jeder eine zweite Chance?"

Miss Amelia setzte ein entschlossenes Gesicht auf. „Nicht in diesem Laden."

„Wer wird dann Ihre Lieferungen übernehmen?"

„Ich werde mich selbst darum kümmern, bis ich einen geeigneten Ersatz finden kann."

„Hätten Sie gern meine Hilfe?"

„Nein danke, Miss Harrington. Ich denke, Sie haben genug für uns getan."

Lucy setzte ein gezwungenes Lächeln auf. „Dann mache ich mich mal auf den Weg. Danke für die Hilfe. Und meine besten Wünsche an Ihre Schwester."

Sie schloss die Tür hinter sich mit mehr Kraft, als notwendig gewesen wäre. Lucy war klar, dass sich Miss Amelias Einstellung gegenüber Joseph vermutlich nicht ändern würde. Außerdem hatte sie wahrscheinlich recht damit, dass er gestohlen hatte. Sie bezweifelte, dass Major Kurland den jungen Joe kannte – schließlich war er während seiner Abwesenheit geboren worden –, aber vielleicht kannte er dessen Vater, Ben. Ben war ein starker, bulliger Mann, der in seiner Jugendzeit geboxt hatte. Wann immer es im Dorf einen Vorfall gab, war Ben Cobbins mit hoher Wahrscheinlichkeit irgendwie darin verstrickt.

Lucy folgte weiter der Straße. Obwohl sie von Joseph enttäuscht war, hatte der Besuch im Laden doch seine positiven Seiten: Endlich hatte sie ein paar Informationen darüber erhalten, wer in der Nacht, für die sich der Major interessierte, noch unterwegs gewesen war. Es hatte ohne Zweifel ungewöhnliche Aktivität gegeben. Vielleicht war Mary eines der Mädchen, die sich noch nachts im Dorf herumgetrieben hatten.

Ein warmer Hauch von Zimt drang an ihre Nase. Eine aufgebracht wirkende Mrs Weeks winkte ihr von der geöffneten Tür der Bäckerei aus zu.

„Miss Harrington!"

„Was gibt es, Mrs Weeks?"

Mrs Weeks griff sich mit der bemehlten Hand ans Herz. „Es geht um meine Daisy."

„Hat sie eine neue Stelle gefunden?"

„Nein, Miss Harrington, sie ist einfach so los und nach London weggelaufen!"

Kapitel 5

Lucy drückte Foley Mantel und Handschuhe in die Hand, raffte ihr Kleid ein Stück nach oben und eilte die Treppen zu Major Kurlands Schlafgemach hinauf. Sie klopfte an die Tür, wartete aber kaum auf seine Erlaubnis, den Raum zu betreten. Sie fand den Major aufrecht im Bett sitzend beim Lesen einer Zeitung vor. Dabei ruhte eine goldgeränderte Lesebrille auf seiner aristokratischen Nase.

„Ist das nicht meine Brille?", fragte Lucy, kurz von ihrem eigentlichen Anliegen abgelenkt.

„Ich bin mir nicht sicher, sagen Sie es mir." Major Kurland blickte sie über den Brillenrand hinweg an. „Ich habe sie eines Morgens an meinem Bettrand gefunden und angenommen, Bookman oder Foley hätten sie für mich besorgt." Er nahm sie von der Nase. „Wollen Sie sie zurück?"

„Nicht, wenn sie Ihnen hilft. Ich habe zu Hause noch eine andere, weil ich die verflixten Dinger immer verlege."

„Ich möchte Ihnen keine Umstände bereiten. Ich werde Bookman darum bitten, mir eine eigene anfertigen zu lassen."

Lucy schritt zur Bettkante und studierte den Major eingehender. Er sah ausgeruht aus und auch die Ringe unter seinen Augen waren weniger ausgeprägt als sonst. „Bitte behalten Sie sie, bis Ihre eigene Brille fertig ist."

„Danke, Miss Harrington. Das werde ich, auch wenn ich sagen muss, dass Lesen meine Augen noch immer ermüdet."

„Soll ich Ihnen vorlesen, Sir?“ Sie zog einen Stuhl zu sich heran und setzte sich neben das Bett. Sie deutete auf den Stapel Briefe auf dem Nachttisch. „Sie scheinen noch ausstehende Korrespondenz zu haben.“

„Dessen bin ich mir bewusst. Ich habe die meisten Briefe nicht einmal geöffnet.“ Er verzog das Gesicht. „Handschriften zu lesen, fällt mir noch schwerer als Gedrucktes.“

„Haben Sie keinen Sekretär, der sich solcher Sachen für Sie annehmen könnte?“

„Bisher hatte ich dafür nie Bedarf.“

„Vielleicht sollten Sie eine entsprechende Stellenanzeige aufgeben.“

„In der Tat.“ Er starrte sie mit einer hochgezogenen Augenbraue an, bis Lucy ihr Gesicht erröten fühlte.

„Entschuldigen Sie bitte. Mein Bruder meint oft, ich würde gern die Dinge an mich reißen – Ihr fehlender Sekretär geht mich selbstverständlich nichts an.“

„Natürlich.“ Er legte die Zeitung aus der Hand. „Wie geht es Ihren Brüdern? Ich vermute, keiner von ihnen braucht eine Stelle, oder?“

Lucys Blick fiel auf die kräftigen Hände des Majors. „Anthony lernt für Cambridge und Tom …“ Lucy schluckte schwer. „Tom ist bei Waterloo gefallen.“

Ihre bedrückenden Worte trafen auf unangenehme Stille. Sie blickte auf und sah Major Kurlands betroffenen Gesichtsausdruck. Seine Hand ballte sich langsam zur Faust.

„Warum hat mir das niemand gesagt?“

„Sie waren so krank, als Sie zurückgekehrt sind, dass mein Vater uns anwies, es nicht anzusprechen.“

„Und jetzt habe ich mir den Fauxpas geleistet, dieses schmerzliche Thema anzusprechen.“

Sie blickte ihm in die Augen. „Ich denke ohnehin immerzu an ihn. Es vergeht kein Tag, an dem ich nicht für seine Seele bete.“

„Mein Beileid für Ihren Verlust. Tom war mein Freund." Er atmete schwer aus. „Und nach allem, was ich gehört habe, war er ein exzellenter Offizier."

„Vielen Dank. Meinen Vater hat Toms Tod schwer getroffen. Jetzt ruhen alle seine Hoffnungen auf Anthony. Dem wiederum fällt es schwer, diese ganze Aufmerksamkeit auszuhalten."

„Ich kenne das Gefühl, Miss Harrington."

„Aber Sie waren doch schon immer der älteste Sohn und Erbe."

„Aber nach Matthews Tod hatten meine Eltern ebenfalls nur noch mich. Diese Verantwortung ruhte recht schwer auf meinen Schultern."

Lucy ließ einen Moment der Stille zwischen ihnen zu, während sie an ihre verstorbenen Geschwister dachten. Der Major sprach als Erster wieder.

„Haben Sie Neuigkeiten für mich?"

Lucy war dankbar für die Ablenkung. „Laut Miss Amelia und ihrer Schwester gab es *tatsächlich* nächtliche Aktivität im Dorf."

„Und was genau ist damit gemeint?"

„Ich werde selbst mit Miss Mildred sprechen müssen, um das herauszufinden. Ihre Schwester hat sich recht vage ausgedrückt."

„Diese alten Jungfern sind teuflisch geheimnistuerisch. Was hat sie denn gesagt?"

„Dass mehrere junge Männer und Frauen, die *nicht draußen sein sollten*, mit Radau durch die Dorfstraßen gezogen sind."

„Und was hat das mit einem möglichen Diebstahl zu tun?"

„Laut Miss Mildred gab es eine solche Ruhestörung in genau jener Nacht, als auch Sie etwas gehört haben. Das spricht dafür, dass hier mehr vor sich geht, als mir bisher klar war."

„Was gab es noch?", fragte der Major.

„Miss Amelia sagte, dass es einige kleinere Diebstähle in ihrem Laden gegeben habe. Aber sie ist sich sicher, dass ihr Laufbursche Joseph Cobbins dafür verantwortlich ist.“

„Ich kenne die Cobbins-Familie. Wahrscheinlich hat sie damit recht.“

Lucy hob entschlossen das Kinn. „Ich bin mir nicht so sicher. Joseph ist ganz anders als der Rest seiner Familie. Tatsächlich habe ich –“

Der Major fiel ihr ins Wort. „Die Person, die ich beobachtet habe, war erwachsen, kein schmächtiges Kind wie Joseph.“

„Sie haben jemanden *gesehen*? Was hat die Person denn getan?“

„Sie hat etwas getragen. Etwas Schweres in Richtung der Kirche.“

„Das haben Sie bisher nicht erwähnt.“

Er rieb sich den Nacken genau an der Stelle, an der sein schwarzes Haar leicht lockig wurde. „Ich wollte nicht wie ein Verrückter wirken. Bookman und Foley machen sich bereits Sorgen um mich. Wenn ich darauf bestehen würde, dass ich mitten in der Nacht Fremde beobachtet haben will, die über mein Anwesen streifen, hätte das kaum den Eindruck untermauert, dass ich bei gesundem Verstand bin. Sie würden annehmen, dass ich mich wieder des Laudanums bedient hätte.“

Lucy erinnerte sich an die Bedenken, die seine Bediensteten ihr gestern vorgetragen hatten. Im Stillen stimmte sie ihm daher zu. „Ich frage mich, ob Sie vielleicht Joes Vater Ben gesehen haben.“

„Das ist möglich. Die Cobbins-Familie war schon immer niederträchtig. Es würde mich nicht überraschen, wenn Ben seinen Sohn ermuntert hätte, von seinen Arbeitgebern zu stehlen.“

„Der arme Joe ist inzwischen entlassen worden. Ich werde so bald wie möglich mit ihm sprechen.“

Seine Miene verfinsterte sich. „Seien Sie vorsichtig. Ich möchte nicht, dass Sie sich mit Ben Cobbins einlassen."

„Ich glaube nicht, dass er mir wehtun würde."

„Sie haben keine Ahnung, was er tun könnte, wenn er seinen Lebensunterhalt bedroht sieht. Halten Sie sich besser von ihm fern."

„Wer reißt jetzt die Dinge an sich? Ich bin durchaus in der Lage, auf mich selbst aufzupassen."

Er blickte sie zweifelnd an, verkniff sich zu ihrer Erleichterung aber einen weiteren Kommentar. „Was ist sonst im Dorf vorgefallen?"

„Nachdem ich mit Miss Amelia sprach, wurde ich von Mrs Weeks aus der Bäckerei herbeigerufen."

„Und?"

„Ihre Tochter Daisy ist davongelaufen!"

„Wie alt ist sie?"

„Achtzehn, glaube ich."

„Lassen Sie mich raten: Sie ist nach London geflohen und sucht jetzt ihr Glück auf der Bühne. Ist sie hübsch?"

„Nicht besonders. Wie ich höre, sind ihre Ambitionen eher praktischer Natur. Sie träumt davon, das Hausmädchen einer Lady zu werden."

Er prustete. „Sie wird mit größerer Wahrscheinlichkeit auf ihrem Rücken enden."

„Das ist sehr wahrscheinlich, aber laut ihrer Mutter ist sie nicht nur erfinderisch, sondern auch stur. Ich zweifle nicht daran, dass sie es schaffen wird, sich von Bordellbesitzern fernzuhalten."

Er starrte sie so lange an, dass sie unruhig wurde.

„Was ist los?"

„In vielerlei Hinsicht sind Sie sehr außergewöhnlich, Miss Harrington."

„Was meinen Sie damit?"

Er schenkte ihr eines seiner seltenen Lächeln und sie war beeindruckt, wie sehr sich dadurch sein Gesicht veränderte. „Ich muss mich für meine Grobheit entschuldigen."

„Sie haben nur die Wahrheit gesagt. Die meisten Mädchen, die sich unvorbereitet und allein in die Stadt wagen, enden in der Tat unter irgendeinem Mann."

„Aber die meisten jungen Ladys Ihres Standes wissen das nicht."

„Sie vergessen, dass ich die Tochter eines Geistlichen bin. Wir bekommen viel mehr zu sehen als die meisten Frauen unseres Standes."

„So scheint es mir auch."

„Ist es möglich, dass Sie beobachtet haben, wie Daisy das Dorf verließ? Der schnellste Weg vom Dorf zur Hauptstraße, wo die Postkutschen halten, führt an der Kirche vorbei."

„Nein, es war keine Frau."

Lucy lehnte sich zurück. „Könnte es mehr als eine Person gewesen sein?"

„Warum fragen Sie?"

„Weil eines meiner Hausmädchen ebenfalls verschwunden ist." Sie erzählte kurz die grundlegenden Fakten zu Marys Verschwinden. „Ich habe mich gefragt, ob es nicht möglich ist, dass die beiden Mädchen zusammen verschwunden sind und dass sie dabei vielleicht von zumindest einem Mann begleitet wurden."

„Wieso kommen Sie darauf?"

„Weil Susan O'Brien, das Hausmädchen bei den Hathaways, angedeutet hat, dass Mary eine neue Bekanntschaft gemacht habe und sie dafür vernachlässigte. Wenn Mary vorhatte, das Dorf mit Daisy Weeks zu verlassen, wäre ihr Kopf voll von solchen Plänen gewesen und sie hätte keine Zeit für ihre alte Freundin gehabt."

„Ich denke, das wäre möglich, aber es sah nicht aus, als würde es sich um zwei Mädchen handeln."

„Wie können Sie sicher sein? Es war dunkel und Sie waren recht weit entfernt.“

„Der Mond schien sehr hell. Das war auch der Grund, warum ich überhaupt aufgestanden bin, um die verdammten Vorhänge zu schließen.“ Er ließ sich tiefer in seine Kissen sinken. „Warum denken Sie, dass ein Mann involviert sein könnte?“

„Weil Mary sich für einen Mann interessierte, der dabei half, die neuen Stallungen bei unserem Anwesen zu bauen. Anna und ich hatten in Erwägung gezogen, dass sie mit ihm durchgebrannt sein könnte.“

„Und Daisy als Anstandsdame mitgenommen? Das erscheint mir unwahrscheinlich.“

Lucy seufzte. „Ich weiß. Ich finde einfach keine passende Lösung. Wenn Mary entschieden hatte, dass sie mit Daisy nach London wollte, warum hat sie damit nicht bis zum Quartalsende gewartet, damit sie ihren Lohn erhalten würde und ihre Kündigung abgeben konnte? Es ergibt mehr Sinn, wenn sie mit einem Mann durchgebrannt wäre. Vielleicht sahen Sie nur einen Mann, weil sie sich unter seinem Umhang versteckte.“

Major Kurland blickte gebannt aus dem Fenster, als versuche er, in seinem Kopf die Ereignisse zu rekonstruieren. „Das könnte es sein.“

„Was sollen wir dann tun?“

„Es gibt mehrere Möglichkeiten, die wir erkunden könnten. Zuerst sollten Sie mit Miss Mildred Porter reden und herausfinden, wen genau sie vorletzte Nacht beim Herumtreiben im Dorf beobachtet hat. Dann müssen Sie mit Joseph sprechen. Oder, falls Ihnen das lieber ist, ihn hierherbringen, damit wir ihn zusammen befragen können. Vielleicht reagiert er besser auf mich.“

Lucy hob die Hand. „Moment. Wenn Sie schon damit anfangen, Befehle zu erteilen, sollte ich sie mir notieren. Haben Sie hier Tinte und Papier?“

„Im Schreibtisch.“

Sie schritt zum Sekretär an der gegenüberliegenden Wand und zog den Stuhl darunter hervor. Der Major sah lebhafter aus, als sie ihn jemals gesehen hatte. Und trotz seines unangenehm gebieterischen Tons wollte sie nur ungern seinen Enthusiasmus zügeln. Sie öffnete das Tintenglas und benetzte die Feder.

„Mit Miss Mildred sprechen. Joseph zur Befragung bezüglich der Diebstähle herbringen." Sie schrieb die zwei Punkte auf und drehte sich dann zu ihm, die Feder bereit weiterzuschreiben. „Noch etwas?"

„Ja, überprüfen Sie, ob irgendwer sonst im Dorf Besitztümer vermisst."

„Warum soll ich das tun?"

„Weil wir abschätzen müssen, wie groß das Problem ist. Gibt es eine Bande, die das Dorf bestiehlt, oder geht es um Einzelpersonen wie Joe Cobbins oder Ihr Hausmädchen oder sogar um Scharen von marodierenden Veteranen, die meine Pächter terrorisieren?"

„Die letzte Option scheint mir ein wenig extrem."

„In diesen schweren Zeiten ist alles davon möglich. Foley war deswegen so besorgt, dass er mit mir letzten Abend über die mangelnden Sicherheitsvorkehrungen hier am Anwesen sprechen wollte."

„Was erwartet er denn von Ihnen? Die Zugbrücke hochzuziehen und kochendes Pech über die Zinnen zu schütten?"

Ein amüsierter Ausdruck spielte kurz über das Gesicht des Majors und ließ seine tiefen Sorgenfalten etwas sanfter wirken. „Ich vermute, genau das würde er gern tun. Aber wenn er sich in einem Haus, in dem er sein Leben lang gewohnt hat, nicht sicher fühlt, dann fühle auch ich mich nicht sicher."

Lucy begutachtete noch einmal die Liste. „Es könnte einfacher sein, als Sie denken. Über die letzten Monate haben Daisy und Mary vielleicht ein paar Kleinigkeiten gestohlen, um sich die Reise nach London zu finanzieren. Der Mann, den Sie beobachtet haben, war vielleicht nur angeheuert, um sie in die Stadt zu fahren, und trug lediglich ihr Gepäck zu seiner Kutsche."

Der Major blickte sie nachdenklich an. „Sie sind eine merkwürdige Kombination des Praktischen und des Romantischen, Miss Harrington."

„Ich will nur alle Szenarien berücksichtigen, Sir."

Er tippte sich mit dem Finger gegen das Kinn. „Ich werde mit Foley über unsere Bediensteten sprechen und nachhören, ob wir irgendwelche Diebstähle zu beklagen hatten."

Lucy schrieb alles auf und pustete dann vorsichtig auf die Tinte, damit sie schneller trocknete. „Wollen Sie die Liste sehen?"

„Ja, gern." Er streckte die Hand aus und sie schritt zu ihm ans Bett.

Sie beobachtete ihn, während er mit gerunzelter Stirn las. „Das genügt fürs Erste. Kommen Sie morgen wieder zu mir und bringen Sie Cobbins mit."

Lucy nahm das Papier an sich und kämpfte gegen den Impuls, dem Major zu salutieren. „Das werde ich, wenn ich die Zeit finde, Major." Sie hoffte, dass ihr skeptischer Tonfall deutlich machte, dass sie keiner seiner niederen Soldaten oder Diener war, die sich von ihm herumkommandieren ließen.

„Natürlich, Miss Harrington. Ich würde Ihnen nie Umstände bereiten wollen."

Sie legte die Notiz in ihren Korb und verließ den Major. Sie war hin- und hergerissen zwischen Freude darüber, dass ihr Patient sich so lebhaft zeigte, und Verdruss über sein herrisches Benehmen. Während er den ganzen Tag nichts zu tun hatte – außer im Bett zu liegen und Befehle zu erteilen –, hatte *sie* einen ganzen Haushalt zu führen. Unglücklicherweise erwartete sie dort die Aufgabe, mit Mrs Fielding über das Abendessen zu verhandeln. Eine der täglichen Aufgaben, die ihr am meisten widerstrebten.

Im Flur begegnete ihr Bookman, der einen Haufen frisch gewaschener Nachthemden in Richtung des Zimmers des Majors trug.

„Miss Harrington. Wie hat sich der Major bei Ihrem heutigen Besuch gezeigt?"

„Er wirkte etwas munterer."

Bookman lächelte. „Er hat letzte Nacht besser geschlafen."

Bookman war ein gut aussehender Mann um die dreißig mit braunem Haar, haselnussbraunen Augen und einer freundlichen und respektvollen Natur. Er war auf dem Kurland-Anwesen aufgewachsen, daher war er Lucy fast ebenso vertraut wie Major Kurland. Bookman war mit dem Major zusammen als dessen Offiziersbursche in den Krieg gezogen und war jetzt als sein Kammerdiener angestellt. Den Gerüchten nach hatte Bookman nach der Schlacht bei Waterloo den bewusstlosen Major unter dem leblosen Körper seines Pferdes gefunden und ihn eigenhändig in Sicherheit gezerrt. Zweifellos hatte er ihm damit das Leben gerettet.

„Hatten Sie Gelegenheit, Dr. Baker zu fragen, ob der Major in einem Stuhl beim Fenster sitzen darf?"

„Ich habe den guten Doktor heute noch nicht gesprochen, aber ich werde ihn darauf ansprechen." Bookman warf der Schlafzimmertür einen Blick zu. „Er braucht etwas, um seine Stimmung oben zu halten."

Lucy lagen ihre gemeinsamen Ermittlungen bereits auf der Zungenspitze, aber sie schaffte es, den Impuls zu unterdrücken, Bookman darüber zu informieren. Stattdessen nickte sie nur höflich. Wenn Major Kurland die Angelegenheit mit seinem Kammerdiener besprechen wollte, dann war das seine Entscheidung. Sie hatte ständig Angst, als tratschende alte Jungfer bekannt zu werden.

„Danke, Mr Bookman. Hoffen wir, dass Dr. Baker Ihre Meinung teilt."

***

Robert schaute von seiner Zeitung auf, als Bookman den Raum mit einem Stapel gefalteter Wäsche betrat.

„Sind Sie bereit für Ihr Frühstück, Major?"

Robert nahm seine geborgte Brille ab. „Ich denke, das bin ich."

„Freut mich zu hören, Sir." Bookman öffnete eine der Schubladen und ließ geschickt die Hemden hineingleiten. „Es wirkt, als hätte Miss Harrington Sie aufgemuntert."

„Sie ist gut zu mir."

„Sie erinnern sich vermutlich an wenig, als man Sie hierher zurückbrachte. Nachdem wir herausgefunden hatten, dass sich die Krankenschwester, die wir eingestellt hatten, ausgiebig am Gin bediente, ist Miss Harrington sofort eingesprungen und hat sich persönlich um Sie gekümmert. Und dabei war sie auch noch sehr talentiert. Man könnte fast sagen, dass Sie ihr, Dr. Baker, Foley und mir Ihr Leben verdanken."

„Darüber bin ich mir durchaus im Klaren, Bookman." Wie konnte er seinem langjährigen Diener und Gefährten nur erklären, dass er in seinen schlimmsten Stunden gehofft hatte zu sterben und die vier für ihre Anstrengungen, ihn am Leben zu erhalten, zutiefst verabscheut hatte? „Kommt Dr. Baker heute vorbei, um nach mir zu sehen?"

„Er wird um etwa sechs Uhr abends hier sein."

Er konnte ein Erschaudern nicht unterdrücken. Bookman schritt ans Bett und zupfte pingelig genau die Laken zurecht. „Keine Sorge, Major. Er will nur sehen, wie es Ihnen geht."

92

Robert warf seinem Diener einen ungehaltenen Blick zu. „Ich bin wohl kaum *beunruhigt.* Ein derartiger Feigling bin ich nicht."

„Das weiß ich. Ich habe Sie oft im Kampf gesehen, aber es lässt sich kaum abstreiten, dass der Doktor eine besondere Vorliebe dafür hat, Sie zu malträtieren." Bookman zögerte. „Es ist anders hier, nicht wahr? Auf dem Schlachtfeld akzeptiert man den Schrecken von Tod und Schmerz, weil er überall ist und man nichts anderes kennt. Aber in Kurland St. Mary? Schmerz und Leid passen hier irgendwie nicht ganz hin."

„Das ist sehr tiefgründig, Bookman."

Er lachte peinlich berührt. „Ich habe nur laut nachgedacht, Sir. Schenken Sie dem keine Beachtung."

Er wandte sich unter Roberts strengem Blick zur Tür. Bookman und er teilten ein Leben der Gräuel und litten vermutlich sogar unter denselben Albträumen. Es verwunderte kaum, dass sein Diener den Kontrast zwischen dem ruhigen, ländlichen England und dem vom Krieg zerrissenen Europa ebenso schwer miteinander vereinbaren konnte wie Robert.

„Wenn Sie die Zeit haben, über solche Dinge zu grübeln, muss Ihnen wahrlich langweilig sein. Das Sortieren meiner Nachthemden ist kaum eine angemessene Aufgabe für einen Mann Ihrer Fähigkeiten."

„Das ist nicht alles, was ich tue, Major. Ich helfe Foley dabei, die Angestellten zu leiten. Er wird auch älter, wissen Sie, und er ist recht vergesslich geworden."

„Ich schätze Ihre harte Arbeit und Ihre Loyalität, aber ich muss Sie darum bitten, mein Angebot noch einmal zu überdenken."

„Sie wollen mich wieder loswerden, Sir?" Bookman wandte sich zu Robert und musterte ihn. „Ich dachte, wir hätten das schon besprochen. Ich bleibe natürlich an Ihrer Seite."

„Danke, Bookman."

„Gern geschehen, Sir." Sein Kammerdiener salutierte und öffnete die Tür. „Ich hole jetzt Ihre Ration."

Robert ließ sich tiefer in seine Kissen sinken und stieß langsam seinen Atem aus. Er verdiente solche Loyalität nicht. Bookman kannte immerhin seine schlechtesten Seiten. Aber die wohlbehütet aufgewachsene, unverheiratete Tochter des Pfarrers dürfte sich eigentlich nicht so einfach tun, ihn oder seine brutale Militärkarriere in Übersee zu verstehen. Robert runzelte die Stirn. Sie verstand ihn dennoch und manchmal überraschte sie ihn mit ihrer nüchternen Vernunft.

Er hatte sich bei ihr nie für seine Pflege in der Zeit bedankt, als er mit Fieber im Bett gelegen und darum gebettelt hatte, seinem Leid ein Ende zu bereiten. Auf eine merkwürdige Art und Weise bestand nun auch zwischen ihnen ein einzigartiges Band.

Er vergrub diese unangenehmen Gedanken tief im Inneren seines Geistes. Robert dachte stattdessen über die Informationen nach, die Miss Harrington für ihn im Dorf gesammelt hatte. Er vermutete, dass sie viel besser Menschen dazu bringen konnte, sich ihr anzuvertrauen, als er es je vermochte – auch wenn sie die erlangten Informationen im Anschluss sehr bruchstückhaft und verworren wiedergab, so wie es in der Natur von Frauen lag. In seiner Rolle als Ortsvorsteher hatte Robert die Möglichkeit, tatsächlich Einfluss auf das Leben seiner Untergebenen zu nehmen. Eine solche Position sorgte allerdings gleichzeitig dafür, dass seine Pächter und die Dorfbewohner sich vor ihm fürchteten und vorsichtig waren, ihn nicht zu beleidigen.

Er würde sich auf die improvisierten Methoden Miss Harringtons verlassen und seinen geordneten männlichen Geist dazu nutzen, die verdreht wiedergegebenen Informationen aufzurollen und Sinn darin zu finden. Der Gedanke, dass Ben Cobbins in die Sache verwickelt sein könnte, bereitete ihm Sorgen. Er mochte es nicht, dass sich Miss Harrington mit so einem Schurken befassen musste, und noch dazu in dessen eigenem Haus. Er hoffte nur, sie würde auf seinen Rat hören und den Jungen ohne dessen Vater morgen früh nach Kurland Hall bringen.

Bookman erschien wieder mit einem Tablett in der Hand. Robert drang der Duft von Schweinebraten und Zwiebeln in die Nase. Das erste Mal seit einer ganzen Weile fühlte er sich tatsächlich hungrig. Bookman setzte das Tablett auf seinen Knien ab und entfernte die Speisehaube mit einem eleganten Schwung.

„Als die Köchin mir den Rücken zugedreht hat, habe ich den Haferschleim weggeschüttet und habe Ihnen mitgebracht, was die Diener essen. Es ist nichts Besonderes, aber ich denke, es könnte wieder etwas Fleisch auf Ihre Knochen bringen."

Robert nahm das Messer in die Hand. „Danke!"

„Gern geschehen, Sir." Bookman verneigte sich.

„Können Sie Foley fragen, ob er nachher zu mir kommen kann, nachdem ich gegessen habe?"

„Ja, Sir." Er hielt an der Tür inne. „Gibt es noch etwas, womit ich Ihnen helfen kann? Wie gesagt, ich habe versucht, vom alten Mann ein paar Verantwortlichkeiten zu übernehmen, die beim Führen dieses Haushalts anfallen. Er ist nicht mehr so jung und aufmerksam wie früher."

„Foley leistet gute Arbeit." Robert schaute auf. „Haben Sie plötzlich die Ambition, mein Butler zu werden?"

Bookmans Lächeln brach durch. „Vielleicht in etwa zwanzig Jahren, wenn Foley loszieht, um seinen Erschaffer zu begrüßen – möglicherweise nehme ich dann das Angebot an."

„Wenn Foley sich zur Ruhe setzt, können Sie die Stelle als die Ihre betrachten." Er riss ein Stück warmes Brot ab und tunkte es in den Bratenfond. „Aber schicken Sie ihn bitte trotzdem zu mir."

Als Foley eintrat, sah er seine vertraute Gestalt mit völlig neuen Augen. Er schätzte, dass der Butler, der noch von seiner Mutter eingestellt worden war, in seinen späten Fünfzigern oder frühen Sechzigern war. Er war ein dünner Mann mit ebenso dünnem, grauem Haar und sah aus, als ob ihn bereits ein mittelstarker Windstoß umwehen könnte. Er beschwerte sich oft über die kalten Windzüge, die durch das alte Haus strömten. Er verglich das Anwesen oft mit dem hässlichen Stuckkasten des Pfarrers neben der Kirche. Meistens fielen die Vergleiche dabei zugunsten des Pfarrhauses aus. Robert selbst hielt das neue Haus für eine Bausünde.

„Danke, dass Sie so schnell gekommen sind, um mich zu sehen." Robert winkte in Richtung des Stuhls am Bettrand. „Würden Sie sich gern hinsetzen?"

Foley hob sein Kinn. „Das wäre nicht angemessen, Sir."

„Hier sind nur Sie und ich, Foley. Niemand muss davon erfahren."

„Ich bevorzuge es, zu stehen."

„Wie Sie wünschen", sagte Robert ungeduldig. „Ich wollte mit Ihnen über die Sicherheitsbedenken bezüglich dieses Hauses sprechen."

„Sie hatten mir erklärt, dass ich überreagiere, Sir."

In der Stimme des Butlers lag eine Spur von Vorwurf, wodurch sich Robert wie ein getadelter Schuljunge fühlte. „Ich habe über das nachgedacht, was Sie gesagt haben. Woher kommen Ihre Befürchtungen?"

„Das erklärte ich Ihnen doch bereits, Sir."

„Das mit der Bande von Soldaten auf halbem Sold? Haben Sie denn tatsächlich Hinweise auf eine solche Bande hier in der Gegend gesehen?"

„Nicht direkt, Sir."

„Was bedrückt Sie denn dann?"

Foley senkte den Blick auf seine Füße. „Es fällt mir schwer, es zu erklären. Ich habe nur das ungute Gefühl, dass etwas nicht in Ordnung ist. Sie halten mich bestimmt für einen fantasievollen Narren, der sich zur Ruhe setzen sollte."

„Ganz und gar nicht."

„Ich weiß, dass Bookman der Meinung ist, dass er meine Arbeit machen könnte, aber er versteht nicht die ganze Komplexität."

„Foley." Robert wartete, bis der Butler ihn ansah. „Ich habe nicht vor, Sie loszuwerden und Bookman an Ihre Stelle zu befördern. Ich schätze Sie beide zu sehr. Aber falls Ihre Stelle tatsächlich zu viel für Sie wird und Sie den Wunsch haben, sich zur Ruhe zu setzen, ist das natürlich eine andere Sache."

„Was auch immer Bookman zu Ihnen gesagt hat, ich wünsche mir nichts Derartiges, Sir. Ich bin durchaus noch in der Lage, diesen Haushalt zu führen."

„Daran habe ich keine Zweifel." Robert hielt inne. Er hoffte, dass sein Butler und sein Kammerdiener nicht ständig im Konflikt standen. „Dann haben Sie vielleicht die Güte, mir zu erzählen, was Sie besorgt, ob es nun fantasievoll ist oder nicht."

„Es sind nur kleine Dinge, Sir. Beispielsweise, wie die neuen Bediensteten vom Militär in das bestehende Personal eingebunden werden könnten, wie ich mit den Geschäften des Anwesens umgehen kann, um die Sie sich derzeit nicht kümmern können –"

„Welche Probleme hat es mit meinem Mitarbeiterstab gegeben?"

Foley blickte auf seine Füße. „Es ist nicht viel, Sir, nur haben sie sich in Ihrer Abwesenheit angewöhnt, die Dinge auf eine bestimmte Art und Weise zu erledigen. Und jetzt, da Sie wieder da sind, musste sich einiges ändern."

„Macht Ihnen Bookman Probleme, Foley?"

„Oh nein, Sir! Wie schon gesagt, es ist nichts Bestimmtes. Nur das Gefühl, dass sich die Dinge geändert haben, seit Sie wieder hier sind."

„Vielleicht sollte ich wieder fortgehen und Ihnen Ruhe gönnen."

Foley fixierte ihn mit einem tadelnden Ausdruck. „Sie wissen, dass ich das nicht so gemeint habe, Sir. Sie haben natürlich das Recht, in dem Haus Ihrer Ahnen zu wohnen."

Ein Anflug von Kopfschmerzen machte sich bei Robert bemerkbar. Er versuchte sich zu entspannen und schloss für einen Moment die Augen.

„Geht es Ihnen gut, Major? Soll ich Bookman holen?"

„Nein, Sie können ihm sagen, dass er zu mir kommen soll, wenn Sie gehen. Worüber sind Sie noch besorgt?"

„Wie bitte, Sir?"

„Heraus damit. Es gibt irgendetwas, das Sie mir nicht erzählen."

Foley blinzelte. „Ich wollte Ihnen vorgestern schon davon erzählen, Sir, aber Sie hatten mir gesagt, dass ich mir Sorgen um nichts mache."

Robert hielt sein Temperament mit einiger Anstrengung im Zaum. „Worum geht es denn?"

„Nun, ich wollte Sie nicht damit behelligen, aber wir haben hier und da ein paar Wertgegenstände aus einigen der weniger benutzten Räume im Erdgeschoss verloren."

„Was für Wertgegenstände?"

„Kerzenhalter, Porzellan, ein paar Bücher aus der Bibliothek."

Robert setzte sich auf. „Wir haben einen Dieb unter uns?"

„Wir dachten, es wäre besser, Sie nicht damit zu belästigen. Kleine Diebstähle sind in einem Umfeld wie diesem nicht ungewöhnlich. Diese alten Anwesen haben viel zu viele Türen und Fenster, um sie alle im Auge behalten zu können. Jetzt, wo wir das Problem entdeckt haben, werden wir den Täter schnell fassen."

„Sie haben eine Idee, wer es sein könnte?"

„Nicht wirklich, Major, aber –"

„Wann hat die Sache angefangen?"

„Ich bin mir nicht sicher, Sir. Ich bin erst vor Kurzem darauf aufmerksam geworden, als eins der Hausmädchen im Staub Fußspuren fand, die aus einem der verschlossenen Zimmer auf der Westseite des Hauses herausführten."

„Die alten Zimmer meiner Mutter?"

„In der Tat, Sir. Als ich mich in den Raum begab, fiel mir auf, dass einige kleine Dinge entweder umgestellt worden oder verschwunden waren."

„Dann ist es vielleicht an der Zeit, dass wir das ganze verdammte Haus entrümpeln und ein Inventar aller Gegenstände in jedem Raum aufstellen."

„Das ist genau, was ich Ihnen vorschlagen wollte – sobald Sie wieder dafür bereit sind, das Haus für Gäste zu öffnen."

„Ich bin noch nicht bereit für Gäste, aber tun Sie es dennoch."

„Wie Sie wünschen, Sir." Foley verbeugte sich. „Es könnte sein, dass ich für ein solches Unterfangen mehr Bedienstete einstellen muss."

„Dann tun Sie das. Im Moment geht es uns finanziell gut." Foley ging zur Tür. „Und behandeln Sie mich das nächste Mal nicht wie einen Invaliden und sagen Sie mir, was in meinem eigenen Haus vor sich geht."

Er verbeugte sich erneut. „Natürlich. Ich werde Bookman zu Ihnen schicken." An der Tür drehte er noch einmal den Kopf und blickte über die Schulter. „Ich bin froh, dass Sie nicht vorhaben, mich schon zu ersetzen, Major."

Robert setzte ein verärgertes Gesicht auf. „Falls ich versuchen würde, Sie zu ersetzen, würde meine Mutter aus dem Grabe auferstehen, um mich heimzusuchen. Und jetzt gehen Sie, Foley, und beginnen Sie damit, neue Bedienstete einzustellen."

Er lehnte sich zurück und blickte hinüber zu den Fenstern. Es war bereits dunkel und die schwarze Silhouette des Kirchturms warf einen düsteren Schatten über den Rasen und die gesamte Vorderseite seines Anwesens. Seine Gedanken kreisten unablässig wie Krähen über dem Schlachtfeld. Was ging nur in Kurland St. Mary vor sich? Standen die Diebstähle im Zusammenhang mit den beiden Mädchen, die versuchten, sich die Reise nach London zu finanzieren, oder waren größere und skrupellosere Mächte am Werk? Was immer es war, Robert war trotz seiner derzeitigen Schwäche entschlossen, der Sache auf den Grund zu gehen.

Er kämpfte gegen eine überwältigende Welle der Erschöpfung. Ihm ging der Gedanke nicht aus dem Kopf, dass der Tod in der ganzen Angelegenheit eine Rolle spielen könnte. Für einen Moment erlaubte er sich, frei über das Schicksal der beiden Mädchen nachzudenken. War er so an die Gräueltaten des Krieges gewöhnt, dass er sofort vom Schlimmsten ausging? Könnte eine größere Bedrohung hinter den zwei vermissten Frauen und den Diebstählen stecken? Vielleicht hatten die Mädchen auf ihrer Flucht einen Dieb ertappt.

Irgendwo im Haus knallte eine Tür zu. Ganz der vom Krieg gezeichnete Veteran, griff Robert reflexartig nach seinem nicht vorhandenen Schwert. Das erste Mal in seinem Leben fühlte er sich in seinem eigenen Heim verwundbarer als auf dem Schlachtfeld. Vielleicht würde er Bookman doch anweisen, ihm seine Pistolen ins Zimmer zu bringen.

Kapitel 6

Am nächsten Morgen näherte sich Lucy mit einiger Nervosität der heruntergekommenen Hütte, die Joseph Cobbins sein Heim nannte. Sie hatte sich einige Zeit im Unterholz am Ende der Straße versteckt, bis sie Ben Cobbins vorbeikommen sah. Er trug seine Tasche mit der Wildererausrüstung auf dem Rücken und hielt einen dicken Knüppel in seiner kräftigen, fast prankenartigen Hand. Als er ihre Höhe erreichte, sprangen seine Hunde auf ihre Anwesenheit an. Sie wurden unruhig und begannen, um ihn herumzuspringen, zu bellen und sich miteinander zu raufen, bis er einem von ihnen einen leichten Schlag verpasste und sie damit ruhigstellte. Lucy konnte nur hoffen, dass er nicht zu früh entscheiden würde, nach Hause zurückzukehren. Die Hunde galten im Dorf als wahre Plage und ihr Besitzer war noch schlimmer.

Aus dem schiefen Schornstein drang eine dünne Rauchwolke, was Lucy zu der Annahme brachte, dass noch jemand zu Hause sein musste. Das Haus der Cobbins lag am Ende einer Reihe von vier Bruch- und Ziegelsteinhäusern und befand sich in einem desolaten Zustand. Das Stroh begann sich vom Dach zu lösen und die Eingangstür besaß weder Riegel, noch war auch nur eine Spur von Farbe auf der stark mitgenommenen Holzoberfläche zu erkennen. Im Gegensatz zu den meisten Nachbarhäusern gab es im Vorgarten kein Anzeichen von sauber angelegten Beeten oder Obstbäumen, die nur auf den Frühlingsanfang warteten. Das Gras reichte ihr bis an die Knie und mehrere Objekte, die Lucy nicht ganz identifizieren konnte, rosteten im Garten vor sich hin.

Man konnte die Cobbins-Familie allerdings nicht wirklich für den Zustand des Grundstücks verantwortlich machen, denn die Hütte gehörte dem Kurland-Anwesen und sprach nicht gerade für die Verwaltungskünste von Major Kurlands Landverwalter. Sie hatte schon häufiger Beschwerden darüber gehört, dass der alte Mr Scarsdale als besonders knausrig galt, und bei diesem Anblick konnte Lucy nur zustimmen. Er schien sich mehr dafür zu begeistern, die Tage in seinem eigenen, wohl gepflegten Cottage zu verbringen – und die Nächte mit der Witwe Gavin im *Whistling Pig*.

Mit diesem Gedanken eilte Lucy den Pfad zur Hütte hinauf. Sie klopfte an die schwere Eichentür, erhielt aber keine Antwort. Allerdings war der Schrei eines Säuglings zu hören, gefolgt von dem quengeligen Ruf eines anderen Kleinkinds. Mit einem Seufzen machte sie sich auf den Weg zur Rückseite des Hauses und bahnte sich dabei einen Pfad durch verschiedene Trümmer. Lucy wusste die Robustheit ihrer Schuhe an einem Ort wie diesem noch mehr zu schätzen. Die Hintertür hing lose in den Angeln, da das obere Scharnier offenbar kurz davor war, sich vollständig vom Haus zu verabschieden.

Sie klopfte erneut und fühlte nur wenig später ein Zupfen am Kleid. Als sie nach unten blickte, sah sie ein junges Kind, das sie mit haferschleimbeschmiertem Gesicht breit angrinste.

Sie erwiderte das Lächeln. „Hallo, ist dein Bruder Joseph zu Hause?"

„Timmy! Komm zurück, bevor ich dir den Hintern versohle!" Joe kam durch die Hintertür gestürmt, das strubbelige Kind begann zu weinen und versteckte sein Gesicht in den Falten von Lucys Kleid. Vorsichtig löste sie Timmys klebrige Finger aus dem Kleid und nahm ihn auf den Arm.

„Ist ja gut, mein Schatz. Du brauchst nicht zu weinen. Guten Morgen, Joseph, wie geht es dir?“

Joseph runzelte die Stirn. „Was wollen Sie?“

„Das ist nicht gerade die höfliche Art, jemanden zu begrüßen. Ist deine Mutter zu Hause?“

Er schubste die Tür hinter sich zu. „Sie ist krank.“

„Oh, wie gut von dir, dass du dich für sie so um deine Geschwister kümmerst.“

„Hab keine Wahl. Pa sagt, ich muss mich nützlich machen, schließlich hab ich keine Stelle mehr.“

Seine Wange war verfärbt – eindeutig die Spuren eines Faustschlags. Lucy stabilisierte ihren Griff um das strampelnde Kind, indem sie den Arm an der Hüfte abstützte. „Es hat mir so leidgetan, davon zu hören, Joe.“

„Dabei hab ich gar nichts geklaut.“ Er blickte ihr in die Augen. „Es hat mir Spaß gemacht, mit den alten Ladys zu arbeiten. Sie haben mir nie eine verpasst.“

„Würdest du also eine andere Stelle haben wollen?“

Er wandte seinen Blick ab und schob trotzig die Unterlippe vor. „Wer würde mich jetzt noch anstellen? Alle denken, ich wäre ein Dieb, so wie mein Vater.“

„Falls es dir nichts ausmacht, heute Nachmittag um drei auf dem Kurland-Anwesen vorstellig zu werden, würde Major Kurland dir gern ein paar Fragen stellen.“

„Fragen wozu?“

Sie lächelte ihn aufmunternd an. „Vielleicht geht es um eine zukünftige Stelle?“ Sie hasste es, Täuschung einzusetzen, aber falls ihr Verdacht korrekt und Joe unschuldig war, hatte sie vor, Major Kurland darum zu bitten, dem Jungen eine Stelle auf dem Anwesen anzubieten, die ihn endgültig von seinem Vater unabhängig machen würde.

„Da muss ich schauen.“

„Ich hoffe, deine Mutter kann dich entbehren.“

Er zuckte die Achseln. „Es wird sie in jedem Fall nicht kümmern, solange ich ihr nicht im Weg bin." Er streckte seine Arme aus. „Geben Sie mir Timmy, ich muss ihn noch anziehen."

Ein warmes Gefühl breitete sich an Lucys Hüfte aus und schnell hielt sie das Kind eine Armlänge von sich entfernt. Ein dunkler Fleck zog sich an ihrem Ausgehkleid hinunter. Timmy grinste sie an und Joe tat es ihm gleich.

„Sorry, Miss, er ist abgehauen, bevor ich ihm seine Windeln anziehen konnte."

„Das sehe ich."

Lucy übergab ihre undichte Last und tätschelte dem Jungen seinen zweifellos mit Läusen übersäten Kopf. „Ich werde heute später ebenfalls auf dem Anwesen sein, Joe. Ich freue mich, dich dort zu sehen."

„In Ordnung, Miss." Joe nickte und packte gleichzeitig seinen Bruder am Kragen und vereitelte damit einen weiteren Ausbruchsversuch. „Komm her, du ..."

Für Lucy blieb nichts zu tun, als ihr nasses Kleid anzuheben und den gleichen Weg durch den Garten zu nehmen, den sie gekommen war. Trotz ihrer Pläne hatte sie keine Wahl, als nach Hause zu gehen und sich ein weniger übel riechendes Kleid anzuziehen.

***

„Aber was, wenn ich nicht beim Fenster sitzen und die Aussicht genießen will?", fragte Robert.

Foley und Bookman blickten einander an und wandten sich dann – ausnahmsweise einig – wieder Robert zu.

„Anordnung des Doktors, Sir", sagte Bookman mit fröhlicher Stimme. „Wenn er möchte, dass Sie aufrecht sitzen, dann müssen wir genau das tun. Wir werden in Ihrer Nähe eine Glocke platzieren, damit Sie läuten können, wenn Sie etwas brauchen. Wir kommen dann sofort."

„Wie lange muss ich in dem verdammten Stuhl sitzen?"

„Dr. Baker hat gesagt, dass wir es langsam angehen sollen. Also etwa eine Stunde am ersten Tag und dann sehen wir, wie es läuft."

Robert blickte zum neuen Diener, der sich halb hinter Bookman versteckte und so tat, als würde er nicht zuhören. Klang Robert wirklich so trotzig und gebrechlich, wie er befürchtete?

„In Ordnung, dann werde ich es versuchen."

„Das ist die richtige Einstellung", stieß Foley erfreut aus. „Wir werden Sie im Nu auf dem Stuhl haben."

Bookman sprach sich mit dem Diener ab und zusammen positionierten sie sich neben Robert.

„Wenn Sie bereit sind, setzen Sie sich auf und schwingen Sie die Beine über die Bettseite. Wir werden dafür sorgen, dass Sie mit den Füßen sicher auf dem Boden stehen können."

Robert sagte Bookman nicht, dass er diesen Teil bereits gemeistert hatte, und ließ sich klaglos von seinem Kammerdiener helfen. Er biss die Zähne zusammen, als seine nackten Füße den Holzfußboden berührten und ein stechender Schmerz durch sein linkes Bein fuhr. Foley eilte herbei und kniete sich vor ihm hin. „Die Hausschuhe des Majors, Bookman!" Foley ließ Roberts Füße in die Schuhe gleiten und gab dann dem anderen Diener einen Wink.

„Holen Sie den Banyan des Majors."

„Seinen was, Mr. Foley?"

„Seinen Morgenrock, da auf dem Bett."

Es dauerte eine Weile, bis Robert mit Bookmans Hilfe in den lose sitzenden Hausmantel geschlüpft war, den Seidengürtel gebunden und herausgefunden hatte, wie er die Kleidung bequem über seiner Schiene tragen konnte. Für einen Moment dachte Robert daran, wie es sich jetzt wohl anfühlen würde, in einen der engen Mäntel gezwängt zu werden, die er als jüngerer Mann zu tragen pflegte. Er bezweifelte, dass er heute die dafür nötige Anstrengung aushalten würde.

„Wünschen Sie eine Nachthaube, Sir?", fragte Foley.

„Ich dachte, der Sinn dieser Übung wäre es, mich wach zu bekommen und nicht, mich einzuschläfern."

Foleys Gesichtszüge froren ein und Robert bedauerte seinen bissigen Kommentar. „Wenn mir kalt wird, werde ich mit der Glocke nach Hilfe läuten."

„Sehr gut, Sir." Bookman stand zu seiner Linken. „Würden Sie es bevorzugen, wenn wir Sie zum Stuhl tragen, oder sollen wir den Stuhl zu Ihnen bringen?"

„Macht es einen Unterschied?"

„Dann werden wir Sie tragen, Sir." Er nickte dem anderen Diener zu. „In Ordnung, James, auf drei heben wir den Major hoch."

Robert unterdrückte das absurde Bedürfnis, die Augen zu schließen, während er vorsichtig von der Bettkante gehoben wurde und man ihn die etwa zwanzig Fuß bis zum Stuhl am Fenster trug. Foley eilte hinterher, um einen Schemel unter seine Beine zu stellen, und Bookman ordnete die Kissen.

„Wie sitzt es sich, Sir?"

Robert verlagerte zögerlich sein Gewicht und lehnte sich langsam an den Rücken des klobigen Ohrensessels. Er schluckte schwer und Sterne breiteten sich vor seinen Augen aus. Eine Welle von Übelkeit erfasste ihn. Er atmete durch die Nase ein und konzentrierte all seine Willenskraft darauf, das Gefühl einfach verstreichen zu lassen. Dabei war er sich nur allzu bewusst, dass seine Diener ihn die ganze Zeit beobachteten.

„Vielleicht eine Decke, um Ihre Beine warm zu halten, Major?", schlug Foley vor und machte sich auf den Weg, eine zu holen.

„Major?", fragte Bookman leise. „Möchten Sie etwas Brandy?"

Robert schaffte es zu nicken, und nur einen Moment später spürte er ein Glas in der Hand, das er mit aller Kraft festhielt. Er sah, wie das Kristallglas das Sonnenlicht einfing und den bernsteinfarbenen Brandy, der darin herumschwappte, warm erleuchtete. Er konzentrierte sich darauf, sein Händezittern zu unterdrücken. Wie aus einiger Distanz hörte er Foley zu dem Diener sagen, dass er gehen dürfe, gefolgt vom Klang der Tür, die ins Schloss fiel. Er atmete tief durch und die Welt rückte zurück an ihren Platz. Ein vorsichtiger Schluck Brandy half noch besser, und zügig nahm er einen weiteren.

„So ist es richtig, Sir", sagte Bookman, während Foley weiterhin im Raum herumwuselte und eine Glocke nahe an Roberts Seite platzierte. Daneben legte er noch die neueste Londoner Zeitung vom Pfarrhaus und seine ungelesene Korrespondenz.

„Haben Sie die Lesebrille des Majors, Bookman?"

"Die habe ich hier", sagte Bookman und überreichte sie Robert feierlich. „Nun, sollen wir ihn erst einmal in Frieden lassen, damit er die Aussicht genießen kann?"

Bevor Robert ihnen danken konnte, hatten sie sich bereits zurückgezogen und ihn allein in seinem Stuhl zurückgelassen. Er nahm einen größeren Schluck Brandy und blickte auf seine bedeckten Beine. Das linke tat weh, aber das war nichts Neues, da es niemals aufhörte zu schmerzen. Manchmal fragte er sich, ob es jemals besser werden würde. Er hatte sich so sehr an den Schmerz gewöhnt, dass er fast schon zu einem Teil von ihm geworden war, einer neuen Facette seiner Persönlichkeit, die ihn in ein aufbrausendes, unvernünftiges Monster verwandelte.

Ein Sonnenstrahl erhellte das gewebte Muster seiner Decke und wärmte Roberts Schoß. Er legte die Hand ins

Licht und war schockiert, wie schmal und blass seine Finger aussahen. Er ballte die Hand zur Faust und war erstaunt über seine eigene Schwäche. Über Monate im Bett zu liegen war in vielerlei Hinsicht nicht gut für die Gesundheit eines Mannes.

Er hob den Blick, löste sich von den Gedanken und widmete sich stattdessen dem Ausblick vor seinem Fenster. Er hatte schon sein Leben lang in Kurland Hall gewohnt und diese Räume bezogen, nachdem sein Vater verstorben war. Dennoch konnte er nicht sagen, wie oft er sich tatsächlich sein Zuhause bewusst angesehen hatte. Es war so vertraut, dass er sich nie die Mühe gemacht hatte. Nach Monaten der Krankheit konnte er nun die Gärten mit neuen Augen betrachten und wusste sie noch viel mehr zu schätzen.

Zu seiner Rechten lag die Heckenbegrenzung, dahinter die massige Kurland Church mit ihrem normannischen Turm und Schiff. Die Kirche war von der Kurland-Familie gestiftet worden und gefüllt mit den Namen aller verstorbenen Vorfahren Roberts seit den Kreuzzügen. Als Kinder hatten er und sein Bruder Matthew um Erlaubnis gebettelt, das Grab von Sir Roger De Kurland auszugraben, fest in dem Glauben, dass der verlorene Schatz der Tempelritter mit ihm vergraben lag.

Vor Roberts Fenster erstreckte sich ein sanftes, mit Gras bewachsenes Gefälle bis hinunter zu dem Ort, an dem früher der Graben und die Fischteiche für die mittelalterliche Küche gelegen hatten. Das Haus war heute nicht länger von einem Graben umringt, denn einige der späteren Vertreter der Kurland-Familie hatten ihn in eine Reihe verbundener Zierteiche umbauen lassen, die sich durch die gut gepflegten Gärten schlängelten und in einen kleinen Teich mit einer Insel mündeten. Das Wasser war nicht besonders tief, sodass Robert und die Kinder aus dem Ort dort viele glückliche Stunden damit verbracht hatten, Schwimmen oder den Umgang mit kleinen Ruderbooten zu erlernen. Zu seiner Linken lagen einige Steintreppen, die hinunter in den Rosengarten führten, den seine Mutter angelegt hatte, und zu einem inzwischen recht überwucherten Irrgarten.

Robert verengte die Augen zu Schlitzen und starrte auf das dunkle Grün der Heckenreihen. Er würde mit dem Gärtner reden müssen und den Irrgarten entweder ersetzen oder ganz entfernen lassen. Verdammt, er konnte sich an den Namen des Mannes nicht erinnern. Foley würde ihn wissen. Roberts Hand schwebte schon über der Glocke, doch dann hielt er inne. Wollte er wirklich, dass Foley schon so schnell zurückkehrte? Tatsächlich genoss er das Gefühl, allein zu sein und frei von den bedrückenden Bettlaken.

Ein männlicher Pfau kam aus dem Irrgarten und stolzierte mit herabhängenden Schwanzfedern den abschüssigen Rasen hinunter. War es seine Mutter gewesen, die die verfluchten Vögel eingeführt hatte, oder seine Großmutter? Nach seiner langen Abwesenheit bedingt durch den Kampfeinsatz im Ausland und seine kürzliche Erkrankung hatte er die Verbundenheit zu seinen Wurzeln und seinen Bediensteten gänzlich verloren. Wollte er den Schritt wagen und sie sich zurückholen oder war der Aufwand dafür zu groß?

Er gab nach und läutete die Glocke. Der Geschwindigkeit nach zu urteilen, mit der Foley wieder erschien, hatte er die ganze Zeit direkt vor der Tür gewartet.

„Ja, Sir? Schmerzt Ihr Bein, brauchen Sie Ihre Medizin oder soll ich nach Dr. Baker schicken lassen?"

Robert wartete, bis Foley der Atem ausging. „Es geht mir gut, Foley. Was ich tatsächlich zu haben wünsche, ist mein Fernglas. Bookman wird wissen, wo es ist."

***

Als Lucy das Schlafgemach von Major Kurland betrat, fiel ihr Blick auf das leere Bett und sie schlug sich unwillkürlich die Hand vor den Mund.

Foleys Räuspern hinter sich ließ sie aufschrecken. „Wie ich bereits versucht habe Ihnen mitzuteilen, bevor Sie losgestürmt sind, Miss Harrington, *sitzt* Major Kurland beim Fenster." Er glich den anklagenden Ton seiner Stimme mit einem breiten Lächeln und einem Zwinkern aus.

„Das sind großartige Neuigkeiten." Lucy schritt hinüber zum Erker, ihr Korb hing wie immer an ihrem Arm. „Guten Tag, Major."

„Guten Tag, Miss Harrington."

Sie nahm ihn gründlich unter die Lupe, aber abgesehen von seinem blassen Gesicht schien es ihm recht gut zu gehen. Statt des üblichen Nachtgewands trug er jetzt einen prächtigen grünen Morgenrock mit weiten, bestickten Ärmeln. In einer Hand hielt er seine Brille und in der anderen ein langes Metallrohr. Aus irgendeinem Grund sah er im Sitzen deutlich stattlicher aus.

„Oh, ist das Ihr Fernglas? Darf ich es einmal sehen?"

Er übergab es ihr, ohne zu zögern. „Sie müssen ein Auge schließen, um es richtig zu benutzen."

„Das weiß ich, Tom hatte auch eins." Lucy hob das Fernglas an ihr Auge und wandte sich zum Fenster. Plötzlich hatte sie den Irrgarten im Blick und sie keuchte überrascht auf. „Oha, das ist erstaunlich! Alles erscheint so nah."

„Ich muss gestehen, dass ich mir die letzte halbe Stunde die Zeit damit vertrieben habe, die Maulwürfe und Pfauen auszuspionieren. Die Zeit ist dadurch wie im Fluge vergangen." Er nahm das Fernglas wieder an sich. „Haben Sie Joseph Cobbins mitgebracht?"

Lucy inspizierte die Uhr auf dem Kaminsims. „Ich habe ihn darum gebeten, um drei hier zu sein, also in weniger als einer Viertelstunde. Ich sagte ihm, dass Sie ihm ein paar Fragen stellen wollen. Ich deutete ebenfalls an, dass Sie eine Stelle für ihn hier auf dem Anwesen haben könnten. Ich hoffe, das macht Ihnen nichts aus, aber es war der einzige Weg, der mir einfiel, ihn dazu zu bringen, hier aufzutauchen."

„Wie wahrscheinlich es ist, dass ich ihm eine Stelle anbieten werde, Miss Harrington, hängt vom Wahrheitsgehalt seiner Antworten ab."

„Das verstehe ich, aber der Junge tut mir einfach leid. Es war recht offensichtlich, dass er von seinem Vater wegen des Verlusts seines Arbeitsplatzes übel zugerichtet wurde."

„Oder weil er ertappt wurde. Der Junge würde sicher wie sein Vater lieber zu Hause bleiben und die Dorfbewohner terrorisieren, statt sich auf anständige Art seinen Lohn zu verdienen."

„Ich glaube nicht, dass er so ist. Joe war schon immer anders als der Rest seiner Familie und niemand würde freiwillig in dieser Hütte hausen." Sie erschauderte. „Sie ist so heruntergekommen, dass ich mich frage, warum sie nicht schon längst über ihren Köpfen zusammengebrochen ist."

Major Kurland fuhr das Fernrohr mit einem Klick wieder ein. „Das ist eine meiner Hütten, oder?"

„Ich glaube schon."

„Warum hat mein Verwalter sie dann nicht entweder repariert oder die Familie hinausgeworfen? Wir haben keinerlei Pflicht, die Familie zu beherbergen, schließlich steht Cobbins nicht in meinen Diensten."

„Ich glaube, Ben sieht sich selbst noch als Ihr Angestellter, als einer Ihrer Wildhüter. Ich bezweifle, dass Mr Scarsdale mit ihm darüber diskutieren möchte."

„Das ist doch aber Scarsdales Aufgabe."

„Ich weiß, aber –" Lucy zögerte, entschied sich aber weiterzusprechen. „Er scheint kein Interesse daran zu haben, Reparaturen an Ihrem Besitz durchzuführen oder die Beschwerden Ihrer Pächter ernst zu nehmen oder überhaupt auch nur zuzuhören."

„Und wie würden Sie darüber Bescheid wissen?"

„Weil jeder mit mir spricht." Sie lächelte kaum merklich. „Ich bin wie die Frau von Caesar."

„Ich schätze, das stimmt." Major Kurland sah sie mit ernstem Blick an. „Ich werde mit ihm sprechen."

Lucy setzte sich auf den Stuhl gegenüber. „Mir steht es nicht zu, mich da einzumischen, Sir."

„Weil Sie sich für einen Tag genug eingemischt haben?"

„Ich würde es nicht ‚einmischen‘ nennen, Sir. Ich habe lediglich Ihre Aufmerksamkeit auf ein Problem gelenkt, dessen Lösung in Ihrer Kontrolle liegt."

„Wenn ich es denn lösen möchte."

„Warum würden Sie das nicht? Dies ist auch Ihr Zuhause und ich bezweifle, dass Sie erleben möchten, wie es verfällt." Sie spürte, dass sie ihr Gegenüber für einen Tag genug bedrängt hatte, und wandte sich daher dem Tisch am Bettrand des Majors zu. „Möchten Sie, dass ich Ihnen vorlese?"

„Nein danke. Ich glaube, mir ist innerhalb meiner eigenen kleinen Welt zu viel Material zum Nachdenken gegeben worden, um mir auch noch über die Angelegenheiten der Nation und der Welt Gedanken zu machen."

Sein Tonfall war säuerlich, aber Lucy tat so, als würde sie das gar nicht bemerken. Männer mochten es nicht sonderlich, wenn man sie verbessern wollte, besonders nicht, wenn eine Frau dies tat. Es war immer besser, das Argument vorzutragen, und der Gentleman würde sich dann schon selbst davon überzeugen, dass es von Anfang an seine eigene Idee gewesen war.

Der Major reichte ihr einen Brief.

„Vielleicht könnten Sie versuchen, den Sinn aus diesem Brief meiner Tante Rose herauszulesen. Ich muss gestehen, dass es mir nicht möglich ist, auch nur ein Wort zu lesen, ohne dass ich Kopfschmerzen bekomme."

Lucy untersuchte die krakelig beschriftete Seite genau, versuchte sie aus unterschiedlichen Blickwinkeln zu betrachten, aber es war zwecklos. „Ich *vermute*, dass sie vorschlägt, Sie besuchen zu kommen, aber ich bin mir nicht ganz sicher wann." Sie blickte auf. „Der Rest ergibt für mich keinen Sinn, aber es scheint um Daten und Uhrzeiten zu gehen und darum, wen sie gedenkt mitzubringen. Und das hier sieht aus, als würde sie Sie fragen, ob Sie zufällig Legehennen brauchen."

„Mehr konnte ich auch nicht entziffern." Er nahm den Brief mit einem Seufzer wieder an sich.

„Wollen Sie, dass sie zu Besuch kommt?"

Ein Lächeln huschte über sein Gesicht. „Wenn meine Tante Rose sich in den Kopf setzt, mich zu besuchen, gibt es nichts, was sie davon abhalten könnte."

„Sie ist die Schwester Ihrer Mutter, richtig?"

„In der Tat. Sie war recht häufig zu Besuch, als meine Mutter noch lebte."

„Ich glaube, ich kann mich an sie erinnern. Ich habe sie als sehr angenehm in Erinnerung. Ihre Gesellschaft wird Ihnen guttun."

„Ich bin mir da nicht so sicher. Ich habe nicht vor, mich jetzt schon wieder in die Gesellschaft einzubringen."

„Sie ist Ihre Tante, das zählt wohl kaum als ‚die Gesellschaft‘."

„Das stimmt, aber sie wird sich ohne Zweifel amüsieren wollen, sodass ich mich vor Besuch am Morgen und Einladungen auf alle möglichen Veranstaltungen kaum retten können werde."

„Sie müssen niemanden empfangen oder Einladungen annehmen", erinnerte ihn Lucy.

„Meine Tante kann ihre eigenen Gäste empfangen und ich gelte im Moment wohl eher nicht als gefragter Gast auf irgendeinem Ball hier auf dem Land." Er lächelte bitter. „Außer natürlich ich stelle zwei kräftige Diener ein, die mich auf diesem Stuhl herumtragen."

„Das liegt im Bereich des Möglichen, Sir."

„Ich würde das lieber nicht versuchen." Er reichte ihr einen weiteren Brief, dieses Mal ein offiziell aussehendes Schreiben mit rotem Siegel. „Der hier ist von meinem Regiment."

Lucy brach vorsichtig das Siegel auf und entfaltete die einzelne Pergamentseite.

„Gott sei Dank ist der Brief viel deutlicher geschrieben: ‚An Major Robert Kurland von den Königlichen Husaren des Prinzen von Wales. Wir bitten um Ihre Anwesenheit bei einem abendlichen Empfang unseres königlichen Patrons, Seiner Königlichen Hoheit des Prinzregenten, im Carlton House am neunzehnten dieses Monats.'"

Lucy blickte vom Schreiben auf. „Oha, die Einladung kommt von einem echten *Mitglied der Königsfamilie*. Wie enttäuschend, dass Sie nicht daran teilnehmen können."

„Ich gehöre nicht zu den Anhängern des Prinzen. Ich wäre vermutlich nicht einmal erschienen, wenn ich in der Lage gewesen wäre."

„*Nicht erschienen?*" Lucy starrte ihn an. „Im Carlton House?"

„Ich war schon öfter dort und es war immer zu voll und zu heiß. Der Prinzregent scheint etwas gegen das Öffnen von Fenstern zu haben."

„Aber ..." *Wie es sich wohl anfühlen musste, die Dinge, von denen sie nur träumen konnte, mit völliger Gleichgültigkeit zu betrachten?* „Ist es nicht eine besondere Ehre?"

„Es klingt nur, als suchte der Prinz wieder einmal eine Entschuldigung, um sich für unseren Erfolg in der Schlacht selbst auf die Schulter zu klopfen."

„Er ist der Patron Ihres Regiments."

„Aber er hat nie mit uns gekämpft."

„Er ist der Thronerbe, niemand würde ihn derart sein Leben riskieren lassen. Denken Sie doch an die Thronfolge!"

Er verzog das Gesicht. „Der Prinzregent hat mehrere Brüder. Allerdings muss ich Ihnen recht geben: Der Gedanke, dass auch nur irgendeiner dieser Brüder auf dem Thron sitzt, ist ebenso furchtbar. Meine einzige Hoffnung besteht darin, dass König George sich bald erholt und wieder die Regierungsgeschäfte übernimmt, bevor sein Sohn uns alle in den Ruin lenkt." Lucy ließ sich den Brief widerstandslos aus den Händen nehmen. „Wären Sie vielleicht bereit, mir zur Hand zu gehen und eine kurze Nachricht zu schreiben, in der ich die Einladung ablehne und meine derzeitigen Umstände erläutere?"

„Aber natürlich, Sir. Soll ich den Brief jetzt sofort schreiben oder darf ich ihn mit nach Hause nehmen? Sind Sie wirklich sicher, dass Sie keinen Sekretär benötigen?" Lucy stand auf und funkelte ihn an.

Sein süffisantes Lächeln ließ sie nervös werden. „Was immer Ihnen besser passt, Miss Harrington. Ich würde es hassen, wenn ich Ihre Pläne mit meinen unwichtigen Pflichten durcheinanderbrächte."

Es klopfte an der Tür und Lucy nutzte die Gelegenheit, um ihre Sachen zusammenzuräumen und den Brief in ihrem Korb zu verstauen. Foley trat ein, zusammen mit dem mürrisch dreinblickenden Joseph Cobbins.

„Major Kurland, Miss Harrington. Offenbar erwarten Sie diesen jungen Mann?" Er stupste Joseph in die Seite. „Behalte deine Finger bei dir, Cobbins. Ich werde deine Taschen durchsuchen, bevor du gehst."

Falls das möglich war, wurde Joes Blick noch ungehaltener. Lucy stand auf und nahm ihn in Empfang.

„Joseph, danke für dein Erscheinen. Hast du Major Kurland schon einmal getroffen?"

Sie legte eine Hand auf Joes Schulter und bugsierte ihn zwischen den Möbeln hindurch, bis sie vor dem Major standen.

„Guten Tag, Joseph."

„Was ist denn mit Ihnen passiert?" Joe musterte den sitzenden Major.

Bevor Major Kurland sich beleidigt fühlen konnte, meldete Lucy sich zu Wort. „Major Kurland wurde in der Schlacht von Waterloo verwundet."

Joes Augen weiteten sich. „Verdammt, wirklich? In welchem Regiment?"

„Die Königlichen Husaren des Prinzen von Wales." Diesmal antwortete der Major, bevor Lucy Gelegenheit hatte.

„Das zehnte?"

„Ganz recht."

„Ich werd verrückt, das wusste ich gar nicht, Sir. Pa sagt immer, dass alle Lords und Ladys nur faule Tunichtgute sind, die es verdienen, ihre Köpfe zu verlieren wie die Leute in Frankreich."

„Ich bin Soldat und kein Aristokrat – aber dein Vater hat nicht ganz unrecht, muss ich sagen."

„Also ich bin mir sicher, Sie würden Ihren Kopf behalten, Sir." Joe nickte enthusiastisch. „Echte Soldaten sind Teufelskerle. Haben Sie eine Menge Franzosen erwischt?"

Lucy bemerkte, dass sich die Miene des Majors anspannte, und lächelte die beiden daher strahlend an. „Joseph, ich bin mir sicher, dass Major Kurland lieber über die kürzliche Kontroverse mit deinen Arbeitgeberinnen sprechen möchte als über seine Erfahrungen im Krieg."

„Kontro-was?" Joe kratzte sich am Kopf. „Meinen Sie die alte Lügnerin, Miss Amelia, die behauptet, ich hätte Sachen aus ihrem Laden geklaut?"

„Warum würde dich Miss Amelia einen Dieb nennen, wenn sie nicht der Überzeugung wäre, dass es stimmt?"

„Ich weiß nicht, Sir. Es sind wirklich Sachen aus dem Laden verschwunden, daran besteht kein Zweifel. Aber ich war der, der es zuerst bemerkt hat! Nicht mal gedankt hat sie mir dafür. Hat behauptet, ich hätte ihr das gesagt, um sie von meiner Boshaftigkeit abzulenken oder so was in der Richtung." Er schniefte und wischte sich die Nase mit dem Ärmel ab. „Aber die Sache ist die: Jeder könnte der Dieb sein. Jeden Tag ist das halbe Dorf im Laden und durchwühlt ihre Waren."

„Stimmt das, Miss Harrington?"

„So ist es, Major. Der Laden der Potters ist immer gut besucht."

„Hast du jemals Mary Smith oder Daisy Weeks dort gesehen, Joseph?"

„Ja, Major. Manchmal kommen sie zusammen in den Laden, giggeln vor sich hin, flüstern miteinander – wie Mädchen das eben tun."

„Sie waren befreundet?"

„Ich denke schon." Joseph kratzte sich erneut am Kopf, begutachtete, was sich am Finger gesammelt hatte, und zerdrückte es. „Aber Sie wissen ja, wie Mädchen sind: Sie streiten sich immer mal wieder über dies und das."

„Ist eine der beiden jemals zusammen mit einem Mann im Laden gewesen?"

„Welche Art Mann? Ihr Vater oder wer?"

„Nein, jemand, den du vielleicht nicht kanntest."

„Ich glaube nicht."

„Wer kommt sonst öfter in den Laden?"

„So ziemlich jeder, außer Ihnen und den Adelsleuten von den großen Anwesen. Die schicken ihre Diener, um die Arbeit zu erledigen, und ich liefere die Bestellungen direkt bis an die Küchentür." Sein Blick wurde düster. „Oder habe ich zumindest früher."

„Hat dein Vater dich dazu ermuntert, eine Stelle zu suchen?"

„Nein, das kam ganz von Miss Harrington. Pa hielt es für idiotisch, besonders, weil ich ihm nie Reste mit nach Hause gebracht habe oder irgendwas, was er weiterverkaufen konnte."

„Er hat erwartet, dass du für ihn stiehlst?"

„Ja, aber das heißt nicht, dass ich es auch getan habe." Joe blickte den Major trotzig an. „Wenn ich nur hätte stehlen wollen, hätte ich dafür nicht im Laden arbeiten müssen. Ich hätte einfach weiter bei meinem Pa bleiben und mir von ihm alle Tricks zeigen lassen können."

„Wieso hast du die Stelle dann angenommen?"

Lucy war vom ruhigen Ton des Majors beeindruckt, bis ihr auffiel, dass er es wahrscheinlich aus seiner Zeit in der Armee gewohnt war, mit jungen Männern umzugehen. Sie vermutete, dass der Major, auch wenn sein ruppiges Benehmen auf anderes schließen ließ, alles in allem recht gut darin war, den Charakter anderer zu beurteilen.

Joe wurde rot. „Es ist so, Sir: Ich wollte meiner Mutter helfen und auch für mich ein bisschen was zusammensparen, sodass ich irgendwann wegrennen und der Armee beitreten kann. Mein Pa gibt mir keinen Penny, wenn ich für ihn arbeite."

Lucy suchte den Blick des Majors und er nickte ihr kaum merklich zu, ohne dass Joe davon etwas bemerkte.

„Wie alt bist du?"

„Dreizehn, Sir."

„Ein wenig jung fürs Militär."

„Ich werde in ein paar Monaten vierzehn."

Robert lehnte sich zurück und musterte den Jungen von Kopf bis Fuß. Dieser war sichtlich bemüht, gerade zu stehen und groß zu erscheinen. „Ich möchte dir etwas unterbreiten, Joseph."

„Unterbreiten, Sir?"

„Dir einen Vorschlag machen. Wenn du ein Jahr lang in meinen Stallungen arbeitest und dabei eine weiße Weste behältst, werde ich meinen Einfluss nutzen, damit du in ein gutes Regiment kommst, und dich auf meine Kosten ausrüsten."

Joes Unterkiefer klappte herunter. „Warum wollen Sie so etwas tun?"

„Weil ich dir eine Chance geben möchte, dich zu beweisen. Jeder verdient eine Chance und ich glaube, das Militär würde dir guttun." Er hob einen warnenden Finger. „Aber sei dir über eins im Klaren: Wenn du auch nur einen Maiskolben aus dem Futter meiner Pferde stiehlst, wirst du ohne Umschweife rausgeschmissen und gar nichts von mir erhalten."

„Was ist mit meiner Mutter? Wer wird auf sie und die Kleinen aufpassen?"

„Wie alle meine Angestellten wirst du Freizeit haben, die du gern mit deiner Mutter und deinen Geschwistern verbringen kannst. Ich erwarte aber, dass dein Vater dich weder bei der Arbeit noch irgendwo hier auf meinem Anwesen besucht. Ich werde ihm das persönlich klarmachen."

Joe sah Robert erstaunt an. „Ich will ihn ohnehin nicht sehen, Sir. Das schwöre ich, aber ich muss sichergehen, dass es meiner Mutter gut geht."

„Diese Einstellung ehrt dich, Joseph. Ich bin sicher, dass Miss Harrington und ich mit vereinten Kräften erreichen können, dass für deine Mutter gesorgt ist. Wenn du wünschst, kann ich auch veranlassen, dass ein Teil deines Lohns direkt an sie gezahlt wird.

Nimmst du mein Angebot an?" Robert streckte die Hand aus.

„Ja, Sir. Das tue ich, Sir. Danke, Sir." Joe ergriff Roberts Hand und schüttelte sie energisch. „Wann kann ich anfangen?"

„Wenn du die Glocke läuten würdest, werde ich direkt mit Foley sprechen. Du kannst unten warten, bis er die nötigen Vorbereitungen getroffen hat."

Foley trat ein und Robert nickte Joe zu.

„Bringen Sie bitte den jungen Joseph in die Küche und stellen Sie sicher, dass er etwas zu essen bekommt. Wenn das erledigt ist, kommen Sie bitte zurück und bringen Sie Sutton mit."

„Sutton aus den Ställen, Sir?"

„Ja, Foley."

„Warum wollen Sie *ihn* sehen, Major? Er wird den ganzen Dreck durchs Haus tragen."

„Wollen Sie mir etwa vorschreiben, wen ich in meinem eigenen Haus empfangen darf?"

Foleys Blick wanderte zu Boden. „Natürlich nicht, Sir. Ich suche ihn sofort."

Robert wartete, bis die Tür hinter dem Butler und Joe ins Schloss gefallen war, bevor er sich entspannte.

„Da liegt das Problem mit alten Dienern der Familie, nicht wahr?", sagte Miss Harrington. „Sie werden recht besitzergreifend. Aber Ihr Blick war wirklich eiskalt. Ich bin mir sicher, er wird vor Besuchern nicht noch einmal Widerworte geben."

Robert wandte sich Miss Harrington zu, die ihm noch immer gegenübersaß. Sie hatte ihre Haube abgenommen und erlaubte damit einen freieren Blick auf ihr sauber geflochtenes Haar und ihre reine Haut. Die Erdtöne ihrer Kleidung entsprachen in etwa der Farbe ihrer Augen. Nachdem er an die umwerfenden Schönheiten vom europäischen Festland und die Ladys aus

London gewöhnt war, sah sie im Vergleich eher aus wie ein verstaubter Spatz.

„Seit ich vom Festland zurück bin, behandeln Foley und Bookman mich wie ein Kind."

„Das überrascht mich nicht. Wenn jemand ans Bett gefesselt ist, bringt das in allen die schlechtesten Instinkte wieder hervor. Die Person im Bett fällt zurück in den Status eines Säuglings und der Pfleger wird zur Mutter. Manchmal möchte man natürlich getröstet und umsorgt werden, aber nicht für immer."

„Wollen Sie andeuten, ich hätte eine derartige Behandlung *genossen*, Miss Harrington?"

„Ganz und gar nicht, Major. Sie waren zweifellos kein fügsamer Patient, bei Ihnen war von Anfang an klar, dass Sie so bald wie möglich wieder auf den Beinen sein wollten."

„Ich habe es *gehasst*, ans Bett gefesselt zu sein."

„Als Mann der Tat würde man das von Ihnen auch erwarten." Sie lächelte. „Würden Sie gern über Joe Cobbins sprechen oder sind Sie zu müde?"

„Er war bezüglich der Diebstähle nicht besonders hilfreich, nicht wahr?" Robert rieb sich am Kinn. „Fast das gesamte Dorf war in dem verdammten Laden."

„Aber er hat bestätigt, dass Mary und Daisy befreundet waren und dass sie zusammen in den Laden kamen, allerdings nicht mit einem unbekannten Mann. Er hat Sie außerdem davon überzeugt, dass er nichts gestohlen hat. Wenn er nicht der Dieb ist, müssen wir herausfinden, wer es dann ist."

„Foley erzählte mir, dass hier auch einige Dinge gestohlen wurden."

„Hier auf dem Anwesen?" Miss Harrington schüttelte den Kopf. „Dann sollten wir unseren Blick auf mehr richten als nur den Dorfladen."

„Wie ich befürchtete, Miss Harrington, haben wir es hier vermutlich mit einer organisierteren Bande von Kriminellen zu tun."

Sie hob trotzig das Kinn. „Ich denke noch immer, dass die zwei die Reise mit Diebesgut finanzieren wollten."

„Nun, wir werden sehen, was jetzt im Dorf passiert, da die Mädchen nach London geflohen sind. Wenn die Diebstähle aufhören, dürfte sich Ihre Theorie als richtig herausstellen. Aber falls nicht, suchen wir nach einer Bande, die sich hier in der Gegend niedergelassen hat."

Sie lächelte ihn an. „Sie waren sehr freundlich zu dem Jungen, vielen Dank."

Er winkte ab. „Er muss ein neues Leben beginnen und je eher er von seinem zwielichtigen Vater wegkommt, desto besser. Werden Sie Mrs Cobbins helfen? Ich entschuldige mich dafür, dass ich Ihre Hilfe angeboten habe, ohne das vorher abzusprechen."

„Natürlich helfe ich. Können Sie jemanden vorbeischicken, der den Zustand der Hütte inspiziert und feststellt, ob man darin überhaupt leben kann?"

„Ist ihr Zustand so schlimm?" Robert blickte sie skeptisch an.

„Das ist sie." Ihre braunen Augen waren unnachgiebig.

„Ich werde Foley darum bitten, Mr Scarsdale umgehend hinzuschicken."

Miss Harrington nahm ihren Korb sowie ihre Haube und Handschuhe. „Sie sehen etwas müde aus, Major. Ich bin mir sicher, das kann bis morgen warten. Wollen Sie Joe hierbehalten oder soll ich bleiben und ihn gleich nach Hause begleiten?"

„Er wird vermutlich nach Hause gehen müssen, um seiner Mutter die Nachricht zu überbringen, aber ich werde Bookman mit ihm schicken. Die Umstände müssen Sie sich nicht machen."

Sie band ihre schlichte Haube unter dem Kinn fest. „Ich muss gestehen, dass ich ein bisschen besorgt bin, was Ben Cobbins tun wird, wenn er herausfindet, dass sein Sohn erneut seinem Einfluss entkommen ist."

„Überlassen Sie das mir, Miss Harrington. Ich werde dafür sorgen, dass er die Lage versteht."

Ihr zweifelnder Gesichtsausdruck wanderte an seinem nutzlosen Körper entlang, was ihn die Muskeln anspannen ließ. „Es mag sein, dass ich den Mann in einem gerechten Kampf nicht besiegen kann, aber ich bin hier immer noch der Magistrat. Es gibt andere Wege als rohe Gewalt, mit denen man Gehorsam sicherstellen kann, Miss Harrington."

„Daran zweifle ich nicht, Sir. Macht und Privilegien werden oft auf diese Art ausgenutzt." Sie nickte und ging in Richtung Tür. „Guten Tag."

Sie schloss die Tür hinter sich mit einem lauten Knall, der nicht dazu beitrug, Roberts aufkommende Kopfschmerzen zu lindern. Ihm fiel auf, dass er den Kiefer fest zusammengedrückt hielt und sich mit aller Kraft an den Armlehnen des Stuhls festklammerte.

„Vorwitziges Weibsbild!"

Während Robert auf Foleys Rückkehr wartete, konzentrierte er sich wieder auf die Aussicht vor dem Fenster. Miss Harrington war erstaunlich impertinent. Sie hatte nicht nur angedeutet, dass er es *genossen* hatte, ans Bett gefesselt zu sein, sie hatte sich auch noch erdreistet, nahezulegen, dass er eine Art aristokratischer Tyrann war. Sie hatte keine Ahnung, wie sehr er sich danach sehnte, es mit Ben Cobbins im Faustkampf aufzunehmen und ihn spüren zu lassen, wie sich ein blaues Auge anfühlte, so wie das, das er seinem eigenen Sohn verpasst hatte ...

Und was die Behauptung anging, dass er im Bett liegen und wie ein Säugling behandelt werden *wollte* ... Er starrte angestrengt die vorbeiziehenden weißen

Wolken an. Hatte sie erraten, dass ein tief versteckter, feiger Teil von ihm genau davon träumte – davon, für immer im Bett zu bleiben, die Kontrolle über den Schmerz aufzugeben zusammen mit seiner Stellung im Leben und seiner Militärkarriere. Gezwungen zu sein, aufrecht zu sitzen und seine Umgebung wahrzunehmen, hatte ihn wieder mit der Welt in Verbindung gebracht. Er war sich allerdings nicht sicher, ob er dafür wirklich bereit war.

Ein Klopfen an der Tür riss ihn aus den Gedanken. Er wartete, bis Foley und Jack Sutton, der Vorsteher seiner Ställe, mit dem er ebenfalls gemeinsam im Krieg gedient hatte, ins Zimmer kamen und erläuterte ihnen seine Zukunftspläne rund um Joe Cobbins.

Kapitel 7

Lucy saß am Schreibtisch ihres Vaters und fuhr mit den Fingern über die sauber aufgelisteten Positionen in den Geschäftsunterlagen. Sie kümmerte sich um einen Großteil der Finanzen des Haushalts und konnte daher leicht die kritzeligen Kommentare zu jedem der Einträge am Rande der Seite entziffern. Glücklicherweise waren im letzten Jahr die Ausgaben für den Bau des neuen Hauses und des Anwesens geschrumpft und ihre Schulden waren minimal. Er versuchte, entsprechend seiner Mittel zu leben, aber seine Vorliebe für immer neue Pferde siegte von Zeit zu Zeit über seinen Verstand. Es war dann an Lucy, seine Exzesse mit ein paar Tricks in der Haushaltsführung auszugleichen.

Sie blätterte einige Seiten zurück und blieb mit dem Finger auf einem Eintrag stehen, in dem die Zahlungen für den Holzbau der neuen Stallungen aufgelistet waren. Der Empfänger war ein Zimmermann namens Isaiah Bridges, der in Lower Kurland wohnte. Hatte der Mann, für den Mary sich interessiert hatte, für die Bridges gearbeitet? Wenn sie Edward zu den äußeren Gemeinden begleiten würde, musste sie ihnen einen Besuch abstatten und nach ihm fragen.

„Lucy?"

Sie hörte Anthony nach ihr rufen und schlug das Geschäftsbuch zu.

„Ich bin im Arbeitszimmer."

Er trat ein und war noch damit beschäftigt, sich die Weste zuzuknöpfen. „Hast du meinen blauen Mantel gesehen?"

„Wann hast du ihn zuletzt getragen?"

„Vor einer Woche etwa. Ein Knopf fehlte und du hattest gesagt, du würdest ihn reparieren.“

Lucy erhob sich. „Ich war so beschäftigt, dass ich eine der Dienerinnen gebeten habe, sich darum zu kümmern.“ Sie sah Betty im Korridor vorbeigehen. „Weißt du, was mit Master Anthonys blauem Mantel passiert ist?“

„Der mit den großen, glänzenden Knöpfen?“

„Genau der, hast du ihn gesehen?“

„Ich erinnere mich, dass Mary ihn vor ein paar Tagen auf dem Schoß hatte und einen Knopf annähte, aber was danach damit passiert ist, weiß ich nicht.“

Lucy hatte sich bereits auf den Weg die Treppen hoch gemacht. „Edward sagte, dass Mary versehentlich ein paar deiner Kleidungsstücke in sein Zimmer gelegt hatte. Ich schaue mal nach, ob da auch dein Mantel dabei war.“

Sie ging die zweite Treppe hinauf und folgte dem schmalen Gang, der zu Edwards Tür führte. Sie nahm an, dass er bereits das Haus verlassen hatte, um zur Kirche zu gehen, aber sie klopfte dennoch. Zu ihrer Überraschung wurde die Tür geöffnet und Edward trat daraus hervor. Als er sie erblickte, veränderte sich sein Gesichtsausdruck, als wäre er bei etwas ertappt worden. Er trat in den Gang und schloss die Tür hinter sich.

„Miss Harrington.“

„Guten Morgen, Edward. Geht es Ihnen gut?“

„Ich bin recht spät aufgewacht.“ Er machte Anstalten, sich an ihr vorbeizudrängen. „Entschuldigen Sie bitte, aber ich habe noch einiges zu tun.“

„Bevor Sie davoneilen, können Sie in Ihrem Schrank nachschauen, ob Anthonys bester blauer Mantel dort ist?“

„Anthonys Mantel?“ Er blickte verblüfft drein. „Oh, natürlich! Lassen Sie mich kurz nachsehen.“

Er verschwand in seinem Zimmer und schlug die Tür vor Lucys Nase zu. Nach wenigen Momenten war er zurück mit dem Mantel über dem Arm.

„Ist es dieser hier? Ich bin überrascht, dass er mir nicht schon früher aufgefallen ist. Für meinen Geschmack ist er etwas zu auffällig und auch nicht gerade für meinen Beruf angebracht."

„Er ist auch für einen Pfarrerssohn etwas zu auffällig, aber Anthony musste ihn einfach haben." Sie nahm den Mantel und legte ihn sich über den Arm. „Vielen Dank, Edward. Anthony wird sehr erleichtert sein."

Sie trug den Mantel den Gang hinunter, wo sie auf ihren Bruder traf, der unruhig auf und ab ging.

„Sehr gut gemacht, Schwesterherz! Wo um alles in der Welt hast du ihn aufgetrieben?"

„In Edwards Schrank. Mary war offenbar sehr abgelenkt, bevor sie uns verließ."

„Danke!" Er untersuchte den Mantel. „Du glaubst nicht, dass der alte Edward ihn absichtlich an sich genommen hat und darin wie ein Dandy umherstolziert ist?"

„Das würde ich bezweifeln." Lucy versuchte ein Lächeln zu unterdrücken. „Es ist wohl kaum sein Stil."

Anthonys Grinsen verschwand. „Verdammt, Mary hat den Knopf an der falschen Stelle und mit weißem Garn angenäht." Er hielt Lucy den Mantel hin. „Gott, so kann ich den nicht tragen."

Lucy sah sich die reparierte Stelle näher an. „In der Tat. Lass ihn bei mir und ich bringe das in Ordnung."

„Aber ich will ihn jetzt anziehen."

Lucy hob die Augenbrauen. „Deinen besten Mantel? Wofür denn wohl? Solltest du nicht eigentlich deinen Tutor heute Morgen treffen?"

Anthony murmelte etwas und wandte den Blick ab.

„Du triffst dich doch mit Mr Galton, *oder*?"

„Kann man denn nicht mal einen Tag für sich haben?", fragte Anthony herausfordernd. „Selbst Gott hat am Sabbat geruht."

„Liebster Bruder, es ist nicht Sonntag und du arbeitest so schon kaum für dein tägliches Brot."

Anthonys Wangen nahmen Farbe an. „Und du bist nicht meine Mutter, also was geht es dich an?"

Lucy hielt den Blick auf ihn fixiert. „Mir ist wichtig, dass es dir gut geht. Wenn Vater herausfindet, dass du deinen Unterricht vernachlässigst, wirst du ihm Rede und Antwort stehen müssen."

„Und was soll er schon tun? Nichts! Er kümmert sich um nichts als seine verdammten Pferde."

„Das ist nicht wahr." Lucy machte einen Schritt auf ihn zu und legte eine Hand auf Anthonys Arm. „Was ist wirklich los?"

Er schüttelte ihre Hand ab. „Ich werde rechtzeitig zurück sein, um Mr Galton zu sehen, also musst du niemandem etwas petzen."

„Das ist ungerecht. Ich war immer deine größte Unterstützerin."

„Ich hole mir etwas anderes zum Anziehen." Er wandte sich um, ging die Treppe hinauf und ließ Lucy am Treppenabsatz zusammen mit dem Mantel stehen. Einen Moment lang dachte sie darüber nach, ihm nachzulaufen, aber was konnte sie schon sagen? Wenn er sich ihr nicht anvertrauen wollte, konnte sie ihn kaum dazu zwingen.

Mit einem leisen Seufzer ging sie in die Hinterstube, die wie jeden Morgen mit Licht durchflutet war. Ihr Nähkorb stand neben dem Stuhl und enthielt bereits einige Hemden der Zwillinge sowie Socken, die es zu stopfen galt, und einen halb fertiggehäkelten Seiden-Pompadour. Trotz ihrer Bedenken über die Ausflüchte ihres Bruders würde sie den Knopf richten und den Mantel in sein Zimmer legen. Sie suchte einen Strang brauner Seide heraus und durchschnitt vorsichtig die weißen Fäden, die den hastig angenähten, schiefen Zinnknopf am Mantel hielten. Es war ihr ein Mysterium, warum Anthony unter der Woche seinen besten Mantel brauchte, und das Geheimnis zu entwirren, würde schwerer sein, als den Knopf zu richten. Ging er aus, um jemanden zu treffen, und wenn ja, warum war es ein Geheimnis?

Während sie nähte, dachte sie über die Nachbarschaft nach und überlegte, ob vielleicht ein Mädchen aus dem Ort Anthonys Aufmerksamkeit geweckt haben könnte. Sie hielt inne, die Nadel blieb über dem Mantel stehen. Gab er sich mit einigen der wilderen jungen Adeligen ab, die hierherkamen, um zu jagen, oder hatte die Sache mit einem jungen Mädchen zu tun? Immerhin wollte er seinen *besten* Mantel tragen ...

Stampfende Stiefel und der Knall der Vordertür verrieten ihr, dass Anthony das Haus verlassen hatte. Lucy befestigte den Knopf mit einem letzten Faden, band ihn sicher ab und entfernte den Rest mit ihrer Schere. Sie strich den Mantel auf ihrem Schoß glatt, inspizierte die anderen Knöpfe und krempelte die Taschen richtig herum.

In einer der Taschen ertastete sie eine Unebenheit. Sie griff in das seidene Innere und zog ein kleines Kästchen heraus, das sich bei näherer Betrachtung als Porzellanarbeit entpuppte, die mit einer aufwendigen pastoralen Szene auf dem Deckel bemalt war. Sie untersuchte das Kästchen vorsichtig, aber darauf befanden sich keinerlei Schriftzeichen abgesehen von den üblichen Markierungen des Herstellers.

Wo hatte Anthony so etwas nur her? Es gehörte mit Sicherheit nicht ins Pfarrhaus und soweit sie wusste, hatte er sich nicht angewöhnt, Schnupftabak einzunehmen. Hatte er es beim Kartenspiel gewonnen oder hatte es ihm vielleicht jemand als Andenken gegeben?

Der Gedanke, der ihr kam, beschämte sie und sie ließ das Kästchen zurück in die Tasche gleiten. Sie war nicht seine Mutter und auch wenn er ihr sehr am Herzen lag, hatte sie nicht das Recht, in seinen Privatangelegenheiten herumzuschnüffeln. Wenn er ihr erzählte, was los war, würde sie ihm natürlich helfen, aber seine Kritik, dass sie zum Wachhund ihres Vaters wurde, hatte sie getroffen. Er war erwachsen und sie hatte kein Recht, sich in sein Leben einzumischen. Sie stand auf, legte den Mantel über den Arm und entschied sich dazu, das reparierte Stück in sein Zimmer zu bringen.

***

Robert wurde von streitenden Stimmen aus seinem unruhigen Nickerchen gerissen. Es dauerte einen Moment, bis er sich erinnerte, wo er war. Fluchend warf er die Decke, die jemand vorsichtig auf ihm platziert haben musste, ab und drehte den Kopf, sodass er die Tür im Blick hatte. Dahinter ertönte das Trampeln von Stiefeln und er konnte mehr als eine wütende Stimme ausmachen.

Die Tür wurde mit solcher Kraft aufgestoßen, dass sie gegen die Wand krachte und alles im Zimmer erbeben ließ. Robert fiel es nicht schwer, den unerwarteten Besucher zu erkennen. Ben Cobbins war ein furchteinflößender Anblick, ein Mann, dem anzusehen war, dass er es genoss, schwächeren Menschen Schmerzen zu bereiten. „Wo ist mein Junge?", bellte Cobbins, während er auf Robert zustürmte.

Robert blickte unbeeindruckt zu dem Berg von einem Mann hinauf. „Mr Cobbins."

„Ich sagte: Wo ist mein Junge? Was haben Sie und dieses neugierige Weibsstück aus dem Pfarrhaus mit ihm gemacht?"

Foley eilte an Cobbins' Seite. „Lassen Sie den Major in Ruhe, Ben Cobbins. Es geht ihm nicht gut und er kann Störungen von Ihresgleichen nicht gebrauchen!"

Robert winkte Foleys Einwand ab und fokussierte den Blick auf Cobbins. „Falls Sie von Ihrem Sohn Joseph reden, er hat eine Stelle in meinen Stallungen angenommen und hat dort heute seine Arbeit aufgenommen. Da er gestern Abend nach Hause ging, um seine Sachen zu holen und seine Mutter in Kenntnis zu setzen, kann ich mir nur schwer vorstellen, dass Sie nichts von den Umständen seiner Abreise wussten."

„Sie haben kein Recht, mir meinen Sohn wegzunehmen." Ben atmete schwer, sein Gesicht war rot vor Wut, die Augen zu Schlitzen verengt wie bei einem Bullen kurz vor dem Angriff.

„Es lässt sich schwerlich behaupten, ich hätte ihn ‚weggenommen', Mr Cobbins. Ich habe ihm lediglich eine Stelle angeboten, die er annahm. Mir erschließt sich nicht, warum Sie sich so aufregen."

„Sein Lohn sollte an mich gehen und nicht an seine Mutter."

„Sein Lohn ist seine Angelegenheit", sagte Robert mit ruhiger Stimme. „Wenn er ihn mit seiner Mutter teilen möchte, dann ist das seine Sache, nicht meine."

Er bemerkte, dass sowohl Bookman als auch der Diener James durch die Tür getreten waren. Auch bemerkte er, dass er die Erleichterung eines Feiglings bei ihrem Anblick verspürte. Cobbins' wütender Blick wanderte zwischen den Anwesenden umher, die Hände waren zu Fäusten geballt.

„Ich will den Bengel sehen."

„Er arbeitet gerade. Ich bin sicher, er wird Sie gern sehen, wenn er an seinem freien Tag, am Sonntag, nach Hause kommt. Vielleicht treffen Sie ihn ja in der Kirche. Ich ermuntere alle meine Angestellten, die Morgenmesse zu besuchen."

„Zum Teufel, nein.“

„Ich verstehe Ihren Ärger nicht, Mr Cobbins. Die meisten Väter wären froh zu sehen, dass ihre Söhne für ihren Lebensunterhalt arbeiten.“

„Nicht für einen Adeligen.“

„Ach wirklich? Aber sind Sie nicht auch einer meiner Angestellten? Falls Sie sich damit unwohl fühlen, bin ich sicher, dass wir sofort veranlassen können, dass die Lohnzahlungen an Sie umgehend eingestellt werden.“

Cobbins spuckte auf den Holzfußboden. „Seien Sie verdammt, Major Kurland. Ich leiste gute Arbeit für Sie, fragen Sie doch nur Mr Scarsdale.“

„Ich denke, Ihr Anliegen bei mir ist damit erledigt, Mr Cobbins. Werden Sie ruhig das Haus verlassen oder benötigen Sie Hilfe dabei?“

Bookman machte einen Schritt vorwärts und hielt eine von Roberts Duellpistolen mit gespanntem Abzug auf Ben gerichtet.

Cobbins’ Blick wanderte zu Robert. „Sie haben Glück, bereits ein nutzloser Krüppel zu sein, Major Kurland, oder ich müsste Sie davor warnen, dass Sie eines Nachts in einer dunklen Gasse ausrutschen könnten und Ihr schönes Gesicht etwas abkriegen könnte.“

„Vielen Dank für die Warnung, Mr Cobbins. Wenn ich wieder auf den Beinen bin, werden wir Ihre Theorie wohl auf die Probe stellen müssen, nicht wahr?“

Foley stellte sich zwischen Cobbins und Robert. „Gehen Sie heim, Ben, lassen Sie den Major in Frieden.“

Cobbins warf einen letzten drohenden Blick über die Schulter, bevor er das Zimmer geleitet von Bookman und James verließ.

Robert blickte auf seine nutzlosen Beine und bemühte sich, die Welle von Frustration und Wut zu unterdrücken, die ihn überkam. Der Hass im Gesicht von Ben Cobbins hatte Robert allzu heftig an seinen jämmerlichen Zustand erinnert. Hätte Cobbins nicht der

Sinn danach gestanden nachzugeben, hätte er Robert problemlos hochheben und ihm das Genick brechen können wie einem Hühnchen. Und Robert wäre nicht auch nur ansatzweise in der Lage gewesen, ihn davon abzuhalten.

„Geht es Ihnen gut, Sir?", fragte Foley, der sich zu ihm heruntergebeugt hatte, um ihn auf Augenhöhe zu begutachten. „Sie sehen etwas mitgenommen aus."

„Bringen Sie mir einen Brandy."

Ausnahmsweise gab Foley keine Widerworte und schenkte Robert eine stattliche Portion ein. „Bitte sehr, Sir. Unglaublich. Die Dreistigkeit dieses Mannes ... Wie er hier hereinstürmte, als ob ihm das Haus gehörte!"

Robert nahm einen Schluck Brandy, der wie Feuer im Hals brannte. „Ich kann nicht behaupten, dass es mich sehr überrascht. Er war schon immer ein unangenehmer Zeitgenosse und es hat ihn sicherlich verärgert, die Kontrolle über den Lohn des jungen Joe zu verlieren."

Foley schenkte ihm nach. „Er ist einfach im Korridor an mir vorbeigestürmt! Ich musste ihn die Treppe hinauf verfolgen. Zum Glück hat Bookman ihn auch gesehen und James geholt, bevor Schlimmeres passieren konnte."

„Stellen Sie sicher, dass Sutton weiß, was vorgefallen ist, und weisen Sie ihn an, Joe nahe bei sich zu behalten."

„Ich werde ihm sofort Bescheid sagen, Sir." Foley zögerte. „Außer, Sie wollen, dass ich mich einen Moment zu Ihnen setze?"

„Es geht mir gut, Foley."

„Gott sei Dank, Major. Ich hätte es nicht ertragen, wenn dieser Rüpel Ihre Genesung gestört hätte."

„Gehen Sie und sprechen Sie mit Sutton! Und geben Sie Bookman Bescheid, dass ich ihn sehen möchte, sobald er unseren ungebetenen Gast von meinem Land eskortiert hat."

Foley verschwand durch die Tür und Robert atmete schwer aus. Nachdem er in Frieden mehrere Monate lang zu Hause gelebt hatte, hatte er vergessen, wie die Außenwelt seinen jetzigen Zustand wohl bewerten würde. Er war jetzt ein Mann, der nicht selbst auf sein Pferd steigen konnte oder auch nur die Stärke hatte, ein Schwert zu halten.

Ein Schwächling.

Als er jünger gewesen war, hätte er einen solchen Mann bemitleidet und insgeheim verachtet. Er trank sein Glas Brandy aus und sah sich nach der Karaffe um. Foley hatte sie allerdings auf dem Beistelltisch platziert, der gerade außerhalb von Roberts Reichweite stand. Er konnte es sich ohnehin nicht erlauben, sich zu dieser Tageszeit zu betrinken. Was würden seine Diener ansonsten von ihm halten?

„Ich bin ihn losgeworden, Sir." Bookman trat ein und schloss die Tür hinter sich. „Ein hässlicher Bursche, nicht wahr? Es würde mich nicht überraschen, wenn er hinter den Diebstählen hier im Haus steckt."

„Foley hat Ihnen davon erzählt?"

„Das hat er, Major, und ich habe mich dazu bereit erklärt, die Sicherheitsvorkehrungen hier im Haus zu überprüfen und einen Weg zu finden, die Langfinger, die sich hier herumtreiben, von Ihren Besitztümern fernzuhalten."

Bookman bot ihm die Karaffe mit Brandy an, Robert lehnte jedoch mit einem Kopfschütteln ab. „Ich habe Cobbins gesagt, dass ich ihn erschieße, wenn er sich hier irgendwo in der Nähe des Hauses oder der Stallungen blicken lässt, egal was das für Konsequenzen hätte."

Robert hörte etwas Hartes in Bookmans Stimme. Sein Kammerdiener hatte sich im Krieg als unbarmherziger Soldat entpuppt, der nicht zögerte zu töten. Wenn es um ihr Überleben ging, hatte Bookmans Kaltblütigkeit mehr als nur einmal Roberts Leben gerettet.

„Danke!"

Bookmans grimmiger Gesichtsausdruck verblasste. „Sie müssen mir nicht danken, Sir. Sie hätten dasselbe getan, wenn unsere Rollen vertauscht wären."

Er bezweifelte das. Für Bookmans Geschmack war Robert normalerweise zu nachsichtig. „Ich hoffe, dass sich Ben Cobbins von Joe fernhält."

„Er ist ein Feigling und ein Rüpel, Sir. Jetzt, wo er einen Warnschuss erhalten hat, wird er sich fernhalten – zumindest für eine Weile."

„Und seine arme Frau muss die volle Wucht seiner Wut ertragen. Ich würde ihn nur zu gern aus seiner sogenannten Arbeit für mich entlassen, aber dann würde seine Familie aus ihrem Zuhause geworfen." Robert schüttelte den Kopf. „Übrigens sollte jemand zum Pfarrhaus gehen und Miss Harrington warnen, sich von der Cobbins-Familie fernzuhalten, bis sich die Dinge beruhigt haben. Ich will nicht, dass sie sie besucht, während Ben noch in seiner Hütte herumtobt."

„Wo wir gerade von Hütten sprechen, Mr Scarsdale ist soeben unten eingetroffen. Er sagt, er wolle mit Ihnen reden. Soll ich ihn auf einen anderen Tag vertrösten?"

„Nein, schicken Sie ihn rauf, ich muss mich mit ihm unterhalten." Er sah zu, wie Bookman die abgeworfene Decke aufsammelte und wieder über Roberts nutzlose Beine legte. „Ich hätte Sie gern mit im Raum, während ich mit ihm spreche."

„Wenn Sie das wünschen, bleibe ich natürlich." Er zögerte. „Allerdings glaube ich nicht, dass Mr Scarsdale Ihnen große Probleme bereiten wird. Er ist nicht gerade auf dem Höhepunkt seiner körperlichen Tüchtigkeit." Er nahm etwas aus der Manteltasche und legte es in Roberts Schoß. „Fühlen Sie sich damit besser, Major?"

Robert spürte das allzu bekannte Gewicht seiner Pistole in den Händen und ließ die Finger über den Griff streichen. „Ja, ich denke schon."

„Ich würde sie unter der Decke verstecken, Sir. Wir wollen nicht, dass Mr Scarsdale sich vor Angst in die Hosen macht. Er sah auch so schon besorgt genug aus."

Robert unterdrückte ein Lächeln, während er die Pistole unter der Decke verstaute und darauf wartete, dass Bookman mit seinem Landverwalter zurückkehrte.

„Mr Scarsdale, Sir."

Bookman verbeugte sich und blieb dann an der Wand stehen, wie ein vorbildlicher Diener, den man kaum bemerkte. Mr Scarsdale ging in einem Bogen um Roberts Stuhl, blieb neben dem Fenster vor ihm stehen und neigte unterwürfig den Kopf. Seine Kleidung war die eines bescheidenen Gentlemans vom Land – allerdings zeigte sich bei näherer Betrachtung die außergewöhnlich hohe Qualität des Stoffs. Sein graues Haar war an den Seiten kurz geschnitten und von hinten nach vorn –ähnlich wie bei Napoleon – über den kahlen Teil seines Kopfes gekämmt. Seine Miene verriet nur wenig darüber, was in ihm vorging.

„Major, es ist schön zu sehen, dass Sie wieder auf den Beinen sind."

„Nicht ganz auf den Beinen." Robert deutete zu seinen bedeckten Gliedmaßen. „Aber ich bin entschlossen, mich wieder in die Verwaltung meiner Ländereien einzuarbeiten."

Auf Scarsdales ernstem Gesicht flackerte eine Spur von Ungemach auf. „Kein Grund zur Eile, mein Junge. Ich habe alles gut im Griff."

„Entschuldigen Sie, aber ich bin kein Junge mehr." Robert wandte sich an Bookman. „Bringen Sie mir bitte die Geschäftsbücher, die neben meinem Bett liegen. Ich habe einen sehr interessanten Abend damit verbracht, sie zu lesen."

„Das war doch nicht nötig, Sir.“

Robert richtete einen verachtungsvollen Blick auf seinen Verwalter. „Doch, ich glaube, das war es, Mr Scarsdale. Die Ausflüchte nützen Ihnen nichts. Warum haben Sie meine Ländereien nicht anständig instand gehalten?“

„Nun, was das angeht, Sir, ich –“

„Halten Sie mich nicht zum Narren, Mr Scarsdale. Wie Sie sehen, bin ich nicht länger ein bettlägeriger Kranker. In den Büchern fehlen hohe Beträge – und zwar finanzielle Mittel, die eigentlich in meine Häuser und Grundstücke hätten fließen sollen. Aber es ist nichts getan worden, um die Häuser in Schuss zu halten oder die Landbewirtschaftung zu verbessern, seit ich fortgegangen bin.“

„Sie verstehen nicht, Sir. Die Kosten sind gestiegen. Wegen des Krieges, wissen Sie, es –“

Robert hob die Hand und Scarsdale verstummte augenblicklich. „Dieses Anwesen hat mehr als genug Geld, um die finanziellen Unsicherheiten einer Volkswirtschaft im Krieg zu überleben. Sie, Mr Scarsdale, haben entweder sehr schlechte Entscheidungen getroffen oder die Gelder für Ihre eigenen Zwecke missbraucht.“ Er schwieg einen Moment, in dem er seinen schwitzenden Verwalter ungehalten anstarrte. „Wenn Sie bis zum Ende dieser Woche die fehlenden Gelder nicht erklären können, erwarte ich Ihr Kündigungsgesuch.“

„Wollen Sie andeuten, ich hätte Sie *angelogen*, Major Kurland?“

„Ich will es nicht andeuten, ich habe es Ihnen gerade verdammt noch mal ins Gesicht gesagt! Wenn man Sie wegen Diebstahls und Betrugs nicht vor den örtlichen Magistrat schleifen soll – der zufälligerweise ich selbst bin –, schlage ich vor, Sie geben sich geschlagen und verlassen diesen Ort umgehend.“

„Aber Major Kurland, Sie waren krank, Sie sind offensichtlich verwirrt und stehen unter großer Anspannung. Sie können mich doch unmöglich entlassen wollen!"

„Mr Scarsdale, ich bin im Vollbesitz meiner geistigen
Kräfte und deutlicher kann ich mich wohl nicht ausdrücken. Entweder Sie geben das Geld bis zum Ende der
Woche zurück oder Sie reichen Ihre Kündigung ein
und verlassen diese Gegend." Er wartete einen Moment
ab, falls sein Verwalter erneut widersprechen wollte.
„Bleiben Sie hier, *werde* ich Sie strafrechtlich verfolgen."

„Aber ich habe doch schon so viel für Sie getan! Ich
habe eigenhändig Ihr Anwesen über Wasser gehalten,
während Sie fort waren, ohne je zu wissen, ob Sie überhaupt zurückkehren würden –"

„Und die Gelegenheit genutzt, sich mit gestohlenen
Mitteln ein gemütliches Nest einzurichten."

Mr Scarsdale blickte Robert verachtungsvoll an und
zeigte mit der Reitgerte auf ihn. „Das werden Sie noch
bereuen, Sir. Sie werden nie einen Mann finden, der so
ehrlich ist wie ich, wenn sein Herr zu geistlos ist, um
sich selbst um seine Angelegenheiten zu kümmern."

Bookman machte einen Schritt vorwärts. „Ich glaube,
es ist Zeit für Sie zu gehen, Mr Scarsdale. Ich werde
Ihnen den Weg nach draußen zeigen. Ich bin sicher, Sie
haben noch einiges zu packen."

„Danke, Bookman." Robert entließ seinen Verwalter,
der inzwischen vor Wut sichtbar zitterte, mit einem
einfachen Nicken. „Guten Tag, Mr Scarsdale."

Mr Scarsdale blickte ihn zornig an. „Ich finde selbst
hinaus, Sir. Seien Sie verdammt! Sie alle!"

Bookman hielt die Tür auf und folgte dem hinausstür-
menden Mr Scarsdale. Robert wartete, bis sein Kammerdiener zurückkehrte.

„Er ist gegangen, Sir."

„Gut, dass wir ihn los sind." Robert blickte aus dem Fenster. „Sieht mich jeder hier als dauerhaften Invaliden?"

„Sie sind jetzt schon sehr lange krank, Sir, und die Leute nehmen jeden Anlass zum Tratsch." Bookman stellte die Karaffe mit Brandy zurück an ihren Platz und räumte Roberts leeres Glas ab.

„Was auch erklärt, warum Scarsdale nicht damit aufhörte, von mir zu stehlen, als ich vom Festland zurückgekehrt war. Der Mann dachte, ich sei ebenso geistesschwach wie bettlägerig!" Robert drehte sich schnell genug um, um noch den schuldbewussten Blick auf Bookmans Gesicht zu sehen. „Verdammt, das denken doch alle hier, oder etwa nicht?"

„Sie waren erstaunlich direkt ihm gegenüber, Sir. Ich glaube nicht, dass er noch einmal den Fehler machen wird, Sie zu unterschätzen."

„Er wird dazu auch keine Gelegenheit haben", blaffte Robert zurück. „Ich bezweifle, dass er mir bis Freitag sämtliches Geld, das er von mir gestohlen hat, zurückzahlen wird." Er entspannte vorsichtig sein schmerzendes linkes Bein. „Nachdem ich mich nur schlecht um die Angelegenheit mit Cobbins kümmern konnte, verspürte ich vielleicht das Bedürfnis, die ‚Macht und Privilegien' meiner Stellung zu nutzen – wie es Miss Harrington so wortgewandt ausgedrückt hat –, um Mr. Scarsdale in die Schranken zu weisen."

„Daran ist nichts auszusetzen, Sir. Er hat bekommen, was er verdient hat. Cobbins ebenso."

„Zweifellos wird er jedem im Dorf erzählen, dass ich nun endgültig übergeschnappt bin", murmelte Robert. „Zum Teufel, manchmal habe ich selbst das Gefühl!"

Bookman zog die Vorhänge zu. „Ich läute nach James und wir bringen Sie zurück ins Bett, Sir. Ich glaube, das war genug Aufregung für einen Tag."

Bookmans Versuch, das Thema von der geistigen Gesundheit seines Arbeitgebers abzulenken, besänftigte Robert nicht im Mindesten. Ihm war klar, dass Foley und sein Kammerdiener sich schon seit Monaten um ihn Sorgen machten, aber jetzt war Robert absolut zurechnungsfähig. Um ehrlich zu sein, mochte er es nicht sonderlich, dass er wieder zurück in die Welt gezwungen wurde, aber er war es seinen Pächtern und seiner Familie schuldig, seiner Verantwortung gerecht zu werden. Miss Harrington hatte ihm das in Erinnerung gerufen. Er spürte, dass ihn der Gedanke an sie zum Lächeln brachte. Wenn er Glück hatte, würde sie ihm sogar einen neuen Landverwalter vorschlagen können.

***

„Und was gibt es gegen eine gute Kaninchensuppe einzuwenden, Miss Harrington?"

Lucy zwang sich dazu, Mrs Fielding direkt in die zu Schlitzen verengten Augen zu blicken. „Daran gibt es nichts *auszusetzen*. Das Problem ist nur, dass wir erst vor zwei Tagen das Gleiche gegessen haben. Der Pfarrer wird nicht begeistert sein, wenn man ihm zweimal in einer Woche dieselbe Mahlzeit auftischt."

„Ich habe von ihm in dieser Hinsicht noch keine Beschwerden gehört." Mrs Fielding verschränkte die Arme unter ihrem üppigen Busen mit dem Selbstbewusstsein einer Frau, die sich in den Kopf gesetzt hatte, bei ihrer Meinung zu bleiben.

Lucy startete dennoch einen weiteren Überzeugungsversuch. „Haben Sie noch etwas anderes, das Sie zubereiten könnten?"

„Erwarten Sie von mir etwa, dass ich noch zu dieser Zeit ins Dorf renne, obwohl ich eigentlich kochen sollte, Miss?"

Hinter Lucy räusperte sich Anna. „Ich kann ins Dorf gehen, wenn du möchtest, Lucy."

140

„Das ist nicht nötig, Anna." Lucy hob entschlossen das Kinn. „Ich bin es leid, jeden Tag mit Ihnen zu streiten, Mrs Fielding. Wenn die Arbeit im Pfarrhaus Ihnen nicht länger gefällt, sollten Sie vielleicht darüber nachdenken, woanders nach einer Anstellung zu suchen, nicht wahr?" Mit einem Nicken gab Lucy zu verstehen, dass sie keine Widerworte erwartete. „Sorgen Sie bitte dafür, dass Kaninchen heute nicht der einzige Hauptgang auf dem Tisch sein wird, oder ich werde mit meinen Bedenken zu meinem Vater gehen. Guten Abend, Mrs Fielding!" Bevor die Köchin etwas erwidern konnte, war Lucy herumgewirbelt, hatte Anna am Ellenbogen gegriffen und war mit ihr aus der Küche zurück in den Salon marschiert. Sie warf die Tür zu und drehte sich zu ihrer Schwester um.

„Oh, diese Frau macht mich noch *wahnsinnig*!"

Anna klatschte aufgeregt in die Hände. „Du warst großartig."

„Ich habe mir einfach vorgestellt, wie Major Kurland mit dieser dauernden Unverschämtheit umgehen würde, und getan, was er tun würde." Lucy lächelte. „Es war recht aufregend, muss ich gestehen."

„Glaubst du, es wird etwas bewirken?" Anna setzte sich hin und blickte Lucy hoffnungsvoll an. „Vater kritisiert ständig ihre Kochkunst, aber er ist merkwürdig zögerlich damit, sie hinauszuwerfen. Meinst du, es liegt daran, dass Mrs Fielding mit Mama herkam?"

„Nein, ich glaube, es liegt daran, dass sie ihm mehr bietet als –" Lucy brach mitten im Satz ab. „Ach, vergiss es. Sagen wir einfach, dass er sie sehr gern hat."

Anna nickte. „Wegen Mama."

„Nun, bestimmt nicht wegen ihrer Kochkünste." Lucy ging im kleinen Zimmer auf und ab. „Es ist einfach ungerecht, Anna. Ich trage alle Verantwortung der Frau des Hauses, habe aber kein bisschen der Autorität. Mrs Fielding weiß, dass ich sie nicht loswerde, solange ich

Papa nicht auf meiner Seite habe. Sie zollt mir daher keinerlei Respekt."

„Ich weiß", stimmte Anna ihr zu. „Sie benimmt sich dir gegenüber absolut *rüpelhaft*."

„Ich muss mit ihm darüber reden." Lucy blieb stehen. „Er wird es nicht gern hören, aber ich weigere mich, mich so behandeln zu lassen."

Anna stand auf, kam zu Lucy und gab ihr einen Kuss auf die Wange. „Du solltest bis nach dem Essen warten, meinst du nicht? Nach dem ganzen Lamm von letzter Woche – und dem zweiten Mal Kaninchensuppe heute – könnte das das Blatt zu deinen Gunsten wenden."

Lucy lächelte und umarmte ihre Schwester. „Hoffen wir es. Würde es dir etwas ausmachen, nach oben zu gehen und den Zwillingen eine Weile vorzulesen? Ich habe es ihnen versprochen, aber ich bin noch zu aufgeregt. Ich denke, ich werde ins Dorf gehen und schauen, ob ich nicht mit Miss Mildred sprechen kann."

„Um für uns etwas Besseres zum Abendessen zu finden?"

„Wenn ich etwas Essbares finde, werde ich ganz sicher darüber nachdenken. Ist Anthony schon wieder da?"

„Ja, er war gerade bei den Ställen und hat sich mit Harris darüber unterhalten, dass sich ein Hufeisen bei seinem Pferd gelöst hat. Wieso, soll er dich begleiten?"

„Nein, ich wollte nur sicher sein, dass er zu Hause ist."

Anna hielt an der Tür inne. „Wieso? Was hat er angestellt?"

„Nichts Besonderes." Lucy wollte nicht, dass Anna ihrem Bruder möglicherweise etwas erzählte. Obwohl sie sich gern stritten, standen sich die beiden sehr nahe. „Ich wollte nur, dass alle zum Abendessen hier sind."

„Mr Nicholas Jenkins war heute auch hier." Anna blickte ernst drein. „Er sagte, er hätte eine Nachricht von seiner Großmutter für dich, aber er hat vergessen, sie mir zu geben. Ich glaube, er hat gehofft, dass wir ihn zum Essen einladen, wenn er nur lange genug im Salon auf dich wartet."

„Du solltest dich nicht über ihn lustig machen, Anna. Der arme Kerl ist geradezu vernarrt in dich."

„Ich weiß, aber ich bin nicht grausam zu ihm, das musst auch du zugeben." Anna schlug die Hände auf ihre Brust. „Ich könnte nie grausam zu ihm sein, er ist sogar recht süß."

„Ich frage mich, was seine Großmutter zu sagen haben mag. Wahrscheinlich will sie, dass wir sie diese Woche besuchen kommen. Würdest du mich in diesem Fall begleiten?"

„Natürlich werde ich das." Anna hielt die Tür auf. „Jetzt solltest du aber los oder wir werden heute Abend gar nichts Essbares auf unserem Tisch haben. Eigentlich müsste Mr Jenkins sogar dankbar dafür sein, dass er nicht eingeladen wurde."

Lucy suchte ihren Mantel heraus und setzte ihre Haube auf. Es war später Nachmittag und obwohl am Himmel einige Wolken aufgezogen waren, war es noch nicht ganz dunkel. Während sie die Auffahrt hinabschritt, zog sie ihre zweitbesten Handschuhe über und versuchte mit der kühlen Luft ihr hitziges Temperament zu beruhigen. Es war albern, sich von Mrs Fielding ärgern zu lassen, aber sie konnte die kaum verhohlene Verachtung in ihrem Blick und die klar erkennbare Überzeugung, dass der Pfarrer sie niemals entlassen würde, nicht ausstehen. Es lastete auf allen Auseinandersetzungen, die Lucy und sie hatten, und das schon seit Jahren.

Sie nahm einen tiefen Atemzug der inzwischen recht kalten Luft in sich auf und marschierte entschlossen die Straße ins Dorf hinunter. Das Bellen eines Hundes ließ sie aufblicken, aber sie konnte die Richtung nicht ausmachen. Sie wirbelte mit einem erschreckten

Aufschrei herum – ein großes Tier stürmte aus den Büschen unter den Bäumen zu ihrer Rechten auf sie zu und in wenigen Augenblicken war sie von einem ganzen Rudel geifernder Hunde umzingelt, die nach ihren Fersen schnappten und an ihr hochsprangen.

„Wenn das nicht die verdammt aufdringliche Miss Harrington ist."

Sie zwang sich dazu, den Blick von den Hunden abzuwenden, und erkannte Ben Cobbins, der aus der Schneise trat, die die Hunde in den Büschen hinterlassen hatten. Er trug keinen Hut und sein langer Mantel wehte geöffnet hinter ihm her. Darunter trug er eine fleckige Lederweste und einen schmuddeligen Schal. In seinem Hosenbund steckte eine altertümliche Pistole.

„Rufen Sie Ihre Hunde zurück, Mr Cobbins!"

Er kam lässig näher und schlug dabei mit seinem Schlagstock in seine Handfläche. Lucy war unfähig, ihren Blick abzuwenden.

„Sie zurückrufen? Wieso sollte ich das wohl tun? Sie erkennen eine der ihren."

„Ich bin kein Hase oder Fuchs, den Sie jagen können, Mr Cobbins."

Seine Lippen verzerrten sich zu einer Grimasse, die wohl ein Lächeln sein sollte. „Was wollen Sie dagegen unternehmen, Miss Harrington? Um Hilfe rufen?" Er blickte die leere Straße auf und ab. „Ich kann hier niemanden sehen, der Sie hören könnte."

„Was wollen Sie von mir?"

„Ich weiß, dass Sie den Major dazu angestiftet haben, meinem Jungen eine Arbeit zu geben."

„Ich hätte gedacht, dass Sie sich darüber freuen, dass Joe wieder arbeitet."

„Dann haben Sie falsch gedacht." Er näherte sich ihr, bis der Gestank seiner ungewaschenen Haut und seiner Alkoholfahne in ihre Nase stach. Sein Blick tastete sie mit widerlichem Interesse ab.

Sie zuckte zusammen, als er seinen Finger unter ihr Kinn legte und sie dazu zwang, in sein Gesicht zu blicken. „Mischen Sie sich nicht in meine Angelegenheiten ein, Miss Harrington, wenn Sie nicht die Konsequenzen spüren wollen."

Sie musste sich beherrschen, um ruhig den Blick seiner blutunterlaufenen Augen zu erwidern. „Wenn Sie mir auch nur ein Haar krümmen, Sir, wird meine Familie Sie niemals davonkommen lassen."

„Im Gegenteil, wenn sie glauben, dass ich Ihren Ruf ruiniert haben könnte, würden sie Sie ohne Zögern verstoßen." Sein Blick wanderte an ihr herunter. „Sie haben Glück, dass ein Mann meines Geschmacks nicht viel übrighat für flachbrüstige Jungfern. Halten Sie sich einfach von mir und meinen Angelegenheiten fern, sonst muss ich meine Abscheu für Sie überwinden und Ihnen eine Lektion erteilen."

Er tätschelte ihr Kinn und entfernte sich dann abrupt mit einem Pfiff nach seinen Hunden. Lucy blieb wie eingefroren stehen, bis er wieder im Wald verschwunden war. Als sie versuchte, sich zu bewegen, zitterten ihre Gliedmaßen so stark, dass sie beinahe zu Boden fiel. Sie rieb sich mit den Handschuhen über die Stellen, an denen Ben Cobbins sie berührt hatte, und kämpfte gegen das Bedürfnis, sich zu übergeben. Sie würde nicht umdrehen und nach Hause laufen. Sie würde nicht zulassen, dass er ihr Angst machte. Sie zwang sich zu einem tiefen Atemzug und setzte dann den Weg ins Dorf fort. In diesem Moment fasste sie den Entschluss, dass Ben Cobbins nie wieder auch nur in die Nähe seines Sohns kommen würde – egal was das für ihre persönliche Sicherheit bedeutete.

Kapitel 8

„Ah, Miss Harrington, wie geht es Ihnen? Ein schöner Tag heute, nicht wahr?"

„Guten Morgen, Major Kurland."

Robert wartete, bis seine Besucherin ihren Korb abgestellt und ihre Haube abgelegt hatte, bevor er sie sich genauer ansah. Durch den anhaltenden Regen hatten sich Strähnen ihres braunen Haars aus den strammen Zöpfen gelöst und hingen in Locken um ihr Gesicht. Dadurch wirkte ihr sonst so strenges Äußeres etwas lockerer. Aus irgendeinem Grund wirkte sie recht angespannt und es gab keine Spur von ihrem üblichen sanften Lächeln. Sie setzte sich auf den Stuhl ihm gegenüber und er legte die Zeitung ab.

„Haben Sie Neuigkeiten für mich?"

Sie stöberte in ihrem Korb herum, zog dann ein Taschentuch heraus und putzte sich lautstark die Nase. Robert trommelte mit seinen Fingerspitzen auf die Armlehnen seines Stuhls, was ihren Blick auf ihn zog.

„Wie war das bitte, Sir?"

„Ich fragte, ob Sie mir etwas Wichtiges mitzuteilen haben."

„Oh ja, ich habe gestern mit Miss Mildred darüber gesprochen, wen sie in der Nacht, als Sie geweckt wurden, draußen im Dorf beobachtet hat."

„Und was hat sie Ihnen gesagt?"

„Sie war sich sicher, Daisy Weeks beobachtet zu haben."

Robert lehnte sich zurück. „Was uns ganz und gar nicht weiterhilft."

„Ich war noch nicht fertig." Sie warf ihm einen tadelnden Blick zu, der ihn stark an seine Mutter erinnerte. „Miss Mildred beobachtete außerdem einige *Ihrer* Diener, Major, und ein paar unbekannte Männer, die auf dem Weg zu einem Hahnenkampf im *Whistling Pig* in Lower Kurland waren. Offenbar benahmen sich alle Männer ziemlich unangemessen, dank der Auswirkungen einer zu großen Dosis Alkohol."

„Ah, ich hatte mich schon gefragt, warum es hier auf dem Anwesen so ruhig war", bemerkte Robert. „Sie waren wohl alle bei dem Hahnenkampf." Es erklärte in jedem Fall, wohin Bookman nach dem Abendessen mit Foley gegangen war. Sein Kammerdiener schätzte die Vogelkämpfe. „Sah sie auch Ihr Dienstmädchen?"

„An sie konnte sie sich nicht erinnern, aber ich vermute, wenn die beiden Mädchen zusammen fortgelaufen sind, hätte Daisy Mary auf dem Weg die Hauptstraße hinunter mitgenommen und nicht erwartet, dass sie zur ihr ins Dorf kommt."

„Beginnen Sie, an Ihrer eigenen Schlussfolgerung zu zweifeln, Miss Harrington?"

„Was soll das heißen?"

„Glauben Sie nicht länger, dass die beiden Mädchen zusammen davongelaufen sind?"

„Wenn nicht, was ist dann mit Mary passiert? Ich bete nur, dass sie, wenn sie nicht mit Daisy gegangen ist, mit ihrem Verehrer durchgebrannt ist." Sie zögerte. „Aber was, wenn das auch nicht der Fall ist? Wo könnte sie dann nur stecken?"

Robert sah sie eindringlich an. Sollte er Miss Harrington seine Theorien unterbreiten, was mit dem armen Mädchen passiert sein könnte, oder sollte er sie lieber in glücklicher Unwissenheit lassen? Er hatte keinerlei Grundlage für seine Vermutung abgesehen von seiner Erfahrung mit den Grausamkeiten der Welt. Die Frage war, ob seine Erlebnisse auf dem Schlachtfeld zu einer realistischeren Sicht auf die Welt geführt hatten oder ob sein Blick dadurch verzerrt wurde. Wie Bookman bemerkt hatte, war der Gedanke eines gewaltsamen Todes in einem ruhigen Dorf wie Kurland St. Mary absurd, aber es wurde nun einmal ein Mädchen vermisst. Nicht nur eins, sondern gleich zwei.

„Was ist los?"

Er blickte auf und bemerkte, dass sie ihn ebenso eindringlich anstarrte, wie er es zuvor bei ihr getan hatte.

„Was ist Ihre Befürchtung?"

„Vielleicht ist es keinem der Mädchen gelungen, nach London wegzulaufen. Wenn es unter uns einen Dieb gibt, haben sie ihn vielleicht ertappt und er entschied, dass er sie loswerden musste."

Sie schüttelte den Kopf, als versuchte sie seine Worte abzuschütteln. „Das ist absurd. Warum sollte jemand Mary oder Daisy etwas antun wollen?"

„Er würde das nicht *wollen*. Aber er könnte zu dem Schluss gekommen sein, dass er keine andere Wahl hatte."

Sie wandte den Blick ab. „Ich hoffe inständig, dass Sie sich irren, Major."

„Das hoffe ich ebenfalls." Er fühlte sich wie ein unvorsichtiges Kind, das versehentlich in ein blühendes Beet getrampelt war. „Ich wünsche mir natürlich nicht ihren Tod."

Sie erschauderte. „Wenn die meisten Männer im Dorf bei dem Hahnenkampf waren, wäre es eine gute Gelegenheit für die beiden Mädchen gewesen, zu entkommen – und für einen Dieb, die Abwesenheit der Bewohner auszunutzen."

„In der Tat."

„Wir müssen herausfinden, ob noch irgendjemand Besitztümer vermisst." Miss Harrington nickte. „Ich werde mich morgen bei den Hathaways und den Jenkins erkundigen."

„Eine exzellente Idee." Robert deutete auf die Glocke. „Möchten Sie nach frischem Tee läuten?"

„Ich kann nicht besonders lange bleiben, Major. Ich muss mit meinem Vater über einen möglichen Ersatz für unsere Köchin sprechen."

„Mrs Fielding?"

„Genau, kennen Sie sie?"

Robert war lediglich mit den Gerüchten im Dorf vertraut, laut denen Mrs Fielding bereits seit Langem die Bettgefährtin des Pfarrers war, aber das wollte er mit Miss Harrington natürlich nicht besprechen.

„Ich weiß nur, dass sie schon so lange ich denken kann im Pfarrhaus arbeitet. Was hat sie getan, um Ihr Missfallen zu ernten?"

„Ihre Kochkünste sind entsetzlich und sie behandelt mich wie ein Kind."

„Sie sind deutlich jünger als sie und sie ist eine sehr erfahrene Köchin."

„In ihrem Fall bringt die Erfahrung offenbar keinerlei Vorteil. Mein Vater beschwert sich täglich über das Essen, das sie uns vorsetzt, aber er erwartet, dass ich mich mit der unangenehmen Mrs Fielding auseinandersetze. Und ich weiß, warum er sich sträubt, sie zu entlassen, er –" Sie hielt mit einem entsetzten Keuchen inne und schlug sich die Hand vor den Mund.

„Ah, also stimmen die Gerüchte", murmelte Robert.

„Wie bitte?" Miss Harringtons Wangen röteten sich noch stärker.

„Nichts, Miss Harrington. Ich dachte nur gerade über all die möglichen Gründe nach, warum der Pfarrer sich gegen die Entlassung seiner Köchin entscheiden könnte. Ich bin mir sicher, er scheut die Umstände, die Stelle neu zu besetzen."

„Dafür wäre ich verantwortlich, Sir, und ich würde es sehr gern tun." Miss Harrington wühlte in ihrem Korb. „Manchmal fühlt es sich an, als hätte ich all die

Verantwortung der Frau des Hauses, aber nichts von der Autorität."

„In dem Fall wäre es doch sicherlich am besten, Ihren eigenen Haushalt zu gründen?"

Lucy starrte ihn an. „So einfach ist das für eine Frau nicht, Major."

„Das wäre es, wenn Sie einen Ehemann nehmen würden."

„Und wie hätte ich das in den letzten sieben Jahren bewerkstelligen sollen, während ich gleichzeitig die Verantwortung für die Erziehung meiner Geschwister trug?"

„Ein entschlossener Mann hätte Sie ungeachtet dessen genommen."

„Ich bin nicht die Art Frau, die eine derartige Hingabe in Männern weckt." Ihr Lachen wirkte gezwungen. „Außerdem hätte ich mir selbst nicht gestattet zu gehen. Wie macht sich Joseph in den Stallungen?"

Robert bemerkte sofort, dass das Gespräch unangemessen persönlich geworden war, und nahm den Themenwechsel dankbar an.

„Er macht sich tatsächlich sehr gut. Das bringt mich zu etwas anderem, das ich mit Ihnen besprechen wollte: Halten Sie sich eine Weile von Cobbins fern. Ben ist ausgesprochen ungehalten darüber, dass er von seinem Sohn getrennt wurde."

Sie erschauderte. „Ich weiß. Ich hatte das Pech, ihm bereits über den Weg zu laufen, als ich gestern zu Miss Mildred unterwegs war."

„Er hat es gewagt, Sie zu belästigen?", fragte Robert.

„Er hat mir recht deutlich zu verstehen gegeben, mich von seiner Familie fernzuhalten." Miss Harrington läutete die Glocke und sammelte ihre Sachen zusammen. „Als ich nach Hause zurückkehrte, teilte man mir mit, dass Sie einen Boten geschickt hatten, der mich davor warnen sollte, mich seiner Hütte zu nähern."

„Hatte ich das?" Robert schaute finster drein. „Ich glaube, ich hatte so etwas gegenüber Bookman erwähnt. Ich bin froh, dass er meinen Befehlen nachgegangen ist, auch wenn es zu spät war, um Sie rechtzeitig vor Cobbins zu warnen."

„Ich verspreche, dass ich von dem Haus fernbleiben werde, Major." Miss Harrington setzte ihre Haube wieder auf. „Der Vikar wird die beiden anderen Gemeinden Ende der Woche besuchen und ich werde ihn dabei begleiten."

„Und was hoffen Sie dort zu erreichen?"

Sie band die noch feuchten Bänder ihrer Haube unter dem Kinn zu einer straffen Schleife. „Der Mann, für den sich Mary interessierte, arbeitet für einen Zimmermann in Lower Kurland. Ich dachte, ich frage nach, ob er dort noch immer angestellt ist."

„Eine exzellente Idee. Und Sie werden umgehend mit den Hathaways und Jenkins über mögliche Diebstähle reden?"

„Das werde ich, Major." Sie blickte hinüber zum Fenster. „Und wie gefällt es Ihnen, wieder aus dem Bett zu sein?"

Er dachte einen Moment über die Bemerkung nach. „War das Ihre Idee? Es schien mir etwas zu revolutionär für unseren lieben Dr. Baker. Es gefällt mir besser, als ich ursprünglich erwartet hatte, allerdings erinnert es mich an all die Dinge, die ich noch nicht kann."

„Sie könnten sich eine Liste anlegen, sodass Sie, sobald Sie wieder auf dem Anwesen herummarschieren und nach Belieben Befehle geben können, genau wissen, was noch getan werden muss." Sie hielt inne. „Oh, fast hätte ich es vergessen! Ich habe genau das Richtige für Sie gefunden, als ich gestern eine Ausgabe von *Ackermann's Repository* überflog."

Er sah zu, während sie in ihrem Korb kramte und schließlich ein schmales Buch hervorzog.

„Darin sind ein Artikel und ein Diagramm, die eine Gerätschaft namens *Merlins Mechanischer Stuhl* beschreiben.“

„Und was hat das mit mir zu tun?“

Sie kam zu ihm zurück, legte das Buch auf seinen Knien ab und schlug eine markierte Seite auf. „Der Autor sagt Folgendes dazu: ‚Diese merkwürdige Maschine, die genauer auf der beigefügten Zeichnung dargestellt ist, ist für den einzigen Zweck gefertigt, Invaliden zu unterstützen, die aufgrund von Alter oder Krankheit unfähig sind zu gehen –‘“

Robert griff nach dem Buch und studierte die Zeichnung des blauen Stuhls, an dem eine Reihe von Rädern, Zahnrädern und Achsen angebracht waren, die jedem Uhrwerk oder einem der neumodischen dampfbetriebenen Webstühle alle Ehre bereitet hätten.

„Das ist lächerlich.“

Miss Harrington hatte sich zu ihm heruntergebeugt, sodass er ihren Duft nach Lavendel und Regen einatmete, der in ihm das Bedürfnis weckte, endlich wieder draußen zu sein.

Sie zeigte auf die Räder. „Es sieht für mich recht genial aus.“

„Wollen Sie andeuten, dass ich mich in so ein Ding setzen und mich wie ein Kleinkind herumfahren lassen soll?“

„Wieso nicht, Major? Damit könnten Sie nach draußen und endlich wieder die frische Luft genießen. Würde Ihnen das nicht gefallen?“

„Es würde nur funktionieren, wenn man auf den Wegen bleibt“, warf Robert ein. „Es sieht kaum danach aus, als wäre es stabil genug, um mehr als ein paar Minuten draußen Bestand zu haben.“

„Denken Sie doch nur an die Möglichkeiten, Sir.“ Sie stieß mit dem Finger auf den Text. „Der Autor merkt sogar an, dass mit ein paar Anpassungen eine kleine

Kanone an dem Stuhl angebracht werden könnte, sodass er auch im Militär Anwendung finden könnte."

„Humbug!" Robert schlug das Buch zu. „Ich weiß den Gedanken zu schätzen, Miss Harrington, aber ich glaube kaum, dass diese Apparatur großen Nutzen hat."

Sie entfernte sich wieder von ihm. „Vielleicht sollten Sie den ganzen Artikel lesen, bevor Sie sich eine Meinung bilden, Sir. Ich werde das Buch hierlassen."

Robert unterdrückte den Drang, ihr das Buch an den Kopf zu werfen. Auch ihr höfliches Auftreten konnte nicht darüber hinwegtäuschen, dass sie viel zu sehr daran gewöhnt war, ihren Willen durchzusetzen.

Er konnte sich nicht im Traum vorstellen, dass er jemals zustimmen würde, auf seinem Anwesen in etwas herumgekarrt zu werden, das auf ihn wie ein überkomplizierter Kinderwagen wirkte. Aber er musste eingestehen, dass Miss Harrington nur versuchte, ihm auf ihre Art zu helfen.

Der Gedanke daran trieb ihm ein Lächeln aufs Gesicht. „Ich habe Mr Scarsdale gestern entlassen."

„Wirklich?" Sie schlug die Hände vor dem Herzen zusammen und er musste sich selbst dazu gratulieren, dass er es geschafft hatte, sie von ihrem neuesten Projekt zur Verbesserung seiner Lage abzubringen. „Was hat er denn angestellt?"

„Abgesehen davon, dass er mich zum Narren halten wollte? Er hat mich einfach unterschätzt, Miss Harrington. Ich habe mir die Geschäftsbücher bringen lassen, sie gelesen und herausgefunden, dass er sich schon seit Jahren an mir bereichert."

„Das überrascht mich ganz und gar nicht. Als ich ihn wegen des desaströsen Zustands eines Ihrer Häuser befragte, war er ausgesprochen unhöflich und legte mir nur nahe, mich um meine eigenen Angelegenheiten zu kümmern. Danach habe ich versucht, so wenig wie möglich mit ihm zu tun zu haben, auch wenn es manchmal schwer war, nichts zu sagen."

„Vielleicht könnten Sie mir einen weiteren Gefallen tun, Miss Harrington? Könnten Sie meine Pächter darum bitten, zum Anwesen zu kommen und mir sämtliche Probleme zu melden, die sie in den letzten Jahren mit Mr Scarsdale hatten?"

Lucy blieb an der Tür stehen. „Dann werden Sie überrannt, Major. Vielleicht wäre es besser für Sie, wenn Sie einen neuen Verwalter einstellen, der sich selbst um die Probleme kümmern kann."

„Aber wird er das auch tun?" Robert fuhr mit dem Finger über den Umschlag des Buches. „Ich möchte persönlich von meinen Pächtern hören, sodass ich über den jetzigen Zustand Bescheid weiß, bevor ein neuer Verwalter übernimmt. Dann können wir sozusagen bei null anfangen."

Miss Harrington lächelte ihn an.

„Was ist los?", fragte er.

„Es ist schön zu sehen, dass Sie sich wieder für Ihre Ländereien einsetzen."

Er hob eine Augenbraue. „War es nicht das, was Sie mit Ihrem Drängen erreichen wollten?"

Sie hob das Kinn. „Eine Lady bedrängt nie, sie stellt lediglich ‚Anfragen'."

Er beugte leicht den Kopf. „Guten Abend, Miss Harrington."

Sie machte einen Knicks. „Guten Abend, Major Kurland."

Nachdem sie das Zimmer verlassen hatte, lenkte Robert seine Aufmerksamkeit auf den Artikel, den sie ihm aufgehalst hatte, und las die Schrift über den magischen mechanischen Stuhl bis zum Ende durch. Es sah Miss Harrington ähnlich, etwas derart Wunderliches zu entdecken und von ihm zu erwarten, die Idee mit ebenso großem Eifer aufzunehmen wie sie. Während er an seinem Schreibtisch saß, dachte er über den Stuhl nach. Die Idee hatte allerdings tatsächlich Potenzial ...

„Major Kurland!"

Ein hastiges Klopfen an der Tür, in der ein überrumpelt dreinblickender Foley erschien, riss Robert unsanft aus den Gedanken.

„Was gibt es denn?"

Bevor Foley antworten konnte, wurde er auch schon beiseitegedrängt und eine nur allzu vertraute Frau stürmte mit weit geöffneten Armen auf Robert zu.

„Lieblingsneffe! Wie schön, dich zu sehen!"

„Tante Rose." Robert ließ die Umarmung und die Wolke aus Parfüm, die seine Tante umgab, so würdevoll wie unter diesen Umständen möglich über sich ergehen. „Was machst du denn hier?"

Sie platzierte einen Kuss auf seiner Wange und sah ihn mit strahlendem Blick an. „Ich habe dir doch in meinem Brief geschrieben, dass ich komme. Hast du ihn etwa gar nicht gelesen?" Sie richtete sich wieder auf und wandte sich zur Tür. „Und sieh nur, lieber Junge, ich habe dir sogar eine noch größere Schönheit mitgebracht, um dich aufzumuntern!"

Böses ahnend, richtete Robert seinen Blick auf die hübsche, aber völlig freudlose Gestalt, die an der Tür stehen geblieben war.

„Miss Chingford."

„Major Kurland." Sie machte einen Knicks, sah aber so wenig begeistert aus von der Idee, den Raum zu betreten, als würde er sich nicht von einer Verwundung erholen, sondern von einer besonders ansteckenden Form der Pest.

Tante Rose lächelte breit. „Ist das nicht wunderbar, Robert? Die liebe Penelope hat sich so um dich gesorgt, dass sie mich darum angefleht hat, mich zu begleiten. Wie hätte ich ihr diesen Wunsch nur abschlagen können?"

Robert versuchte sein Lächeln aufrechtzuerhalten, während ihm das Herz in die Hose sank. Er hätte sogar dafür gebetet, dass seine Tante Miss Chingford den Zugang zu ihm verweigerte. Er hätte nie gewollt, dass sie ihn in diesem Zustand sah. Mit einem innerlichen Seufzen streckte er seine Hand aus.

„Ich kann zwar nicht aufstehen, um Sie anständig zu begrüßen, Miss Chingford, aber dürfte ich zumindest Ihre Hand schütteln?“

Sie trat einen Schritt nach hinten. „In Ihrem Schlafzimmer, Sir? Ich glaube kaum, dass das angebracht wäre.“ Sie wandte sich an Foley, der neben ihr stand. „Vielleicht hätten Sie die Güte, Ihren Butler anzuweisen, mein Zimmer fertig zu machen. Ich bin von der Reise doch recht erschöpft.“

Robert blickte zu Foley. „Dürfte ich vorschlagen, dass Sie die beiden Ladys nach unten begleiten, während Sie ihre Zimmer vorbereiten lassen? Und dürfte ich ebenfalls vorschlagen, dass Sie der Sache höchste Priorität geben?“

„Selbstverständlich, Sir.“ Foley verbeugte sich. „Wenn Sie mir bitte nach unten in den kleinen Salon folgen würden, Miss Chingford, Mrs Armitage? Ich werde sofort etwas Tee bringen und die Zimmer so schnell wie möglich herrichten lassen.“

Miss Chingford zog sich sofort zurück, aber seine Tante blieb noch einen Moment, um ihm über das Haar zu streichen und ihm einen weiteren Kuss zu geben. „Mach dir keine Sorgen, mein Lieber. Wir haben dich schon bald wieder richtig auf den Beinen.“

Der vertraute Klang ihres nordenglischen Akzents erinnerte ihn an seine Mutter und weckte in ihm das Bedürfnis, von ihr im Arm gehalten zu werden und wie ein Kind zu heulen. Er schaffte es aber, das Lächeln fest auf seinem Gesicht zu halten, bis seine Tante das Zimmer verlassen hatte. Erst dann vergrub er sein Gesicht in den Händen und stöhnte. Als er seine Augen wieder öffnete, stand Bookman vor ihm und blickte ihn fragend an.

„Ist alles in Ordnung, Sir? Foley sagte, wir hätten Gäste."

„So ist es."

„Das ist schön, Sir. Ein bisschen Gesellschaft wird Ihnen guttun."

„Nicht diese Art von Gesellschaft."

Bookman stutzte kurz, während er das Wasserglas neben Roberts Bett auffüllte. „Ich dachte, ich hätte Mrs Armitage gesehen."

„Das haben Sie auch, aber ich mache mir nicht ihretwegen Sorgen."

„Wen hat sie denn noch mitgebracht? Nicht Ihren Cousin Paul?"

„Oh nein, viel schlimmer."

Bookman blickte ihn verwirrt, aber mit höflichem Lächeln an.

„Sie hat Miss Chingford mitgebracht."

„Miss Chingford?"

„Die Frau, um deren Hand ich törichterweise angehalten habe."

Kapitel 9

„Dürfte ich Ihnen helfen, Miss Harrington?"

Lucy raffte ihr eher zweckdienliches Reitkleid mit einer Hand hoch und wandte sich Edward zu.

„Das wäre sehr freundlich von Ihnen." Sie legte den Fuß in den Steigbügel, ließ sich von ihm nach oben schieben und griff dann nach dem Sattelknauf für mehr Halt. Nachdem sie sicher im Sattel saß, drapierte sie das Kleid anständig über ihre Beine. „Danke!" Sie griff nach den Zügeln und hielt sie fest in den behandschuhten Händen. Nach dem geglückten Aufstieg drückte sie eine verrutschte Hutnadel fester an ihren Hut.

Obwohl ihr Vater eine ausgesprochene Vorliebe für Pferde hatte, stellte er seinem Vikar und seiner ältesten Tochter nicht gerade prachtvolle Rösser zur Verfügung. Allerdings war Bluebell alt und ruhig und würde Lucy daher kaum Mühe machen. Unglücklicherweise war das Pferd des Vikars noch ausgesprochen jung und wirkte deutlich zu launisch für Edwards Reitkünste. Der Pfarrer wollte das Pferd jedoch eingeritten haben.

Edward gelang es erst aufzusteigen, als ein Stallknecht, der neben dem Kopf des Tiers stand, die temperamentvolle Stute sicher festhielt.

„Sollen wir los, Miss Harrington?" Er blickte hinauf zum bewölkten Himmel. „Lassen Sie uns hoffen, dass das Wetter beständig bleibt."

Es war nicht weit bis nach Lower Kurland und Kurland St. Anne; beide waren am anderen Ende des Tals zwischen einigen Hügeln gelegen. Lucy genoss die Gelegenheit, aus dem Haus zu kommen. Als Kind waren sie und ihre Brüder oft zu den anderen Dörfern ausgeritten, aber heutzutage hatte sie dafür kaum Zeit.

Sie warf Edward einen Blick zu, als dieser neben ihr auftauchte. Wenig später verschwand er aber auch schon wieder seitwärts, da er Schwierigkeiten damit hatte, sein Pferd unter Kontrolle zu halten. Lucy versuchte ein Lächeln zu unterdrücken. Falls er gehofft hatte, sich auf dem Ritt mit ihr zu unterhalten, würde er vermutlich enttäuscht werden. Nachdem sie der Straße etwa zehn Minuten lang gefolgt waren, kürzten sie über ein Feld mit Winterkohl ab, um sich Lower Kurland von der Rückseite zu nähern.

Zwischen den brachliegenden Feldern hier draußen war vom näher rückenden Frühlingsanfang nur wenig zu spüren. Hier schien der Winter noch zu zögern, seinen eisigen Griff vom Land zu lösen. Lucy atmete eine Spur des eisigen Hauchs ein und ließ die Luft langsam wieder ausströmen. Wenn sie mit Sophia nach London gehen würde und dort einen Ehemann fand, müsste sie vielleicht nie wieder zu dieser Jahreszeit herkommen ...

„Miss Harrington?"

Sie blickte hinüber zu Edward, der es inzwischen auf ihre Höhe geschafft hatte, und fragte sich, wie lange er wohl schon versucht hatte, ihre Aufmerksamkeit zu wecken. „Was gibt es?"

„Möchten Sie mich bei meinen Besuchen begleiten oder haben Sie andere Angelegenheiten im Dorf zu erledigen?"

„Ich werde Sie begleiten, aber vielleicht könnten Sie mir auf dem Weg dabei helfen, Isaiah Bridges zu finden? Kennen Sie ihn?"

„Bridges? Ich glaube nicht, dass er zu unserer Gemeinde gehört. Ich glaube, er könnte Methodist sein."

„Einer dieser feuerspeienden, fanatisch bibeltreuen Ketzer, wie mein Vater so oft zu sagen pflegt?"

„Darüber sollte man nicht scherzen, Miss Harrington. Diese Männer sind Staatsfeinde, die jegliche Autorität ablehnen.“

Lucy blickte gerade nach vorn, sodass er ihr Lächeln nicht sehen konnte. „Dann werde ich natürlich sehr vorsichtig sein, wenn ich mit Mr Bridges spreche. Gott bewahre, wenn er versuchen könnte, mich zu bekehren.“

Edward saß ab, um das Tor zu öffnen, das auf die Hauptstraße führte, und Lucy lenkte ihr Pferd hindurch. Als sie versuchte vorbeizureiten, griff er entschlossen in ihre Zügel.

„Miss Harrington, manchmal empfinde ich Ihre Neigung, sich über alles lustig zu machen und über alles, was in meinem Beruf heilig ist, zu spotten, als wenig bewundernswerten charakterlichen Makel an Ihnen. Ich versuche mir einzureden, dass es nur Ihre Art Humor ist, aber vielleicht könnte ich Sie davon überzeugen, sich christlicher zu benehmen?“

Lucy senkte den Blick, um ihm direkt in die Augen zu schauen. „Wenn ich Sie je um Rat bitten sollte, Mr Calthrope, werde ich Ihnen nur zu gern zuhören.“ Sie wartete, bis er seine Hand vom Zügel löste. „Bedenkt man aber, dass diese Situation *ausgesprochen* unwahrscheinlich ist, glaube ich nicht, dass Sie das Recht haben, mich zu korrigieren oder zurechtzuweisen. Ihr Pferd ist kurz davor durchzugehen. Darf ich vorschlagen, dass wir weiterreiten?“

Edwards Gesicht nahm einen wenig schmeichelhaften Rotton an und er hastete zurück, um sein Pferd wieder einzufangen, das jedes Mal, wenn er versuchte aufzusitzen, einen Schritt zur Seite tänzelte. Lucy machte keine Anstalten, ihm zu helfen, und folgte stattdessen weiter dem Pfad. Ihre Zähne waren hart aufeinandergepresst. Sein wütender Tonfall hatte sie überrascht und auch beunruhigt. Allerdings war sie nicht in der

Stimmung, sich von einem weiteren Mann herumkommandieren zu lassen. Vielleicht waren es die häufige Gesellschaft von Major Kurland oder die vielen anderen Menschen, die in letzter Zeit ihre Geduld auf die Probe gestellt hatten, aber Lucy fühlte sich schneller als üblich dazu veranlasst, ihre Meinung auszusprechen.

Vor ihr lagen mehrere parallel angelegte Häuserreihen, die den Großteil der Hauptstraße von Lower Kurland säumten. Sie erinnerte sich zwar nicht an die Werkstatt eines Zimmermanns zwischen den Wohnhäusern und Läden, aber vielleicht war sie ihr bisher nur nie aufgefallen. Das erste größere Gebäude war das *Cock Inn* und Lucy lenkte ihr Pferd darauf zu. Lower Kurland war so klein, dass sie üblicherweise in weniger als einer Stunde die Hauptstraße entlangreiten und sämtliche Angelegenheiten erledigen konnte.

„Guten Morgen, Miss Harrington! Lassen Sie die alte Dame für eine Weile bei mir?"

Sie lächelte den Stallburschen, der ihr aus dem Stall des *Cock Inn* entgegenkam, an.

„Gern, wenn das in Ordnung ist, Bob. Ich werde nicht lange brauchen."

„Ich kümmere mich um sie, Miss, machen Sie sich keine Sorgen." Bob führte das Pferd zu einem Aufsitzblock und half Lucy beim Absteigen. „Wird Mr Calthrope auch hier Halt machen? Ich sehe ihn gerade über den Hügel kommen."

„Ich denke schon." Lucy band ihren Korb vom Sattel los. „Wissen Sie, wo Mr Isaiah Bridges wohnt?"

„Wollen Sie Ihr Glück mit seiner Bekehrung versuchen, Miss?" Er zwinkerte ihr zu. „Ich würde mir die Mühe nicht machen. Er steht seinem Gott recht nahe und ist damit sehr glücklich."

„Ich habe mich nur gefragt, wo er wohnt. Ich muss mit ihm eine Rechnung über Zimmermannsdienste begleichen."

Bob schirmte seine Augen mit einer Hand vor der Sonne ab und zeigte mit der anderen die Straße hinauf. „Im Dorf werden Sie ihn nicht antreffen. Seiner Familie gehört Beech Cottage. Es liegt direkt hinter dem Gemeindeland links vom Ententeich."

„Danke!"

Edward näherte sich mit rotem und verschwitztem Gesicht, noch immer im Wettstreit mit seinem Pferd.

„Könnten Sie Mr Calthrope sagen, dass ich ihn treffen werde, sobald ich meine Angelegenheit mit Mr Bridges erledigt habe?"

„Ja, Miss."

Lucy machte sich auf den Weg die Hauptstraße hinunter und ignorierte dabei Edwards Versuche, nach ihr zu rufen. Wie konnte er es sich anmaßen, ihr vorzuschreiben, wie sie sich zu verhalten hatte? Sie musste sich ihm gegenüber genauso wenig für ihr Verhalten verantworten wie gegenüber Major Kurland! Getrieben durch ihre Verärgerung ging sie recht zügig die Straße hinunter und war schon bald etwas außer Atem. Die dicke Wolle des Reitkleids war deutlich schwerer als die leichten Stoffe, die sie üblicherweise trug. Sie passierte den Ententeich, auf dessen Oberfläche noch immer kleine Eisstückchen schwammen, und sah sich die Häuser dahinter genauer an.

Es war recht leicht auszumachen, welches der Häuser wohl den Bridges gehörte: Zum einen stand direkt neben dem Grundstück eine Scheune und außerdem war im Vorgarten ein großes, hölzernes Kreuz aufgestellt. Sie konnte jemanden auf dem Gelände arbeiten hören und so ging Lucy an der Seite des Hauses in Richtung der Scheune, wo sie vom angenehmen Duft von frisch geschlagenem Holz begrüßt wurde.

Sofort erkannte sie den holzhackenden Mann im Hof als den Mann, der die Bauarbeiten am neuen Stallgebäude des Pfarrhauses beaufsichtigt hatte.

„Mr Bridges?“

„Ja?“ Er blickte auf, trat von dem Holzstapel zurück und wischte sich die Stirn mit dem Ärmel seines Hemdes ab. „Sie sind Miss Harrington, nicht wahr?“

„Richtig.“ Sie machte einen Knicks vor ihm. „Ich habe mich gefragt, ob Sie mir bei einer Angelegenheit helfen könnten.“

„Geht es um die Arbeiten, die ich an Ihrem Haus durchgeführt habe?“ Er legte die Axt ab und kam auf sie zu. Er war groß und breitschultrig und deutlich jünger, als sie erwartet hatte. „Falls es um Geld geht, werden Sie mit meinem Vater sprechen müssen. Er ist noch für die Buchführung verantwortlich.“

„Es handelt sich eher um eine persönliche Angelegenheit, Mr Bridges. Es geht um einen Ihrer Arbeiter.“

Sein Lächeln verschwand. „Um welchen?“

„Ich bin mir nicht ganz sicher. Eine meiner Küchenmägde wird vermisst.“

„Und Sie glauben, dass einer meiner Männer damit etwas zu tun haben könnte?“

„Nach dem, was mir gesagt wurde, Mr Bridges, stand Mary Smith einem Ihrer Arbeiter recht nahe.“

„Ja, an Mary kann ich mich erinnern. Sie war ein nettes Mädchen und hat uns an heißen Tagen oft mit kalten Erfrischungen eine Freude gemacht. Falls sie sich in einen meiner Arbeiter verliebt hatte, erklärt das natürlich wieso.“ Isaiah Bridges rieb sich den Nacken und verstrubbelte dabei sein dunkelrotes Haar. „Ich habe viele Arbeiter, aber nur wenige davon sind sonderlich jung. Können Sie mir mehr Details nennen?“

„Laut einem anderen Dienstmädchen war der Mann, um den es geht, sehr groß und blond.“

„Das klingt nach dem jungen William Bowden. Das ist der einzige Blonde, der infrage kommen würde. Glauben Sie, die beiden sind zusammen durchgebrannt? Ich habe zwar keine derartigen Gerüchte gehört, aber es könnte sein, dass er sie mit zur Farm seiner Familie genommen und niemandem etwas davon erzählt hat. Ich habe auch in der Kirche nicht gehört, dass über einen der beiden ein Kirchenbann ausgesprochen wurde." Er räusperte sich. „Nicht, dass ich auf solch ketzerische Praktiken etwas geben würde. Schließlich bin ich von unserem Herrgott persönlich gerettet worden und tue meine heilige Pflicht in der Kapelle."

Er blickte sie abwägend an und Lucy betete, dass er sich nicht dazu ermutigt fühlte, zu versuchen, ihre Seele zu retten. „Denken Sie, ich könnte mit ihm sprechen?"

„Will lebt nicht hier im Dorf, Miss Harrington. Er lebt draußen auf einem der Bauernhöfe im Tal bei seinen Eltern. Wenn die Felder brachliegen oder kurz vor der Erntezeit, kommt er hierher und arbeitet für mich."

„Können Sie mir den Weg beschreiben?"

Er blickte zum Himmel, an dem unheilvolle Wolken aufgezogen waren. „Das ist ein ziemlich weiter Weg, Miss Harrington. Ich würde heute bei diesem Wetter das Risiko nicht eingehen. Es ist wahrscheinlich am besten, wenn Sie ihm schreiben. Er kann gut genug lesen. Wenn er wieder ins Dorf kommt, werde ich ihm Bescheid sagen, dass Sie nach ihm suchen. Kommen Sie mit ins Haus und ich schreibe Ihnen die Adresse und eine Wegbeschreibung auf, falls Sie ihn doch selbst aufsuchen wollen."

„Danke, Mr Bridges. Das ist sehr freundlich von Ihnen."

Er lächelte sie an, wobei auf jeder seiner Wangen ein Grübchen zu sehen war. „Das ist das Mindeste, was ich tun kann. Wie ich schon sagte, Mary war ein nettes junges Mädchen und ich würde nicht wollen, dass ihr etwas zustößt."

„So geht es mir auch und ich muss gestehen, dass ich mir große Sorgen um sie mache." Lucy wartete, bis er die Hintertür geöffnet hatte, und trat an ihm vorbei in die Küche von Beech Cottage ein. Eine Frau mit graurotem Haar war gerade damit beschäftigt, eine Pastete am Küchentisch zuzubereiten.

„Ma, Miss Harrington ist zu Besuch. Kannst du ihr Gesellschaft leisten, während ich Wills Adresse hole?“

Mrs Bridges streifte die Hände an ihrer Schürze ab. „Oh, Miss Harrington! Wie schön, Sie zu sehen!“ Sie blickte ihrem Sohn, der gerade durch die Tür in den vorderen Teil des Hauses verschwand, ungehalten hinterher. „Es tut mir schrecklich leid, Miss, er hätte Sie in unseren guten Salon bringen sollen.“

„Ich bin gern hier, meiner Meinung nach sind Küchen oft die wärmsten und besten Orte im Haus.“ Lucy hob eine getigerte Katze gegen deren Widerstand von einem der Stühle, setzte sich darauf und ließ die Katze auf ihren Schoß sinken. „Was für eine Pastete machen Sie?“

„Speck und Lauch, Miss.“

Lucy sog den Duft in ihre Nase. „Das riecht wunderbar. Sie wollen nicht zufällig im Pfarrhaus anfangen?“

Mrs Bridges lachte. „Wenn ich nicht meine eigene Familie ernähren müsste, würde ich dem Angebot nur zu gern nachkommen, Miss. Stellen Sie sich nur vor, wie schön es wäre, dafür bezahlt zu werden, das Abendessen zuzubereiten!“ Sie widmete sich wieder der Pastete, während Lucy gelegentlich die schnurrende Katze streichelte und ihrer Gastgeberin beim Kochen zusah.

Lucy war beinahe enttäuscht, als Isaiah nach kurzer Zeit wieder in die Küche trat und ihr ein sauber gefaltetes Blatt Papier überreichte. „Bitte sehr, Miss Harrington. Mein Vater lässt Grüße bestellen und entschuldigt sich, dass er nicht selbst kommen kann, um Sie anständig zu begrüßen, aber er liegt mit der Gicht im Bett. Er bittet mich, Sie zu fragen, ob der Pfarrer zufrieden mit meiner Arbeit an den Ställen war.“

Lucy stand auf, sodass die Katze von ihrem Schoß sprang. „Die Holzarbeiten waren ausgezeichnet. Mein Vater empfiehlt Sie all seinen Bekannten weiter."

„Das werde ich ihm ausrichten, das wird ihn freuen zu hören."

Mrs Bridges bot ihr eine der Pasteten an, die bereits zum Abkühlen auf dem Tisch lagen. „Nehmen Sie eine mit, Miss Harrington. Sie ist zwar noch etwas heiß, aber das wird für Sie heute ein schönes Abendessen. Lassen Sie mich eine für Sie einpacken."

„Danke, Mrs Bridges, das wäre sehr großzügig." Lucy kehrte mit ihrer Beute zurück ins Dorf, wo sie Edward begegnete, als er gerade eine der mit Stroh gedeckten Hütten verließ.

Als er sie ebenfalls erblickte, blieb er stehen und wartete auf sie.

Sie präsentierte ihm die Pastete. „Schauen Sie, was mir Mrs Bridges mitgegeben hat."

Er eilte an ihre Seite. „Lassen Sie mich das für Sie tragen, Miss Harrington."

Sie überließ ihm die Pastete, die tatsächlich erstaunlich schwer war. „Wohin gehen Sie als Nächstes?"

„Zu Mrs Ward, zwei Türen weiter. Sie ist schon seit einer ganzen Weile erkrankt und ich habe versprochen, sie zu besuchen."

„Dann werde ich mit Ihnen kommen."

Er ließ Lucy vorgehen. Es schien, als hätte er sich ihre Ermahnung zu Herzen genommen, und es widerstrebte ihr, sich erneut mit ihm zu streiten. Er hatte kaum etwas außer seinem Glauben in seinem Leben und daher sollte sie sich vielleicht tatsächlich nicht darüber lustig machen.

„Wenn wir die Besuche abgeschlossen haben, muss ich noch in den Dorfladen und dort nach Mary fragen."

„Wie Sie wünschen, Miss Harrington."

Sie war äußerst dankbar dafür, dass der Vikar wieder
sein gewohnt unterwürfiges Benehmen an den Tag
legte. Bis er ihr in die Zügel gegriffen hatte, war ihr nie
klar gewesen, dass er überhaupt Emotionsregungen
hatte. Es erinnerte sie daran, dass jeder seine schlech-
ten Seiten hatte, selbst jemand wie Edward. Bei einigen
waren sie nur deutlicher zu sehen, wie zum Beispiel bei
Ben Cobbins oder – weniger ausgeprägt – bei Major
Kurland. Doch auf merkwürdige Art fand sie es leichter, damit umzugehen.

Sie klopfte an die Tür von Mrs Wards Haus und wartete, bis sie jemand einließ. Vielleicht würde Mrs Fielding ja beleidigt kündigen, nachdem Lucy mit ihr geredet hatte, dann wäre die Pastete ein ausgezeichnetes
Abendessen.

Mehrere Stunden später hatte Lucy ihr Reitkleid abgelegt, sich eines ihrer leichteren Kleider angezogen
und war zurück in der Hinterstube, wo sie einen ihrer
Strümpfe stopfte. Niemand in Kurland St. Mary oder
Lower Kurland hatte Mary gesehen, aber alle hatten
versprochen, die Augen nach ihr offen zu halten. Die
meisten waren der Ansicht gewesen, dass junge Mädchen flatterhaft waren, viel zu schnell ihre Verantwortlichkeiten hinter sich ließen und den Älteren zu wenig
Respekt entgegenbrachten. Aber immerhin hatte Lucy
jetzt die Adresse des jungen Mannes, der möglicherweise mehr über Marys Aufenthaltsort wusste als jeder
andere.

Sie legte den gestopften Strumpf zurück in den Korb
und ging hinüber zum kleinen Sekretär beim Fenster.
Sie öffnete die Klappe und entdeckte auf der Schreibunterlage den Brief von Major Kurlands Regiment. Sobald sie das Schreiben für William Bowden fertig hatte,
würde sie die Einladung des Prinzen mit weit passende-
ren Worten beantworten, als sie es dem Major je

zutrauen würde. Sie vermutete stark, dass er lediglich ein „Nein" auf die Rückseite der Einladung geschrieben und sie so zurückgesandt hätte. Ihr Vater pflegte jedoch zu sagen, dass ein weiser Mann nie alle seine Boote verbrannte. So würde sie es ebenfalls nicht zulassen, dass Major Kurland den königlichen Schirmherrn seines Regiments beleidigte.

Lucys Brief an William Bowden war kurz und bat ihn nur darum, sie so schnell wie möglich zu kontaktieren, entweder persönlich oder per Post. Sie erwähnte Mary nicht, da sie vermutete, dass er misstrauisch werden könnte, wenn sie ihre Absichten verriet oder es ihm Probleme zu Hause bereiten könnte. Wenn er natürlich Isaiah Bridges begegnete, bevor er den Brief erhielt, würde er ohnehin wissen, dass sie nach Mary suchte. Sie trocknete die Tinte mit etwas Sand, setzte ein Wachssiegel darauf und adressierte ihn an William.

Sie nahm ein weiteres Blatt Briefpapier und tauchte die Feder ins Tintenfass. An wen sollte sie den Brief adressieren? An den Prinzregenten oder an Major Kurlands kommandierenden Offizier? Lucy überlegte kurz und entschied dann, die Antwort an beide zu richten. Sie lehnte die Einladung dankend ab und erklärte, dass Major Kurland wegen der Verwundung während seines heroischen Einsatzes bei Waterloo noch immer an das Bett gebunden war. Mit einem Lächeln zu sich selbst unterschrieb sie als *L Harrington*, Sekretärin von Major Kurland.

Gerade als sie den zweiten Brief adressiert hatte, wurde die Tür geöffnet und Anna trat ein.

„Oh, Lucy, da bist du ja. Ich habe nach dir gesucht. Michael hat Luke mit einem Taschenmesser durch das Ohr gestochen! Da war überall Blut! Jane ist völlig hysterisch geworden."

„Geht es Luke gut?"

Anna ließ sich in den nächsten Sessel fallen. „Natürlich geht es ihm gut. Er fand es sogar ausgesprochen amüsant. Offenbar haben die beiden ein Bild von Wilden aus Amerika gesehen und beschlossen, sich auch die Ohren zu durchstechen und große Ringe hindurchzustecken.“

Lucy erhob sich. „Wo sind die beiden?“

„Es ist schon in Ordnung, sie sind ohne Abendessen ins Bett geschickt worden und Jane bewacht die Tür. Du musst dich um nichts kümmern.“

Lucy ließ sich wieder auf den Stuhl sinken. „Die Jungs werden mich noch ins Grab treiben. Sobald ich ihnen den Rücken zuwende, hecken sie irgendetwas aus.“

„Vergiss nicht, dass in sechs Monaten jemand anders die Verantwortung für sie haben wird. Die armen Lehrer an ihrer Schule tun mir jetzt schon leid.“ Anna lehnte sich in die Kissen und zog ihre Füße unter sich.

„Woher hatten die Zwillinge das Messer?“

„Oh, das hatten sie von Anthony. Er ist sehr ungehalten darüber, dass sie es aus seinem Zimmer genommen haben. Er hat die beiden angeschrien, dass sie kein Recht haben, in seine Privatsphäre einzudringen.“

„Als ob er als Kind nicht genauso schlimm gewesen wäre und nicht ständig Toms Sachen stibitzt hätte.“

„Er vermisst Tom.“

„Das tun wir alle.“

„Aber es ist anders für Anthony, nicht wahr? Er hat ihn vergöttert. Ich fürchte, er weiß nicht mehr recht wohin mit sich seit Toms Tod.“

Lucy schloss das Tintenfass und wandte sich Anna zu. „Ist dir auch aufgefallen, dass Anthony sich in letzter Zeit merkwürdig verhält?“

„Ja. Ich habe ihn gefragt, was los ist, aber er sagte, ich würde das nicht verstehen.“

„Ich habe ihn ebenfalls gefragt und er hat mich beschuldigt, für Papa herumzuschnüffeln. Ich hatte gehofft, dass er sich dir anvertraut hat."

„Leider nicht, und bevor du fragst, er hat sich von mir auch kein Geld mehr geliehen."

„Das will ich auch schwer hoffen, schließlich hat er es versprochen." Lucy schloss die Klappe des Sekretärs. Sie zögerte, ihren Verdacht mit Anna zu teilen, aber sie hatte keine Wahl. „Wenn er von keinem von uns Geld geliehen hat, befürchte ich, dass er sich wieder Schulden eingebrockt hat und zu viel Angst hat, um Papa davon zu erzählen."

„Gott, ich hoffe nicht!" Anna griff sich schockiert an ihr Herz. „Papa war wochenlang wütend auf ihn!"

„Was bedeutet, dass es unwahrscheinlich ist, dass er sich uns noch einmal anvertraut, wenn er in dieselbe Lage gerät. Ich will deine Beziehung zu Anthony nicht beschädigen, Anna, aber falls du ihn dazu bringen kannst, mit dir darüber zu reden, versuch es bitte."

„Das werde ich." Anna nickte. „Und wenn er sich mir anvertraut, verspreche ich, dass ich dir sagen werde, was los ist, wenn ich das Gefühl habe, dass es notwendig ist."

„Das ist sehr lieb von dir." Lucy stand auf und strich ihr Kleid glatt.

„Übrigens, Lucy, Mrs Fielding hat nach dir gefragt. Jemand hat eine unglaublich gut duftende Pastete in der Küche gelassen und nachdem ich ihr versehentlich dafür ein Kompliment gemacht hatte, wollte sie wissen, woher sie stammt."

Lucy stöhnte. „Ich hätte sie komplett allein essen sollen, aber ich wollte euch ja dummerweise an meinem Glück teilhaben lassen."

„Das war sehr großmütig von dir, aber jetzt ist Mrs Fielding ausgesprochen wütend und hat gedroht, ab sofort gar nichts mehr zu kochen."

„Wirklich?"

Anna setzte sich gerader hin. „Ja. Warum lächelst du?"

„Wenn sie *gar nichts* kocht, fällt das Papa mit Sicherheit auf und er wird sie dafür Rede und Antwort stehen lassen, besonders wenn das bedeutet, dass wieder Kaninchensuppe aufgewärmt wird."

Sie lächelten einander zufrieden an.

***

„Du kannst nicht ewig in deinem Schlafzimmer bleiben, Robert."

„Dessen bin ich mir bewusst." Robert drehte sich zu seiner Tante Rose um, die sich an seine Bettseite gesetzt hatte und ihn beharrlich anblickte. Es war spät am Abend, die Vorhänge zugezogen und ein kleines Feuer brannte im Kamin. „Sind die Zimmer zufriedenstellend?"

„Nein, das sind sie nicht. Ich weiß nicht, was deine Angestellten getrieben haben, während du bettlägerig warst, aber in jedem Fall haben sie die Zeit nicht genutzt, um die Betten und Vorhänge zu lüften. Ich musste selbst in Miss Chingfords Zimmer gehen und mindestens ein Dutzend Spinnenweben entfernen!"

„Ah, ich hatte mich schon gefragt, worum es bei dem Gekreische ging." Robert nahm die Hand seiner Tante. „Meine Bediensteten haben ihre Pflichten nicht vernachlässigt. Ich hatte nur keine Gäste, daher hat es sich nicht gelohnt, die Zimmer oben in Schuss zu halten. Schließlich hat sie ja niemand genutzt."

Tante Rose drückte seine Finger. „Du darfst dich hierdurch nicht in einen Eremiten verwandeln lassen."

Er hatte vergessen, wie direkt seine nördlichen Verwandten im Vergleich zu den Leuten hier im Süden waren. Sie nahmen kein Blatt vor den Mund. „Das wird nicht passieren. Es wirkt nur wie schlechtes

Wirtschaften, wenn ich die Arbeitszeit meiner Bediensteten darauf verschwende, Zimmer säubern zu lassen, die nie genutzt werden. Ich bin mir sicher, dass das Erdgeschoss einwandfrei aussieht – abgesehen vom Westflügel."

„Während ich hier bin, werde ich das alles für dich in Ordnung bringen. Vielleicht kann mir Miss Chingford dabei zur Seite stehen." Rose kicherte. „Ich glaube, bisher ist sie von ihrem zukünftigen Heim nicht besonders beeindruckt."

„Was das angeht –"

„Übrigens hat sie recht deutlich gemacht, dass sie dich nicht aufsuchen wird, solange du in deinem Nachthemd im Schlafzimmer sitzt."

„Wieso denn das nicht?"

„Weil sie der Meinung ist, dass es sich nicht gehört."

„Selbst wenn ich in meinem Morgenrock am Fenster sitze?"

„Sie ist eine Lady, Robert, und für sie bist du unbekleidet. Sie legt auf nichts mehr Wert als auf ihren guten Ruf und ich habe ihren Eltern versprochen, dass ich auf sie aufpassen werde. Sie waren sehr zögerlich, sie mir anzuvertrauen, wo ich doch so ‚vulgär' bin, aber mein Reichtum hat sie am Ende doch von meiner Vertrauenswürdigkeit überzeugt. Wie üblich also."

„Wie bist du Miss Chingford begegnet? Vergib mir, Tante, aber du bewegst dich ja nicht gerade in denselben Kreisen wie sie."

„Noch würde ich das wollen. Ich gehe nur nach London, um Henrietta und meine Enkel zu besuchen. Ich weiß, dass ich selbst in ihrem herrschaftlichen Haus nicht willkommen bin, obwohl alles mit Henriettas Mitgift bezahlt wurde."

Robert ließ sich gern ablenken. „Ich habe keine Ahnung, warum sie sich dazu entschieden hat, Northam zu heiraten. Ich habe noch nie eine langweiligere, aufgeblasenere Person gesehen."

„Sie hat ihn geheiratet, weil er ein Baron ist und sie sich so Lady Henrietta nennen darf. Er wiederum hat sie geheiratet, weil er finanziell am Boden lag und das Kapital brauchte."

„Sie sind also wie füreinander geschaffen."

Sie tadelte ihn, indem sie mit ihrem Spitzentaschentuch vor ihm in die Luft schlug. „Sei nicht so abschätzig. Männer haben schon immer des Geldes wegen geheiratet und Frauen wegen des Status. Niemand fand es merkwürdig, als dein Vater meine Schwester heiratete."

Robert musste lächeln. „Dem Vernehmen nach war es eine Liebesheirat."

„Sie hatten Glück und sie haben dir einen Haushalt mit soliden Finanzen hinterlassen."

„Ich weiß und es gibt keinen Tag, an dem ich Gott nicht dafür danke." Er zog die Hand seiner Tante zu seinen Lippen und küsste sie. „Wenn Miss Chingford nicht in mein Zimmer kommen möchte, wie soll ich dann mit ihr sprechen? Wieso macht sie sich die Mühe, mich zu besuchen, um dann die Gelegenheit nicht zu nutzen?"

„Ich glaube, sie versteht nicht, wie schwer du verwundet wurdest, Robert. Hast du sie darüber nicht in Kenntnis gesetzt?"

„Ich glaube, mein kommandierender Offizier hat ihr geschrieben, um ihr mitzuteilen, dass ich verwundet wurde, und ich habe Foley einen Brief diktiert, als ich hier wieder das Bewusstsein erlangte."

„Das ist alles?" Tante Rose schüttelte den Kopf. „Natürlich fühlte sich das arme Mädchen verpflichtet, herzukommen und nach dir zu sehen."

In ihm kam ein starkes Gefühl der Schuld auf. „Nun, jetzt kann ich sie kaum ignorieren."

Tatsächlich wünschte er sich genau das, aber er war ein Gentleman und er war gegenüber Miss Chingford eine Verpflichtung eingegangen, die er versucht hatte zu verdrängen. Er hatte sie schon so lange nicht mehr gesehen, dass er vergessen hatte, wie schön sie war. Hatte sie wirklich beschlossen, dass sie lange genug darauf gewartet hatte, dass er aus seiner Selbstisolation zurückkehrte? Er strich mit einer Hand über das Bein unter der Decke. Er hätte nie gewollt, dass sie ihn in diesem Zustand sah. Er war so eitel gewesen zu glauben, er könne in bester Gesundheit nach London zurückkehren und dann wieder Anspruch auf sie erheben.

„Hat sie dir gesagt, warum sie mit dir kommen wollte?", fragte Robert.

„Nicht direkt. Ich habe sie bei Henrietta getroffen und als sie erfuhr, dass ich mit dir verwandt bin, war sie nicht davon abzubringen, dich zu besuchen, und bestand darauf, dass sie mit mir kommen sollte. Sie hat sich mir auf der Reise hierher allerdings nicht anvertraut. Ich muss sagen, dass sie mich manchmal, wenn sie ihre gesellschaftlichen Manieren vergaß, mehr wie eine arme Gouvernante behandelt hat als wie eine potenzielle Verwandte."

„Ihr Vater ist ein Viscount. Sie hat eine reine Ahnenlinie."

„Das hat sie mir auch gesagt – fast so, als erwarte sie, dass ich ihr auf Knien dafür danke, dass ich meine eigene Kutsche mit ihr teilen darf und sie sich bald meiner ach so unwürdigen Familie anschließt." Tante Rose gab ein wenig ladyhaftes Grunzen von sich. „Sie mag sich für etwas Besseres halten, aber am Ende geht es ihr nur um dein Geld."

„Dessen bin ich mir sicher. Ich weiß selbst, dass es dem Kurland-Anwesen nur so gut geht, weil meine Mutter das nötige Geld beigesteuert hat."

„Und das solltest du nie vergessen, verehrter Neffe, auch wenn nur wenige deines Standes versuchen dürften, dich deswegen als schlechter gestellt darzustellen. Wie auch immer, was hat Bookman mir da von Albträumen und Opiaten als Schlafmittel erzählt?"

Robert blinzelte verdutzt wegen des plötzlichen Themenwechsels. „Was?"

„Kein Grund, so geschockt zu sein. Bookman und Foley sind dir durch und durch loyal. Sie haben es mir nur verraten, weil ich sie zu Tode genervt habe."

„Ich … habe tatsächlich eine Weile Laudanum genommen, um den Schmerz zu lindern. Aber mir hat nicht gefallen, was es mit mir gemacht hat. Ich fühlte mich gar nicht richtig wie ich selbst."

„In der Tat. Bookman sagte mir, dass sie sich eine Weile Sorgen über deine geistige Gesundheit gemacht haben."

„Das hat er mir gegenüber nie erwähnt."

„Du hättest ihn vermutlich für so eine unverschämte Bemerkung entlassen. Es ist viel einfacher für ihn, seine Sorgen mir anzuvertrauen."

„Aber ich habe doch praktisch schon damit aufgehört, das verdammte Zeug zu nehmen!"

„Na, na, mein Lieber, kein Grund sich aufzuregen." Tante Rose fühlte die Temperatur seiner Stirn, wie bei einem Sechsjährigen. Robert fühlte sich auch ähnlich frustriert wie sein kindliches Selbst. Gab es denn wirklich niemanden, der noch an seine Fähigkeiten glaubte?

„Morgen früh werde ich aufstehen, mich anständig anziehen und meinen Stuhl nach unten in den besten Salon bringen lassen, sodass ich mich wie ein Gentleman mit dir und Miss Chingford unterhalten kann. Wird dich das davon überzeugen, dass ich kein wirrer Verrückter bin, der sich in seinem Bett verkriecht?"

Tante Rose küsste ihn auf die Stirn. „Natürlich, mein Lieber. Ich freue mich schon darauf." Sie erhob sich mit dem zufriedenen Ausdruck einer Frau, die ihr Ziel erreicht hatte, und schritt zur Tür. „Schlaf gut, Neffe."

Robert starrte die Tür noch für einige Minuten ungehalten an. Auf ihre Art war seine Tante ebenso manipulativ wie Miss Harrington. Gott schütze ihn vor den Bevormundungsversuchen dieser Frauen, die fest davon überzeugt waren, dass sie wussten, was gut für ihn war. Er trank etwas von dem Gerstenwasser, das sie neben sein Bett gestellt hatte, und wünschte sich, etwas Brandy zu haben, um es damit zu vermischen. Dachte Bookman wirklich, er sei abhängig von Laudanum? Er hatte ihm gegenüber davon nie etwas erwähnt, allerdings waren er und Foley in den letzten Wochen wirklich überfürsorglich gewesen. Er hatte sich in der Zeit des Öfteren gefragt, ob Bookman und Foley heimlich Laudanum in sein Essen gemischt hatten, um ihn zum Schlafen zu bringen.

Er sah eine Weile bedächtig das schwarze Fläschchen neben seinem Bett an. Als er sich die Lippen leckte, konnte er beinahe das widerwärtige Opiat schmecken. Konnte es sein, dass das, was er bei der Kirche *geglaubt* hatte, beobachtet zu haben, nur in seiner von der Medizin vernebelten Vorstellung passiert war? Wenn er wirklich von dem Zeug abhängig war, dann hatten sicherlich seine engsten Vertrauten eine Mitverantwortung dafür, oder etwa nicht?

Robert entspannte sich und ließ sich in seine Kissen sinken. Gott sei Dank hatte er seinen Dienern gegenüber nicht erwähnt, was er gesehen hatte. Selbst wenn er sich den Mann bei der Kirche nur eingebildet hatte – jemand stahl tatsächlich Gegenstände aus Kurland und den zwei Mädchen *war* etwas zugestoßen. Diese Probleme mussten immer noch gelöst werden, und wenn er von jetzt an ablehnte, Laudanum zu nehmen, dann müsste er in der Lage sein, sie zu lösen, oder etwa nicht?

***

„Ich sehe es nicht gern, wenn Essen in meiner Küche auftaucht, das ich nicht zubereitet habe!“

Mrs Fielding sah Lucy erbost an und wandte sich dann wieder dem Pfarrer zu, der an seinem Schreibtisch saß. Seine Hände lagen gefaltet auf der Schreibunterlage und auf seinem Gesicht spiegelte sich der Konflikt zwischen den beiden Frauen wider.

„Die Pastete war ein Geschenk eines Gemeindemitglieds – das hätte ich kaum ablehnen können.“ Lucy machte sich gar nicht erst die Mühe, Mrs Fielding eines Blickes zu würdigen. „Und du musst zugeben, dass sie sehr gut schmeckte. Du selbst hast sie ausdrücklich gelobt, Vater.“

„Sie hätte mir nie auf den Tisch kommen dürfen!“

„Ich habe sie daraufgestellt, Mrs Fielding, weil ich wusste, dass der Pfarrer mit einem Resteessen aus übrig gebliebener Kaninchensuppe und gekochtem Hammel nicht zufrieden sein würde.“ Lucy bemerkte, dass ihr Vater erschauderte, und nutzte die Gelegenheit, um ihr Argument weiter auszubauen. „Die Pastete war ausgezeichnet.“

„Miss Harrington, es steht Ihnen nicht zu, mir zu sagen, was ich zu kochen habe und was nicht. Der Pfarrer zahlt meinen Lohn, nicht Sie!“

„Ich kümmere mich im Namen meines Vaters um das Haus und um das Personal, wie ich es schon die letzten sieben Jahre getan habe. Ich bin mir sicher, er will mit solchen Haushaltsangelegenheiten nicht belästigt werden, wenn er sich höheren geistlichen Dingen widmen sollte.“ Lucy hielt den Blick auf ihren Vater fixiert. *„Möchtest* du, dass ich dir künftig die Verwaltung des Haushalts überlasse? Möchtest du dich selbst mit Mrs

177

Fielding auseinandersetzen? Denn ich bin nur zu gern bereit, meine Pflichten in dieser Hinsicht abzugeben, wenn das dein Wunsch ist."

„Ich will in meinem eigenen Haus vor allem Harmonie, und für die sorgst du gerade nicht", blaffte der Pfarrer. „Und ich will keine aufgewärmte Kaninchensuppe und zähen Hammel!"

Lucy wandte sich Mrs Fielding zu, die recht schwer atmete. „Haben Sie gehört, was der Pfarrer gesagt hat?"

„Er hat nichts darüber gesagt, ob Sie meine Vorgesetzte sind."

„Vater –"

Der Pfarrer stand so plötzlich auf, dass Lucy zusammenzuckte. „Mrs Fielding, Sie werden Anweisungen von meiner Tochter annehmen. Lucy, du wirst die Meinung von Mrs Fielding in kulinarischen Angelegenheiten respektieren, weil sie auf dem Gebiet mehr Erfahrung hat als du. Und jetzt beide raus hier und lasst mich in Frieden!"

„Nun." Mrs Fielding richtete ihre Haube. „Wenn ich von Miss Harrington Anweisungen erhalten soll, dann muss ich ernsthaft über meine Anstellung hier nachdenken, Herr Pfarrer. Sogar sehr ernsthaft."

Sie stürmte aus dem Arbeitszimmer und schloss die Tür mit einem lauten Knall hinter sich. Lucy stieß einen langen Atemzug aus.

„Ich hoffe, sie geht. Sie hat keine Absicht, auch nur irgendetwas von dem zu befolgen, was ich ihr sage."

Er stöhnte. „Ich verstehe nicht, warum du mit solchen Problemen an mich herantrittst, Lucy. Warum können Frauen nicht miteinander auskommen?"

„Das ist ungerecht! Mrs Fielding benimmt sich mir gegenüber praktisch immer unhöflich und ich bin es leid!"

Er ordnete die Stifte auf seinem Tisch neu an. „Sie hat das Recht auf eine Meinung in ihrer eigenen Küche."

„Also bist du zufrieden mit den Mahlzeiten, die sie zubereitet? Papa, du bist derjenige, der sich am häufigsten über ihre Gerichte beschwert!"

„Und es ist deine Aufgabe, ihr das zu sagen, nicht jedes Mal wie ein Kind zu mir gerannt zu kommen, wenn du dich beleidigt fühlst!"

Lucy ballte die Hände zu Fäusten. „Das ist nicht gerecht! Ich bin deine Tochter, nicht deine Frau."

„Aber du bist kein Kind mehr."

„Ich fühle mich wie ein Kind, wenn du mich wie eines behandelst und dich weigerst, mich in meiner Autorität zu bekräftigen."

„Sei nicht albern! Habe ich nicht gerade eben Mrs Fielding angewiesen, dir zu gehorchen?"

„Mit der Einschränkung, dass ich auf sie hören muss, wenn es um ihr Kochen geht, was den Sinn und Zweck dieser ganzen Konversation komplett untergräbt!"

Der Pfarrer setzte sich wieder hin und sah sie über den Rand seiner Brille hinweg an. „Ich halte nichts von deinem Tonfall und deinem Wutanfall. Beides ziemt sich nicht für eine Tochter aus gutem Hause."

„Und ich halte nichts davon, in unmögliche Situationen gebracht zu werden." Lucy machte einen tiefen Atemzug und atmete langsam aus. „Ich verwalte dein Haus und deine Kinder, obwohl ich nicht deine Frau bin, und daher habe ich auch nicht die Autorität der Frau des Hauses."

„Als meine älteste Tochter ist das deine Pflicht."

„Aber was ist mit *meinem* Leben? Wann erhalte ich die Gelegenheit, meine eigene Familie aufzubauen?"

„Deine Selbstsucht ist verabscheuungswürdig. Glaubst du, ich habe mich beschwert, als Gott meine Frau von mir nahm? Ich habe die Bürde auf mich genommen und trotz allem weitergemacht."

„Und ich habe dir gern dabei geholfen, aber die Dinge ändern sich jetzt. Anthony wird im Herbst in

Cambridge sein und die Zwillinge gehen in die Schule. Du wirst meine Dienste nicht mehr so oft brauchen."

„Was willst du andeuten?"

„Ich denke, es ist an der Zeit für mich, einen Ehemann und ein eigenes Zuhause zu suchen." Die Stille hing schwer im Raum, während er sie nur anstarrte. „Verdiene ich das nicht?"

„Ich habe nie einen Mann davon abgehalten, dich zu umwerben, Lucy. Aber die Wahrheit ist: Niemand hat um deine Hand angehalten."

Sie biss sich auf die Lippe. „Willst du andeuten, ich bin nicht gut genug?"

„Natürlich will ich das nicht, meine Liebe. Aber im Gegensatz zu deiner Schwester bist du nicht mehr die Jüngste."

„Du gehst also davon aus, dass Anna heiraten wird und ich nicht?"

Er wich ihrem Blick aus. „Sie gilt als die Schönheit in der Familie."

„Und ich beneide sie darum nicht im Geringsten, aber ich habe andere Fähigkeiten, die ein Mann attraktiv finden könnte. Ich bin eine ausgezeichnete Hausverwalterin und ich weiß bereits, wie man ein Kind erzieht."

„Tochter, du missverstehst mich. Es gibt vermutlich zahlreiche Männer – zum Beispiel ältere Herren, die ebenso wie ich verwitwet sind –, die eine Frau mit deinen Qualitäten in ihrem Haus begrüßen würden." Er zögerte. „Aber ich war immer davon ausgegangen, dass du hierbleiben würdest, um dich um mich zu kümmern."

Lucys Herz machte einen unangenehmen Sprung. „Du würdest mir sogar die Gelegenheit nehmen, überhaupt nach einem Ehemann zu suchen?"

„Tut mir leid, meine Liebe, aber es ist ja wohl kaum meine Schuld, dass du so gut wie keine

Aufmerksamkeit in unserer Gemeinde erregt hast. Beide Hathaway-Jungen haben Interesse an Anna bekundet, und ebenso Nicholas Jenkins. Ich glaube, sie ist selbst bei Major Kurland gut angesehen." Die Miene ihres Vaters hellte sich auf. „Das wäre eine Idee ... Wieso nimmst du sie nicht mit, wenn du das nächste Mal das Anwesen besuchst?"

„Du hast mir immer beigebracht, dass Schönheit im Auge des Betrachters liegt – dass solche Äußerlichkeiten vergänglich sind und man sich nicht auf sie verlassen sollte."

„Im spirituellen Sinne ist das auch wahr, aber auf dem Heiratsmarkt ist Schönheit ein begehrtes Gut. So ist nun mal die Welt."

„Aber was, wenn ich die Gelegenheit hätte, nach London zu gehen und dort nach einem Ehemann zu suchen?"

Er lehnte sich zurück. „Ich bin nicht bereit, die Kosten dafür zu tragen, dich für eine Saison nach London zu schicken." Seine Stimme wurde sanfter. „Es wäre grausam, deine Hoffnungen zu schüren, nur um sie dann zerstört zu sehen. Du musst nicht nach London gehen, um einen Ehemann zu finden. Wenn du es dir wirklich in den Kopf gesetzt hast, bin ich sicher, dass der junge Edward geehrt wäre, dich zur Frau zu nehmen."

„Dein Vikar?" Lucy erschauderte. „Ich würde Edward nicht heiraten, wenn er der letzte Mann auf Erden wäre."

„Kein Grund, so dramatisch zu werden. Wenn du wirklich heiraten möchtest, wäre er ein perfekter Kandidat. Du könntest weiterhin hier leben und das Leben könnte weitergehen wie gewohnt."

War ihm nicht klar, dass das genau das war, was sie am meisten fürchtete? Als er merkte, dass sie nichts antworten wollte, fuhr er fort.

„Tatsächlich habe ich schon arrangiert, dass Anna nächstes Jahr nach London gehen wird, dann werde ich dich hier mehr denn je brauchen.“

Lucys Fingernägel gruben sich in die Handflächen. „Anna geht nach London?“

„Ich habe es ihr noch nicht gesagt, aber ich habe mit der Frau meines ältesten Bruders korrespondiert, der Gräfin, und sie ist gewillt, Anna zusammen mit ihrer jüngsten Tochter in die Gesellschaft einzuführen.“

„Aber was ist mit mir? Ich –“

„Genug, Lucy!“ Er schlug mit der Hand auf den Schreibtisch. „Ich verabscheue dein eigennütziges Denken und rate dir, heute Abend aufmerksam deine Bibel zu studieren, um dich an deine Pflichten gegenüber der Familie zu erinnern.“

„Aber –“

„Genug.“ Er stand auf. „Deine Undankbarkeit verletzt mich zutiefst, Kind. Geh jetzt auf dein Zimmer.“

Sie starrte ihn an, während ihre unterdrückten Tränen in der Kehle brannten. Sie machte einen Knicks und verschwand durch die Tür, die sie leise hinter sich schloss.

„Miss Harrington?“

Lucy schloss für einen kurzen Moment die Augen. „Was gibt es, Betty?“

„Die Zwillinge haben nach Ihnen gefragt.“

„Danke.“

Sie raffte ihr Kleid und schritt die Treppen hinauf.

„Miss Harrington?“ Betty folgte ihr und hielt ihr etwas hin. „Bei all der Aufregung um Mary habe ich vergessen, Ihnen mitzuteilen, dass Mrs Fielding Ihre Handschuhe in der Küche gefunden hat. Sie hat gedroht, sie auf den Müll zu werfen, also habe ich sie so gut wie möglich gesäubert. Ich wusste nicht, ob Sie sie noch wollten.“

Lucy nahm sie an sich. „Danke, Betty. Ich hatte meine Handschuhe ganz vergessen. Ich werde sie mir morgen früh ansehen und entscheiden, ob ich sie behalten möchte. Gute Nacht.“

„Gute Nacht, Miss.“ Betty nickte und schritt wieder die Treppe hinunter.

Lucy ging weiter nach oben, blieb aber an der zweiten Treppe stehen, die hinauf zur Kinderstube führte. Sie wollte die Zwillinge gerade nicht sehen. Sie würden bemerken, dass sie unglücklich war, und sie wollte vor ihnen nicht wegen etwas weinen, das nicht ihre Schuld war. Die Kommentare ihres Vaters über ihre Undankbarkeit und ihren Mangel an familiärer Verantwortung kreisten unablässig in ihren Gedanken wie ein nicht enden wollender Strudel. Hatte sie nicht schon genug für ihn getan? Würde er jemals irgendetwas als ‚genug‘ erachten? Wieso hatte sie ihm nicht direkt von der Einladung der Hathaways erzählt?

Sie ging in ihr Schlafzimmer, wo bereits ein angenehm warmes Feuer brannte. Sie zündete eine Kerze an, setzte sich an den Kamin und zog die Füße unter sich auf den Sessel. Trotz der Hitze zitterte sie am ganzen Körper. Wie konnte er es wagen, so mit ihr zu sprechen? Seine Mischung aus herablassendem Mitleid und Egoismus hatte in ihr den Wunsch geweckt, ihn einfach nur noch anzuschreien. Sie hatte immer ihre Pflicht getan! Es war kaum überraschend, dass keiner der Männer im Ort sie je als mögliche Ehefrau in Betracht gezogen hatte: Sie wirkte ja praktisch schon wie eine verheiratete Frau!

Sie bemerkte, dass sie lächelte. Wie ironisch es war, dass ausgerechnet Mrs Fielding ihrem Vater das gab, was sie ihm nicht geben konnte? Tatsächlich musste man sagen, dass er durch sie beide den perfekten Ersatz für eine Ehefrau gefunden hatte. Warum würde er daran irgendetwas ändern wollen? Und vorzuschlagen, dass sie Edward heiraten sollte, war nur eine weitere Verhöhnung. Lieber würde sie sterben!

Ein merkwürdiger Geruch drang an ihre Nase und sie bemerkte, dass sie noch immer die Handschuhe fest umklammert hielt. Auf dem rechten Handschuh waren Blutflecken, die selbst Bettys Schrubben nicht hatte lösen können. Wie war der Fleck nur zustande gekommen? Sie zwang sich dazu, nicht daran zu denken, wie heute ihre Hoffnungen zertrampelt worden waren, und versuchte stattdessen, noch einmal ihren Weg am Tag von Marys Verschwinden zu rekonstruieren.

Sie erinnerte sich, dass sie die Handschuhe beim Verlassen von Kurland Hall angezogen hatte. Da weder sie noch Foley zu diesem Zeitpunkt das Blut bemerkt hatten, musste sie davon ausgehen, dass sie auf dem Weg zurück zum Pfarrhaus etwas berührt hatte. Nur was? Sie rief sich den aufgewühlten Weg und das offene Tor in Erinnerung. Sie hatte kein Blut an den Holzpfosten bemerkt, aber sie hatte sich gefragt, ob dort etwas vorgefallen war. Hatte sie die Hand sonst irgendwo aufgestützt?

Morgen, nach ihrem Besuch bei Major Kurland, würde sie die Abkürzung an der Kirche vorbei nehmen und den Weg noch einmal nachverfolgen. Wenn es dort irgendwo einen Blutfleck gab, würde sie ihn finden.

Kapitel 10

„Vater hat mich gebeten, dich auf deinem Besuch in Kurland Hall heute Morgen zu begleiten. Soll ich etwas für dich tragen?"

Lucy schloss die Sockenschublade der Zwillinge und wandte sich Anna zu. Ihre jüngsten Geschwister waren im Dorf auf einem Überraschungsspaziergang mit Jane, sodass es zur Abwechslung ruhig im Pfarrhaus war.

„Du kannst gern mit mir kommen, wenn du das möchtest, aber ich habe keine besonderen Aufgaben für dich."

„Ich frage mich, warum er dann so darauf bestanden hat." Anna folgte Lucy die Treppe hinunter in die Eingangshalle. „Er muss doch wissen, dass Major Kurland keinen Besuch empfängt."

„Du bist nicht wirklich ein Besucher. Ist es nicht offensichtlich? Papa denkt, dass es dem Major guttun würde, ein hübsches Gesicht wie deins zu sehen."

Annas Lächeln verblasste. „Kein Grund, so gehässig zu sein, Lucy. Ich schwöre, dass ich ihn nicht darum gebeten habe, mit dir kommen zu dürfen."

„Das weiß ich doch. Es ist nur ..." Lucy hielt inne. „Papa wäre begeistert, wenn du es schaffen würdest, den Major zu verführen."

„Sie nicht albern. Ich habe nicht einmal die *Absicht*, den Major auf mich aufmerksam zu machen. Er ist viel zu alt und eigensinnig für mich." Anna machte einen Knicks verbunden mit einer eleganten Drehung. „Ich lasse den Weg da ganz für dich frei."

„Ich bezweifle, dass er vorhat, mir einen Antrag zu machen. Er hält mich für eine Wichtigtuerin, die sich gern in seine Angelegenheiten einmischt."

Anna gab ein aufgesetztes Seufzen von sich. „Tja, vielleicht wird ja auch keine von uns die neue Lady auf dem Anwesen." Sie nahm einen Brief an sich, der auf dem Tisch in der Eingangshalle lag. „Hast du den hier gesehen? Er ist an dich adressiert. Noch ein geheimer Verehrer?"

Lucy warf einen Blick auf den Brief, aber es befand sich kein Absender auf dem Umschlag. Nur ihr Name prangte darauf, in einer Handschrift, die ihr nicht bekannt vorkam. Könnte es sein, dass William Bowden ihr schon so schnell geantwortet hatte? Sie nahm den Brief mit in die Hinterstube und durchtrennte das Wachssiegel mit ihrem Brieföffner.

„Der ist von Susan O'Brien."

„Das Dienstmädchen, das mit Mary befreundet war?" Anna folgte ihr in den Salon.

„Ja. Sie sagt, sie hätte mir etwas zu sagen und würde sich wünschen, dass ich sie zum nächstmöglichen Zeitpunkt besuchen komme." Lucy las sich die Nachricht noch einmal durch und legte sie dann auf dem Schreibtisch ab. „Ich frage mich, was sie will."

„Und warum konnte sie es nicht einfach aufschreiben und dir den Weg ersparen?", bemerkte Anna.

„Sie hat das nicht selbst geschrieben. Ich bezweifle, dass sie überhaupt schreiben kann. Sicherlich hat das der Butler, Mr Spencer, für sie geschrieben und sie möchte nicht, dass er ihre Geheimnisse erfährt." Lucy legte den Brieföffner beiseite. „Ich wollte die Hathaways heute ohnehin aus einem anderen Grund besuchen. Ich werde einfach mit Susan reden, wenn ich sowieso dort bin."

Anna wandte den Rücken zur Tür und stöhnte. „Und ich habe versprochen, dass ich Jane heute dabei helfe, den Kleiderschrank der Zwillinge aufzuräumen. Ich denke, es wird am besten sein, wenn ich damit schon anfange, während es noch so ruhig hier ist. Grüß die Hathaways und Major Kurland von mir.“

„Anna, es macht mir nichts aus, wenn du für mich zu Major Kurland gehst“, sagte Lucy. „Ich bin für ihn nicht länger nützlich. Er braucht keine Krankenschwester mehr und würde sich vermutlich mehr über Gesellschaft von einer charmanten Dame wie dir freuen, um seine Stimmung zu heben.“

Anna blickte über ihre Schulter. „Ich will ihn nicht, Lucy. Selbst wenn er darum betteln würde, mich zur Braut zu nehmen, würde ich immer noch Nein sagen. Ich möchte nach London gehen und eine Auswahl haben. Meine Zukunft besteht nicht daraus, den erstbesten Mann im heiratsfähigen Alter zu ehelichen.“ Sie presste die Hand auf ihr Herz. „Das weiß ich hier in meinem Herzen.“

Lucy ließ sie gehen, ohne noch etwas dazu zu sagen. Anna hatte keine Ahnung, dass ihr Wunsch wahrscheinlich in Erfüllung gehen und sie die Gelegenheit bekommen würde, so viele heiratsfähige Männer zu treffen, wie sie nur wollte. Lucy gönnte ihr diese Chance. Sie wünschte sich nur, dass sie ihren Vater davon überzeugen könnte, dass ihr die gleiche Chance zustand. Mit diesem unangenehmen Gedanken ging sie die Treppe hinauf, um sich Haube und Mantel anzuziehen.

***

„Ich wusste nicht, dass Sie verlobt sind, Major.“

Robert drehte seinen Kopf, sodass Bookman seinen Unterkiefer besser rasieren konnte. „Ich glaube, Sie waren zu dem Zeitpunkt verwundet und haben den ganzen Spaß verpasst.“

„Als ich diese üble Schusswunde an der Hüfte hatte, die nicht verheilen wollte? Das wäre dann vorletztes Jahr gewesen."

„So ist es. Ich bin damals nach London gereist, um die Hochzeit meiner Cousine Henrietta mit diesem Langweiler Northam zu feiern. Da habe ich Miss Chingford getroffen."

„Das hatten Sie nie erwähnt."

„Um ehrlich zu sein, hatte ich es schon fast wieder vergessen, als wir nach Frankreich zurückkehrten. Es wirkte so ... surreal."

„Hmmph." Bookman strich fachmännisch die Rasierklinge sauber. „Ich kann mich auch nicht daran erinnern, dass sie Ihnen jemals geschrieben hätte."

„Ich habe ihr gesagt, dass sie das nicht tun soll. Ich war mir nicht sicher, ob ich überleben würde."

„Klingt für mich sehr merkwürdig, Sir."

„Nur weil Sie Briefe von Ihrer Liebsten bekommen haben, heißt das nicht, dass alle so viel Glück haben können. Wie geht es ihr eigentlich? Autsch." Robert zuckte zurück, als das Messer in seine Haut schnitt.

„Tut mir leid, Sir. Sie haben genau im falschen Moment gesprochen." Bookman tupfte das Blut weg. „Halten Sie einen Moment still, während ich Ihre Kehle fertig rasiere."

Robert schwieg, bis Bookman ein warmes Handtuch unter seinem Kinn platzierte und ein Pflaster auf die stechende Schnittwunde klebte. „Bitte sehr, Sir."

„Ich bin mir nicht sicher, ob meine Tante Sie davon in Kenntnis gesetzt hat, aber ich habe vor, heute nach unten zu gehen und im vorderen Salon Hof zu halten. Können Sie und James mich in meinem Stuhl dorthin bringen?"

„Ja, Sir."

„Dieser Schritt ist notwendig, weil Miss Chingford es ablehnt, mich in meinem Schlafgemach zu besuchen und mit mir zu reden.“

„Darüber hat Mrs Armitage mich informiert.“ Bookman nahm die Schüssel voll Seifenwasser und schüttete sie aus dem Fenster. „Stammt Miss Chingford aus einer guten Familie, Sir?“

„Selbstverständlich.“

„Das hatte ich mir schon gedacht. Ich hörte, wie sie Ihrer Tante sagte, dass das Haus viel kleiner sei, als sie es sich vorgestellt hatte, und dass es einer Menge Ausbesserungen bedürfe.“

„So, hat sie das?“ Robert wischte sich etwas Rasierschaum vom Kinn. „Bemerke ich da einen Mangel an Begeisterung an meiner möglichen Braut?“

„Es steht mir nicht zu, darüber zu urteilen, Sir.“

„Sie werden Ihr Missfallen also nur andeuten.“ Robert warf das Handtuch auf den Boden. „Um ehrlich zu sein, weiß ich nicht, was ich mir dabei gedacht habe, der Frau einen Antrag zu machen. Ich bin mir nicht einmal ganz sicher, dass ich es überhaupt getan habe. Ich tanzte mit ihr, nahm sie mit in meinem Zweispänner und besuchte sie bei sich zu Hause. Plötzlich nahmen alle an, wir seien ein Paar und – noch schlimmer – sie schien das auch zu denken.“

„Dabei dachte ich, dass Sie so geschickt darin sind, derartige Hochzeitsfallen zu meiden.“

„Das dachte ich auch“, sagte Robert und verzog das Gesicht. „Als Gentleman kann ich mich aus dieser Vereinbarung aber nicht mehr zurückziehen.“

„Wieso nicht?“ Bookman hob das Handtuch vom Boden auf und blickte ihn herausfordernd an. „Wieso ist es in Ordnung für Frauen, einen Mann zu enttäuschen, aber nicht andersherum?“

„Vielleicht ist das der Grund, warum sie mich sehen wollte – um die Verlobung aufzulösen.“

„Da wäre ich mir nicht so sicher, Sir. Die Art und Weise, wie sie im Haus herumstolziert, allen erzählt, was sie verbessern will und dass sie alle Diener entlassen und neue einstellen will, klingt sehr danach, dass sie vorhat zu bleiben.“

„Dann sollte ich ihr besser klarmachen, dass keiner meiner Diener entlassen wird.“

„Vertrauen Sie mir, Ihr Personal wird freiwillig gehen, wenn sie Sie heiratet.“

„Vielen Dank für diesen Vertrauensbeweis in mich, Bookman.“

„Gern geschehen, Sir. Und jetzt lassen Sie uns Ihnen etwas anziehen. Wollen Sie Ihre Uniform tragen?“

„Gott, nein.“ Robert erschauderte. „Die hat mich überhaupt erst in diese verdammte Situation gebracht. Frauen lieben die Rotröcke. Ich werde meine üblichen Hosen tragen, ein Hemd und eine Krawatte und darüber meinen Morgenrock. Ich werde mich nicht in einen meiner Mäntel zwängen, nicht einmal für Miss Chingford.“

„Wie Sie wünschen, Sir.“

Während Bookman ihm dabei half, sich anzuziehen, sah Robert zur Uhr. Würde Miss Harrington heute zu Besuch kommen? Er war sich noch nicht sicher, ob er ihr absagen sollte. Es gab immer noch die Angelegenheit mit den Diebstählen und den beiden verschwundenen Mädchen zu besprechen. Aber wie könnte er das in der Gegenwart seiner Tante und Miss Chingfords? Er nahm die Ausgabe von *Ackermann's Repository*, die Miss Harrington ihm dagelassen hatte, auf und hielt sie hoch.

„Bookman, was halten Sie von diesem Gerät? Glauben Sie, der Zimmermann hier auf dem Anwesen könnte mir einen solchen Stuhl mit Rollen bauen?“

***

„Ich habe die Möglichkeit, dass ich dich begleiten könnte, nicht direkt angesprochen, aber mein Vater hat mir zu verstehen gegeben, dass er vorhat, Anna nächstes Jahr nach London zu meinem Onkel und meiner Tante zu schicken." Lucy versuchte, ein gezwungenes Lächeln aufzusetzen. „Wenn das sein Plan ist, dann kann ich kaum ebenfalls das Haus verlassen."

„Wieso nicht?" Sophia ließ sich neben Lucy auf die Couch fallen. „Das ist ungerecht. Du bist die älteste Schwester."

„Ich weiß." Lucy hielt den Blick bedächtig auf den Perserteppich gerichtet. „Aber –"

„Nichts *aber*, Lucy. Wenn Mama und ich gewillt sind, dich mitzunehmen, und es ihn kaum einen Penny kosten wird, gibt es in der Sache nichts weiter zu sagen. Wie kann er dir eine solche Gelegenheit absprechen?"

„Er sagte, wenn ich ginge, würde ich nur enttäuscht werden, weil sich niemand finden würde, der mich heiraten will."

„Wie kann er nur so etwas Furchtbares sagen?" Sophia drückte fest ihre Hand. „Du bist vielleicht nicht so wunderschön wie Anna, aber du hast andere Eigenschaften, die jeder intelligente Mann mit Sicherheit erkennen würde."

Lucy blickte in Sophias zorniges Gesicht. „Danke. Ich muss gestehen, dass ich fast in Selbstmitleid versunken wäre." Sophia umarmte sie. „Versuche noch nicht ganz der Verzweiflung zu verfallen. Vielleicht können meine Mutter und ich unsere Köpfe zusammenstecken und einen Weg finden, deinen Vater zu umgehen. Er kann dich nicht für sich selbst behalten, und du wirst *absolut* nicht den Vikar heiraten."

Lucy küsste sie auf die Wange. „Ich muss los, bestell deiner Familie Grüße von mir."

„Das werde ich und ich werde meine Mutter fragen, ob bei uns in letzter Zeit etwas gestohlen wurde."

„Ich habe vor euch schon das Haus der Jenkins besucht und Lady Foster sagte, sie würde sich ebenfalls in der Angelegenheit umhören."

„War Nicholas da?"

„Nein, nur seine Großmutter. Er hat vermutlich gesehen, dass Anna nicht bei mir war, und sich versteckt."

Sophia lachte. „Du unterschätzt dich."

„Im Gegenteil, ich kenne meinen Wert sehr gut. Nicholas Jenkins ist hoffnungslos in meine Schwester verliebt, die natürlich keinerlei Anstalten macht, seine Liebe zu erwidern, auch wenn sein Vater ein Viscount ist." Sie seufzte. „Es muss schön sein, so hübsch zu sein und davon zu träumen, einen Duke zu heiraten."

Sophia umarmte sie. „Du bist so lustig, Lucy."

„Danke." Sie warf ihrer Freundin eine letzte Kusshand zu und ging dann die Treppe hinunter in die Küche, wo sie hoffte, Susan vorzufinden. Glücklicherweise saß das Dienstmädchen am großen Tisch und trank eine Tasse Tee.

„Guten Morgen, Susan." Lucy nickte dem Mädchen zu und wandte sich dann an die Köchin. „Dürfte ich einen Moment mit Susan sprechen?"

„Wenn Sie sich beeilen. Sie muss sich noch um die Betten kümmern."

Susan stand von ihrem Platz auf und folgte Lucy in den leeren Gang, der zur Hintertür führte.

„Was genau wolltest du mir mitteilen, Susan?"

Sie blickte auf die schwarz-weißen Fliesen am Boden. „Es geht um Mary, Miss."

„Was ist denn mit ihr?"

„Sie hat sich nicht wie eine gute Freundin verhalten!", platzte Susan heraus. „Sie hat mir meinen Mann weggeschnappt."

„Wirklich? Und welcher Mann ist das?"

„Mein William."

„William Bowden?"

„Ja. Er ging, um bei Ihnen am Pfarrhaus zu arbeiten, nachdem er hier gearbeitet hatte, und sie hat ihn mir weggeschnappt!"

„Glaubst du, dass sie dorthin gegangen ist? Zu William?"

„Wahrscheinlich, Miss. Das würde sie mir sicher gern den Rest meines Lebens auf die Nase binden." In Susans Stimme schwang Verachtung mit und sie sprach so laut, dass es von den Wänden widerhallte. „Und sie hatte eine Menge Kerle zur Auswahl. Sie musste mir nicht meinen wegnehmen."

„Es tut mir leid, Susan." Lucy legte die Hand auf die Schulter des Mädchens. „Ich werde versuchen herauszufinden, was zwischen William und Mary vorgefallen ist. Wenn sie *wirklich* bei ihm lebt, dann werde ich darüber erleichtert sein, dass es ihr gut geht, aber traurig darüber, dass sie dir jemanden genommen hat, der dir am Herzen lag."

Susan trat einen Schritt zurück. „Machen Sie sich keine Sorgen um mich, Miss. Wenn er sich so leicht von einem kurzen Rock weglocken ließ, dann war er es ohnehin nicht wert, oder?"

„Eine bewundernswerte Einstellung, Susan. Ich bin mir sicher, du wirst einen viel besseren Mann finden. Ich mache mich dann jetzt auf den Weg und lasse dich wissen, wenn ich etwas herausfinde."

„Danke, Miss Harrington. Ich dachte nur, dass Sie wissen sollten, dass Mary nicht ganz so liebenswert ist, wie alle zu glauben scheinen."

„Ich bin froh, dass du es mir gesagt hast." Als Susan schon wieder zurück in die Küche gehen wollte, fiel Lucy noch etwas ein. „Ich wollte noch fragen: Gab es hier im Haus vielleicht einige ungeklärte kleinere Diebstähle?"

„Wie, meinen Sie Geld oder so etwas?"

„Genauer kann ich es leider nicht sagen."

Susan dachte kurz nach. „Also es sind in letzter Zeit ein paar kleinere Dinge verschwunden. Zum Beispiel Mrs Hathaways Schere für Stickarbeiten und ihr silberner Fingerhut. Mr Spencer glaubt, dass es sich um einen Langfinger handelt, aber die Köchin glaubt, dass es die Feen sind. Wieso fragen Sie?" Susans Gesichtsausdruck hellte sich auf. „Glauben Sie, dass Mary die Sachen gestohlen haben könnte?"

„Nicht unbedingt. Major Kurland oben auf dem Anwesen hat erwähnt, dass dort ein paar Kleinigkeiten gestohlen wurden, und hatte sich gefragt, ob es bei den anderen großen Häusern ähnlich aussieht." Lucy schob den abrutschenden Korb zurück auf ihren Unterarm. „Danke, dass du mit mir geredet hast, Susan, ich weiß das sehr zu schätzen."

„Sehr gern, Miss." Susan machte einen unbeholfenen Knicks und ging zurück in die Küche, während Lucy durch die Tür nach draußen in den strahlenden Sonnenschein schritt.

Sollte sie darauf warten, bis sich William Bowden mit ihr in Verbindung setzte, oder sollte sie sich die Kutsche ausborgen und zu der Adresse fahren, die Isaiah Bridges ihr gegeben hatte? Es war verlockend, William zu konfrontieren, für den Fall, dass er vorhatte, sie zu ignorieren oder – noch schlimmer – davonzulaufen. Wenn Mary William, der beim Pfarrhaus wie ein respektvoller junger Mann aufgetreten war, heiraten wollte, wieso hatte sie dann nicht einfach um Erlaubnis gefragt? Niemand hätte versucht, die Hochzeit zu verhindern, tatsächlich hätte man sich sogar für sie gefreut.

Lucy öffnete das Tor zur Hauptstraße. Hatte Mary die Sache geheim gehalten, weil sie sich davor gefürchtet hatte, wie Susan reagieren würde? Das war sehr wahrscheinlich. Lucy konnte sich vorstellen, dass es unschön war, Susan als Feindin zu haben.

Eine Waldtaube flog dicht an ihrer Haube vorbei, sodass Lucy sich vor den flatternden Flügeln ducken musste. Seit ihrer unangenehmen Begegnung mit Ben Cobbins fühlte sie sich angreifbar, wenn sie allein zu Fuß unterwegs war, ein Gefühl, das sie abgrundtief verabscheute. Sie hielt den Kopf geneigt, um ihr Gesicht so gut es ging vor dem kalten Wind zu schützen. Sie folgte diesmal nicht der Straße ins Dorf, sondern ging geradeaus weiter zu Kurland Hall.

Sie näherte sich dem alten Gutshaus nicht direkt, sondern nahm den Seitenpfad, der sie zur Hintertür brachte. Der Saum ihres Unterrocks und ihre Stiefel trieften vor Matsch, und Foley würde es ihr nie verzeihen, wenn sie Erdklumpen über die frisch polierten Holzfußböden des Majors verteilte. Sie nutzte ausgiebig den Fußabstreifer, trat die Stiefel ein letztes Mal auf der Fußmatte ab und betrat dann die Küche, in der offenbar einige neue Bedienstete am Werk waren. Sie blieb einen Moment bei der Tür stehen und beobachtete den ungewohnten Arbeitswirbel in der Küche. Foley schritt mit aufgeregtem Blick auf sie zu.

„Miss Harrington. Sind Sie hier, um den Major zu besuchen? Ich wollte ihm gerade seinen Tee bringen. Er ist im Wohnsalon.“

Lucy nahm ihre Haube ab. „Er ist nach unten gekommen? Das sind ja großartige Neuigkeiten! Wenn es Ihnen nichts ausmacht, Foley, werde ich zu ihm gehen.“

„Ja, Miss, aber –“

Lucy hatte sich schon auf den Weg zu dem steinernen Korridor gemacht, der die mittelalterliche Küche mit dem etwas moderneren Teil des Hauses verband, den Major Kurlands Großvater im jakobinischen Stil hatte erbauen lassen. Während sie ging, rieb sie die Hände gegeneinander, um sie aufzuwärmen, und sie sehnte sich nach einer schönen, heißen Tasse Tee. Sie war sich nicht sicher, ob der Major sich freuen würde, von ihrem Fortschritt im Fall von Marys Verschwinden zu hören, oder ob er enttäuscht sein würde, weil es offenbar doch eine logische Erklärung gab. Auch war Mary alles in allem wohl kaum sein Problem. Wie die meisten Männer schien er sich mehr für den Nervenkitzel von Gewalt und Mord zu interessieren und hätte sich wohl eher gewünscht, dass es in der Sache um ein Verbrechen ging. Er würde sich vermutlich viel mehr für ihre Neuigkeiten bezüglich der Diebstähle im Hathaway-Haushalt interessieren.

„Guten Morgen, Major Kurland. Ich bin so froh zu hören, dass Sie es nach hier unten geschafft haben. Ich –" Sie brach sofort ab, als sie die anderen Menschen bemerkte, die um den Kamin versammelt waren. „Oh, ich muss mich entschuldigen. Mir war nicht klar, dass Sie Besuch haben."

Major Kurland winkte sie herein. „Kein Grund, sich zu entschuldigen, Miss Harrington. Sie sind immer herzlich willkommen. Darf ich Ihnen meine Tante Rose vorstellen – ich meine Mrs Armitage – und ihre Begleitung Miss Chingford?"

Seine Tante kam auf sie zu und nahm Lucys Hand. „Ich erinnere mich an Sie, meine Liebe. Sie wohnen im Pfarrhaus, nicht wahr?"

„Ganz recht, Ma'am." Lucy schüttelte Mrs Armitages Hand. Sie war eine recht kleine und rundliche Person. Ihr Haar besaß das gleiche Schwarz wie das ihres Neffen und auch ihre Augen hatten das gleiche tiefe Blau. Ihr Akzent stammte unverkennbar aus dem industriell geprägten Norden und entsprach damit ganz und gar nicht der derzeitigen Mode, aber in ihrer Stimme schwang dafür umso mehr Warmherzigkeit und Gastfreundschaft mit. „Ich kümmere mich um den Haushalt für meinen Vater und meine Geschwister."

„Oh ja, richtig, ich erinnere mich. Meine Schwester hatte mir geschrieben und erzählt, was mit Ihrer armen Mutter geschehen ist. Sie müssen sie sehr vermissen."

„Jeden Tag." Lucy schaffte es, ein Lächeln aufzusetzen, und Mrs Armitage tätschelte ihre Hand.

„Armes Ding." Sie wandte sich der Frau zu, die in dem Stuhl direkt gegenüber dem Major saß. „Darf ich Ihnen Miss Chingford vorstellen? Sie hat mich auf meiner Reise aus London hierher begleitet."

Lucy machte einen Knicks und erhielt im Gegenzug ein eisiges Nicken. Miss Chingford mochte Mrs Armitage vielleicht auf ihrer Reise begleitet haben, aber sie war eindeutig keine bezahlte Reisebegleiterin. Ihre Kleidung – gewebt aus den feinsten und zartesten Stoffen – entsprach der neuesten Mode und hätte auch gut aus den Seiten von *La Belle Assemble* entsprungen sein können. Sie war blond und ausgesprochen gut aussehend, wirkte aber gleichzeitig kühl und unnahbar.

Foley tauchte mit dem Teetablett auf und Lucy setzte sich auf den Stuhl neben Miss Chingford, auf dem zuvor Mrs Armitage gesessen hatte.

„Wann sind Sie denn angekommen, Miss Chingford?"
„Gestern Abend."
„Wie lange hat die Reise aus London denn gedauert?"
„Viel zu lange."
Lucy machte einen weiteren Versuch. „Ich frage deshalb, weil ich hoffe, nächstes Jahr selbst nach London zu gehen. Ist es so schön, wie man sich erzählt?"

„Sie waren noch nie in London?" Miss Chingford drehte sich etwas, um Lucy besser begutachten zu können. „Ich schätze, die Reise ist zwecklos, wenn Sie schon nicht mehr im heiratsfähigen Alter sind." Sie glättete ihre Seidenkleider. „Ich muss gestehen, dass ich mich selbst nicht mehr wie die Jüngste fühle, und ich bin gerade erst zwanzig geworden."

„Dann sind Sie im gleichen Alter wie meine Schwester Anna. Ich glaube, mein Vater will sie nächstes Jahr in die Stadt schicken, um sie in die Gesellschaft einzuführen."

„Mit zwanzig?" Miss Chingford kicherte. „Damit ist sie ja fast schon uralt."

„Aber sie ist sehr schön. Ich bin mir sicher, sie wird die Erfahrung genießen." Lucy blickte zu Foley, der an ihrer Seite mit dem Teetablett wartete. „Würden Sie eine Tasse Tee mit mir trinken, Miss Chingford?"

„Danke. Immerhin wird der Tee mich aufwärmen. Die Kamine in diesem Haus rauchen entsetzlich und es ist trotzdem immer kalt."

„Das ist einer der Nachteile von so alten Häusern, schätze ich. Mein Vater hat vor einigen Jahren das Pfarrhaus komplett neu bauen lassen. Jetzt entspricht es zwar weit mehr unseren Bedürfnissen, aber es mangelt leider an Charakter." Lucy bemerkte, dass Major Kurland sie eindringlich anstarrte. Erwartete er, dass sie Miss Chingford einfach sitzen lassen und zu ihm eilen würde, um mit ihm zu reden? Sie wandte ihm entschlossen die Schulter zu und konzentrierte sich auf das unglückliche Gesicht des schönen Mädchens neben sich.

„So hatte ich mir Kurland Hall gar nicht vorgestellt", sagte Miss Chingford. „Ich hatte mit einem deutlich größeren Haus gerechnet."

„Soweit ich weiß, gibt es sechzehn Schlafzimmer und drei Flügel. Das scheint mir nicht gerade klein."

„Aber Sie sind auch noch nicht aus Ihrem Dorf herausgekommen, oder?" Miss Chingford nahm einen Schluck Tee und setzte dann die Tasse mit einem Schaudern ab. „Ich war schon auf viel schöneren Landsitzen als Kurland Hall."

Es lag Lucy auf der Zunge, danach zu fragen, warum Miss Chingford sich die Mühe gemacht hatte, zu diesem hier zu kommen, wenn sie die ganze Zeit nichts Besseres vorhatte, als sich darüber zu beschweren, aber stattdessen lächelte sie nur weiter. Jahre der Übung als Pfarrerstochter hatten sie gegen die Launen der Menschen abgehärtet und ihr die Fähigkeiten einer geübten Diplomatin beschert. „Wie lange wünschen Sie zu bleiben?"

„Bis Mrs Armitage geht, nehme ich an." Miss Chingford seufzte. „Es gibt so viele Zukunftsentscheidungen zu treffen und wie es jetzt aussieht, weiß ich nicht, wann es Major Kurland gut genug gehen wird, um an ihnen teilzuhaben." Sie blickte zum Major. „Ohne seine Uniform sieht er wie ein ganz anderer Mann aus."

„Sie haben ihn also vor seinem Unfall kennengelernt?"

„Ja. Ich bin eine Freundin von Henrietta Northam, der Tochter von Mrs Armitage. Sie hat uns bei ihrer Hochzeit vor fast drei Jahren vorgestellt."

„Als man Sie in die Gesellschaft einführte?"

„Richtig." Miss Chingford starrte weiter Major Kurland an, der sich gerade mit seiner Tante unterhielt. „Er sieht jetzt so viel älter aus und viel weniger schneidig und heroisch."

„Er wurde sehr schwer verwundet. Mit der Zeit wird er sich aber wieder vollständig erholen."

„Ich schätze schon." Miss Chingford biss sich auf die Lippe und blickte zweifelnd auf seine zugedeckten Beine.

Lucy spürte um seinetwillen eine unerwartete Wut in sich aufflammen. „Major Kurland ist außergewöhnlich tapfer. Nicht viele Männer überleben es, wenn sie für tot gehalten auf dem Schlachtfeld zurückgelassen werden. Wussten Sie, dass er wegen seiner beispielhaften Taten bei Waterloo sogar in den Kriegsberichten erwähnt wurde?"

„Miss Harrington?“ Die gebieterische Stimme des Majors hallte durch den Salon.

Sie hob das Kinn mit kämpferischer Miene. „Was gibt es, Major?“

„Dürfte ich um einen Moment Ihrer Aufmerksamkeit bitten?“

„Natürlich, Sir.“ Sie nickte Miss Chingford zu. „Es war mir ein Vergnügen, Sie kennenzulernen. Falls Sie längere Zeit bleiben, muss ich Ihnen meine Schwester Anna vorstellen.“

Ihr Gegenüber antwortete nicht und Lucy wurde das Gefühl nicht los, dass Miss Chingford wenig begeistert davon war, ein weiteres Mitglied der Harrington-Familie zu treffen. Sie ging hinüber zu Major Kurland und setzte sich neben ihn, während Mrs Armitage sich mit Miss Chingford unterhielt. Er trug seinen grünen, seidenen Morgenrock über einem weißen Hemd und braunen Hosen, die an einer Seite aufgeschlitzt waren, um Platz für die Schiene seines linken Beins zu machen.

„Guten Morgen, Sir. Es scheint mir, die Ankunftszeit Ihrer Tante lag doch deutlich näher, als wir aus ihrem Brief geschlossen hatten.“

„Ich denke, das lag vor allem daran, dass es lange gedauert hat, ihn zu lesen, und das meiste davon nicht zu entziffern war.“ Major Kurland setzte seine Tasse ab. „Sind Sie noch mal Ben Cobbins über den Weg gelaufen?“

„Gott sei Dank nicht. Wieso fragen Sie?“

„Weil Sie etwas niedergeschlagen ausgesehen haben, als Sie eingetreten sind, das schien nicht ganz zu Ihrem üblichen Auftreten zu passen.“

Lucy warf dem Major einen kurzen Blick zu, bemerkte dessen unerwartet besorgten Gesichtsausdruck und schaute wieder zur Seite. „Es ist nichts, Sir, es hat zumindest nichts mit der Familie Cobbins zu tun. Ich habe aber andere Neuigkeiten."

Er wurde unruhig. „Darüber wollte ich mit Ihnen sprechen. Es tut mir leid, dass ich Sie in diese Sache hineingezogen habe, Miss Harrington. Ich weiß nicht einmal mehr sicher, ob ich überhaupt etwas gesehen oder vielleicht nur geträumt habe." Er fuhr sich mit der Hand durch sein kurzes, schwarzes Haar. „Ich war mir nur so sicher."

„Das ist ein interessanter Gedanke, Sir, aber egal ob Sie einen Mann gesehen haben oder nicht, ändert das nichts an der Tatsache, dass zwei Mädchen aus unserem Dorf vermisst werden und dass es eine Serie von kleinen Diebstählen gab."

„Eine Serie?"

„Bei den Hathaways sind ebenfalls Dinge verschwunden. Ich war heute Morgen dort, um mit Susan O'Brian über Mary zu sprechen. Ich habe die Gelegenheit genutzt, um sie zu fragen, ob etwas aus dem Haushalt gestohlen wurde."

„Was hatte sie zu Mary zu sagen?"

Lucy hob die Augenbrauen. „Ich dachte, Sie hätten gerade gesagt, Sie hätten die Sache aufgegeben, Sir."

„Kein Grund, so sarkastisch zu werden. Ich bin gewillt, mich vom Gegenteil überzeugen zu lassen. Was hat sie denn gesagt?"

Lucy unterdrückte den Drang, die Widersprüchlichkeit seiner männlichen Denkweise zu debattieren. „Dass Mary, obwohl sie mehr als einen Mann zur Auswahl hatte, Susans Liebsten, William Bowden, ausgespannt hat. Wenn das stimmt, könnte das erklären, warum Mary ihre Stelle aufgegeben hat, ohne etwas zu sagen. Sie hatte vermutlich Angst, Susan zu verärgern, und ist ihr aus dem Weg gegangen."

„Ist William Bowden der Zimmermann, der an den Ställen des Pfarrhauses gearbeitet hat?"

„Ganz recht, allerdings ist er eigentlich ein Bauer, der mit seiner Familie ein paar Meilen außerhalb von Lower Kurland lebt. Ich habe ihn angeschrieben und um Auskunft gebeten. Wenn Mary bei ihm ist, bin ich mir sicher, dass ich es herausfinden werde."

„Nun, das ist zumindest eine Art Fortschritt." Er nahm seine Tasse und trank den übrigen Tee in einem Zug. „Wenn wir jetzt nur herausfinden könnten, wer hinter den Diebstählen steckt."

„Wir müssen außerdem herausfinden, ob nach Marys und Daisys Verschwinden noch mehr Dinge verschwunden sind."

„Das stimmt. Ich habe Foley darum gebeten, ein Inventar des Westflügels aufzustellen, wo die Diebstähle stattgefunden haben, um herauszufinden, ob noch mehr abhandengekommen ist."

„Eine exzellente Eingebung." Lucy lächelte ihn zustimmend an. „Wer immer es ist, muss Zugang zu allen Gesellschaftsschichten haben. Ich kann mir nicht vorstellen, dass jemand Ben Cobbins erlauben würde, in den Salon der Hathaways zu gelangen, damit er dort einen Fingerhut entwendet. Ich habe im Pfarrhaus keine Verluste bemerkt, aber ich werde meinen Vater fragen."

„Ich frage mich, warum aus dem Pfarrhaus nichts gestohlen wurde."

„Vermutlich, weil es bei uns nichts gibt, das sich zu stehlen lohnt." Lucy drängte ihre Sorge um Anthony in Gedanken beiseite. *Welcher Dieb würde sein eigenes Nest beschmutzen?* „Allerdings könnte es natürlich sein, dass die Zwillinge beschlossen haben, die allgemeinen Befürchtungen über sie frühzeitig zu erfüllen, und eine Karriere auf der schiefen Bahn eingeschlagen haben."

„Ich kann mir gut vorstellen, dass die zwei Rabauken sich nach Herzenslust hier im Dorf austoben, nicht wahr?“

Lucy bemerkte, dass Miss Chingford sie ungehalten anstarrte, und musste schnell ein Lächeln unterdrücken. „Vielleicht sollte ich ihre üblichen Geheimverstecke kontrollieren, wenn ich nach Hause komme.“ Lucy erhob sich. „Ich sollte mich auf den Weg machen. Es war mir eine große Freude, Ihre Tante wiederzusehen.“ Sie erwähnte Miss Chingford nicht. Ihre Hoffnung, dass der Major mehr über den Grund der Anwesenheit seines anderen Gasts verraten würde, erfüllte sich nicht, da er lediglich nickte.

„Miss Harrington geht jetzt, Tante Rose.“

Mrs Armitage kam herüber zu Lucy und nahm ihre Hand. „Es war so schön, Sie wiederzusehen, meine Liebe. Bitte grüßen Sie Ihren Vater von mir.“

„Das werde ich, Ma'am.“ Lucy machte einen Knicks und ging zusammen mit Mrs Armitage in die Eingangshalle. „Ich bin so froh zu sehen, dass sich der Major auf dem Weg der Besserung befindet. Ihre Ankunft hier kann seine beständige Genesung nur beschleunigen.“

„Ich habe mir von Foley sagen lassen, dass Sie einiges mit seiner Erholung zu tun hatten, Miss Harrington. Dafür danke ich Ihnen von Herzen.“ Mrs Armitage zögerte kurz. „Robert ist selbst unter den besten Umständen nicht gerade der einfachste Mann. Ich bezweifle, dass er als Invalide eine gute Gesellschaft abgegeben hat.“

„Er hatte gewaltige Schmerzen, Ma'am.“

Mrs Armitage drückte ihren Arm. „Und Sie sind eine Heilige. Sie müssen für Ihren Vater ein echter Schatz sein.“ Sie hielt erneut inne und blickte Lucy tief in die Augen. „Glauben Sie, dass Robert seine Beine irgendwann wieder normal bewegen kann?“

„Das hoffe ich, Ma'am, allerdings bezweifle ich, dass er sie wieder völlig so bewegen kann wie früher."

„Das dachte ich mir schon, aber solange er gehen und ein Pferd reiten kann, wird er seiner gesellschaftlichen Rolle gerecht werden können. Ich glaube, das ist ihm sehr wichtig."

„Ich bin mir sicher, dass das möglich sein wird. Ich habe allerdings die Befürchtung, dass ihm sein Bein den Rest seines Lebens Beschwerden bereiten wird."

Mrs Armitage schüttelte den Kopf. „Danke, dass Sie mich beruhigt haben. Miss Chingford ist recht besorgt darüber, dass Robert ein Invalide bleiben wird."

Lucy blieb an der Tür, die zur Küche führte, stehen. „Mit allem gebührenden Respekt, Ma'am, aber was hat die Genesung des Majors mit Miss Chingford zu tun?"

„Hat er es Ihnen etwa nicht gesagt, meine Liebe?" Mrs Armitage lächelte. „Wie typisch für ihn! Miss Chingford ist seine Verlobte."

***

Robert warf Miss Chingford einen Blick zu, die weiter in aller Ruhe ihren Tee trank. Tante Rose hatte Miss Harrington aus dem Salon begleitet. Er stellte sich vor, wie sie vermutlich gerade eine lebhafte Diskussion über seinen Charakter und seine Fortschritte – oder den Mangel hiervon – führten, denn seine Tante schien entschlossen zu sein, bei seiner Genesung zu helfen. Es war eine gute Gelegenheit für ihn, mit der Frau zu sprechen, die seinen Heiratsantrag angenommen hatte.

„Miss Chingford, könnten Sie mir eine weitere Tasse Tee einschenken?" Er hielt seine leere Tasse hoch und versuchte ein wenig hilflos auszusehen.

„Natürlich, Major." Sie nahm die Tasse, füllte sie bis zum Rand und setzte sie dann neben ihm ab. „Können Sie sie von dort erreichen?"

„Ja, vielen Dank." Er klopfte auf den Stuhl neben sich. „Würden Sie neben mir sitzen? Es ist schwierig, sich mit jemandem zu unterhalten, der fast auf der anderen Seite des Raumes sitzt, ohne zu schreien."

„Wie Sie wünschen." Sie setzte sich hin und hielt den Blick auf die gefalteten Hände in ihrem Schoß fixiert.

„Es war sehr liebenswürdig von Ihnen, meine Tante hierher zu begleiten." Sie antwortete nicht und schaute ihn auch nicht an. „Miss Chingford?"

„Wieso sind Sie und Miss Harrington so vertraut miteinander?"

„Wie bitte?"

Schließlich begegnete sie doch seinem Blick. „Ich weiß, dass sie recht alt ist und offensichtlich als Jungfer enden wird, aber ihr Verhalten Ihnen gegenüber schien *sehr* vertraut."

„Miss Harrington ist die älteste Tochter unseres Pfarrers. Sie hat dabei geholfen, mich zu pflegen, als ich schwer krank war, und ich stehe daher tief in ihrer Schuld."

„Sie hat Sie *gepflegt?* Sicherlich ist eine solche Aufgabe nur für die niederen Gesellschaftsschichten geeignet."

„Sie hatte kaum eine Wahl in der Angelegenheit, da die Krankenschwester, die wir ursprünglich angestellt hatten, eine Trinkerin war. Wenn sie und Bookman nicht gewesen wären, wäre ich vermutlich gestorben. Ihre Abneigung ihr gegenüber ist fehl am Platze und ungerecht."

„Ich habe nicht gesagt, dass ich sie nicht *mag*. Aber sie ist offensichtlich ein Bauerntölpel und für mich ganz und gar nicht standesgemäß. Haben Sie ihre matschverschmierten Unterröcke und das altbackene Kleid gesehen? Und stellen Sie sich vor, sie hat zugegeben, noch nie in London gewesen zu sein!"

„Vielleicht sollte man nicht nach Äußerlichkeiten urteilen." Robert konzentrierte sich, um seinen Tonfall ruhig zu halten. „Sie hat weit bessere Verbindungen als ich. Ihr Onkel ist ein Earl und ihre verstorbene Mutter war die Cousine eines Viscounts. Ihre Familie ist in dieser Grafschaft und dem Dorf hoch angesehen. Vielleicht sollten Sie Ihre Einschätzung noch einmal überdenken."

Miss Chingfords Lippe begann zu zittern. „Sie sind verletzend, Sir."

„Ich weise Sie lediglich darauf hin, dass –"

Sie sprang auf und ging vor dem Kamin auf und ab, wobei ihr gelbes Kleid bei jedem Schritt laut raschelte. „Ich sollte in Abwesenheit Ihrer Tante nicht einmal mit Ihnen sprechen."

„Ich dachte, Sie hielten uns für verlobt? Haben wir damit nicht etwas mehr Spielraum in diesen Dingen?" Er blickte hinunter auf seine Beine. „Und mit meiner derzeitigen Bewegungseinschränkung ist es recht unwahrscheinlich, dass ich über Sie herfallen könnte."

Sie atmete erschreckt auf und wich rückwärts vor ihm zurück. „Sie sind offensichtlich nicht bei voller Gesundheit und wissen nicht, wie skandalös Ihre Bemerkungen sind."

Robert biss die Zähne zusammen. „Um ehrlich zu sein, bin ich gerade äußerst bemüht, höflich zu bleiben." Die Tür öffnete sich und seine Tante trat ein. „Ah, da bist du ja, Tante Rose. Vielleicht kannst du Miss Chingford davon überzeugen, dass ich gerade keinerlei Pläne hege, sie ihrer Jungfräulichkeit zu berauben."

Mit einem weiteren Kieksen wirbelte Miss Chingford herum und lief eilig aus dem Zimmer. Robert machte keine Anstalten, sie zurückzurufen.

„Was in Gottes Namen hast du zu dem armen Mädchen gesagt, dass sie vor dir davonläuft?"

„Sie hat Miss Harrington beleidigt. Ich habe ihren falschen Eindruck richtiggestellt, wobei sie sich von meinem Tonfall beleidigt fühlte."

Tante Rose setzte sich neben ihn. „Robert, du musst dein Temperament zügeln. Es ist nicht angebracht, Frustration an einer Unschuldigen wie Miss Chingford auszulassen."

„Von wegen unschuldig. Sie hatte bereits entschieden, dass Miss Harrington unter ihrer Würde ist, und hat sich laut gefragt, warum ich mich mit einer solchen Person unterhalte."

„Vielleicht ist sie eifersüchtig?"

„Eifersüchtig auf Miss Harrington? Ha! Das ist das Lustigste, was ich seit Langem gehört habe. Ein Blick in den Spiegel sollte Miss Chingford genügen, um zu sehen, dass sie weit besser aussieht."

„Du hast dich recht lange mit Miss Harrington unterhalten."

Robert blickte seine Lieblingstante wütend an. „Vielleicht liegt das daran, dass sie – im Gegensatz zu Miss Chingford – mit mir sprechen *wollte.* Immer wenn ich meine sogenannte Verlobte in ein Gespräch verwickeln will, fällt sie mir ins Wort oder vermeidet zu antworten. Ich bin mir nicht einmal sicher, ob sie mich noch heiraten will oder nicht."

„Ich bin mir da auch nicht sicher." Tante Rose runzelte die Stirn. „Und doch war sie entschlossen mitzukommen, um dich zu sehen."

„Vielleicht ist ihr einfach aufgefallen, dass ich nicht länger ihren Vorstellungen entspreche." Robert schluckte schwer. „Sie kann mich kaum ansehen."

„Sie ist jung. Dich so zu sehen, war ein recht großer Schock für sie. Ich bin sicher, dass sie sich bald mit der Lage abfinden wird."

„Ich gebe ihr noch ein paar Tage, aber dann werde ich in deutlichen Worten mit ihr reden müssen. Wir müssen das auf die eine oder andere Art klären.“

„Das stimmt.“ Tante Rose lächelte ihn an. „Miss Harrington ist sehr liebenswürdig, nicht wahr?“

„Liebenswürdig? Wenn du damit meinst, sie ähnelt meinem härtesten Ausbilder beim Militär, dann hast du wohl recht. Sie ist ohne Zweifel zäher, als sie aussieht. Als ich kaum bei Bewusstsein war vor Schmerzen, habe ich mich an den Klang ihres Nörgelns geklammert, um bei Sinnen zu bleiben, wie an ein Floß auf stürmischer See.“ Er musste beim Anblick des überraschten Gesichtsausdrucks seiner Tante lachen. „Das ist wohl kaum die schmeichelhafteste Beschreibung, aber Miss Harrington ist ebenso respekteinflößend wie du, Tante, und das ist ein Kompliment.“

„Dann hoffen wir, dass sie dir nicht verübelt, dass du vergessen hast, sie darüber in Kenntnis zu setzen, dass du mit Miss Chingford verlobt bist.“ Tante Rose lächelte unschuldig. „Sie wirkte jedenfalls recht überrascht, als ich es ihr sagte.“

Robert unterdrückte einen Fluch.

Kapitel 11

Major Kurland war verlobt mit dieser hochnäsigen, herablassenden Person ohne jegliche Persönlichkeit? Lucy stampfte die Auffahrt von Kurland Hall in einer Geschwindigkeit hinunter, die für eine Lady ganz und gar nicht gebührlich und vermutlich auch ihrer Gesundheit nicht förderlich war. Es wäre doch recht nett gewesen, wenn wenigstens eines der glücklichen Turteltäubchen die Verlobung ihr gegenüber erwähnt hätte. Die beiden passten ähnlich gut zusammen wie Öl und Wasser. Sie verlangsamte ihre Schritte auf eine etwas schicklichere Geschwindigkeit und näherte sich der Abkürzung bei der Kirche. Wieso wollte der Major nur eine solche Frau heiraten? Hatte ihr Vater am Ende doch recht und es ging allen Männern in erster Linie um oberflächliche Schönheit statt um innere Werte? Wenn das der Fall war, wäre der Major mit Anna, die über beides verfügte, viel besser dran.

Als Lucy sich zum elisabethanischen Herrenhaus umsah, brach gerade die Sonne durch die Wolkendecke und ließ die vielen Rautenfenster aufblitzen. In dem Kristallglanz schienen sich die unzähligen längst vergessenen Geheimnisse des alten Anwesens widerzuspiegeln. Wenn Miss Chingford ihren Willen bekam, würde Major Kurland schon bald sein Haus in ein palastartiges Schloss umbauen, um die größenwahnsinnigen Vorstellungen seiner Braut zu befriedigen.

„Drei Flügel sind nicht genug." Lucy imitierte Miss Chingfords hohe, arrogante Stimme, während sie sich der Grenzmauer um das Landgut näherte. „Ich wäre froh, auch nur einen zu haben!"

Das Sonnenlicht verblasste abrupt, da sich die Sonne hinter den gewaltigen normannischen Kirchturm geschoben hatte. Die im Schatten des uralten Gemäuers plötzlich deutlich spürbare Kälte ließ Lucy den fellgefütterten Mantel zuknöpfen. Zu ihrer Linken lag das Tor zu dem Weg, der zur Hauptstraße führte. Sie blieb stehen, um die Holzpfähle und die Stufen des Zauntritts zu untersuchen, aber sie konnte keine Spur von Blut entdecken. Der Boden war noch immer aufgewühlt und die Büsche, die um die Pfosten herum wuchsen, mussten dringend zurückgeschnitten werden. War das Tor nicht geöffnet gewesen, als sie am Tag von Marys Verschwinden hier vorbeigekommen war? Etwas Rosafarbenes, das in der leichten Brise wehte, fiel ihr ins Auge. An einem der Weißdornbüsche hing ein Stück eines rosa Bandes, wie es bei Frauen als Haarschmuck oder als Dekoration an der Haube beliebt war.

Lucy löste das Band vorsichtig und untersuchte es näher. Das ausgefranste Ende war dunkler und das letzte Stück mit kleinen, braunen Flecken besprenkelt. Sie führte es näher an ihr Gesicht, schnupperte vorsichtig daran und erschauderte, als ihr das metallische Aroma von Blut in die Nase drang. Sie faltete das Band und schlug es in ihr Taschentuch ein. Vielleicht hatte sich das Band an dem Weißdornbusch verfangen oder war vom Wind hineingeweht worden. Hatte eins der vermissten Mädchen eine Vorliebe für Rosa? Sie konnte sich nicht daran erinnern.

Sie ging durch das Tor und folgte dem Pfad, der auf der einen Seite von der Kirche und auf der anderen von der Friedhofsmauer flankiert war. Als Kind hatte sie einmal ihren Vater gefragt, warum die Kirche so viel tiefer lag als der Friedhof um sie herum – war sie eingesunken? Er hatte ihr erklärt, dass das Gegenteil der Fall war: Die Kirche lag auf derselben Höhe wie eh und je, aber über die Jahrhunderte war das Land um sie herum durch die vielen Begräbnisse angestiegen. Sie hatte ihm für die Information gedankt und danach wochenlang schlecht geträumt.

Ein Stück vor ihr konnte sie durch den dunklen, engen Spalt zwischen Kirche und Mauer, durch den die Abkürzung führte, einen Teil des honigfarbenen Steins des Pfarrhauses sehen. Sie hielt inne, als sie sah, dass jemand vor dem Spalt vorbeiging. Lucy erkannte den Mann sofort als Ben Cobbins, der mit wehendem Mantel gefolgt von einem seiner Hunde den Weg entlangeilte. Obwohl sie wusste, dass er sie wahrscheinlich nicht sehen konnte, drückte sie sich eng gegen die Kirchenmauer und hielt den Atem an.

Nachdem sie bis fünfzig gezählt hatte, löste sie sich wieder von der Mauer und folgte dem Weg bis zum Eckpfeiler der Kirche. Von hier aus hatte sie einen viel besseren Überblick über die Straße und das Pfarrhaus. Sie war dankbar, dass Ben Cobbins nirgendwo zu sehen war. Der Klang von lauten Stimmen aus Richtung des Friedhofs ließ sie zusammenzucken. War Ben etwa dorthin verschwunden, und wenn ja, warum? Sie hatte nicht die Nerven, ihm zu folgen.

Sie versuchte sich seitlich durch den Spalt zwischen dem Eckpfeiler und der schiefen Mauer des Friedhofs zu zwängen. Wann hatte sie das zuletzt getan? Sie erinnerte sich an den Tag von Marys Verschwinden und schaute sich den Stein an, auf dem sie sich mit ihrem Handschuh abgestützt hatte. War die Oberfläche dort etwa dunkler? Sie nahm ihr Taschentuch heraus und rieb es am Stein, bevor sie sich zum Pfarrhaus aufmachte, so schnell sie konnte.

Als sie die Sicherheit des Kücheneingangs erreicht hatte, blieb sie stehen und blickte zurück in Richtung der Kirche. Wer wollte sich wohl mit Ben Cobbins auf dem Friedhof treffen und worum war es bei dem Geschrei gegangen?

„Geht es Ihnen gut, Miss?“

Lucy zuckte zusammen, schnellte herum und sah Betty, die offenbar die Tür für sie geöffnet hatte.

„Es geht mir gut, Betty. Ich dachte gerade nur über das Wetter nach.“

Betty sah auf zum bleigrauen Himmel. „Sieht aus, als würde es bald Regen geben, Miss. Da möchte man gar nicht nach draußen, wenn man nicht unbedingt muss.“

„Das stimmt wohl. Ich denke, ich werde jetzt auch hineinkommen und die Hemden für die Zwillinge fertig machen.“

Sie warf noch einmal einen Blick über die Schulter und bemerkte Anthony und Edward, die sich gerade dem Haus näherten. Waren sie zusammen in der Kirche gewesen? Anthonys unglücklichem Gesichtsausdruck nach zu urteilen, schien das recht wahrscheinlich. Wenn sie ihn fragte, würde er sie vermutlich nur wieder beschuldigen, ihm nachzuspionieren, und das wollte sie nicht. Als sie die Küche betrat, blickte sie auf ihr Taschentuch und untersuchte die bräunlichen Flecken, die sie von der Mauer gerieben hatte.

Jetzt wusste sie, wo das Blut auf ihr anderes Paar Handschuhe gelangt war. Die Frage war, was das zu bedeuten hatte.

Die einzige Person, mit der sie ihre Ermittlungsergebnisse teilen konnte, war Major Kurland. Sie fühlte sich versucht, direkt zurück zum Anwesen zu gehen und mit ihm zu sprechen. Doch er war gerade wahrscheinlich zu sehr damit beschäftigt, seine Gäste zu unterhalten, um Zeit für sie zu finden. Sie musste also vorerst allein über die Umstände nachdenken.

Lucy blieb im Korridor stehen. Was, wenn sie Major Kurland eine Nachricht schrieb und sie ihm morgen früh überbrachte? Dazu musste sie ihn nicht *sehen* und er wäre erst in der Lage, sie von ihren Ermittlungen abzuhalten, wenn sie schon längst damit fertig war. Das war vermutlich die beste Lösung.

Anthony und Edward betraten hinter ihr das Haus und auch wenn beide ihr ausgesprochen höflich einen guten Abend wünschten, schien keiner der beiden darauf erpicht zu bleiben, um mit ihr zu sprechen. Diesmal war sie zur Abwechslung froh, ihre mangelnden Manieren einfach zu ignorieren und sich zu überlegen, wie sie herausfinden könnte, was Ben Cobbins im Friedhof vorgehabt hatte und ob es hinter der Kirchenmauer noch mehr Blutspuren gab.

Die Sonne war hinter einer gewaltigen Wolkenwand verschwunden, daher zündete Lucy eine Kerze an und stellte sie auf den Schreibtisch, damit sie genug Licht hatte, um die Nachricht an den Major über ihre Pläne für den nächsten Morgen zu schreiben. Betörende Düfte drangen aus der Küche, wo die beleidigte Mrs Fielding offenbar entschlossen war, ihre kulinarische Überlegenheit sowohl Lucy als auch dem Pfarrer zu beweisen. Lucys Magen knurrte. Sie hatte keinen Zweifel, dass Major Kurland wütend auf sie sein würde, aber dagegen konnte sie wenig tun. Er konnte die anstehende Aufgabe nicht erledigen – sie schon.

Statt Betty vom Tischdecken abzuhalten, brachte Lucy die Nachricht selbst zu den Stallungen und bat einen der Stalljungen, sie früh am nächsten Morgen zu überbringen.

Sie wollte Major Kurland nicht die Gelegenheit geben, sie aufzuhalten. Die Glocke läutete gerade zum Abendessen, als sie zum Haupthaus zurückkehrte, daher wusch sie sich als Erstes die Hände und richtete ihr Kleid. Oben in der Kinderstube konnte sie hören, wie die Zwillinge laut dagegen protestierten, irgendeins ihrer Körperteile vor dem Essen zu waschen, und zwischendurch waren Janes ebenso laute Antworten zu hören.

Lucy ging die Treppe hinauf, immer darauf bedacht, dass sie das abgerissene Band in ihrem blutigen Taschentuch verborgen hielt. Sie würde bis zum nächsten Morgen warten müssen, um ihren Plan in die Tat umzusetzen, denn dafür brauchte sie Licht. Doch immerhin hatte sie jetzt eine Ahnung, wo sie anfangen konnte. Sie blieb auf dem Treppenabsatz stehen und blickte von dort durch das Fenster hinüber zur Kirche. Was, wenn Major Kurland doch mit seiner Vermutung recht hatte und etwas viel Schlimmeres als unbedeutende Diebstähle in ihrem malerischen, kleinen Dorf vorgefallen war?

„Geht es dir gut, Schwesterchen? Du siehst aus, als hättest du einen Geist gesehen."

Anthony kam die Treppe herab; inzwischen war sein grummeliger Gesichtsausdruck verschwunden. Sie bemerkte, dass er seinen besten blauen Mantel trug.

„Gehst du nach dem Abendessen noch aus?" Lucy ging ihm nicht aus dem Weg.

„Ja, na und?" Sein Lächeln verblasste. „Muss ich dafür um Erlaubnis bitten?"

„Natürlich nicht. Ich –"

„Du musst aufhören, mich wie ein Kind zu behandeln, Lucy. Ich bin fast neunzehn. Ich bin ein Mann."

„Das verstehe ich ja, es ist nur –"

„Du verstehst das nicht! Dieses Haus fühlt sich im Moment an wie ein Gefängnis, in dem du, Vater und dieser verdammte Nachhilfelehrer mir alle hinterherspionieren."

„Ich habe sicherlich nicht die Zeit, dir hinterherzuspionieren, und ich bezweifle, dass irgendwer sonst die Zeit findet. Alles, was wir uns für dich wünschen, ist, dass du erfolgreich lernst und dann nach Cambridge gehen kannst."

„Und was, wenn ich das nicht will? Was, wenn ich nicht für Vater die Reinkarnation von Tom werden will?"

Lucy legte die Hand auf seine Schulter. „Wenn du es so sehr hasst, solltest du mit ihm reden. Er wird dich nicht zu etwas zwingen, was du verabscheust."

Er löste ihre Hand von seiner Schulter. „Du hast keine Ahnung, wie es ist, ein Mann zu sein! Gezwungen zu sein, deine Pflicht zu tun, deine Bedürfnisse für das Wohl der Familie zu opfern."

„Glaubst du, ich wollte hierbleiben und meine Geschwister erziehen? Versuche mir nichts von Pflichten zu erzählen, Anthony, ich habe meine ohne Zweifel getan!"

„Das ist nicht das Gleiche! Ich wollte immer in die Armee, das weißt du, und jetzt, da Tom entschieden hatte, den edlen Krieger selbst spielen zu wollen, darf ich mich nicht verpflichten. Niemand bittet dich darum, in die Fußstapfen eines toten Mannes zu treten."

„Und was ist mit einer toten Mutter? Klingt das irgendwie vertraut?" Lucy brachte den letzten Rest Selbstkontrolle auf, den sie finden konnte, und sah ihren Bruder ernst an. „Und wo wir schon darüber sprechen: Wenn das hier nur ein Wutanfall ist, weil du wieder einmal in Schwierigkeiten steckst, dann sag es mir bitte."

„Was für Schwierigkeiten?"

„Geld."

„Nein! In Gottes Namen, Lucy, ich habe versprochen, dass ich mich auf so etwas nie wieder einlasse. Glaubst du mir überhaupt *irgendetwas*, das ich sage?"

„Wo kommt dann dieses Porzellankästchen her, das ich in deiner Tasche gefunden habe? Hast du das etwa beim Spielen gewonnen?"

„Welches Kästchen?"

„Das in der Tasche deines blauen Mantels. Ich habe es gefunden, als ich deinen Knopf angenäht habe."

Sein Gesicht wurde rot vor Wut. „Erstens habe ich keine Ahnung, wovon du redest, und zweitens – wie kannst du es wagen, durch meine Sachen zu wühlen?"

„Ich habe deinen Mantel repariert!"

Einen Moment lang blickten sie einander nur zornig an, dann machte Lucy einen Schritt zurück. „Wenn du dein Leben so sehr hasst, Anthony, dann *sei* ein Mann und sage Vater, was du lieber tun möchtest, als nach Cambridge zu gehen. Dir wird er immerhin zuhören, und selbst wenn nicht, kannst du immer noch von hier verschwinden und dein Glück woanders suchen. Mir bleibt diese Möglichkeit verwehrt."

Er blickte sie erbost an und ging dann mit einem leise gemurmelten Fluch die Treppe hinab. Sie war nicht überrascht, als sie hinter ihm eine Tür knallen hörte. Was sie überraschte, war, dass die Tür inzwischen nicht schon längst aus den Angeln gefallen war. Egal wie sehr er auch wütete und drohte, er steckte offensichtlich in Schwierigkeiten. Es blieb ihr nur zu hoffen, dass ihr Vater noch einmal gewillt sein würde, ihn zu retten, wenn es am Ende unausweichlich schiefging.

Zu Lucys Erleichterung war der Himmel am nächsten Morgen hell und klar. Trotz ihrer Bemühungen, früh loszukommen, musste sie zunächst Mrs Fielding dabei zuhören, wie sie sich mit vor Spott triefender Höflichkeit jede Einzelheit des Menüs der nächsten Woche von ihr absegnen ließ. Dann musste sie mit ihrem Vater diskutieren, der seine Notizen für die Predigt verloren hatte und daher von Edward erwartete, sie für ihn zu schreiben. Im Vorfeld hatte sie sichergestellt, dass für den heutigen Morgen weder ein Begräbnis noch ein Gottesdienst geplant waren und dass keines der vielen Mädchen, die ihr im Pfarrhaus zur Hand gingen, heute auf sie angewiesen war.

Gekleidet in ihr ältestes graues Kleid und ihre alten Stiefel schlich sie gewappnet für den sicherlich feuchten und unebenen Friedhof die Treppe hinunter. Es gab keine perfekte Lösung dafür, den Boden dort vernünftig in Schuss zu halten. Ihr Vater hatte einmal sogar darüber nachgedacht, Ziegen zu kaufen, um das Gras kurz zu halten, da es schwer war, eine Sense zu schwingen, ohne dabei einen der Grabsteine zu treffen. Glücklicherweise hatte er sich dagegen entschieden und so blieb der Friedhof unverändert.

Nachdem Lucy kurz die Straße vor dem Pfarrhaus auf und ab geblickt hatte, ging sie direkt zum Eckpfeiler der Kirche, stellte sich mit dem Rücken zur Wand und ließ die Augen langsam über ihr Umfeld wandern. Sie maß grob den Fleck an der Mauer ab; er befand sich etwa fünfeinhalb Fuß über dem Boden. Konnte sie vielleicht noch weitere Blutflecken ausmachen?

Letzte Nacht hatte sie sich kurz vor dem Einschlafen den Kopf darüber zerbrochen, wieso sich der Fleck so hoch an der Mauer befand. Stammte das Blut von einem Tier, wäre es sicher tiefer an die Mauer und auf keinen Fall höher als fünf Fuß gespritzt. Außer es handelte sich um eine Kuh oder ein Pferd – aber die hätten unmöglich durch den Spalt zwischen Kirche und Mauer gepasst.

Das Blut könnte auf dieser Höhe auch vom Kopf oder der Hand einer Person stammen, oder von jemandem, der getragen wurde ...

Sie schob den Gedanken beiseite und setzte die Suche fort. An der Bruchsteinmauer des Friedhofs entdeckte sie einen weiteren rötlich-braunen Fleck, den sie sofort genauer untersuchte. Ja, es sah eindeutig aus wie Blut und unterhalb des regengeschützten Mauerfirstes war eine undeutliche Spur in der gleichen Farbe zu erkennen. Zwischendurch war der eine oder andere Tropfen auf dem Boden zu sehen. Lucy behielt die Spur im Auge und folgte ihr, bis sie das Tor des Friedhofs erreicht hatte. Es war nicht verschlossen, da viele der Dorfbewohner regelmäßig herkamen und ihre verstorbenen Angehörigen besuchten. Auch Lucy kam oft her, legte Blumen auf Toms Grab und erzählte ihm, was in ihrer Familie passierte.

Das Tor schwang knarzend auf, um dann langsam hinter ihr ins Schloss zu fallen. Sofort erfüllte sie die Friedlichkeit des uralten, schattigen Begräbnisplatzes. Ihr Vater war ein begeisterter Amateurarchäologe und hatte vor dem Tod ihrer Mutter Tom oft mitgenommen, um nach den Überresten eines alten heidnischen Ritualplatzes zu suchen, der seiner Meinung nach direkt unter ihrer normannischen Kirche lag. Sie fanden genug Hinweise darauf, dass der Pfarrer eine wissenschaftliche Arbeit für ein angesehenes Fachjournal verfassen konnte. Danach war sein Enthusiasmus allerdings abgeklungen.

Lucy konnte beinahe die Seelen der uralten Bewohner dieses Ortes spüren, ebenso wie die der Neuzugänge wie Tom. Wenn man sie davon hätte überzeugen wollen, dass der Tod eine Art finalen Frieden brachte, wäre das der richtige Ort dafür. Die Stille hier hatte eine ganz eigene Qualität, so tief und durchdringend, dass es sich anfühlte, wie in einer anderen Zeit zu wandeln. Als Lucy ihren Vater danach gefragt hatte, hatte er sie nur merkwürdig angesehen und ihr geraten, öfter zu beten. Ihre Mutter hatte ihre Gefühle für den Ort allerdings verstanden und ihr erzählt, dass sie das Gleiche empfand.

Lucy atmete tief ein und sog den Duft von frisch umgegrabener Erde und geschnittenem Gras ein. Aber da war auch noch ein anderer Geruch, der direkt ihre Instinkte ansprach, sodass sich die Härchen in ihrem Nacken aufstellten. Der Tod hatte einen ganz eigenen Geruch. Tom hatte ihr das einmal gesagt, als sie ihn nachts im Pfarrhaus getroffen hatte, als er unruhig die Gänge auf und ab gelaufen war, da er zu viel Angst vor seinen Albträumen hatte.

Major Kurland würde das vermutlich auch verstehen. Sie konnte sich nicht vorstellen, wie es wohl wäre, Tausenden von Gegnern gegenüberzustehen in dem Wissen, dass man sie entweder töten musste oder selbst sterben würde.

Der Warnruf einer Amsel erinnerte sie daran, weiterzuatmen. Beinahe fühlte es sich so an, als würde der Friedhof mit ihr im Einklang atmen. Wenn sie sich hier heimlich mit jemandem treffen wollte, wo würde sie das am besten tun? Ihr Blick wanderte weit nach links zu dem Platz, an dem die alten, meist verlassenen Gräber und Mausoleen lagen. Es war daher im Dorf auch ein beliebter Ort für heimliche Rendezvous, auch wenn sich Lucy oft gefragt hatte, warum. Doch dann hatte sie erkannt, dass Leben und Tod manchmal enger miteinander verflochten waren, als man glauben wollte.

Sie hob ihre Röcke an und bahnte sich einen Weg zwischen den Steinen hindurch, immer darauf bedacht, nicht über Wurzeln und Grabplatten zu stolpern, die mal ganz, mal zerbrochen und vom Alter verblasst auf dem Boden verteilt lagen. Irgendwo vor ihr hörte sie das Knacken eines brechenden Zweigs und sie blieb stehen. War Ben Cobbins zurückgekehrt oder war es lediglich ein Angehöriger eines Verstorbenen? In diesem Bereich gab es kaum Gräber, die sich noch in gutem Zustand befanden.

Sie bemerkte einen deutlich sichtbaren roten Fleck auf dem weißen Marmor eines Mausoleums, das der längst ausgelöschten DeVry-Familie gehörte. Sie näherte sich vorsichtig. Die alte Eiche hatte den gesamten Boden davor mit Eicheln übersät, sodass jeder Schritt laut knirschte. Aus der Nähe konnte sie am Fuß der Grabstätte im Matsch Fußabdrücke erkennen. Die

Amsel stieß erneut einen Ruf aus und lenkte sie für einen Moment ab. Sie umrundete das Grab, bis sie vor dem Eingang stand. Die weiße Marmorfassade war mit der Zeit fleckig und rissig geworden, sodass die Inschriften kaum noch zu entziffern waren.

„Ach du meine Güte."

Ohne einen Gedanken an ihr Kleid kniete Lucy sich hin und untersuchte ein Stück Stoff, das in der Tür des Mausoleums steckte. Es hatte nicht ganz die gleiche Farbe wie das Band, das sie gestern gefunden hatte, aber es war zweifellos rosa. Sie lehnte sich nach vorn und versuchte an dem Stück zu ziehen, aber es regte sich nicht.

Sie zog sich die Handschuhe aus und versuchte es erneut. Zwar spürte sie jetzt den eiskalten Stein an den Fingern, der Stofffetzen löste sich aber dennoch nicht.

Mit einem Ausruf der Frustration ließ sie sich auf den Boden sinken. Eine plötzliche Bewegung zu ihrer Rechten ließ sie aufblicken. Sie konnte gerade noch den Mund öffnen und einen kurzen Schrei von sich geben, bevor sie in die Dunkelheit gestoßen wurde und das Bewusstsein verlor.

***

„Verdammt noch mal, wie viel Uhr ist es?" Robert rieb sich die Augen und blickte Bookman finster an, der mit besorgter Miene neben seinem Bett stand. In der Hand hielt er einen Humpen, der vermutlich mit Ale gefüllt war. Sonnenlicht flutete durch die geöffneten Vorhänge ins Zimmer und leuchtete es so gut aus, dass Robert klar war, dass es bereits recht spät sein musste.

„Es ist etwa ein Uhr mittags, Sir."

„Warum haben Sie mich nicht schon früher geweckt?"

Bookman stellte den Humpen auf dem Nachttisch ab und mied dabei Roberts Blick. „Ich habe mehrfach versucht, Sie zu wecken, Sir, aber es war geradezu unmöglich, Sie wach zu bekommen. Ich hatte tatsächlich schon angefangen, mir Sorgen zu machen, und war kurz davor, loszureiten und den Doktor zu holen."

Robert richtete sich auf, lehnte sich gegen seine Kissen und stöhnte, als alles um ihn herum sich zu drehen begann. Seine Haut war nass von Schweiß und sein Atem verlangsamt. „Ich habe einen Geschmack im Mund, als hätte ich aus einer Kloake getrunken, und mein Kopf schmerzt, als wären es drei Flaschen Brandy gewesen."

„Haben Sie letzte Nacht zu viel getrunken, Major?"

„Wo sollte ich drei Flaschen Brandy herhaben?", fragte Robert. „Glauben Sie, ich habe einen Geheimvorrat unter meinem Bett? Foley würde das gar nicht gefallen."

„Vielleicht würde Foley ein Auge zudrücken." Bookman reichte Robert den Humpen, den er in einem Zug ausleerte.

„Danke. Haben Sie mehr?"

„Ich bringe einen Krug aus der Küche." Er zögerte. „Soll ich nach dem Doktor schicken lassen?"

„Auf gar keinen verdammten Fall!"

„Wie Sie wünschen, Sir." Bookman verließ das Zimmer und wurde sogleich von Foley abgelöst.

Robert schloss kurz die Augen, während sein Butler vorsichtig an das Bett herantrat.

„Wie geht es Ihnen, Sir?"

„Es ging mir schon besser, Foley." Robert fuhr sich mit seiner Hand durchs Haar. Das Bier schien seinen Magen nicht zur Ruhe kommen zu lassen und er konnte nicht aufhören, am ganzen Körper zu zittern.

„Ich habe mir Sorgen gemacht, als ich Sie nicht wecken konnte." Foley schnaubte. „Bookman hat mir unterstellt, ich hätte etwas damit zu tun. Ich habe keine Ahnung, warum."

„Er glaubt, Sie hätten sich mit mir verbündet, um einen Brandy-Vorrat unter meinem Bett anzulegen." Foley wollte gerade etwas erwidern, aber Robert hob seine Hand. „Es ist schon in Ordnung. Ich weiß, dass es gegenteiliger kaum sein könnte. Sie bewachen den Brandy wie ein Quartiermeister. Ich hatte kaum genug für ein einziges Glas, bevor ich schlafen ging, und das war nur Bodensatz und schmeckte widerlich."

„Oh, keine Sorge. Das werde ich ihm sagen, Sir. Sie sehen aber tatsächlich recht blass aus." Foley lehnte sich näher zu ihm. „Wollen Sie, dass ich das Laudanum erwähne?"

„Was soll damit sein?"

Foley hustete. „Als ich heute Morgen hereinkam, hatten Sie die Flasche in der Hand an Ihre Brust gedrückt, Sir. Ist es möglich, dass Sie sich in der Dosis geirrt habt?"

„Was?" Robert nahm das kleine, schwarze Glasfläschchen, das auf seinem Nachttisch stand, hielt es gegen das Licht und schüttelte es. „Verdammt, es ist fast leer." Er konnte den Geschmack des Opiats jetzt ausmachen, der sich immer noch in seiner Kehle hielt, seine Sinne verschwimmen ließ und die Realität verzerrte. „Ich erinnere mich nicht einmal daran, etwas von dem Teufelszeug genommen zu haben."

„Wir alle tun manchmal Dinge in unserem Schlaf, an die wir uns nicht erinnern, Sir. Letzte Woche zum Beispiel spielte ich Karten mit Bookman und ich muss viel mehr als sonst getrunken haben, weil ich schlief wie ein Trunkenbold und nicht zu meiner üblichen Zeit aufwachte."

„Versuchen Sie nicht, es schönzureden, Foley." Er setzte die Flasche ab. Hatte er das wirklich getan – sich selbst mit dem Opiat außer Gefecht gesetzt, ohne es überhaupt zu bemerken?

„Gestern standen Sie unter großem Druck, Sir, wenn man die Ankunft von Mrs Armitage und Ihre Entscheidung, nach unten zu gehen, bedenkt. Vielleicht haben Sie sich einfach zu viel auf einmal zugemutet.“ Foley tätschelte seine Hand. „Nichts, worüber man sich Sorgen machen müsste.“

„Abgesehen davon, dass ich vielleicht nie wieder aufgewacht wäre.“

Bookman trat mit mehr Ale ins Zimmer.

„Glauben Sie, dass ich letzte Nacht in meinem Schlaf zu viel Laudanum eingenommen habe?“

„Warum sollten Sie so etwas tun?“ Bookman warf Foley einen kurzen Blick zu. „Ist es das, was er glaubt?“

Foley richtete sich zu seiner vollen Größe auf. „Mit allem gebührenden Respekt, Mr Bookman, ich habe den Major heute Morgen mit der Flasche Laudanum in seiner Hand aufgefunden. Ich habe sie ihm abgenommen, bevor Sie oder jemand sonst es sehen konnte. Hätte der Major nicht entschieden, Sie davon in Kenntnis zu setzen, hätten Sie nie davon erfahren müssen.“

„Nun, wenn das so ist, Mr Foley, was hatten Sie dann am Morgen zu dieser Uhrzeit überhaupt hier zu suchen, wenn es *meine* Aufgabe – nein, meine *Pflicht* – als Kammerdiener des Majors ist, ihn zu wecken?“

„Sie haben sich verspätet, Mr Bookman. Ich ging nur zufällig den Korridor hinunter und bemerkte, dass die Tür des Majors offen stand. Ich trat ein, um ihm einen guten Morgen zu wünschen.“

„Ich war pünktlich. Ich war gerade losgegangen, um das Wasser für die Rasur zu holen.“

„Entschuldigen Sie bitte.“ Robert hob die Hand, aber keiner der beiden schien den Streit beenden zu wollen.

„*Entschuldigen Sie bitte!* Ihre Streitereien bringen uns nicht weiter. Wenn ich in meinem Schlaf Unmengen von Laudanum einnehme, schlage ich vor, dass wir die

Flasche einfach von meinem Nachttisch an einen sichereren Ort verlegen, einverstanden?“

Beide Männer drehten sich zu ihm um, Foley mit wutrotem Gesicht, Bookman bleich und mit geballten Fäusten.

„Wenn Sie das wünschen, Major“, sagte Bookman. „Vielleicht sollte einer von uns die Verantwortung dafür übernehmen.“

„Wollen Sie damit andeuten, Ihnen sollte diese Rolle zufallen, Mr Bookman?“

„Das will ich, Sir. Mit allem gebührenden Respekt, aber Mr Foley neigt zu sehr dazu, Ihnen Ihren Willen zu lassen.“

„Das ist nicht wahr, ich –“

„Lassen Sie Bookman ausreden, Foley. Sie glauben, ich würde Foley dazu überreden, mir zu geben, was ich möchte?“

„Das glaube ich in der Tat, Sir.“

Robert musterte seinen Kammerdiener ausführlich. „Ich denke, da könnten Sie recht haben. Schließen Sie das Laudanum weg, Bookman, und behalten Sie den Schlüssel.“

Bookman salutierte. „Ja, Sir, und danke für Ihr Vertrauen.“ Er nahm die Flasche und trat wieder auf seine Position zurück.

Robert wandte sich seinem Butler zu und versuchte das stärker werdende Pochen seiner Kopfschmerzen zu ignorieren. „Es ist nicht so, als würde ich Ihnen nicht vertrauen, Foley. Ich weiß nur, dass Sie zu warmherzig sind, wenn es um mich geht. Wenn ich zu viel des Opiats zu mir nehme, muss ich sofort damit aufhören.“

Foley verbeugte sich bemüht würdevoll. „Was immer Sie sagen, Sir. Soll ich Mrs Armitage darüber in Kenntnis setzen, dass Sie jetzt wach sind und zu frühstücken wünschen?“

„Ja zu beiden Fragen, Foley. Vielen Dank.“

Er trank einen weiteren Humpen des schwachen Biers, wobei es ihn schon vor dem Gedanken graute, das Bett verlassen zu müssen. Wenn er in seinem Schlaf Laudanum zu sich nahm, war es kein Wunder, dass seine Bediensteten sich Sorgen um ihn machten. Er dachte zurück an die letzten Monate. War das vielleicht schon einmal passiert? Hatte er damit richtiggelegen, Miss Harrington zu warnen, dass sein wirrer Geist sich erträumt haben könnte, was er in der Nacht gesehen hatte? Vielleicht war er an dem Tag nie aus dem Bett gekommen und hatte sich die ganze Episode nur im Wahn zusammengeträumt ...

„Wünschen Sie aufzustehen, Major?"

Er blickte auf und bemerkte Bookman, der am Bett stand. „Ich schätze, das sollte ich wohl."

„Nicht, wenn Sie sich nicht danach fühlen. Ich bin mir sicher, Mrs Armitage und Miss Chingford würden es verstehen, wenn Sie sich ein wenig angeschlagen fühlen."

Bookmans behutsamer Tonfall reichte aus, um Robert dazu zu animieren, die Bettdecke von sich zu stoßen und die Beine über die Bettkannte herausbaumeln zu lassen. Er zuckte vor Schmerz zusammen, als seine Füße den Boden berührten.

„Ich werde drüben am Fenster frühstücken, dann können Sie mich nach unten bringen."

„Wie Sie wünschen, Sir."

Robert fokussierte seinen Blick auf seine nutzlosen Beine. „Sind Sie sich sicher, dass Sie bei mir bleiben wollen, Bookman? Ich könnte Ihnen die Namen mehrerer prominenter Offiziere in London geben, die für Ihre Dienste mehr als dankbar wären." Er schwieg einen Moment, bevor er weitersprach. „Ich will Sie nicht zurückhalten."

„Zurückhalten wovon, Sir?" Bookmans Lächeln verschwand. „Ich bin ausgesprochen gern hier als Ihr

Kammerdiener. Sie werden im Nu wieder auf den Beinen sein. Ich werde so damit beschäftigt sein, Ihre Ausrüstung in Schuss zu halten, dass ich kaum einen Moment für mich haben und mich nach diesen Tagen hier sehnen werde."

„Aber was, wenn das nie passiert?" Robert zwang sich, die Frage zu stellen, die ihn selbst so sehr quälte. „Wollen Sie den Rest Ihres Lebens als Krankenpfleger arbeiten? Was, wenn ich nie genese?"

„Dann werde ich Ihre Nachthemden falten bis zu Ihrem Tod. Ich werde Sie nicht Foleys überbesorgten Händen überlassen, Sir. Ich bin ein überzeugter Anhänger von Loyalität."

Robert begegnete Bookmans entschlossenem Blick. Sie kannten sich bereits fast ihr ganzes Leben, hatten zusammen schwimmen und schießen gelernt, ihre erste Frau geteilt und auch die erste Schlacht zusammen durchlebt. Ihre Verbindung war deutlich tiefer als die meisten Beziehungen zwischen einem Mann und seinem Kammerdiener.

„Wenn Sie sich sicher sind."

„Das bin ich, Sir. Und jetzt lassen Sie uns etwas Vernünftiges anziehen."

Robert ließ sich von Bookman rasieren und beim Ankleiden unterstützen. Als Foley mit einem abgedeckten Tablett zurückkehrte, saß Robert bereits in seinem Stuhl und beobachtete den bewölkten Himmel. Foley platzierte das Tablett auf seinem Schoß.

„Ihr Frühstück, Major Kurland. Ich war so frei und habe außerdem die Post mitgebracht."

„Danke." Robert wusste, dass es noch zu früh war, um Foley aus seiner Eingeschnapptheit herauszureden. Die Kränkung war noch zu frisch.

„Gern geschehen, Sir."

Robert begutachtete seinen Teller mit Rührei, Räucherschinken, gebratenem Rind, Kartoffeln und Toast und schluckte schwer. Es war wichtig, dass er etwas aß, um seinen Magen zu beruhigen, aber nichts auf dem Teller war gerade nach seinem Geschmack.

„Könnten Sie noch etwas Brot und Butter bringen, bitte?"

Sein Butler verschwand und Robert zwang sich dazu, etwas von dem Ei und dem Schinken zu essen. Er kaute langsam und beständig und versuchte sich darauf zu konzentrieren, das Gegessene im Magen zu behalten. Er wünschte sich einen Hund, an den er die Reste seines Mahls verfüttern konnte, aber sein letzter Spaniel war vor etwa drei Jahren gestorben und er hatte nie die Zeit gefunden, sich einen neuen zu suchen. Er vermisste es, von einer Schar Hunde umschwärmt zu werden. Wenn er wieder auf den Beinen war, würde er mit seinem Wildhüter reden und nach ein paar geeigneten Welpen fragen, die er abrichten konnte.

Nach einer Weile gab er es auf, sein Frühstück herunterzuwürgen, und widmete sich stattdessen der Post. Da war erneut ein unfrankierter Brief seines Cousins und Erben, den er ignorierte, zwei Briefe von seinen Anwälten in London und eine handgeschriebene Nachricht.

Er öffnete den unversiegelten Brief und begann zu lesen.

Verehrter Major Kurland,
seit wir uns zuletzt sahen, habe ich herausgefunden, wieso Blut auf meinen Handschuhen war. Ich habe vor, der Blutspur zu folgen, die ich in der Nähe der Kirche entdeckt habe, um herauszufinden, ob sie etwas mit unseren Nachforschungen zu tun haben könnte. Wenn alles gut geht, werde ich mich morgen um zwölf Uhr mittags bei Ihnen melden.
Stets zu Ihren Diensten, Miss Harrington

Robert warf einen prüfenden Blick auf seine Taschenuhr. Es war inzwischen fast zwei Uhr nachmittags. Er schob das Tablett von sich und wandte sich zur Tür um, durch die gerade sein Butler mit einem Teller voll Brot und Butter eingetreten war.

„Foley, wann wurde dieser Brief zugestellt?"

„Heute früh, Sir."

„Als ich noch schlief? War Miss Harrington um zwölf Uhr hier, um mich zu sprechen?"

„Nicht dass ich wüsste, Major. Einer der Stallburschen hat die Nachricht überbracht, Miss Harrington habe ich heute noch nicht persönlich gesehen."

Robert versuchte nachdrücklich, das Tablett abzustellen, und brachte dabei das Geschirr bedrohlich zum Klappern. „Nehmen Sie das von mir und rufen Sie umgehend nach Bookman!"

„Aber Major, Sie müssen etwas essen, Sie –"

„Tun Sie einfach, was ich sage! Noch besser, finden Sie mir Joseph Cobbins."

„Wenn Sie darauf bestehen, Sir."

„Das tue ich, und jetzt beeilen Sie sich!"

Er las den Brief erneut und fühlte Angst in sich aufsteigen. Was zur Hölle schrieb Miss Harrington da von einem blutigen Handschuh? Das hatte sie ihm gegenüber nie erwähnt! Und was hatte es überhaupt mit der ganzen Sache zu tun? Er ballte seine Hände zu Fäusten und schlug kraftvoll auf die Armlehnen seines Stuhls. Was hatte sie sich nur dabei gedacht, einfach loszugehen und zu ermitteln, ohne sich vorher mit ihm abzusprechen? Hätte er von ihrem Vorhaben gewusst, hätte er zumindest jemanden zu ihrem Schutz mitschicken können. Glaubte sie wirklich, dass sie in diesem Dorf sicher war?

Robert versuchte seinen Atem zu beruhigen. Wieso sollte sie das nicht glauben? Sie war hier aufgewachsen und würde vermutlich den Rest ihres Lebens hier verbringen. Wieso sollte sie – wie er – Gefahren an jeder Ecke sehen und die gleiche Angst in ihrem Bauch fühlen wie er? Er konnte nur zu Gott beten, an dessen Existenz er manchmal zweifelte, dass sie sicher zurück beim Pfarrhaus war, bis zum Kopf in Hausarbeit steckte und einfach vergessen hatte, ihn darüber zu informieren, was passiert war.

Er blickte wütend auf seine Beine. Verdammt, er konnte wirklich nichts tun außer Befehle zu geben und zu hoffen. Als Offizier, der immer an vorderster Front zusammen mit seinen Truppen gekämpft hatte, war es eine außerordentlich ungewohnte Erfahrung für ihn, hinter den Linien festzusitzen, und eine, die er schnell zu verabscheuen lernte.

Seine Tür flog auf und Joseph Cobbins trat mit vor Anstrengung gerötetem Gesicht ein. „Was kann ich für Sie tun, Major?"

„Ah, Joe, ich habe gehört, du bist der schnellste Läufer in meinen Diensten." Robert versuchte seine Aufregung nicht zu zeigen. „Ich brauche jemanden, der zum Pfarrhaus läuft und schaut, ob Miss Harrington dort ist."

„Ja, Sir." Joe stellte sich gerade hin und zog die Schultern zurück. „Was wünschen Sie Miss Harrington mitzuteilen? Wollen Sie, dass sie herkommt?"

„Ich möchte, dass du nachschaust, ob sie zu Hause ist. Wenn nicht, frage bitte, wo sie sein könnte. Wenn niemand darüber Bescheid weiß, möchte ich, dass du bei der Kirche und dem Friedhof suchst."

„Wieso ausgerechnet dort?"

„Weil sie die Tochter des Pfarrers ist und sie dort sein könnte! Denk nicht zu viel über die Sache nach, Joseph, lauf einfach los! Schau nach und komm so schnell du kannst zu mir zurück und erstatte Bericht!"

„Ja, Sir!" Joe wirbelte herum und lief laut trampelnd die Treppen hinunter.

Bookman schaute zur Tür herein. „Sie haben nach mir gerufen, Major?“

Robert konzentrierte sich darauf, seine Besorgnis verborgen zu halten. „Ich mache mir Sorgen, wo Miss Harrington stecken könnte.“

„Wieso das, Sir?“

„Sie hat geschrieben, dass sie um zwölf hier sein würde, die Zeit habe ich aber offensichtlich verschlafen.“

Bookman brachte Robert eine Kanne Kaffee und schenkte ihm eine Tasse ein. „Ich würde mir keine Sorgen machen, Sir. Sie ist vermutlich nur anderweitig beschäftigt.“

„Ich mache mir keine Sorgen, sie –“

„Sie hat was, Sir?“ Bookman legte kurz seine Hand auf Roberts Schulter. „Sie scheinen recht aufgebracht. Sind Sie sicher, dass Sie nicht Dr. Baker sehen wollen?“

„Es geht mir ausgezeichnet.“ Ihm wurde klar, dass er kurz davor war, die Beherrschung zu verlieren. „Ich bin lediglich besorgt, dass ich meiner Nachbarin Umstände bereitet haben könnte.“

„Miss Harrington ist eine gute, christliche Frau und wird es nicht so eng sehen.“ Bookman ließ die Kaffeekanne neben Robert stehen. „Wünschen Sie, dass ich kurz das Pfarrhaus besuche, um nach dem Rechten zu sehen?“

„Das ist nicht nötig. Ich habe schon den jungen Cobbins losgeschickt.“ Obwohl Robert danach war, seine Kaffeetasse gegen die Wand zu schleudern, platzierte er sie ruhig auf dem Tisch. „Ich fühle mich so verdammt nutzlos.“

Sein Kammerdiener musterte ihn. „Mit allem gebührenden Respekt, Sir, nehmen Sie die Angelegenheit nicht vielleicht etwas zu ernst? Sie haben nur verschlafen und Miss Harrington verpasst, ich bin mir sicher, sie wird einfach später noch einmal vorbeikommen.

Man kann die Frau doch kaum von etwas abhalten. Eigentlich hätte ich sogar gedacht, Sie wären froh, wenn sie zur Abwechslung einen Tag nicht hier auftaucht."

„Sie denken, ich überreagiere?"

„Wenn Sie meine ehrliche Meinung hören wollen: Ja, Sir, das glaube ich." Bookman zögerte. „Vielleicht werden Sie sich ja wieder beruhigen, wenn wir Sie von dem Laudanum fernhalten können."

„Sie glauben, ich bin im Wahn?"

„Sir, wenn ich mich recht erinnere, ist gerade erst eine halbe Flasche Laudanum verschwunden. Gestern war sie noch voll."

Roberts Zorn verpuffte und wurde abgelöst von einer Welle der Verunsicherung, von der ihm übel wurde. „Das war dann alles, Bookman. Bitte setzen Sie mich in Kenntnis, wenn Joe zurückkehrt."

***

Lucy öffnete die Augen und schloss sie sofort wieder. Sie umgab der Geruch von verrottenden Blättern und Schimmel und an ihre Wange drückte etwas Hartes und Kaltes, das zweifellos nicht ihr Kopfkissen war. Mit großer Mühe stützte sie sich mit einer flachen Hand auf dem Boden ab und versuchte den Kopf zu heben. Sie war noch immer auf dem Friedhof. Wie lange hatte sie hier schon gelegen, ohne dass man sie entdeckt hatte?

Sie drehte sich auf die Seite und schaffte es, sich in eine sitzende Position zu bringen. Dabei überrollte sie umgehend eine Welle von Schmerz und Schwindel, sodass sie unwillkürlich die Hand gegen ihren schmerzenden Kopf drückte. Als sie die Finger vor sich hielt, waren sie blutbedeckt. Hatte sie etwas von hinten überrascht? Sie erinnerte sich dumpf daran, dass sie mit der Wange auf dem Grab der DeVrys aufgeschlagen war, aber ansonsten waren die Erinnerungen verblasst.

Ihre Haube saß schief, aber als sie es richten wollte, schrie sie fast vor Schmerz. Sie war also nicht nur gefallen – jemand hatte ihr einen Schlag auf den Hinterkopf verpasst.

Sie schluckte kräftig, um den aufkommenden Impuls zu unterdrücken, sich zu übergeben. Sie lehnte sich gegen den nächstgelegenen Grabstein, stellte die Beine auf und umarmte ihre Knie. Der Friedhof war mit Ausnahme des Windes, der durch die Bäume raschelte, und das gelegentliche Zwitschern eines Vogels völlig still. Wo genau befand sie sich überhaupt? Weder das De-Vry-Grab noch eines der anderen Mausoleen war irgendwo zu sehen. Der frische Duft von Chrysanthemen auf einem der nahen Gräber und der offenbar vor Kurzem aufgeschüttete Erdhaufen auf einem anderen verrieten ihr, dass sie in einem neueren Teil des Friedhofs war.

War es ihr gelungen zu fliehen oder hatte ihr Angreifer sie absichtlich bewegt? Beobachtete er sie vielleicht gerade, um zu schauen, ob sie das Bewusstsein wiedererlangte? Panik flammte in ihr auf und sie sprang, so gut es ihr matschverschmiertes, verheddertes Kleid und die zittrigen Knie zuließen, auf. Sie musste nach Hause. Sie musste Hilfe holen!

Getrieben von Angst zog sie ihre Röcke hoch und machte sich auf den Weg zurück zum Eingang des Friedhofs. Hatte ihr jemand auf dem Friedhof aufgelauert? Hatte diese Person sie beobachtet, bis sie sich bei dem Grab hingekniet hatte, und dann entschieden, dass Lucy zu viel gesehen hatte? Sie zitterte so sehr, dass ihre Zähne klapperten. Lucy stöhnte leise, als sie das Friedhofstor und die Straße dahinter erblickte. Sie musste nach Hause.

Ohne stehen zu bleiben und sich noch einmal umzusehen, rannte sie durch das Tor in Richtung des Pfarrhauses. Die Kirchglocken schlugen zur Viertelstunde, aber sie hatte keine Ahnung zu welcher Tageszeit. Kurz bevor sie das Haus erreicht hatte, öffnete sich die Vordertür und Anthony trat vertieft in ein Gespräch mit ihrem Vater heraus.

„Lucy! Was in Gottes Namen ist denn mit dir passiert?"

Er lief ihr entgegen und kurz darauf hielt er sie in einer warmen Umarmung fest.

Sie berührte sein Gesicht und versuchte zu sprechen. „Ich muss es Vater sagen, ich muss –"

„Ich bin hier, meine Liebe. Anthony, sie sieht aus, als würde sie gleich in Ohnmacht fallen. Nimm sie hoch und trage sie ins Haus."

„Ja, Vater."

Lucy stöhnte, während Anthony sein Bestes gab, sie durch den Haupteingang zu tragen. Er setzte sie auf der Couch im kleinen Wohnsalon ab, der für die unwichtigeren Besucher gedacht war. Als er sich aufrichtete, war er sichtlich außer Atem.

„Guter Gott, Lucy, du bist schwerer, als du aussiehst."

„Hol Anna und Dr. Baker." Ihr Vater sprach die Befehle mit seiner üblichen ruhigen Autorität.

Lucy konnte sich nicht erinnern, jemals so froh gewesen zu sein, seine Stimme zu hören. Er zog einen Stuhl an die Couch und setzte sich neben sie. „Also, was ist passiert? Wir hatten angefangen, uns Sorgen zu machen, wo du steckst."

„Wie viel Uhr ist es?", flüsterte Lucy.

„Fast ein Uhr mittags."

„Ach du meine Güte." Lucy ließ sich gegen das Polster sinken. „Ich habe das Haus gegen elf verlassen." Sie hatte Mühe, sich wieder aufzusetzen, und griff nach der Hand ihres Vaters. „Papa, du musst auf dem Friedhof nachschauen. Ich glaube, dort liegt eine Leiche."

„Lucy, meine Liebe, du bist offensichtlich erschöpft. Natürlich liegen auf dem Friedhof Leichen. Warum legst du dich nicht wieder hin und wartest, bis Dr. Baker hier ist, um nach dir zu sehen?"

Sie bekam den Zipfel seines Mantels zu fassen. „Nein, du verstehst nicht! Du musst hin und es dir selbst anschauen. Jemand hat das DeVry-Grab geöffnet!"

Er löste sanft ihre Finger von seinem Mantel. „Wenn das der Fall ist, werden wir zusammen nachsehen, wenn du dich wieder erholt hast."

„Aber du solltest jetzt gehen!"

„Bitte reg dich nicht zu sehr auf." Er blickte auf. „Ah, da kommt auch schon Anna, um sich um dich zu kümmern. Ich gehe und sehe nach, ob der werte Doktor schon eingetroffen ist."

„Papa ..." Lucy sah ihrem Vater hinterher, bis er eilig den Raum verlassen hatte, und wandte sich dann Anna zu. „Wieso hört er mir nicht zu?"

„Vielleicht, weil du dich recht merkwürdig benimmst. Ich konnte dich schon vom Flur schreien hören. Was ist denn los?"

Sie hatte Schwierigkeiten zu atmen. „Ich glaube, jemand ist ermordet worden! Kümmert das denn hier niemanden?"

„Natürlich kümmert uns das." Anna winkte zur Unterstützung Betty heran. „Lass uns die Haube und den Mantel ausziehen, damit du bereit bist, den Doktor zu sehen." Sie begutachtete Lucys verdreckte Hände. „Was ist mit deinen Handschuhen passiert?"

„Ich habe sie auf dem Friedhof ausgezogen, um ..." Sie zuckte vor Schmerz zusammen, als Anna die Haube losband und es ihr vorsichtig vom Kopf hob. „Ich habe furchtbare Kopfschmerzen."

„Das überrascht mich nicht." Anna legte einen Waschlappen in eine Schüssel warmes Wasser, die Betty ihr reichte, und wusch zuerst vorsichtig Lucys Hände, dann ihr Gesicht. „Ich glaube, das wird ein blaues Auge geben."

„Guten Tag, Ladys.“

„Dr. Baker. Vielen Dank, dass Sie so schnell gekommen sind. Ich glaube, meine Schwester hat sich auf dem Friedhof den Kopf angeschlagen.“

Anna stand auf und tauschte einige Höflichkeiten mit Dr. Baker aus, der zusammen mit ihrem Vater bei der Tür stand. Als sie die Stimmen senkten, wusste Lucy, dass sie sich über sie unterhielten. Nach einer Weile kam Dr. Baker zu ihr, setzte sich neben sie und nahm ihr Handgelenk in seine Hand. Er war ein dünner Mann in seinen Fünfzigern, besaß den drahtigen Körperbau eines Terriers und ein ähnlich stures Temperament.

„Meine liebe Miss Harrington, wie fühlen Sie sich? Ihr Puls ist recht schnell.“ Er drückte ihre Finger. „Sie sollten vorsichtiger sein. Der Boden auf dem Friedhof ist ein wenig zu uneben, um dort Spaziergänge zu machen. Ich bin nicht überrascht, dass Sie gestürzt sind.“

Er untersuchte vorsichtig ihre Wange, wobei sie seine Finger kalt auf ihrer erwärmten Haut spürte.

„Ich werde die Wunde reinigen, aber ich vermute, das wird eine unschöne Prellung geben. Haben Sie sich irgendwo anders verletzt? Am Knöchel oder der Schulter?“

„Mein Kopf.“

„Ja, wie ich sagte, darum werde ich mich kümmern.“ Er gluckste. „Keine Sorge. Ich glaube, das wird Ihre Schönheit nicht mehr als ein paar Tage beeinträchtigen.“

„Das meinte ich nicht. Mein Hinterkopf tut viel mehr weh.“

Der Doktor winkte Anna zu sich. „Könnten Sie mir dabei zur Hand gehen, Miss Harrington aufrecht hinzusetzen, Miss Anna?“

„Natürlich.“

Langsam richteten die beiden sie auf und Dr. Baker berührte vorsichtig ihren Hinterkopf. „Sagen Sie mir, wenn es wehtut." Als seine Finger knapp über ihrem Nacken die Haut berührten, musste sie einen Schrei unterdrücken und er zog sofort die Finger zurück. „Ah, die Stelle ist eindeutig angeschwollen, ungefähr auf die Größe eines Hühnereis. Sie haben sich vermutlich den Kopf ein zweites Mal gestoßen, nachdem Sie gestürzt sind."

„Nein, das habe ich nicht, jemand hat mir einen *Schlag* verpasst."

„Wie bitte?"

„Ich bin nicht gefallen und habe mich dabei verletzt. Ich kniete bereits. Jemand hat sich von hinten an mich herangeschlichen und mir einen Schlag verpasst. Ich muss mir das Gesicht gestoßen haben, als ich nach vorn gefallen bin, nicht andersherum."

Lucy wurde wieder auf das Polster gelegt und Anna wurde angewiesen, weiter das Gesicht zu reinigen und einen Weidenrindentee gegen die Schmerzen aufzugießen. Dr. Baker zog sich ans andere Ende des Zimmers zurück und unterhielt sich dort mit besorgtem Blick mit ihrem Vater. Einige Gesprächsfetzen konnte sie ausmachen: *„Hysterisch ... Wilde Fantasie ... Schaden am ohnehin fragilen weiblichen Gehirn ... Sieht ihr gar nicht ähnlich."*

„Wieso hören sie mich nicht an?", flüsterte Lucy Anna zu, die sich neben sie gekniet hatte.

„Sie glauben, du bist einfach gestürzt und hast dir den Kopf angeschlagen." Anna drückte einen kalten Waschlappen gegen Lucys Wange und in den Nacken. „Und dass du dir alles andere eingebildet hast."

„Aber so ist es nicht!"

„Ich bin mir nicht sicher, ob du sie davon überzeugen kannst. Und warum würde dich jemand schlagen wollen, Lucy? Es gefällt mir gar nicht, das zu sagen, aber es klingt etwas weit hergeholt."

Lucy blickte ihre Schwester zornig an. „Es gibt einen Grund, den ich im Moment nicht mit dir teilen kann, aber der macht es sehr wahrscheinlich, dass jemand versuchen könnte, mir etwas anzutun. Kannst du Major Kurland eine Nachricht überbringen und ihm sagen, was passiert ist?"

„An Major Kurland? Was um Himmels willen hat er denn damit zu tun? Du wirst *ihn* doch wohl nicht beschuldigen, dich bewusstlos geschlagen zu haben."

„Tu einfach, worum ich dich bitte!" Sie versuchte sich aufzusetzen, aber der Versuch ließ sofort das Zimmer um sie herum verschwimmen. „Bitte, Anna, schicke einfach –"

Eine magere Gestalt war in der Tür erschienen, stand mit offenem Mund da und nahm die Szenerie auf. „Teufel, sehen Sie nur das ganze Blut, Miss Harrington. Was haben Sie denn angestellt?"

Betty eilte zu Joseph Cobbins und versuchte ihn mit ihrer Schürze nach draußen zu scheuchen. „Was machst du denn hier? Mach, dass du davonkommst, du Plagegeist!"

Joe ließ sich von Betty nicht einschüchtern, duckte sich an ihr vorbei und eilte auf Lucy zu. „Major Kurland wollte wissen, wo Sie sind. Geht es Ihnen gut, Miss?"

„Es wird schon." Lucy blickte zu den anderen Anwesenden. Wenn sie versuchte, Joe mitzuteilen, was sie auf dem Friedhof gefunden hatte, würde man ihr vermutlich eine gehörige Dosis Laudanum verabreichen und sie ins Bett schicken. „Wenn du einen Moment warten würdest, schreibe ich eine Nachricht, die du dem Major bringen kannst."

„Nein, wirst du nicht." Anna hatte sich vor ihr aufgebaut, diesmal ohne ihren sonst so freundlichen Gesichtsausdruck und mit vor der Brust verschränkten

Armen. „Du wirst ins Bett gehen. Wenn es dir morgen früh gut genug geht, darfst du so viele Nachrichten schreiben, wie du möchtest." Sie wandte sich Joe zu. „Sag Major Kurland, dass meine Schwester nicht in der Lage ist, ihn heute zu besuchen. Sie wird sich wieder bei ihm melden, wenn sie die Zeit dazu hat."

„In Ordnung, Miss. Das werde ich ihm ausrichten." Joe warf Lucy einen letzten mitleidvollen Blick zu und verließ dann das Zimmer, bevor sie auch nur ein Wort sagen konnte.

Anna sah ihm wütend nach. „Wie unhöflich von Major Kurland! Nur weil du ihn einen Tag mal nicht besucht hast, lässt er gleich danach fragen, wo du bist! Du hast ihn verwöhnt, Lucy."

„So ist das gar nicht, er –"

„Er ist viel zu sehr daran gewöhnt, seinen Willen zu bekommen. Du hast dich in ihm offenbar nicht geirrt. Vielleicht wird er jetzt die Höflichkeit besitzen, über sein Verhalten nachzudenken, und in Erwägung ziehen, dir mit mehr Respekt zu begegnen!"

Sie hatte nicht die Kraft, mit ihrer Schwester zu diskutieren, und trank folgsam den bitteren Weidenrindentee, den ihr Betty anbot.

Dr. Baker und ihr Vater kamen zurück in den Salon und blickten auf sie herab. Lucy versuchte, ein Lächeln aufzusetzen.

„Danke für Ihre Hilfe, Doktor. Ich bin mir sicher, ich werde mich mit einer ordentlichen Portion Schlaf gleich viel besser fühlen."

„Das glaube ich auch, Miss Harrington. Ich vermute, der Schlag auf den Kopf hat Ihren üblichen gesunden Menschenverstand etwas durcheinandergebracht." Er wechselte einen Blick mit ihrem Vater, senkte seine Stimme und drehte sich leicht zur Seite. „Lassen Sie uns hoffen, dass sie mehr ihr altes Selbst ist, wenn sie morgen aufwacht. Wenn sie weiter an derartige

Wahnvorstellungen glaubt, zögern Sie bitte nicht, mich erneut rufen zu lassen."

„Danke, Dr. Baker." Ihr Vater schüttelte die Hand des Doktors und Betty begleitete ihn aus dem Salon.

„In Ordnung, Lucy, ich werde Harris holen, damit er dich hoch ins Bett trägt. Und da wirst du dann bis morgen früh bleiben."

„Papa, ich weiß, du denkst, ich habe mir das alles eingebildet, aber kannst du wenigstens auf dem Friedhof nachschauen gehen? Ich habe meine Handschuhe bei dem Grab der DeVrys verloren."

Er beugte sich vor und küsste sie auf die Stirn. „Keine Sorge, ich kaufe dir ein neues Paar."

„Aber –"

„Lucy, meine Liebe, geh ins Bett und hör auf, dir Sorgen zu machen. Du verpasst mir sonst noch Kopfschmerzen, die es mit deinen aufnehmen können." Er schenkte ihr sein übliches oberflächliches Pfarrerslächeln und sie wusste, dass er sich danach sehnte, aus der Situation herauszukommen. Sie hatte das starke Gefühl, dass sie für eine ausgedehnte Erholungspause in ein Irrenhaus geschickt werden würde, wenn sie weiter darauf beharrte, dass die Dinge nicht so waren, wie er glaubte.

„Ja, Vater."

Sie ließ sich widerstandslos hochheben und nach oben ins Bett bringen. Anna schlug die Decke zurück und Betty legte an den Fuß des Bettes einen heißen Stein, um die Laken anzuwärmen. Sie umsorgten sie noch eine Weile, bis sie endlich ihr Nachthemd trug und das Haar geöffnet hatte, was ein wenig den pochenden Schmerz in ihrem Schädel linderte. Ihr Kopf tat so weh, dass sie das Gefühl hatte, kaum etwas sehen zu können. Sie nahm sogar das Laudanum ein, das der Doktor ihr verordnet hatte, und versuchte eine Position auf dem Kopfkissen zu finden, in der sie bequem liegen konnte. Innerhalb kürzester Zeit sank sie in den Schlaf und hatte endlich alle Freiheit, sich Sorgen zu machen, wenn auch nur im Traum.

***

„Ich habe sie gesehen, Sir."

„Wo?" Robert lehnte sich erwartungsvoll nach vorn und hielt die Armlehnen seines Stuhls fest umklammert.

„Im Pfarrhaus."

„Also war sie nur zu beschäftigt, um zum Anwesen zu kommen." Robert war sich nicht ganz sicher, ob das Gefühl, das ihn überkam, Erleichterung war oder Verärgerung.

„Sie war ganz und gar nicht beschäftigt, sie war voll Blut, Sir. Das war ein ganz schön erschreckender Anblick."

Roberts Aufmerksamkeit sprang sofort zurück zu dem Jungen vor ihm. „*Was?*"

„Miss Harrington, Sir. Als ich dort ankam, stand die Vordertür offen, also bin ich direkt reingegangen. Sie lag auf der Couch im Salon und der Doktor war da und ihre Schwester und der Pfarrer und diese gemeine Küchenhilfe Betty auch. Es sah aus wie eine Sterbeszene in einem dieser Wandertheaterstücke, nur war es kein Schweineblut in der Schüssel, glaube ich."

„Miss Harrington hat geblutet?"

„Ja, Sir, das habe ich doch gerade gesagt."

„Was ist passiert?" Robert erhob seine Stimme und Joe zuckte zusammen.

„Ich bin mir nicht ganz sicher, weil niemand mir irgendwas sagen wollte, aber ich *glaube*, Miss Harrington ist hingefallen und hat sich den Kopf angeschlagen, als sie auf dem Friedhof war, und deswegen hat sie im Gesicht geblutet und sie alle sind wie ein Haufen Trottel um sie herumgewuselt."

240

„Konntest du mit ihr sprechen?“

„Ja, Sir, das konnte ich. Sie wollte Ihnen eine Nachricht schreiben, aber ihre hübsche Schwester, Miss Anna, hat es verboten und mir gesagt, ich soll Ihnen sagen, dass Miss Harrington Sie besuchen kommt, wenn sie dafür bereit ist.“ Joe kratzte sich an seiner Nase. „Sie klang nicht gerade freundlich, wenn Sie wissen, was ich meine.“

„Hast du herausgefunden, warum Miss Harrington auf dem Friedhof war?“

„Sie hat nichts gesagt, aber sie hat gesagt, dass sie nicht gefallen ist. Sie hat darauf bestanden, dass sie jemand auf den Kopf geschlagen hat, aber der Pfarrer und der Doktor sagten ihr nur ständig, dass das albern ist.“ Joe scharrte mit den Füßen. „Frauen haben manchmal alberne Ideen, nicht wahr? Werden ganz gefühlsduselig und heulen wie Kleinkinder.“

„Miss Harrington hat *geweint?*

„Nein, aber sie sah wirklich furchtbar aus. Ganz blass und voll Matsch und dann noch die große, blutige Prellung im Gesicht. Sie wird in jedem Fall ein blaues Auge behalten.“

„Guter Gott“, murmelte Robert. „Was habe ich nur angerichtet?“

Kapitel 12

„Komm schon, meine Liebe. Es gibt keinen Grund zur Sorge."

Lucy hakte sich bei ihrem Vater unter und folgte ihm auf den Friedhof. Sie hatte noch immer furchtbare Kopfschmerzen, aber sie fühlte sich nicht in der Lage, auch nur eine Sekunde länger im Bett zu bleiben. Ihr Wunsch, den Friedhof erneut zu besuchen, wurde ihr gewährt – wenn auch nur widerwillig und auch erst nachdem sie darauf bestanden hatte, dass es vielleicht die einzige Möglichkeit war, sie zu beruhigen. Wie sie gehofft hatte, hatte ihr Vater es so interpretiert, als würde sie sich nicht länger wegen nichts aufregen, wenn er nachgab und mit ihr die Stelle aufsuchte.

Harris folgte ihnen mit einem robusten Knüppel in der Hand. Sein Blick wanderte zwischen den Bäumen umher, um nach versteckten Gefahren Ausschau zu halten. Zur Abwechslung war Lucy recht froh, ihn dabeizuhaben. Sie führte ihren Vater bis zur Ecke des Friedhofs, an der das Grab der DeVrys stand, dessen weiße Marmorsäulen im Licht der warmen Morgensonne fast friedlich erschienen.

„Hier war es, Papa. Ich habe meine Handschuhe ausgezogen, weil ich dachte, dass etwas in der Tür der Gruft eingeklemmt war."

Ihr Vater blieb vor dem Grab stehen. „Jetzt kann ich hier aber nichts sehen. Du etwa?"

„Nein, es sieht alles erstaunlich unberührt aus." Lucy sah sich um. Was auch immer sie glaubte, in der Tür der Gruft gesehen zu haben, war verschwunden und es gab keine Fußspuren im Matsch neben dem

Mausoleum außer den neuen Abdrücken der Stiefel ihres Vaters.

„Können wir die Gruft trotzdem öffnen und nachsehen?"

„Lucy, in Gottes Namen." Sein Blick verfinsterte sich. „Du kannst nicht herumlaufen und willkürlich gesegnete Grabstätten öffnen."

„Jemand *hat* sie bereits geöffnet."

Er schritt zurück zu ihr und senkte seine Stimme. „Manchmal, meine Liebe, haben die Armen in der Gemeinde nicht genug Geld, um ihre Angehörigen gebührend zu bestatten. Sie bevorzugen es, ihr Geld dafür einzusetzen, sich zu Ehren ihrer Toten besinnungslos zu trinken. Manchmal kommt ihnen dann die Idee, ein bestehendes Grab zu öffnen und einfach eine Leiche dazuzulegen, damit ihre Verstorbenen in geweihter Erde ruhen können, ohne dass für das Privileg gezahlt werden muss."

Lucy schlug sich die Hand vor den Mund.

Ihr Vater tätschelte ihre Schulter. „Es ist möglich, dass das jemand in diesem Fall getan hat. Das DeVry-Grab wird nicht länger genutzt, also kann sich niemand beleidigt fühlen."

„Also wird es auch niemanden stören, wenn wir es einen Spalt breit öffnen und selbst hineinschauen, oder?"

Ihr Vater inspizierte das Mausoleum. „Mir scheint es in einwandfreiem Zustand zu sein und ich sehe keine Spur eines Eindringlings. Ich bezweifle, dass es jemand kürzlich geöffnet hat, und ich möchte nicht derjenige sein, der es tut. Um ganz ehrlich zu sein, meine Liebe, ist es am wahrscheinlichsten, dass du jemanden, der nichts Gutes im Schilde führte, oder eine Gruppe von Grabräubern bei irgendetwas gestört hast."

Lucy erschauderte und ihr Vater legte einen Arm um sie. „Mach dir keine Sorgen, meine Liebe, ich glaube, die werden so bald nicht zurückkehren. Du hast ihnen wahrscheinlich mehr Angst eingejagt als sie dir.“

„Aber –“

„Ich werde Edward und den Kirchverwalter darum bitten, in den nächsten Tagen ein Auge auf den Friedhof zu haben. Wenn sie etwas Verdächtiges bemerken, bin ich sicher, dass sie es mich wissen lassen werden.“

Er bot Lucy seinen Arm an. „Kommst du? Es gibt hier nichts mehr, worüber man sich Sorgen machen müsste.“

„Danke, dass du mich beruhigt hast. Geh schon einmal vor, Papa. Ich bleibe noch einen Moment hier. Ich möchte nur schauen, ob ich nicht doch meine Handschuhe finden kann.“

„Du warst schon immer das sparsamste meiner Kinder.“ Er gluckste und machte sich auf den Weg zurück zum Tor. „Ich werde Harris bei dir lassen. Bleib nicht zu lange.“

Lucys Lächeln verblasste, als sie hörte, dass das Tor hinter ihrem Vater ins Schloss fiel. Sie wandte sich wieder dem DeVry-Grab zu. Es wirkte tatsächlich so, als hätte sie sich alles nur eingebildet. Es gab kein Blut am Grab, der Stofffetzen war verschwunden und Gleiches galt für ihre Handschuhe. Damit musste sie jetzt Ersatz für zwei Paar besorgen.

Die Umgebung wirkte beinahe zu makellos. Sie drehte sich um und ging in einem größeren Kreis um das Grab herum; ihre Augen versuchten dabei so viele Details wie möglich aufzunehmen. Die Sonne brach durch die Wolken und schien durch die Zweige der alten Eichen, die über die Gräber wachten. In den dichten Brennnesseln und Brombeerbüschen um die Stämme herum traf das Licht auf etwas Weißes.

Sie versuchte, so gut es ging, sowohl die Dornen der Büsche als auch den Stich der Nesseln zu meiden, und schob daher mit einem Stiefel so viele Zweige wie möglich beiseite. Sie bückte sich. Plötzlich kam ihr der Gedanke, wie angreifbar sie sich machte – wie ungeschützt ihr Hinterkopf war und dass sie einen Angreifer nie rechtzeitig bemerken würde ...

Im Matsch sah sie eine weiße Scherbe, die sie vorsichtig aufhob und auf ihre Handfläche legte. Das Stück war aus Porzellan und so hauchdünn, dass ihre Finger hindurchschimmerten. Es sah aus, als wäre es auf dem Boden mit einem Stiefel zertreten worden. Wieso um alles in der Welt sollte das jemand tun? War das Stück absichtlich zerbrochen worden? Aber was hatte ein so zartes Objekt hier mitten auf dem Friedhof verloren? Sie untersuchte die Scherbe genauer. Die pastorale Malerei darauf kam ihr bekannt vor ...

Eine Welle der Übelkeit machte es ihr fast unmöglich zu atmen und sie schloss die Finger um das Fragment.

„Geht es Ihnen gut, Miss?“, rief Harris.

„Es geht schon.“ Lucy stand auf und ignorierte beim Aufrichten den aufkommenden Schwindelanfall. „Lassen Sie uns nach Hause gehen.“

***

„Ich glaube, das ist eine sehr clevere Idee, Robert. Ein beweglicher Stuhl mit Rädern.“ Tante Rose lächelte und reichte ihm eine Tasse Tee. „Finden Sie nicht auch, Miss Chingford?“

„Oh, es war nicht meine Idee.“ Robert nahm die Tasse an und balancierte sie auf seinem Oberschenkel. „Miss Harrington hat etwas in *Ackermann's* gelesen und mich darauf aufmerksam gemacht.“

„Miss Harrington ist eine bemerkenswert fähige junge Frau.“

„Was auch sehr gut ist, denn sie sieht nicht gerade wie ein Diamant erster Güte aus.“ Miss Chingford stellte ihre Tasse ab. „Auf mich wirkt sie recht aufdringlich.“

Robert zwang sich zu einem Lächeln. „Ihr bereitet es Vergnügen, uns niedere Sterbliche herumzukommandieren, aber ich stehe tief in ihrer Schuld und werde es nicht dulden, wenn schlecht über sie geredet wird."

Miss Chingford zuckte mit den Achseln. Zum ersten Mal kam ihm der Gedanke, wie es sich wohl anfühlen würde, jeden Morgen ihr Gesicht am anderen Ende des Frühstückstischs zu sehen. War sie nur jung, wie seine Tante angemerkt hatte, oder war sie eher ein verzogenes, hübsches Mädchen und zu sehr daran gewöhnt, ihren Willen zu bekommen, um auch nur den kleinsten Hauch Widerspruch oder Ablehnung auszuhalten?

„Hast du übrigens noch vom Pfarrhaus gehört, was Miss Harrington zugestoßen ist?" Tante Rose schenkte sich noch etwas Tee ein und widmete sich dann ihrer Stickarbeit.

„Nein, habe ich nicht. Ich dachte, es wäre am besten zu warten, bis Miss Harrington den Wunsch hat, sich bei mir zu melden, anstatt sie zu stören, während sie unpässlich ist. Schläge gegen den Kopf können recht unangenehm sein."

Miss Chingford gab ein verärgertes Schnauben von sich, was Roberts Aufmerksamkeit zurück zu ihr brachte.

„Stimmt etwas nicht?"

Sie stand auf und kam herüber zu Robert. Sie trug ihr Haar in Ringellöckchen, die ihr schönes Gesicht umrahmten. Dazu hatte sie ein blaues Kleid gewählt, das recht viel ihres kleinen Busens präsentierte. Robert war nicht überrascht, dass sie sich über sein kaltes Haus beschwerte, wenn sie sich so freizügig kleidete.

„Wieso sprechen alle nur über Miss Harrington? Mir ist klar, dass dieser Ort kein nennenswertes Gesellschaftsleben zu bieten hat, aber es muss irgendein interessanteres Thema als sie geben."

Tante Rose setzte zu einer Antwort an, aber Roberts Blick ließ sie den Mund wieder schließen. „Miss Harrington ist für ihre karitative Arbeit im Dorf hoch angesehen. Ich verstehe nicht, warum Sie so darauf beharren, sie zu verachten."

„Ich *verachte* sie nicht. Sie steht dazu viel zu weit unter meinem Niveau. Sie ist es, die sich mir aufgedrängt hat, als ob *sie* an diesem gottverlassenen Ort darüber entscheidet, was geschmackvoll und sozial angemessen ist."

„Sie wird als eine der wichtigsten Frauen des Dorfes angesehen."

„Aber sie ist so provinziell! Was dieser Ort braucht, ist eine Frau mit Geschmack und Kultiviertheit, um ihn ein wenig moderner zu machen."

„Sie mögen mein Zuhause nicht?"

Sie errötete. „Es wird viel besser aussehen, sobald ich die Sache in die Hand nehme, das kann ich Ihnen versprechen."

„Und wenn es genau so ist, wie ich es mag?"

„Wieso sollten Sie das? Das Haus ist alt und bricht fast über Ihrem Kopf zusammen."

„Aber es ist mein Zuhause."

„Und es ist unpraktisch und unter Ihrer Würde."

Er zuckte die Achseln. „Ich bin ein Gentleman vom Lande. Es passt recht gut zu mir."

„Aber Sie haben das Geld, um so viel mehr daraus zu machen." Das erste Mal, seit er sie wiedergesehen hatte, wirkte seine Verlobte angeregt. „Und wenn Sie das Anwesen renovieren, bin ich sicher, dass die Krone mehr als gewillt sein wird, Ihnen dafür einen Titel zu gewähren. Sie könnten sich wahrscheinlich sogar leisten, einen zu kaufen, wenn Sie wollen."

Robert konnte ein Lächeln nicht unterdrücken. „Was würde ich mit einem Titel anfangen? Ich bin recht zufrieden damit, mein Geld für die wichtigeren Dinge zu sparen: zum Beispiel meine Ländereien zu verbessern und meine Pächter zu unterstützen.“

„Das können Sie nicht ernst meinen.“

„Wieso nicht?“

„Weil ...“ Miss Chingford schüttelte den Kopf. „*Ich möchte ...*“

Sein Lächeln verschwand. „Tante, könntest du uns für einen Moment allein lassen?“

„Natürlich, mein Lieber.”

Robert wartete, bis seine Tante die Tür hinter sich geschlossen hatte, und wandte sich dann Miss Chingford zu, die noch immer mit verschränkten Armen und rebellischem Gesichtsausdruck vor ihm stand.

„Vielleicht ist es Zeit für uns, offen zu sprechen.“ Er deutete auf den Stuhl ihm gegenüber. „Wollen Sie sich nicht hinsetzen?“

Sie nahm das Angebot an, mied aber seinen Blick. „Es ist nicht nötig, etwas auszudiskutieren, Major Kurland. Es war vielleicht ein wenig vermessen von mir, anzumerken, was ich mit Ihrem Anwesen vorhabe, sobald wir verheiratet sind. Ich werde mich natürlich mit Ihnen absprechen, bevor ich irgendetwas ändere.“

„Das ist sehr freundlich von Ihnen.”

Robert blickte das abgewandte Profil seiner Verlobten stirnrunzelnd an. Sie fühlte sich offensichtlich in seiner Gegenwart unwohl. Tatsächlich bezweifelte er, dass sie ihn überhaupt noch mochte, also wieso konnte sie es nicht einfach aussprechen und diese Scharade beenden?

„Miss Chingford, es ist keine Schande, wenn man eingesteht, einen Fehler gemacht zu haben.“

„Was um alles in der Welt meinen Sie?“

Er versuchte, einfühlsam zu sein. „Ich bin nicht der gleiche Mann, den Sie vor drei Jahren in London getroffen haben.“

„Natürlich sind Sie das!“

„Das war nicht im buchstäblichen Sinn gemeint. Es hat sich in den letzten drei Jahren viel geändert." Er strich mit einer Hand über das Bein unter der Decke. „Ich bin verwundet worden. Ich weiß immer noch nicht sicher, ob ich mein altes Leben wiedererlangen kann oder ob ich überhaupt ins Militär zurück möchte. Ich verstehe, wenn das für Sie zu viel ist."

„Wollen Sie andeuten, ich soll einen Mann verlassen, der für sein Land gekämpft hat – einen Mann, von dem mir alle, denen ich begegne, sagen, dass ich ausgesprochenes Glück habe, ihn als meinen Verlobten zu haben?"

„Es spielt keine Rolle, was die anderen denken."

„Natürlich tut es das!" Sie blickte ihn verärgert an. „Sie haben ja keine Ahnung."

„Offensichtlich nicht." Mit großer Anstrengung blieb er ruhig. „Aber sicherlich würde niemand für Sie wünschen, dass Sie unglücklich werden."

„Was gibt es, worüber ich unglücklich sein könnte? Ich werde einen Mann heiraten, der von meiner Familie gutgeheißen wird."

„Aber was ist mit Ihnen? Was wollen Sie?"

Ihre Augen füllten sich mit Tränen, sie sprang auf und rannte förmlich aus dem Zimmer. Robert blieb mit einem noch stärkeren Gefühl der Nutzlosigkeit zurück. Nach einer Weile trat seine Tante ein und nahm ihre Stickarbeit wieder auf, als sei nichts passiert.

„Sie ist sehr jung, nicht wahr?"

„Das ist kaum zu übersehen." Er seufzte. „Ich fühle mich wie ein Wolf, der über ein Lamm herfällt. Sie kann mich unmöglich heiraten wollen, Tante. Wieso kann sie es nicht einfach aussprechen?"

„So einfach ist das für eine Frau nicht. Sie hat drei Jahre ihres Lebens in dich investiert und sie fühlt sich, als würde sie damit zur alten Jungfer werden. Wenn sie die Verlobung mit dir bricht, wird sie ihre Familie enttäuschen, und sie fürchtet, dass sie von ihren Altersgenossen bemitleidet und verspottet wird.“

„Hat sie dir das gesagt?“

„Einiges davon, ja. Den Rest habe ich aus dem Kontext geschlossen.“

„Wieso kann sie dann mir gegenüber nicht ehrlich sein? Himmel, sie ist gerade einmal zwanzig. Das ist ein wenig zu jung, um eine *alte* Jungfer zu sein.“

„Die meisten ihrer Freunde sind bereits verheiratet und viele haben sogar schon Kinder. Sie fühlt sich von den anderen abgehängt.“ Tante Rose setzte einen Stich in ihre Stickarbeit. „Ich vermute außerdem, dass die Familie Chingford recht erpicht darauf ist, von deinem Geld und deinen Verbindungen zu profitieren, denn sie haben drei Töchter, die unter die Haube gebracht werden sollen.“

Robert dachte darüber nach, wie es sein würde, jeden Morgen neben der blonden Schönheit Miss Chingford aufzuwachen, sie als Mutter seiner Kinder zu haben und das Leben mit ihr zu teilen …

„Wieso habe ich ihr jemals einen Antrag gemacht? Was habe ich mir dabei nur gedacht?“ Er stöhnte. „Ich bin mir nicht einmal sicher, wie es passiert ist. Es wurde einfach davon ausgegangen, dass es passiert war, und ich habe wie ein Narr nichts dagegen gesagt.“

„Sie ist ausgesprochen schön, Robert, und sie ist jung genug, dass man sie noch zu der Art Frau formen kann, die du dir wünschst.“

„Ich will sie nicht formen! Sie ist kein Lehmklumpen und ich bin nicht Gott.“ Er blickte seine Tante zornig an. „In meinem jetzigen Zustand bin ich nicht in der Lage, für irgendwen ein Ehemann oder Gefährte zu sein.“

„Da würde ich dir recht geben. Dein Temperament ist doch sehr schockierend.“ Sie lächelte ihn an. „Wenn du möchtest, rede ich mit Miss Chingford und versuche herauszufinden, warum sie auf diesem Arrangement beharrt, obwohl es sie offensichtlich nicht glücklich machen wird. Ich glaube nicht, dass sie ein schlechter Mensch ist, Robert. Sie ist nur verwirrt und macht sich Sorgen über ihre Zukunft."

„Ich weiß." Er sah seine Tante bedrückt an. „Es muss eine Lösung für die Angelegenheit geben. Es würde helfen, wenn sie nicht mitten in jeder Konversation, die ich mit ihr führen will, wegliefe."

Die Tür öffnete sich und Foley trat mit einem Tablett voll mit den kleinen Küchlein ein, die seine Tante besonders schätzte. Sein Butler sprach noch immer nicht gern mit Robert und richtete sein Lächeln und seine Aufmerksamkeit daher stattdessen auf Tante Rose.

„Ich hoffe, es macht dir nichts aus, Neffe, aber ich dachte, es wäre Zeit, deine Nachbarn zu besuchen und mich wieder mit ihnen bekannt zu machen."

„Das kannst du gern tun. Versuch nur, nicht zu viel über mich zu sprechen."

„Ich kann kaum so tun, als würde es dich nicht geben. Die Leute werden wissen wollen, wie es dir geht."

„Nun, dann sag ihnen, was sie wissen müssen, aber versuche sie nicht dazu zu ermutigen, mich hier zu besuchen."

Tante Rose füllte seine Teetasse wieder auf und legte drei Küchlein auf seinen Teller. Er war den Tee leid. Es war kein Wunder, dass er sich nach einer Flasche Brandy sehnte.

„Du wirst dich mit allen irgendwann wieder auseinandersetzen müssen, mein Lieber."

„Ja, aber noch nicht jetzt. Ich möchte wenigstens imstande sein, aufzustehen, um meine Gäste zu begrüßen, ist das zu viel verlangt?"

Er verabscheute den Gedanken, angestarrt und bemitleidet zu werden, fast so sehr, wie er es hasste, Schmerzen zu leiden. Aber was sagte das über seinen

Charakter aus? War er wirklich zu eitel, um diese neue Realität zu akzeptieren?

„Das ist nicht zu viel verlangt, Robert, aber ich glaube, du unterschätzt deine Nachbarn. Die meisten von ihnen kennen dich, seit du aus den Windeln bist. Hier ist es nicht wie in der Stadt – sie werden nicht herkommen, nur um Material für Tratsch zu sammeln."

Robert musterte seine Tante eine Weile. Auf ihre eigene Art war sie so direkt und ehrlich wie er. „Da hast du vermutlich recht. Ich verspreche, ich werde mich bemühen, höflich zu sein, wenn jemand zu Besuch kommen sollte."

„Danke." Tante Rose warf ihm eine Kusshand zu. „Mehr verlange ich gar nicht. Deine Mutter würde es hassen, dich so zu sehen."

„Verbarrikadiert in meinem Schlafzimmer?" Robert gluckste. „Du und Miss Harrington sorgt doch schon dafür, dass ich langsam von Raum zu Raum bugsiert werde."

Die Tür öffnete sich und Foley trat beiseite, um den Blick auf einen weiteren Besucher freizugeben. Robert versuchte unwillkürlich, sich zu erheben, ließ sich aber sofort wieder auf seinen Stuhl sinken.

„Guten Tag, Major Kurland, Mrs Armitage."

„Meine liebe Miss Harrington, wie fühlen Sie sich?" Tante Rose schritt mit raschelndem Kleid zu Miss Harrington, nahm ihren Arm und geleitete sie zur Couch, die Robert am nächsten stand. „Wir hätten nicht erwartet, Sie heute hier zu sehen."

„Ich habe mich gut erholt, danke." Sie berührte ihre Haube. „Abgesehen von den Resten der Kopfschmerzen, die einfach nicht so recht verschwinden wollen."

Robert studierte ihr Gesicht, konnte allerdings unter der Krempe der langweiligen, braunen Haube nur wenig ihrer Miene erkennen. „Geht es Ihnen wirklich gut?"

Sie lächelte müde. „Das kommt darauf an, wen Sie fragen. Mein Vater und Dr. Baker glauben, ich bilde mir alles nur ein."

„Der Prellung auf Ihrem Gesicht nach zu schließen, ist das doch kaum möglich."

„Oh, sie glauben, ich sei einfach nur auf den Kopf gefallen."

Robert warf seiner Tante, die gerade Miss Harrington eine Tasse Tee einschenkte, einen Blick zu. „Tante Rose, ich bezweifle, dass der Tee für unsere Besucherin heiß genug ist. Könntest du Foley darum bitten, eine neue Kanne zu kochen? Und vielleicht könntest du Miss Chingford suchen und sie fragen, ob sie sich zu uns gesellen möchte, sonst verpasst sie noch die angenehme Gesellschaft von Miss Harrington."

„Natürlich, mein lieber Neffe. Warum sollte ich auch Zeit mit Herumsitzen verschwenden wollen?" Tante Rose blickte ihn auf dem Weg nach draußen fragend an.

Er deutete auf die Tasse in Miss Harringtons Hand. „Wenn er nicht warm genug ist, wird Foley Nachschub bringen."

„Es ist in Ordnung, Major." Sie nahm einen vorsichtigen Schluck aus der Tasse. „Es ist ein wunderschöner Tag, Sie sollten erwägen, sich nach draußen zu setzen. Die Blätter an den Bäumen beginnen gerade zu knospen. Ich vermute, die ersten Blüten werden bald schon aufgehen. Die Ulmen in Ihrer Auffahrt werden großartig aussehen."

„Was hat das Wetter mit alledem zu tun?"

„Ich wollte lediglich bemerken, dass der kalte Winter hinter uns liegt und es für Sie sicher gut wäre, sich nach draußen zu wagen. Warum sehen Sie mich so finster an?"

„Wollen Sie wohl die verdammte Haube abnehmen?" Sie blickte zu ihm auf. „Wie bitte?"

„Nehmen Sie die Haube ab, ich will Ihr Gesicht sehen.“

Sie setzte ihre Tasse mit so viel Schwung ab, dass sie auf der Untertasse schepperte. Sie band die grauen Bänder los und legte die Haube auf der Couch neben sich ab. Zur Abwechslung war ihr braunes Haar nicht eng an den Kopf geflochten, sondern hing in sanften Locken herunter, was ihre Züge deutlich sanfter wirken ließ.

Allerdings konnte nichts die üble Prellung verbergen, die ihr Gesicht verunstaltete.

„Guter Gott.“

Sie fuhr sich über das Haar und wirkte erstaunlich verlegen. „Ich habe eine Beule am Hinterkopf und jeder noch so leichte Zug an den Haaren bereitet mir Schmerzen. Daher konnte ich sie nicht flechten.“

„Kommen Sie her.“

„Major, Sie müssen nicht –“

„Bitte, Miss Harrington, können Sie mir wenigstens in dieser Sache den Gefallen tun?“

Sie stand auf, stellte sich vor ihn und beugte sich herab, sodass er ihr Gesicht aus der Nähe begutachten konnte. Er bemerkte die vereinzelten Sommersprossen auf ihrem Nasenrücken und die grün-grauen Flecken in ihren braunen Augen.

„Das wird ein blaues Auge geben.“

„Ja, das höre ich von jedem. Ich bin mir nicht sicher, warum sich alle dabei so zufrieden anhören.“

Er berührte vorsichtig ihre Wange. „Wie ist das passiert?“

„Haben Sie Ihre Untersuchung abgeschlossen? Darf ich mich wieder hinsetzen? Ich sagte Ihnen doch in meiner Nachricht, was ich vorhatte. Haben Sie sie etwa nicht erhalten?“

„Ich erhielt den Brief erst deutlich nachdem schon alles passiert war." Er runzelte die Stirn. „Was vermutlich so beabsichtigt war."

„Ich wollte nicht, dass Sie versuchen, mich aufzuhalten."

„Weil Sie wussten, dass Sie nicht das Richtige taten?"

„Nein, weil ich es ohnehin getan hätte, egal was Ihre Meinung dazu gewesen wäre."

„Meine Meinung war also *egal*? Sie wären wegen dieser sinnlosen Schnitzeljagd, die ich angefangen habe, beinahe getötet worden!"

„Kein Grund, wütend zu werden, Major. Ich habe eingewilligt, an den Ermittlungen teilzunehmen, und ich akzeptiere die Konsequenzen dieser Entscheidung." Ihre Augen blitzten warnend auf. „Nur weil ich eine Frau bin, heißt das nicht, dass ich nicht auf mich aufpassen kann."

„Sie sagen selbst, dass man Ihnen einen Schlag auf den Kopf verpasst hat. Stellen Sie sich das darunter vor, wie man gut auf sich achtgibt?"

„Himmel noch mal, wie hätte ich wissen sollen, dass jemand auf dem Friedhof lauern würde? Ihnen wäre es nicht besser ergangen."

„Ich hätte Vorkehrungen zu meiner Verteidigung getroffen. Und hätten Sie mich rechtzeitig darüber informiert, was Sie vorhatten, hätte ich darauf bestanden, dass Sie jemand begleitet." Sie hatte den Anstand, ein wenig schuldbewusst dreinzublicken, aber es war nicht genug, um seinen Zorn zu besänftigen. „Und was hatte dieser Unsinn mit den Handschuhen überhaupt zu bedeuten?"

Sie erzählte ihm von dem Blut an ihren Handschuhen und ihrer Vermutung, woher es stammte, und er lauschte aufmerksam.

„... Ich kniete mich vor der Gruft hin und fand einen Stofffetzen, der in der Tür festklemmte. Er bewegte sich nicht, als ich ihn herausziehen wollte. Also zog ich meine Handschuhe aus, um einen festeren Griff zu haben. Als Nächstes erinnere ich mich nur noch daran, mit dem Gesicht gegen das DeVry-Familiengrab gedrückt und extrem starken Kopfschmerzen aufgewacht zu sein."

„Das hat so ein Schlag auf den Kopf an sich." Ihm war klar, dass er nicht besonders einfühlsam klang.

„Papa und Dr. Baker haben sich in den Kopf gesetzt, dass ich mir das alles nur eingebildet habe, und mich mit einer Dosis Laudanum ins Bett geschickt. Heute Morgen bin ich zusammen mit meinem Vater zurück auf den Friedhof gegangen. Ich hatte ihm gesagt, dass ich nach meinen Handschuhen suchen möchte. Wir fanden alles so vor, wie es sein sollte. Kein Blut an der Gruft, kein Fetzen, der in der Tür klemmte – keine Anzeichen, dass sich überhaupt jemand an dem Grab zu schaffen gemacht hatte. Es war fast schon unheimlich."

Robert lächelte. Er wusste, wie sich das anfühlte. „Vielleicht haben Sie sich das ja tatsächlich eingebildet."

Ihr Gesichtsausdruck wurde eisig. „Ich hatte gedacht, gerade Sie würden mir glauben! Ist es nicht offensichtlich? Irgendjemand wollte nicht, dass ich in dieser Gruft nachsehe."

„Ich gestehe ein, dass das der Fall sein könnte, aber ich kann ebenfalls nicht abstreiten, dass Ihr Vater ein paar sehr gute Argumente vorgebracht hat."

„Sie meinen Grabräuber, illegale Bestattungen und das hysterische Wesen aller Frauen?"

„Das Letzte natürlich nicht, auch wenn Sie vielleicht etwas aufgewühlt wirken. Aber es gibt viele Gründe, warum jemand auf diesem Friedhof herumlungern könnte. Sie haben es selbst gesagt: Sie haben Ben Cobbins doch nur einen Tag zuvor dort gesehen, oder?"

„Aber keiner dieser Gründe bereitet mir so große Sorgen wie das Verschwinden meines Dienstmädchens!“ Sie stand auf und ging ein paar Schritte in Richtung Tür, bevor sie innehielt. „Sie glauben mir auch nicht, oder?“

„Miss Harrington, wenn Sie wütend auf mich sind, dann aus gutem Grund. Ich hätte Sie nie in meine dummen Pläne einbinden dürfen. Ich wollte nie, dass Sie verletzt werden. Nehmen Sie meine Entschuldigung an?“

Sie fuhr mit geballten Fäusten herum. „Damit meinen Sie, ich soll kleinlaut nach Hause gehen, am Kamin sitzen bleiben und meinem Vater gehorchen, bis ich eine alte Frau bin?“

„Das geht ein wenig zu weit, Miss Harrington. Ich habe keinerlei Wunsch, Ihnen zu sagen, wie Sie Ihr Leben zu leben haben.“

„Abgesehen davon, dass Sie mich aus Ihren Angelegenheiten heraushalten wollen?“

„Nein, so ist es doch gar nicht. Ich fange an zu glauben, dass ich mich bei dem, was ich gesehen habe, geirrt haben könnte.“

Sie setzte sich plötzlich wieder hin und studierte ihn misstrauisch. „*Wieso?*“

„Die Gründe behalte ich lieber für mich.“ Er hatte nicht vor, ihr von seiner Überdosis Laudanum zu erzählen. „Lassen Sie mich nur so viel sagen: Sie und Ihre beachtenswerten Ermittlungen hatten nichts damit zu tun.“

„Das ist sehr nobel von Ihnen, aber wollen Sie mir befehlen, keine Nachforschungen mehr in der Angelegenheit anzustellen?“

„Es gibt keine ‚Angelegenheit‘ – nur zwei alberne Mädchen, die davongelaufen sind, und ein paar unbedeutende Diebstähle.“

„Vielleicht ist es für Sie albern und unbedeutend, Major, aber nicht für mich." Sie blickte ihm direkt in die Augen. „Wenn nichts bei der Gruft passiert ist, warum waren meine Handschuhe nicht mehr dort und keine Spuren an der Stelle, an der ich mich auf den Boden gekniet habe? Jemand hat alle Hinweise auf meine Anwesenheit beseitigt."

Sie griff in ihre Tasche und zog ihr Taschentuch hervor. Für einen angsterfüllten Moment glaubte Robert, dass sie schluchzen und das Gesicht darin vergraben würde.

„Das habe ich in den Büschen in der Nähe des Grabs entdeckt. Haben Sie das schon einmal gesehen?"

Sie legte das entfaltete Taschentuch in seine Handfläche. Er untersuchte das kleine Stück zerbrochenen Porzellans und begutachtete es dann von der anderen Seite.

„Es sieht ein wenig aus wie ein Schnupftabakdöschen, das früher unten im Zimmer meiner Mutter stand. Sie hatte es behalten, weil es ein Geschenk von ihrem Vater gewesen war, auch wenn sie selbst nie Tabak schnupfte. Ich werde Foley fragen, ob es noch da ist."

Er wickelte das Fragment wieder ein und gab es Miss Harrington zurück. „Selbst wenn es das Döschen meiner Mutter sein sollte, beweist das nichts, außer dass wir Diebe in unserem Dorf haben."

Ihre Schultern erschlafften. „Sie sind sich so sicher, dass die verschwundenen Mädchen und die Diebstähle nichts miteinander zu tun haben."

„Wieso sollten sie das? Kommen Sie, Miss Harrington, es wäre doch großartig, diese Diebe zu fassen."

„Ich würde lieber herausfinden, was mit Mary und Daisy passiert ist."

Er hörte Stimmen vom Gang und sprach nicht weiter. Kurz darauf betraten seine Tante und seine Verlobte das Zimmer. Beim Anblick von Miss Harrington warf ihm Miss Chingford einen empörten Blick zu, den er allerdings ignorierte. Stattdessen schenkte er seiner Tante, die sich Miss Harrington zugewandt hatte, ein Lächeln.

„Wie du gewünscht hast, wird Foley eine frische Kanne Tee und etwas Parkin bringen.“

„Ich hoffe nach deiner Rezeptur, Tante?“

„Selbstverständlich. Niemand aus dem Süden kann vernünftigen Parkin backen.“

„Was genau ist Parkin, wenn ich fragen darf, Mrs Armitage?“, fragte Miss Harrington.

„Es ist eine Art Pfefferkuchen. Robert hat ihn als kleiner Junge geliebt.“

„Das klingt wunderbar, könnten Sie mir vielleicht das Rezept geben?“

„Sehr gern, er ist eigentlich recht einfach zu backen.“ Während seine Tante weiterredete, bemerkte Robert, dass Miss Harrington ein wenig schwankte und kurz die Augen schloss. Er winkte Foley zu sich heran und flüsterte ihm ins Ohr.

„Lass Granger die Kutsche vorfahren. Er kann Miss Harrington nach Hause fahren.“

„Ja, Sir.“

***

Lucy war sich nicht sicher, ob es ihr durch die Kutschfahrt besser oder schlechter ging. Immerhin war sie schnell vorüber. Granger half ihr herunter und fuhr dann den gleichen Weg, den sie gekommen waren, zurück. Lucy ließ sich derweil das Gespräch mit Major Kurland erneut durch den Kopf gehen.

Er hatte beschlossen, die Angelegenheit nicht weiter zu verfolgen, und er erwartete von ihr, wie von einem gut abgerichteten Hund, der auf sein Kommando einen Knochen fallen ließ, es ihm gleichzutun. Sie bemerkte, dass sie die Zähne fest zusammenbiss. Wie konnte er es wagen, davon auszugehen, dass sie einfach still seine Befehle befolgte? Ihm hatte man ja nicht auf dem Friedhof einen Schlag auf den Kopf verpasst und ihn im Glauben, er sei tot, zurückgelassen! Sie knallte die Hintertür zu und bereute es umgehend, als das laute Geräusch Schmerzen durch ihren Schädel zucken ließ.

Und was war mit dem Porzellandöschen? Sie hatte sich wie ein Dieb gefühlt, als sie noch einmal sämtliche von Anthonys Mänteln durchsucht hatte, aber das Döschen konnte sie in keinem davon finden. Was, wenn es ursprünglich in Kurland Hall gestohlen worden war? Hatte Anthony es etwa entwendet? Wie war es dann zertreten auf dem Friedhof an genau der Stelle aufgetaucht, wo man sie bewusstlos geschlagen hatte? All die unbeantworteten Fragen kreisten in ihrem Kopf herum und machten die Kopfschmerzen noch schlimmer. Anthony war zu Hause gewesen, als sie sich vom Friedhof geschleppt hatte. Aber war er zuvor auch schon da gewesen?

Auf dem Tisch in der Eingangshalle wartete ein Brief auf sie, den sie mit in ihre Hinterstube nahm, um ihn zu lesen. Selbst mit der Brille konnte sie die Wörter nur schwer fokussieren, denn sie schienen vor ihren Augen zu tanzen wie Hennen, die vor einem Fuchs flüchteten.

Jetzt, wo sie selbst Kopfschmerzen ertragen musste, regte sich in ihr beinahe wieder Mitgefühl für Major Kurland. Mit dem Brief in der Hand suchte sie nach Anna, die sie schließlich in einem Nebenraum der Küche am hinteren Ende des Hauses fand, wo sie vermutlich für Lucys blaues Auge einen Hamamelis-Aufguss vorbereitete. Das Haus verfügte über einen schier unerschöpflichen Hamamelis-Vorrat, um die unzähligen Beulen und Kratzer der Zwillinge zu behandeln.

„Kannst du das bitte für mich lesen?" Lucy hielt ihr den Brief hin.

„Natürlich." Anna räusperte sich. „Da steht: ‚Sehr geehrte Miss Harrington, vielen Dank für Ihren Brief. Wenn es keine Umstände bereitet, werde ich heute Abend um sechs Uhr zum Pfarrhaus kommen, bevor ich mich auf den Weg nach Hause in Lower Kurland mache. Hochachtungsvoll, William Bowden.'" Anna ließ das Schreiben sinken. „Wer ist das, Lucy?"

„Erinnerst du dich daran, dass du mir erzählt hast, dass Mary einen Verehrer hatte, der letzten Sommer an unseren neuen Stallgebäuden gearbeitet hat?"

„Ja, also ist er das hier?" Anna faltete das Papier ordentlich zu einem Quadrat.

„Ich glaube schon."

„Ich frage mich, ob Mary bei ihm ist." Anna lächelte sie hoffnungsvoll an. „Vielleicht haben sie geheiratet und sie erwartet ein Kind von ihm."

Aus irgendeinem Grund fiel es Lucy schwer, das Lächeln zu erwidern. „Ich hoffe, du hast recht, das tue ich wirklich."

Anna fixierte einen Punkt auf Lucys Gesicht. „Du siehst nicht gut aus. Wieso gehst du nicht nach oben und ruhst dich ein wenig aus? Ich werde sicherstellen, dass Mrs Fielding pünktlich das Abendessen auf den Tisch bringt und dass die Zwillinge ihr Essen auch tatsächlich essen, anstatt es durch den Raum zu werfen. In letzter Zeit benehmen sie sich wie dieses abscheuliche Pinseläffchen von Nicholas' Großmutter. Ich verspreche dir, ich werde dich aufwecken, lange bevor Mr Bowden hier eintrifft."

„Bist du dir sicher, Anna?" Zur Abwechslung war sie zu durcheinander, um großartig zu diskutieren. Es war eine merkwürdige Erfahrung. Noch nie in ihrem Leben hatte sie sich so erschöpft gefühlt. Durch die Kombination der albtraumhaften Erlebnisse auf dem Friedhof und der unerwarteten Abweisung durch Major Kurland war sie ohne Weiteres bereit, sich einen Monat lang in ihrem Bett zu verkriechen. „Ich habe wirklich ganz furchtbare Kopfschmerzen."

Anna holte ein Fläschchen und einen Löffel und flößte Lucy trotz ihrer Proteste über den bitteren Geschmack Weidenrindentee ein.

„Jetzt geh ins Bett, ich schaffe das schon."

Lucy verstaute den Brief in ihrer Tasche, ging zurück zum Hauptteil des Hauses und erklomm müde die Treppen. Ihr Bett hatte noch nie so einladend ausgesehen. Mit einem Stöhnen streckte sie sich auf den Laken aus und atmete den Duft von Lavendel und luftgetrockneter Wäsche ein. Sie sank umgeben von den üblichen Geräuschen des belebten Hauses in den Schlaf. Sie erwachte erst, als Anna sie im abendlichen Dunkel sanft schüttelte und daran erinnerte, dass William Bowden innerhalb von einer Stunde eintreffen würde.

Obwohl es Mrs Fielding offensichtlich missfiel, nahm Lucy ihr Abendessen in der Küche zu sich und half dann Betty, alles für die Nacht wegzuräumen. Ihre Kopfschmerzen hatten sich verschlimmert. Gleichzeitig war sie noch entschlossener, den Rat aller zu ignorieren und herauszufinden, was genau im Dorf vor sich ging. Major Kurland hatte vielleicht entschieden, dass sie beide sich alles eingebildet hatten, aber Lucy war aus härterem Holz geschnitzt. Die Stärke der Kopfschmerzen erinnerte sie nur daran, dass sie sich eben nicht alles eingebildet hatte.

Als es an der Tür klopfte, ließ Betty William Bowden eintreten und geleitete ihn in die Hinterstube. Lucy hatte entschieden, ihren Vater nicht mit dem Besuch zu behelligen, da es ihn nur aufgeregt hätte. Er war sicher in seinem Arbeitszimmer, wo er mit einer Flasche Brandy in die neueste Zeitung aus London vertieft war.

„Miss Harrington." William Bowden nahm seinen Hut ab und verneigte sich. Er war sehr groß gewachsen und etwa in Lucys Alter. Er hatte blonde Haare und angenehm freundliche Gesichtszüge.

„Mr Bowden, vielen Dank, dass Sie sich die Zeit für mich nehmen." Sie hatte ihn sofort wiedererkannt aus der Zeit, als er in den Sommermonaten an den Stallungen gearbeitet hatte. „Ich hoffe, dass Sie mir bei einer recht heiklen Angelegenheit helfen können."

„Mr Bridges sagte, Sie wollen mich etwas über Mary fragen."

„So ist es." Lucy legte eine Hand auf ihren Hals. „Sie ist also bei Ihnen? Gott sei Dank!"

William stand unruhig vor ihr. „Nein, Miss, ist sie nicht."

„Wie meinen Sie das?"

„Wir waren ineinander verliebt. Sie hat gesagt, sie wollte mit mir kommen und als meine Ehefrau auf der Farm leben, aber anscheinend war es zu schwer für sie, sich darauf einzulassen."

„Wollen Sie sagen, sie hat ihr Versprechen Ihnen gegenüber gebrochen?"

„Sie hat ihre Versprechen allen gegenüber gebrochen, Miss."

Er sah so unglücklich aus, dass Lucy gar nicht anders konnte, als Mitleid mit ihm zu empfinden. „Wann hätte sie denn eigentlich zu Ihnen kommen sollen?"

„Vor einer Woche etwa, Miss. Sie hat geschworen, dass sie ihr Versprechen hält, aber sie ist nie aufgetaucht. Hat mich wie einen Idioten im Regen stehen lassen. Ich habe später gehört, dass sie ihre Meinung geändert hat und nach London gegangen ist."

„Nach London?"

„Genau, mit dieser Daisy Weeks, mit der sie immer herumgetuschelt und gekichert hat."

„Sie sind sich sicher, dass sie dorthin gegangen ist?"

„Was soll sie sonst getan haben? Hier ist sie schließlich nicht."

„Da haben Sie recht.“ Lucy biss sich auf die Lippe. „Ich möchte Ihnen nicht noch zusätzlichen Schmerz bereiten, aber glauben Sie, dass Mary mit einem anderen Mann davongelaufen sein könnte?“

„Sie hat mir gegenüber einen Mann erwähnt, aber sie hatte geschworen, dass das alles vorbei ist. Wie ich es verstanden habe, hat sie sich von ihm getrennt, als sie mich kennenlernte, aber er hat es nicht gut aufgenommen.“

„War er ein Mann aus dem Dorf?“

„Das muss er wohl gewesen sein, sonst hätte er Mary wahrscheinlich nicht kennenlernen können, nicht wahr? Sie war nie weiter weg als Saffron Walden. Ich bin ihm zwar nie begegnet, aber sie hatte verdammt große Angst vor ihm.“ Er kratzte sich an der Nase. „Ich vermute, wir hätten uns geprügelt, wenn wir uns je begegnet wären.“

„Sie glauben also, Mary ist mit Daisy nach London gegangen.“

„So ist es, und ich kann mich glücklich schätzen, die beiden los zu sein. Wenn ein Mädchen nichts von einem Mann will, sollte sie ihm das ins Gesicht sagen, anstatt mit ihm herumzuspielen.“

„Dem stimme ich zu, Mr Bowden, und danke für Ihre Hilfe.“ Lucy rieb sich die schmerzende Stirn. „Ich wünschte, Mary hätte bessere Entscheidungen getroffen und wäre jetzt in Sicherheit bei Ihnen.“

„Trotz allem möchte ich auch nicht, dass dem Mädchen etwas zustößt.“

„Sie sind ein guter Mann, Mr Bowden.“

„Vielen Dank, Miss.“ Er setzte seinen Hut wieder auf. „Wenn Sie mehr herausfinden, wäre ich sehr dankbar, wenn Sie es mich wissen lassen.“

„Das werde ich, Mr Bowden, und noch einmal danke.“

Betty geleitete ihn hinaus. Lucy blieb so lange auf ihrem Stuhl sitzen, bis die Kerze an ihrem Schreibtisch schon fast bis auf den Docht heruntergebrannt war. Mary hatte William versprochen, mit ihm fortzugehen, dann das Versprechen gebrochen und war stattdessen mit Daisy nach London gegangen. Und offenbar hatte Mary außerdem Angst vor ihrem früheren Liebhaber.

Betty kam mit einem Eimer Kohle zurück in den Salon. „Oh, Sie sind ja immer noch hier, Miss. Miss Anna hat nach Ihnen gesucht. Sollten Sie nicht schon im Bett sein?"

„Betty, ist Jane noch wach?"

„Das würde ich wohl meinen. Ich habe vor nicht einmal fünf Minuten gehört, wie sie die Jungs angebrüllt hat. Ich gehe schnell und hole sie, Miss."

Lucy wartete im Zimmer, das nur noch von einer letzten flackernden Kerze erleuchtet war, bis Jane eintrat. Sie hatte offenbar gerade die Zwillinge gebadet, denn ihr Gesicht war vor Anstrengung gerötet und ihre Schürze durchnässt.

„Sie wollten mich sprechen, Miss?"

„Tut mir leid, dass ich störe, Jane, aber ich erinnere mich, dass du mir gesagt hast, dass Mary einen ehemaligen Liebhaber hatte."

„Den hatte sie, Miss. Sie hat sich Sorgen gemacht, weil sie sich von ihm trennen wollte und er nicht die Art von Mann war, den man als Feind haben wollte."

„Sie hatte Angst vor ihm?"

„Das würde ich sagen, Miss."

„Hat sie jemals seinen Namen erwähnt?"

Jane faltete die Ecke ihrer Schürze und machte ein nachdenkliches Gesicht. „Ich glaube nicht."

„Und du bist ihm auch nie begegnet?"

„Nein, er hat ihr immer geschrieben und dann hat Mary diesen jungen Zimmermann getroffen und sich in ihn verliebt und –"

„Du glaubst, Mary hat William Bowden geliebt?"

„Sicherlich, Miss." Jane hielt ihrem forschenden Blick stand. „Ich war sehr überrascht, als Betty mir gerade sagte, dass sie doch nicht mit ihm gegangen ist."

„Es ist ein wahres Rätsel, nicht wahr?" Lucy starrte in die rote Glut im Kamin. „Vielleicht hat Mary beschlossen, dass keiner der beiden Männer mit der Anziehungskraft von London mithalten konnte."

„Das wäre schon möglich, Miss. Sie war die Art Mädchen, die sich leicht zu etwas überreden ließ, und Daisy Weeks ist recht stur und eigensinnig."

Lucy hob den Kopf. „Danke, Jane, du hast mir sehr geholfen."

„Gute Nacht, Miss." Sie rollte ihre Ärmel hoch. „Ich muss los und sicherstellen, dass die beiden Rabauken noch im Bett und nicht schon wieder ausgebüxt sind. Ich habe schon überlegt, ob wir den Pfarrer darum bitten könnten, Gitter an ihren Fenstern anzubringen."

Lucy unterdrückte ein Lächeln, während sie Jane nachblickte, die schließlich mit stampfenden Schritten die Treppe hinauf verschwand. Jetzt war es ruhig im Haus und der Duft von gebratenem Lamm und Brombeercrumble vom Abendessen lag noch gut wahrnehmbar in den zugigen Räumen des Hauses. Draußen war der Ruf einer Eule zu hören, der nur wenig später von einer anderen beantwortet wurde. Sie sollte wirklich bald ins Bett gehen. Ihr Kopf pochte vor Schmerz, aber sie fühlte sich merkwürdig unruhig, als würde sie darauf warten, dass Mary jeden Moment zur Tür hereinspazieren würde und dann alles so wäre wie früher.

Wieso konnte sie die Sache nicht einfach ruhen lassen? Nach allem, was sie gehört hatte, hatte Mary Kurland St. Mary den Rücken gekehrt und war nach London fortgelaufen. Wieso konnte sie das nur nicht akzeptieren? Es lag nicht nur daran, dass sie nicht wollte, dass Major Kurland recht behielt. Sie hatte nicht einmal ein Problem damit, zu akzeptieren, dass die

Diebstähle nichts mit dem Verschwinden der Mädchen zu tun hatten, ihrer Meinung nach stimmte nur irgendetwas nicht ...

Sie zündete an der Glut im Kamin eine neue Kerze an und öffnete ihr Nähkörbchen. Wenn sie schon nicht anders konnte, als wach zu bleiben und sich ungelöste Rätsel durch den Kopf gehen zu lassen, konnte sie sich dabei auch gleich nützlich machen und ein paar Textilreste zu Flicken zurechtschneiden, die sie in der Flickendecke für Anna verarbeiten würde. Das dumpfe Pochen ihrer Kopfschmerzen war eine ständige Erinnerung, dass die Sache keineswegs *normal* war und dass man sie *tatsächlich* auf dem Friedhof angegriffen hatte. Oder war es an der Zeit, andere Erklärungen in Erwägung zu ziehen?

War sie vielleicht über ein Versteck gestolpert, in dem Ben Cobbins auf dem Friedhof gestohlene Gegenstände lagerte? Sie hatte am Tag zuvor gehört, wie er mit jemandem hitzig diskutierte. Vielleicht stammte das Blut von einer Meinungsverschiedenheit unter Dieben. Möglicherweise hatte Ben beschlossen, ihr eine Lektion zu erteilen, als er sie beim Herumschnüffeln erwischt hatte. Sie erschauderte so stark, dass sie nur haarscharf ihren Daumen mit der Nadel in ihrer anderen Hand verfehlte. Wenn es Ben gewesen war, konnte sie sich glücklich schätzen, dass er seine Drohung, sie vollends zu ruinieren, nicht wahr gemacht hatte.

Aber was war mit dem Porzellandöschen? Sie hatte es zwar Major Kurland nicht gesagt, aber sie war sich fast sicher, dass die Scherbe von dem Döschen stammte, das sie in Anthonys Manteltasche entdeckt hatte. Wenn das Kästchen aus Kurland Hall stammte, wie war es dann bei ihm gelandet und schließlich zerbrochen auf dem Friedhof geendet? War es möglich, dass Anthony stahl, um seine Spielsucht zu finanzieren? Noch schlimmer: Steckte er vielleicht mit Ben Cobbins unter einer Decke? War es Anthony gewesen, den sie im Streit mit Ben gehört hatte?

Der schreckliche Gedanke jagte ihr einen kalten Schauer über den Rücken, der sie vor Kälte erzittern ließ. Sie traute es ihrem Bruder nicht zu. Konnte sie überhaupt den Mut aufbringen, ihn mit ihrem Verdacht zu konfrontieren? Wenn er alles abstritt und wütend zu ihrem Vater rannte, fürchtete sie, dass dieser wieder Dr. Baker rufen würde, um sich um sie zu kümmern. Sie hatte kein Verlangen danach, dass man sie in eine Nervenheilanstalt steckte.

***

Robert öffnete die Augen und starrte in die Dunkelheit. Foley und Bookman waren zu Bett gegangen, sodass er jetzt endlich allein war. Dennoch konnte er nicht schlafen. Auch wenn er vorgegeben hatte, nicht interessiert zu sein, kreisten seine Gedanken rastlos um das, was Miss Harrington ihm erzählt hatte. Sie war keine Frau, die einfach so über ihre eigenen Füße stolperte. Wenn sie sagte, dass man ihr einen Schlag auf den Kopf verpasst hatte, war er geneigt, das auch zu glauben. Wieso hatte er sich also geweigert, ihr tatsächlich Glauben zu schenken?

Er setzte sich auf und schob die Decke von sich. Wenn er ihr glaubte, musste er auch akzeptieren, dass etwas in Kurland St. Mary nicht stimmte. Und das konnte er einfach nicht, solange er nicht imstande war, irgendetwas dagegen zu tun. Und wie konnte er das, wenn seine größte Sorge war, dass er fantasierte und sich nur einbildete, nachts Mörder beim Wegschaffen ihrer Opfer beobachtet zu haben? Kein Wunder, dass sie ihn mit so viel Abscheu und Bestürzung angesehen hatte – sie hielt ihn wahrscheinlich für einen Feigling.

Bedächtig hievte er seine Beine über die Bettkante und stellte sich langsam aufrecht hin. Seit er gefallen

268

war und es nicht mehr ins Bett geschafft hatte, hatte er heimlich Stehen geübt, um wieder zu Kräften zu kommen. Er war sich sicher, dass Dr. Baker seine Bemühungen nicht gutheißen würde, aber er hatte das ungute Gefühl, dass ihm die Zeit davonlief und er bettlägerig und verbittert enden würde, wenn er sein Schicksal nicht endlich wieder selbst in die Hand nahm.

Er nutzte die Möbelstücke als Stütze, um sich ohne Zwischenfall bis zu den Erkerfenstern vorzuarbeiten, blieb davor stehen und zog die Vorhänge zurück, die den Blick auf die Kirche freigaben. Der Mond schien weniger hell als das letzte Mal, als er hier gestanden hatte, aber seine Augen gewöhnten sich schnell an das Zwielicht. So bemerkte er sofort ein plötzlich auftauchendes Laternenlicht, das sich aus Richtung der Kirche auf das Tor, das Kurland Hall vom Friedhof trennte, zubewegte.

Im Schein war kurz das nervöse Gesicht des Vikars zu erkennen. Wie war noch sein Name? Edward Calthrope, richtig. Er hielt am Zaunübertritt inne und bewegte sich davor im Kreis, als würde er auf jemanden warten. Ein Hund bellte, gefolgt von mehreren weiteren. Robert beugte sich so weit wie möglich vor, um zu erkennen, woher der Lärm kam.

Ben Cobbins tauchte umringt von seinen Hunden auf, blieb bei dem Vikar stehen und begann sich mit ihm zu unterhalten. Während der Konversation hob Cobbins ruckartig seine Hand und stieß seinem Gegenüber den Finger ins Gesicht. Wenn Robert nur verstehen könnte, was sie sagten. Was zum Himmel hatten ein Vikar und ein Dieb nur miteinander zu besprechen?

Roberts linkes Knie gab nach und er klammerte sich an einem Stuhl fest. Diesmal hatte er genug Kraft, um sich wieder aufzurichten und den Weg zurück ins Bett zu bewältigen. Er bezweifelte, dass er heute Nacht schlafen können würde, und dachte sehnlich an die

Karaffe voll Brandy, die Foley feierlich nach dem Abendessen weggeschlossen hatte. Seine Diener schienen sehr darauf bedacht, ihn seiner Ruhe zu berauben. Aber vielleicht war es ja zu seinem Besten. Er kletterte zurück ins Bett, blickte in die Dunkelheit und ließ seine Gedanken durch die widersprüchlichen Hinweise wandern, die Miss Harrington ihm erneut gebracht hatte.

***

Als die Dielen knarzten und unter der Tür ein Schatten zu sehen war, so als ob jemand davorstand, schaute Lucy von ihrer Arbeit auf.

„Wer ist da?“

Schnell stand sie auf, eilte zur Tür und riss sie auf. Direkt vor ihr stand ein sehr erschreckt dreinblickender Edward, der wirkte, als wäre er kurz davor, die Flucht zu ergreifen.

„Miss Harrington! Ich hatte nicht erwartet, dass Sie so spät noch wach sind. Ich dachte, jemand hätte eine Kerze brennen lassen. Ich überlegte gerade, ob ich hineingehen sollte, um sie sicherheitshalber zu löschen.“

„Warum sind Sie noch wach, Edward?“

Er blickte hinunter auf seine geflickten Schuhe. Lucy bemerkte, dass er Matsch in den Korridor getragen hatte, den sie erst diesen Morgen geputzt hatte. „Ich habe einen Brief an meine Mutter geschrieben und dabei die Zeit aus den Augen verloren.“

Sie überlegte, ob sie ihn fragen sollte, warum er offenbar draußen im Dunkeln einen Brief geschrieben hatte, aber sie wollte ihn nicht dazu ermutigen, ihr länger Gesellschaft zu leisten. Allerdings wollte sie höflich bleiben.

„Wie geht es ihr?“

„Gar nicht gut.“ Er seufzte. „Sie hat eine Reihe von Leiden, die sie fast dauerhaft ans Bett fesseln.“

270

„Es tut mir leid, das zu hören. Ich bin mir sicher, dass Ihre Briefe für sie ein Trost sind."

Er lächelte sichtlich angestrengt. „Das will ich hoffen. Ich vermute allerdings, dass die bescheidene Summe Geld, die ich ihr jeden Monat schicke, deutlich mehr Dankbarkeit hervorruft. Ihre Pension ist sehr mager und sie muss sich um meine zwei Schwestern und meinen jüngeren Bruder kümmern."

Aus seiner Stimme klang Verbitterung und weckte leichte Schuldgefühle in Lucy. „Ich wusste nicht, dass Sie Ihre Familie unterstützen. Haben Sie mit meinem Vater darüber gesprochen, Ihren Lohn erhöhen zu lassen?"

„Der Pfarrer findet meinen Lohn angemessen."

„Hat Ihre Mutter keine andere Möglichkeit der Unterstützung? Andere Verwandte vielleicht?"

„Leider nein. Mein Vater wurde aus der Familie verstoßen, weil er eine Frau niederen Standes geheiratet hat. Wir mussten schon immer erfinderisch sein, um über die Runden zu kommen."

„Lassen Sie es mich bitte wissen, wenn ich helfen kann – indem ich zusätzliche Kleidung oder Essen schicke zum Beispiel." Lucy schloss den Deckel ihres Nähkästchens, blies die Kerze aus und ging zurück zu Edward.

„Sie denken, meine Familie sollte Almosen annehmen?"

Sie blieb stehen, um ihn anzusehen, und war schockiert vom Zorn in seinem Blick. „Ich würde es nicht Almosen nennen. Ich würde lediglich einem anderen Mitglied unserer Kirchengemeinde helfen."

„Aber es sind dennoch Almosen für die Armen, oder etwa nicht?" Er verzog das Gesicht. „Sie halten sich für weit außerhalb meiner Reichweite – für etwas Besseres –, aber mein Vater ist in ebenso gute Verhältnisse geboren worden wie Ihrer."

„Da Sie Ihre Familie nur selten erwähnen, habe ich darüber nie viel nachgedacht, Edward“, sagte Lucy vorsichtig. „Ich kann Ihnen versichern, dass es nie meine Absicht war, Ihnen das Gefühl zu geben, dass Sie von niederem Stand sind.“

„Major Kurlands Vater heiratete eine Frau aus den Industriellenkreisen und er wird noch immer überall empfangen, weil er reich geheiratet hat, wohingegen meine Mutter ...“

Lucy legte ihre Hand auf seinen Arm. „In den Augen Gottes sind wir alle gleich.“

„Natürlich sagen Sie so etwas. Schließlich sind Sie immer ach so *gutherzig* und *höflich* und *respektabel*.“

„Sind Sie sicher, dass es Ihnen gut geht, Edward? Das klingt gar nicht nach Ihnen.“

Sie fing an, sich ein wenig unwohl zu fühlen, als wäre sie eingesperrt in einem Raum mit einem Fremden. Er trat einen Schritt von ihr weg und verneigte sich entschuldigend.

„Machen Sie sich um mich keine Sorgen, Miss Harrington, ich werde schon irgendwie über die Runden kommen.“ Er machte einen tiefen, zitternden Atemzug. „Ich gestehe, dass ich mich ein wenig überreizt fühle. Ich möchte mich entschuldigen, falls ich etwas Beleidigendes gesagt habe. Ich mache mir nur Sorgen um meine Mutter.“

„Sie haben mich nicht beleidigt, Sir, aber auch ich mache mir Sorgen um Sie. Wenn die Probleme mit der finanziellen Sicherheit Ihrer Mutter sie so sehr belasten, sprechen Sie bitte mit meinem Vater. Er kennt seine Pflicht gegenüber der Kirche und seinen Nächsten. Ich bin mir sicher, dass er Ihre Familie nicht in einer so prekären Situation sehen möchte.“

„Dafür ist es bereits zu spät, Miss Harrington.“ Sein Lächeln hatte etwas Schauderhaftes. „Ich bin entschlossen, dieses Problem selbst zu lösen. Danke für

Ihre Anteilnahme, Sie sind eine wirklich außerge-
wöhnliche Frau."

„Sind Sie sicher, dass Sie nicht wollen, dass ich in Ihrem Namen mit meinem Vater spreche?"

Er war bereits in Richtung des Ausgangs gegangen,
blickte aber noch einmal über die Schulter zu ihr.
„Nein, aber ich danke Ihnen." Die Hintertür fiel leise
hinter ihnen ins Schloss und Edward neigte bei dem Geräusch den Kopf zur Seite. „Vielleicht sollten Sie sich
weniger Sorgen um mich machen und mehr darüber,
was Ihr Bruder wohl im *Red Lion* treiben könnte. Gute
Nacht, Miss Harrington."

Kapitel 13

„Major, lassen Sie mich nur noch den Schal um Ihren Hals wickeln, damit Sie vor der Kälte geschützt sind.

Sein Butler hatte sich bereits mit entschlossenem Blick zu ihm hinuntergebeugt, aber Robert zog ihm den Schal aus der Hand.

„Danke, aber das werde ich selbst erledigen. Ich bin keine Gans, die über dem Feuer befestigt werden muss."

„Wie Sie wünschen, Sir." Foley ließ den dicken Wollschal los und trat einen Schritt zurück. „Ich glaube, ich sehe in der Auffahrt Miss Harrington und ihre Schwester. Soll ich sie darum bitten, später noch einmal wiederzukommen?"

„Fragen Sie sie bitte, ob sie uns auf unserem Ausflug begleiten möchten. Ich bin mir sicher, Miss Harrington wird hocherfreut sein, mich an der frischen Luft zu sehen."

„Ja, Sir." Foley verbeugte sich und schritt den Besuchern, die sich dem Vordereingang über die Auffahrt näherten, entgegen. Robert blickte zu Bookman hinüber, der sich gerade angeregt mit dem Schreiner des Anwesens unterhielt. Dieser hatte den mit Rädern bestückten Stuhl aus verschiedenen Teilen aus seiner Werkstatt zusammengeschustert. Die Räder waren recht groß und stammten vermutlich von einer Kutsche, der Stuhl war gepolstert und hatte zuvor im alten Arbeitszimmer seines Vaters gestanden.

„Mr Walker?"

„Ja, Major?"

Der Schreiner kam zu ihm herüber, sein Blick sprang zwischen ihm und dem Stuhl hin und her.

„Warum haben Sie so große Räder gewählt? Die Räder auf dem Bild waren viel kleiner.“

„Ich habe mehrere verschiedene Größen ausprobiert, Sir, und festgestellt, dass es sich mit größeren Rädern komfortabler fahren lässt.“ Er wischte die Hände an seiner Schürze ab. „Sobald Sie das Gerät ausprobiert haben, können wir daran herumwerkeln, bis wir es genau richtig eingestellt haben.“

„Vielen Dank für Ihre Bemühungen, Mr Walker.“

„Sehr gern, Sir. Ich freue mich immer über Herausforderungen.“ Er kam noch näher und kniete sich hin, um eine der Schrauben zu justieren. „In Ordnung, lassen Sie mich wissen, wie es Ihnen ergeht, und versuchen Sie, auf dem Weg zu bleiben. Ich glaube, es wäre keine sanfte Fahrt auf den unebeneren Stellen des Anwesens.“

„Keine Sorge, ich habe heute nicht vor, besonders weit zu fahren. Das hier soll nur ein Experiment sein.“ Robert sah, dass die Harrington-Schwestern einen anderen Weg eingeschlagen hatten und jetzt begleitet von Foley den Hügel zu ihm heraufkamen. Seine Tante und Miss Chingford traten aus dem Haus und er winkte ihnen zu. „Tante Rose, wie gefällt dir mein mächtiger Streitwagen?“

„Er ist erstaunlich, Robert!“ Sie drehte sich zu Mr Walker um. „Haben Sie das gebaut? Wie beachtlich.“

Miss Chingford gesellte sich zu ihnen, konnte den Blick aber nicht vom Stuhl lösen. Sie trug einen blauen, gefütterten Mantel bordiert mit weißem Pelz und dazu eine passende Haube. Ihre Hände steckten in einem großen Muff aus Schwanendaunen. „Sie wollen doch wohl nicht *damit* ausfahren, oder?“

„Wieso nicht? Es ist besser, als drinnen festzusitzen.“

„Man könnte Sie *sehen*.“

„Auf meinem eigenen Grund und Boden? Das würde ich bezweifeln." Er sah ihr in die Augen. „Bin ich Ihnen etwa peinlich?"

Sie wandte ihren Blick ab. „Sie werden dieses ... dieses *Ding* aber nicht lange nutzen, oder? Sie werden schon bald wieder auf den Füßen sein."

„Aber was, wenn nicht?" Robert zwang sich dazu, es auszusprechen. „Was, wenn dies das Beste ist, was ich in meinem Leben noch schaffe?"

„Das kann ich nicht akzeptieren."

„Was, wenn Sie keine Wahl haben?" Natürlich hatte sie eine Wahl. Und vielleicht würde sie das jetzt endlich einsehen. Bevor sie antworten konnte, unterbrach eine andere Stimme die Konversation.

„Major Kurland, wie schön, Sie hier draußen zu sehen!"

Robert wandte sich um und sah Miss Anna Harrington, die ihm ein herzliches Lächeln schenkte. Ihre ältere Schwester war stehen geblieben, um sich mit seiner Tante zu unterhalten, und machte bisher keine Anstalten, ihm näher zu kommen. Miss Anna sah bemerkenswert reizend aus in ihrem alten, bedruckten Musselinkleid und ihrem grauen Mantel, der vermutlich nur ein Zehntel dessen gekostet hatte, was Miss Chingford trug, sie aber dennoch mindestens ebenso elegant aussehen ließ.

„Miss Anna, kennen Sie bereits meinen Gast, Miss Chingford?"

Sie machte einen Knicks. „Ich hatte noch nicht das Vergnügen, aber Lucy hat mir von ihr erzählt." Sie wandte sich seiner Verlobten zu und lächelte sie an; Miss Chingford schenkte ihr nur einen misstrauischen Blick. „Genießen Sie Ihren Besuch, Miss Chingford?"

Die beiden Mädchen gingen zusammen los und ließen Robert allein in seinem Stuhl zurück. Die leichte Brise, die über die Terrasse wehte, hatte noch eine gewisse Kälte, aber das war nichts im Vergleich zu dem, was er als Soldat auf dem Festland hatte erleben müssen. Es war schön, wieder draußen zu sein. Er fühlte sich fast wie sein altes Selbst mit erwachtem Kampfgeist und neuer Motivation. Er zog die Handschuhe an und tastete prüfend den Rand des großen Rades an der Seite seines Stuhls ab. Mit einem Rad auf jeder Seite und einer Person, die den Stuhl schieben und lenken konnte, würde er wohl recht gut zurechtkommen.

Miss Harrington sprach noch immer mit seiner Tante und schien nicht darauf erpicht zu sein, zu ihm zu kommen und mit ihm zu sprechen. Ihre angespannten Schultern erinnerten ihn daran, dass sie vermutlich wütend auf ihn war, weil er ihre Behauptungen abgelehnt hatte. Wenn er während des Spaziergangs eine Gelegenheit bekäme, würde er versuchen, es wiedergutzumachen.

„Sind Sie bereit loszufahren, Sir?", fragte Bookman und stellte sich hinter Roberts Stuhl auf. „Ich schlage vor, wir bleiben auf dem Weg und fahren hinunter zur Farm und zu den Ställen. Sind Sie damit einverstanden, Sir?"

„Das klingt wie ein exzellenter Vorschlag."

Die Frauen bezogen um ihn herum Stellung und so machten sie sich – gefolgt von Foley, der zur Gruppe diskreten Abstand hielt – auf den Weg. Trotz der strahlenden Sonne fühlte sich der Wind in Roberts Gesicht eisig an. Es erinnerte ihn an die verschneiten französischen Alpen, als er mit seinen Truppen durch gefährliches Feindesland marschiert war. Gab es auf seinen eigenen Ländereien überhaupt etwas zu befürchten? Wieso spürte er jetzt dieselbe Art von angespannter Vorsicht? Vielleicht war es nur schwer, alte Gewohnheiten loszuwerden.

„Können wir kurz anhalten?"

Bookman blieb gehorsam stehen. Robert blickte über die brachliegenden Felder bis zu den Hügeln in der Ferne und machte einen tiefen, herrlich leichten Atemzug. Zu Hause. Er hatte den Geruch bereits völlig vergessen. Miss Harrington näherte sich ihm von der Seite und er sah zu ihr auf. Die Abschürfungen und die dunkelblaue Prellung auf ihrer Wange waren noch immer frisch zu sehen.

„Was halten Sie davon?“

„Wovon, Major?“

„Von diesem Stuhl! Er war Ihre Idee.“

„Er scheint recht gut zu funktionieren.“

In ihrer Stimme zeigte sich keinerlei Gefühlsregung – sie war also immer noch beleidigt.

„Ich würde mich gern entschuldigen.“

„Wofür?“

„Dafür, dass ich an Ihnen gezweifelt habe.“ Robert blickte über die Schulter zu Bookman, aber sein Kammerdiener schien gerade seine Aufmerksamkeit auf etwas anderes zu richten. „Ich habe heute Morgen Foley gefragt: Das Porzellankästchen, von dem ich gesprochen habe, ist tatsächlich aus den Zimmern meiner Mutter verschwunden.“

„Oh.“

„Ich frage mich, wie es auf den Friedhof gekommen ist. Vielleicht versteckt der Dieb seine Beute in einem der Gräber.“

„An diese Möglichkeit habe ich auch schon gedacht.“ Sie seufzte. „Es könnte sein, dass ich deshalb bewusstlos geschlagen wurde.“

„Sie gehen also inzwischen davon aus, dass die Diebstähle nichts mit dem Verschwinden der beiden Mädchen zu tun haben?“

„Ich vermute, dass die Diebstähle mit jemandem zu tun haben, der mir viel näher ist, als mir lieb ist.“

Bookman nahm die Fahrt wieder auf und Robert zuckte kurz zusammen, als sich der Stuhl plötzlich in Bewegung setzte. Miss Harrington ging auf seiner Höhe weiter nebenher. Durch die knirschenden Fahrtgeräusche war es schwieriger, sie zu verstehen.

„Sie wissen, wer es ist?"

„Noch nicht, aber ich habe einen Verdacht."

„Den Sie nicht mit mir teilen können?"

Ihr Blick sagte ihm, dass er damit recht hatte. „Sie sagten, dass Sie nicht länger glauben, dass etwas nicht stimmt, und dass wir uns das alles nur eingebildet hätten."

„Und inzwischen weiß ich es besser." Robert hob seine Hand. „Bookman, können Sie bitte erneut anhalten? Ich möchte mir den Irrgarten und den Rosengarten ansehen."

„Ja, Sir."

„Können Sie außerdem nach meiner Tante und Miss Chingford sehen und sicherstellen, dass den beiden nicht zu kalt ist? Miss Harrington wird ein Auge auf mich haben, während Sie weg sind."

„Natürlich."

Robert wartete, bis Bookman außer Hörweite war. Er wollte nicht, dass sein Kammerdiener wieder glaubte, sein Herr würde fantasieren. „Haben Sie inzwischen von Marys Liebhaber gehört?"

„Er hat mich gestern Abend besucht. Mary ist doch nicht bei ihm. Er wollte sie heiraten und auch sie schien sich für die Idee zu begeistern, aber sie war auch besorgt wegen eines früheren Liebhabers, der das Ende ihrer Beziehung nicht gut aufgenommen hatte."

„Teufel, verdammt." Robert ließ seinen Blick über die friedliche und malerische Landschaft wandern. „Müssen wir *noch einen* Mann ausfindig machen?"

„Der Zimmermann hat mir anvertraut, dass Mary ihm versprochen hatte, ihn schon vor einigen Tagen zu treffen, aber sie ist nie aufgetaucht. Er hat gehört, dass sie nach London gegangen sein soll."

„So ist das also." Robert seufzte. „Vielleicht sollten wir uns dann doch den Diebstählen widmen. Ich vermute, Ben Cobbins steckt da bis zum Hals mit drin."

„Aber was, wenn Mary nicht gegangen ist? Was, wenn ihr früherer Liebhaber sie davon abgehalten hat?"

Robert drehte seinen Kopf, sodass er das Gesicht seiner Begleiterin besser sehen konnte. „Miss Harrington, ich bin gewillt, mit Ihnen die meisten Ihrer interessanten Ideen durchzusprechen, aber diese hier grenzt schon an etwas für die Skandalpresse. Wieso können Sie sich nicht einfach eingestehen, dass Mary zusammen mit Daisy fortgelaufen ist?"

Bookmans Schatten fiel auf ihn, und Miss Harrington entfernte sich, ohne ihm zu antworten. Hatte er sie erneut beleidigt? Es schien wahrscheinlich. Geduld war noch nie eine seiner Stärken gewesen und in den letzten höllischen Monaten hatte sich sein Geduldsfaden bis zum Zerreißen gespannt. Er musste seine Zunge im Zaum halten.

„Der Garten braucht etwas Arbeit, Robert."

Er lächelte seine Tante an, die sich auf seiner anderen Seite genähert hatte. Immerhin war sie für ihn ein Quell von Normalität und praktischem Menschenverstand.

„Das denke ich auch. Ich habe vor, diese Woche deswegen mit dem Gärtner zu sprechen. Meine Mutter wäre wirklich sehr betrübt, wenn sie jetzt ihren Rosengarten sehen würde."

„Das wäre sie allerdings." Seine Tante nickte. „Lass uns jetzt am besten weitergehen, bevor du dich erkältest. Gehen wir den ganzen Weg bis zu den Ställen?"

„Das hatte ich vor. Glauben Sie, der Stuhl hält das aus?“ Er sah zu Bookman, der in eine andere Richtung blickte. „Bookman?“

„Oh, ja, Sir.“

Bookman drehte den Stuhl in Richtung des Weges, der den sanften Hügel hinab zu den grauen Schieferdächern der Farm und der Stallungen führte. Ihnen schlug schon aus der Ferne zur Begrüßung der Duft von warmem Heu und Mist entgegen, den Robert dankend einatmete. Als Offizier in der Kavallerie hatte er mehr Zeit mit seinem Pferd verbracht als mit irgendeinem anderen Lebewesen in der königlichen Armee. Trotz seiner häufigen Abwesenheit von seinem Zuhause hatte er viel Geld darin investiert, die Ställe aufzuwerten. So war aus der bescheidenen hölzernen Anlage aus der Zeit der Tudors ein gut durchdachter und instand gehaltener Komplex aus steinernen Gebäuden mit einem richtigen Drainagesystem geworden.

Als sie näher kamen, schlug ihnen ein schrilles Wiehern entgegen, das Robert ein breites Lächeln bescherte.

„Ist das Rogue?“

„Ja, Sir. Nachdem wir Sie nach Hause gebracht hatten, bin ich nach Frankreich zurückgereist und habe ihn und den Rest Ihrer Ausrüstung zurück nach Kurland Hall geholt.“

„War Rogue während der Reise nicht umgänglich?“

„Wieso fragen Sie, Sir?“

„Weil Sie recht mürrisch aussehen.“

Bookman gab sich sichtlich Mühe, eine möglichst ausdruckslose Miene aufzusetzen. „Soll ich das Pferd für Sie nach draußen bringen, Sir?“

„Wenn Sie Sutton oder den jungen Joe finden können, bin ich mir sicher, dass sie das übernehmen.“ Er deutete auf einen nahen Aufsitzblock. „Lassen Sie den Stuhl dort drüben stehen und sehen Sie nach den beiden.“

Seine Tante war damit beschäftigt, Miss Chingford und Miss Anna die Vorzüge der Stallungen zu erläutern. Miss Harrington stand derweil abseits bei Foley, wobei beide in Gedanken versunken schienen. Er wartete, bis Miss Harrington in seine Richtung blickte, und bedeutete ihr dann, näher zu kommen. Einen Moment lang glaubte er, sie würde ihn ignorieren, aber schließlich kam sie doch noch.

„Was kann ich für Sie tun, Major?"

„Sie können aufhören, mich wie einen Ausgestoßenen zu behandeln. Ich habe doch gesagt, dass es mir leidtut. Warum ist das für eine Frau nur nie genug?"

„Weil wir nicht so schnell über Dinge hinwegkommen wie Männer? Wenn die Gespräche mit mir doch so unzulänglich sind, wieso reden Sie dann nicht mit Ihrer Verlobten? Ich bin mir sicher, dass sie jedem Ihrer Worte zustimmen muss."

Seine Augen verengten sich. „Miss Chingford geht Sie nichts an."

„Offensichtlich nicht, aber sie scheint sich hier nicht besonders wohl zu fühlen. Was haben Sie getan?"

„Was *ich* getan habe? Vielleicht ist es ja ihre eigene Schuld."

Sie rümpfte die Nase. „Gesprochen wie ein echter Mann."

Er setzte zu einer Antwort an, aber der Klang von Pferdehufen auf den Pflastersteinen zog seine Aufmerksamkeit zurück zu den Ställen. Joe Cobbins führte Rogue an den Zügeln heraus. Der Junge sah im Vergleich zu dem Pferd winzig aus und Robert schluckte schwer.

Als das Pferd näher kam, konnte er seine Augen nicht von den gewaltigen Hufen lösen. Er hatte im Kampf selbst gesehen, wie sie die Schädel gefallener Soldaten zerquetschen konnten wie ein Vorschlaghammer. Entfernt bemerkte er, dass er am ganzen Körper zitterte und wie bei einem Fieber zu schwitzen begonnen hatte. Je näher das Pferd kam, desto eingeengter fühlte er sich – desto verzweifelter kam der Drang in ihm auf, von diesem Ort verschwinden zu wollen, zu atmen, zu –

„Major?"

Das Pferd blieb stehen und bäumte sich auf. Es war einfach zu groß, zu verdammt groß! Robert warf sich aus seinem Stuhl auf den Boden, schlug sich die Arme schützend über den Kopf und rollte sich zu einem Ball zusammen.

Beim Geräusch der Hufe, die zurück auf das Pflaster schlugen, biss er verkrampft die Zähne zusammen und schloss seine Augen. Er konnte verschwommen geschockte Ausrufe hören, jemand schrie und dann hörte er dumpf, dass das Pferd davongeführt wurde.

„Major Kurland." Die ruhige Stimme einer Frau erklang. Ihre Finger tasteten an seinem Hals suchend nach einem Puls. „Es gibt keinen Grund zur Angst, das Pferd ist jetzt weg. Sie sind in Sicherheit."

Eine Welle der Scham brach über ihn herein, die es ihm unmöglich machte, sich zu bewegen. Er zwang sich dazu, die Augen zu öffnen. Miss Harrington kniete neben ihm. Ihre schlanke Gestalt versperrte ihm die Sicht auf den Rest seiner Umgebung und ließ auch niemand anderen seine Panik sehen …

Sie strich ihm über die Wange. „Alles ist gut."

Er legte seine zitternden Finger um ihr Handgelenk und klammerte sich daran fest.

„Mr Bookman, können Sie und Sutton dem Major zurück in seinen Stuhl helfen? Ich glaube, er hat kurz das Bewusstsein verloren, aber soweit ich sehe, hat er sich nicht verletzt." Sie löste sanft seine Finger von ihrem Handgelenk und hielt dabei den Blickkontakt mit ihm, als ob sie ihm weiter versichern wollte, dass alles gut war. Bookman und Sutton hoben ihn vom Boden auf und hievten ihn zurück in den Stuhl.

„Haben Sie sich bei dem Sturz irgendwo verletzt, Major?“

Er schüttelte den Kopf, aber er konnte noch keine Worte fassen.

„Sind Sie sich ganz sicher?“ Sie wandte sich Bookman zu, der neben ihr stand. „Vielleicht sollten Sie den Major zurück ins Haus bringen.“

„Ja, Miss Harrington.“

Bookman begab sich in Position hinter dem Stuhl und drehte Robert weg von den Ställen in Richtung des Hauses. Bei der Drehung sah Robert kurz den Ausdruck auf Miss Chingfords Gesicht. Ihre Miene war eine unverhohlene Mischung aus Schreck und Abscheu. Was für einen Anblick hatte er abgegeben, als er zusammengerollt wie ein Kind auf dem Boden gelegen hatte? Die Angst hatte wie aus dem Nichts Besitz von ihm ergriffen und ihn direkt in den albtraumhaften Moment zurückversetzt, als sein Pferd während der Schlacht auf ihn gefallen war. Ihm war bis gerade eben nicht einmal klar gewesen, dass er sich an den Moment erinnerte …

Tante Rose warf ihm einen Kuss zu, aber er konnte keine Antwort aufbringen. Ihm wurde übel und zum ersten Mal in seinem Leben verstand er, was einen Mann dazu veranlasste, in einer Schlacht die Flucht zu ergreifen und um sein Leben zu rennen. Er war nicht besser als irgendein anderer Feigling. Und die Bedrohung, vor der er davonlaufen wollte, existierte nicht einmal mehr. Rogue war nicht das Pferd, das für seine Verletzungen verantwortlich war. Warum also war er so in Panik geraten?

„Da sind wir, Sir.“

Er war überrascht, wie schnell sie das Haus erreicht hatten. Bookman und James hoben ihn aus dem Stuhl und trugen ihn nach oben in sein Bett. Er schaffte es noch, James zu danken, aber selbst das war eine Anstrengung. Bookman ließ sich Zeit dabei, Robert bis auf sein Hemd und seine Hose auszukleiden, und zog dann seine Decke über ihn.

„Schließen Sie eine Weile die Augen, Sir."

„Danke, Bookman."

„Sie müssen mir nicht danken. Ich mache nur meine Arbeit." Er zögerte. „Vielleicht haben Sie sich zu viel auf einmal vorgenommen. Vielleicht sind Sie noch nicht dazu bereit, nach draußen zu gehen."

Robert atmete tief aus. „Vielleicht bin ich das wirklich nicht."

„Vor allem wenn Sie diese ganzen Frauen, die Sie umsorgen wollen, um sich haben, Sir. Das allein macht schon jeden Mann reizbar." Er schenkte Robert ein Glas Wasser aus einer Kanne ein und stellte es neben sein Bett. „Mit der schmollenden Miss Chingford und mit Miss Harrington und ihrer übereifrigen Fantasie ist es ein Wunder, dass Sie nicht schon vor Tagen ohnmächtig geworden sind."

Robert wusste, dass er Bookman für die Kommentare über Respektspersonen ermahnen sollte, aber er konnte die Kraft dazu nicht aufbringen. Tatsächlich fühlte er sich durch seine Loyalität bestärkt.

„Halten Sie sich von den beiden fern, Sir, und Sie werden sich schon bald besser fühlen. Miss Harrington müsste eigentlich wissen, dass sie Sie nicht aufregen sollte."

„Das hat sie nicht. Ich habe sie gefragt –"

„Selbst schuld, Sir, wenn ich das so sagen darf. Ich habe gehört, was sie gesagt hat." Er nahm ein schwarzes Fläschchen und einen Löffel aus seiner Tasche. „Frauen sind niederträchtig und mischen sich ein. Sie dürfen nichts, was sie sagen, glauben. Jetzt machen Sie bitte den Mund auf, Sir."

„Ich will kein Laudanum. Ich dachte, wir hätten uns darauf geeinigt –"

Er sprach nicht weiter, denn Bookman hatte einen Löffel der bitteren Tinktur ohne abzuwarten in seinen Mund befördert – direkt gefolgt von einem zweiten.

„Das ist ein Notfall, Sir. Sie brauchen Ihre Ruhe. Bleiben Sie im Bett und sorgen Sie sich nicht um die Probleme anderer Leute."

Robert konnte nur blinzeln, während das Opiat bereits seinen Magen erreicht hatte und seine Wirkung entfaltete. Seine Augen wurden schwer und fielen langsam zu. „Aber ich bin der Herr dieses Anwesens. Ich sollte bei dieser Sache mitwirken, oder?"

„Nicht diesmal, Sir. Vertrauen Sie mir. Lassen Sie die Sache ruhen und Miss Harrington allein alles aufklären. Sie braucht Ihre Hilfe nicht."

„Aber ich habe vergessen, ihr von dem Vikar und Ben Cobbins zu erzählen."

„Machen Sie sich keine Sorgen darüber. Das werde ich ihr selbst sagen."

Bookmans Tonfall war unerbittlich und Robert erlaubte sich, in den Schlaf zu sinken.

***

„Der arme Major Kurland!", rief Anna aus, während sie Mrs Armitage in den Salon folgte. „Wie furchtbar für ihn."

„In der Tat", erwiderte Mrs Armitage. „Und dabei hatte er sich so gefreut, in dieser genialen Apparatur an die frische Luft zu kommen, wie Sie vorgeschlagen haben, Miss Harrington. Wie schade, dass die Anstrengung zu viel für ihn war. Ich werde nach etwas Tee läuten, damit wir uns alle wieder aufwärmen können."

Lucy setzte sich neben ihre Schwester und drückte kurz ihre Hand. „Ich bin mir sicher, Major Kurland wird das gut überstehen."

Es schien, als sei es ihr gelungen, die Panik des Majors vor seinen anderen Begleitern zu verbergen. Sie wusste, dass er sich schämen würde, wenn alle wüssten, dass er beim Anblick seines Pferdes in Panik verfallen war. Was hatte er nur gesehen, als das Pferd auf ihn zukam? Für einen furchtbaren Augenblick hatte er ausgesehen wie der Holzschnitt eines christlichen Märtyrers, der gerade auf dem Scheiterhaufen verbrannt wurde.

Miss Chingford hatte sich nicht hingesetzt und ging stattdessen vor dem Fenster unruhig auf und ab. Nach einer Weile stand Lucy auf und gesellte sich zu ihr. „Geht es Ihnen gut, Miss Chingford? Das war wohl für uns alle ein Schrecken."

Sie erschauderte. „Er sah so furchtbar aus, wie er so dalag – so *entstellt* und unnatürlich. Ich habe ihm gesagt, dass er sich dem Spott preisgibt, wenn er in diesem albernen Stuhl, den Sie empfohlen haben, herumfährt."

„Und was hat er dazu gesagt?"

„Er hat es gewagt anzudeuten, dass ich mich vielleicht daran gewöhnen muss!"

Lucy musterte ihr Gegenüber. „Da hat er nicht unrecht. Nach einer so schweren Verletzung gibt es keine Garantie, dass er je wieder laufen können wird."

Das war der schlimmste Fall, aber Lucy fühlte in sich ein brennendes Verlangen, den Major nicht mit einer Frau verheiratet zu sehen, die sich mehr darum scherte, was die Menschen *dachten*, als um die Gesundheit und das Glücklichsein ihres Verlobten.

Lucy beobachtete genau die Regungen im ungehaltenen Gesicht Miss Chingfords. „Hätten Sie ein Problem damit, einen Mann zu heiraten, der an einen Stuhl gefesselt ist?"

Sie wandte sich von Lucy ab und ging ein paar Schritte, die Hände vor dem Körper verschränkt. „Da Sie vermutlich nie heiraten werden und wahrscheinlich für jedes Angebot dankbar wären, können Sie das natürlich nicht verstehen. Ich habe aber keine Wahl in der Angelegenheit.“

„Sie könnten die Verlobung aufheben.“

„Und all diese Zeit verschwendet haben? Major Kurland ist ein prächtiger Fang, wie Sie sicher wissen.“

„Ich vermute, das ist er wohl – auf seine Art.“

„Er ist reich!“

„Davon habe ich gehört. Ich kenne den Major schon mein ganzes Leben und ich bin recht immun gegen jegliche Argumente über seinen Reichtum, seine Perspektiven oder seine Attraktivität. Für mich wird er immer der lästige kleine Junge bleiben, der mich einen Sommer mitsamt meinen Kleidern in den Fischteich geschubst und mir damit furchtbaren Ärger mit meinem Kindermädchen eingebrockt hat.“

„Das glaube ich Ihnen nicht!“

„Ich kann Sie nicht dazu zwingen, mir zu glauben. Alles, was ich sagen kann, ist, dass es mich als eine Freundin des Majors unglücklich machen würde, wenn Sie ihn heiraten und dabei nicht bereit sind zu akzeptieren, dass er vielleicht nie wieder gehen können wird.“

„Meine Familie besteht darauf, dass ich ihn heirate.“

In Miss Chingfords Stimme lag eine Spur Hysterie, wodurch das Mädchen Lucy ein wenig sympathischer wurde. Gerade sie kannte die Ketten der Familienverpflichtungen, die die Ambitionen einer Frau zu bremsen vermochten.

„Ihre Familie muss ja auch nicht mit ihm leben. Sie aber schon. Wenn Sie ihn nicht ehren und unterstützen können, werden Sie beide furchtbar unglücklich, und das wissen Sie ebenso gut wie ich. Er hat ein furchtbar hitziges Gemüt, das durch seinen jetzigen Zustand nicht gerade besser wird.“ Sie berührte Miss Chingfords verkrampften Arm. „Sicherlich sind ein unangenehmes Gespräch mit Ihren Eltern und die Gelegenheit,

einen anderen Ehemann zu finden, den Sie lieben können, besser als ein Leben voller Bedauern?"

Miss Chingford schob das Kinn trotzig nach vorn.
„Sie wollen ihn für sich, nicht wahr?"

„Nein, will ich nicht." Lucy hielt ihren Blick und
schmunzelte amüsiert. „Ich würde ihn vermutlich in
der Hochzeitsnacht umbringen. Er ist kein einfacher
Mann."

„Er ist ziemlich ungehobelt mir gegenüber." Miss
Chingford erschauderte.

„Dann heiraten Sie ihn nicht. Entlassen Sie ihn aus
seinem Versprechen und dann schreiben Sie Ihren Eltern, was Sie getan haben. Bis Sie zurück in London
sind, wird der schlimmste Ärger verflogen sein und sie
werden schon damit angefangen haben, neue Pläne für
Sie zu schmieden. Ich bin mir sicher, Mrs Armitage
würde Ihnen ebenfalls helfen. Sie würde keinen von
Ihnen beiden unglücklich sehen wollen."

Miss Chingford biss sich auf die Lippe. „Bei Ihnen
klingt das so leicht."

„Es ist leicht: Sie müssen stark sein." Lucy lächelte.
„Sie sind so wunderschön, ich könnte wetten, dass sich
all die Drohungen Ihrer Eltern, laut denen Sie als alte
Jungfer enden werden, im Handumdrehen als falsch
entpuppen werden."

„Ich hatte tatsächlich eine große Zahl von Verehrern."

„Und ich bin mir sicher, dass einige davon immer
noch für Sie brennen. Denken Sie zumindest über das,
was ich gesagt habe, nach."

Miss Chingford machte einen Knicks. Zum ersten
Mal sah sie ein wenig hoffnungsvoller aus. „Vielleicht
werde ich das."

„Ich weiß, dass es schwer ist, sich gegen die eigenen
Eltern durchzusetzen, aber Sie müssen stark sein." Sie
wollte nicht noch weiter argumentieren und

möglicherweise Zweifel an ihren Motiven wecken, daher wandte Lucy sich wieder ihrer Schwester zu. „Ich glaube, unser Tee ist fertig. Danach müssen Anna und ich uns aber wirklich wieder auf den Weg machen. Es war doch ein recht aufregender Morgen.“

Kapitel 14

Mit einem Stoßgebet klopfte Lucy an die Tür von Anthonys Schlafzimmer, trat einen Schritt zurück und lauschte auf eine Antwort. Es war Nachmittag und wenn sie recht hatte, war Anthony gerade mit seinem Tutor fertig und würde sich gleich auf eine seiner mysteriösen Expeditionen begeben. Zu ihrer Erleichterung hörte sie hinter der Tür Bewegung und sie öffnete sich kurz darauf.

„Lucy? Was gibt es? Bist du auf dem Friedhof schon wieder einem Schläger begegnet?"

Sie schenkte ihm ihren besten finsteren Große-Schwester-Blick. „Das ist nicht lustig. Aber eigentlich will ich mit dir über etwas anderes reden."

Sein amüsierter Gesichtsausdruck verschwand. „Was soll ich jetzt wieder getan haben?"

Missmutig trat er einen Schritt zurück und ließ sie in sein Zimmer. Sie sah sich nach einem Ort um, an dem sie sich hinsetzen konnte zwischen den Haufen von Kleidung, Büchern und Reitausrüstung, die auf fast jeder Oberfläche im Raum verteilt lagen. Schließlich entfernte sie vom Stuhl neben dem Kamin ein klobiges Buch mit gesammelten Shakespeare-Stücken, von dem sie wusste, dass ihr Vater danach gesucht hatte, legte es auf dem Boden ab und setzte sich hin.

Sie blickte auf ihre Hände, die angespannt auf ihren Knien lagen, und machte einen tiefen Atemzug. „Ich will mich nicht mit dir streiten, aber ich muss etwas wissen."

„Geht es wieder darum, dass ich das Vermögen meines Vaters verspiele?"

„Nicht ganz.“

Seine Miene verfinsterte sich noch weiter und sie fuhr hastig fort.

„Wenn du mich kurz erklären lässt: Wie ich schon erwähnt hatte, habe ich ein Porzellankästchen in deinem blauen Mantel gefunden, als ich ihn reparierte. Du hast behauptet, nichts von dem Gegenstand zu wissen.“

„Und daran hat sich nichts geändert.“ Er blickte sie unnachgiebig an.

„Die Sache ist die: Ich habe auf dem Friedhof ein Teil des Kästchens zerbrochen im Schlamm gefunden. Ich habe Major Kurland gefragt, ob er die Scherbe erkennt, und er konnte mir bestätigen, dass sie zu dem Kästchen passt, das früher seiner Mutter gehörte und zusammen mit mehreren anderen Gegenständen aus Kurland Hall verschwunden ist.“

„Und jetzt glaubst du, dass ich nicht nur Vater, sondern auch ihn bestohlen habe?“

„*Nein*, aber wenn du mir nicht verrätst, warum du dich nachts herausschleichst und dich so verdächtig verhältst, dann fürchte ich, könnten andere auf die Idee kommen, dass du etwas mit den Diebstählen zu tun hast.“

„Weil ich früher schon einmal Geld gestohlen habe.“

„Richtig.“

Zwischen ihnen hing ein Moment des Schweigens, in dem Lucy intensiv ihre verkrampften Hände anstarrte. Schließlich durchbrach Anthony mit einem Seufzen die Stille.

„Und wenn ich dir mein Wort gebe, dass ich das verdammte Kästchen noch nie in meinem Leben gesehen und nichts aus Kurland Hall gestohlen habe, wird das nicht ausreichen?“

„Für mich schon, aber ich bin nicht die Einzige, die nach dem Dieb sucht. Andere könnten Anklage erheben und Anschuldigungen aussprechen.“ Sie atmete schwer ein. „Wenn ich danach gefragt werde, was ich weiß, werde ich nicht lügen – nicht einmal für dich.“

„Und was glaubst du zu wissen?“ Er stand auf und ging hinüber zum Fenster, die Hände hinter dem Rücken gefaltet.

„Dass ich einen gestohlenen Gegenstand in deiner Tasche gefunden habe und dass du eine Menge Zeit damit verbringst, deinem Tutor auszuweichen, und dafür im *Red Lion* herumlungerst.“

„Wer hat dir vom *Red Lion* erzählt?“

„Es spielt keine Rolle, wer es war. Was aber eine Rolle spielt, ist das *Warum.*“

Er setzte sich auf das Fensterbrett und fuhr sich mit einer Hand durch sein dichtes Haar. „Ich wette, es war Edward. Er würde alles tun, um sich bei dir beliebt zu machen.“

Lucy ignorierte die Bemerkung. „Was zieht dich ins *Red Lion*?“

Er wandte seinen Blick von ihr ab. „Das ist eine ziemlich heikle Angelegenheit, die nicht für deine sensiblen Ohren bestimmt ist.“

Lucy ging im Kopf schnell die einzelnen Möglichkeiten durch. „Dann gehe ich davon aus, dass darin eine Frau involviert ist?“

Sein Kopf schoss in ihre Richtung. „Wie kommst du darauf?“

„Wenn es kein Glücksspiel ist, ist das das Einzige, was Sinn ergibt.“ Sie blickte nach oben. „Warum habe ich daran nicht schon früher gedacht?“

„Weil du eine junge Lady bist, die von solchen Dingen nichts wissen sollte.“

„Jetzt klingst du schon wie Papa. Ich bin älter als du und die Tochter eines Pfarrers. Ich weiß alles.“ Sie erwiderte seinen Blick. „Wer ist sie?“

„Niemand, den du kennen würdest. Sie gehört nicht unserem sozialen Stand an und sie schert sich auch nicht um solche Belange." Seine braunen Augen nahmen einen weicheren Ausdruck an. „Sie ist tausendmal mehr wert als die meisten jungen Frauen, die ich bisher getroffen habe."

Lucy hob ihre Hand. „Sofern du nicht auf sehr gefährlichem Boden unterwegs bist und Mrs Dobbs umwirbst, gibt es nur zwei unverheiratete Frauen im *Red Lion*, die jung genug wären, um dein Interesse zu wecken. Chrissie, die Tochter des Besitzers, oder das neue Barmädchen Dorcas. Welche der beiden ist es?"

Seine Wangen wurden rot. „Du bist wirklich teuflisch."

„Welche ist es?"

„Wenn du es schon wissen musst: Es ist Dorcas. Sie ist ein Engel."

Lucy beobachtete genau die Regungen im begeisterten Gesicht ihres Bruders. „Darf ich fragen, ob du darüber nachgedacht hast, sie zu heiraten?"

„Was?"

„Ich habe mich nur gefragt, was es mit all der Geheimniskrämerei auf sich hat."

Er wurde unruhig und sein Gesicht wurde noch einen Farbton röter. „Lucy, du bist unverbesserlich! Glaubst du, ich würde hier um ihre Hand anhalten? So dumm bin ich nicht. Vater würde mir den Kopf abreißen und die arme Dorcas wäre so eingeschüchtert, dass sie kaum reden könnte!"

„Dann siehst du sie nicht als eine dauerhafte Lebensgefährtin?"

„Ich gehe im Herbst nach Cambridge, das weißt du doch." Sein Blick wurde düster. „Ich kann sie kaum darum bitten, mit mir zu kommen."

„Das wäre ihr gegenüber nicht gerecht, oder? Sie würde ihre Arbeit verlieren. Hat sie hier in der Gegend noch Familie?"

„Ja." Anthony schaute aus dem Fenster. „Das ist einer der Gründe, warum wir uns ruhig verhalten haben: Sie wären niemals einverstanden mit mir."

„Mit wem genau ist sie denn verwandt?"

Seine Schultern erschlafften. „Ihre Mutter war die Schwester von Ben Cobbins' Frau."

„*Ben Cobbins*? Jetzt verstehe ich, warum ihr nachts draußen herumgeschlichen seid." Lucy schüttelte den Kopf. „Ich bete zu Gott, dass ihr vorsichtig genug wart und Ben keinen Grund hat, dich aufzusuchen und dich dazu zu zwingen, das Mädchen zu heiraten. Er würde es lieben, unsere Familie in den Schmutz zu ziehen." Ihr kam ein Gedanke. „Ben hat nicht vor Kurzem mit dir über sie gesprochen, oder? Ich dachte, ich hätte vor ein paar Tagen gehört, wie er auf dem Friedhof mit jemandem stritt."

„Das war ich nicht. Soweit ich weiß, hegt Ben keinerlei Verdacht. Zumindest hoffe ich das." Anthony stöhnte. „Die einzige Person, die ich in letzter Zeit dabei gesehen habe, wie sie mit Ben sprach, war Edward, und ich bezweifle, dass er hinter Dorcas her ist. So ein Mädchen ist sie nicht."

Lucy hatte zwar etwas anderes gehört, aber sie würde es natürlich ihrem verliebten Bruder gegenüber nicht erwähnen. Wieso war sie nicht darauf gekommen, dass er genau im richtigen Alter war, um sich in eine ungeeignete Frau zu verlieben? Sie erinnerte sich an die Zeit, als sich Tom in das Milchmädchen auf der Farm von Kurland Hall verliebt hatte und wochenlang nach Kuhstall gerochen und nichts als Milch getrunken hatte …

„Also willst du Dorcas nicht länger sehen, wenn du nach Cambridge gehst?"

„Zuerst dachte ich noch, dass ich es würde, aber es wäre ihr gegenüber nicht gerecht." Zum ersten Mal blickte er Lucy in die Augen. „Sie wäre besser dran, wenn sie einen netten Mann aus der Gegend finden würde, der sie heiraten möchte."

„Damit wäre sie vermutlich wirklich besser dran, ja", sagte Lucy sanft. „Wenn sie den Ruf erlangt, dass sie versucht, sich in höhere Kreise einzuheiraten, könnte ihr das nicht gut bekommen."

Er seufzte. „Ich weiß, aber sie liegt mir wirklich am Herzen. Sie ist so warmherzig und verständnisvoll und ihr Bruder war in der Armee und –" Er hielt inne. „Und ich muss mit Vater über meine Zukunft reden, nicht wahr?"

„Wenn du weißt, was du tun möchtest."

Er stand auf. „Ich wollte immer Soldat werden. Ich kann mir einfach nicht vorstellen, nach Cambridge zu gehen."

Sie erhob sich ebenfalls und schenkte ihm ein Lächeln. „Willst du, dass ich mit dir komme?"

„Nein, das muss ich allein schaffen." Er zögerte. „Er wird sehr wütend sein, nicht wahr?"

„Am Anfang vielleicht, aber ich bin mir sicher, es wird sich wieder legen."

Er nahm ihre Hand und führte sie an seine Lippen. „Danke, liebste Schwester."

„Wofür?"

„Dafür, dass du mir geglaubt hast, als ich sagte, dass ich nichts gestohlen habe."

„Ich frage mich allerdings, *wer* dann dafür verantwortlich ist." Lucy löste ihre Hand aus seinem Griff und ging zur Tür.

„Wenn du den Dieb erwischen willst, würde ich versuchen herauszufinden, wer das Kästchen in meine Tasche gesteckt haben könnte."

Lucy blieb mit der Hand an der Klinke stehen. „Das ist eine sehr gute Idee, danke."

Anthony verbeugte sich. „Immer gern." Er kam zu ihr an die Tür. „Und bitte sage keinen Mucks zu irgendwem wegen Dorcas, ja?"

„Nicht, wenn es sich vermeiden lässt, und selbst wenn nicht, werde ich versuchen, so diskret wie möglich zu bleiben."

„Ich verlasse mich auf dich." Er ging hinaus in Richtung der Treppen. „Jetzt wünsch mir Glück."

Vom Treppenabsatz aus sah sie ihm nach, wie er selbstbewusst auf das Arbeitszimmer ihres Vaters zusteuerte, an die Tür klopfte und kurz darauf eingelassen wurde.

Lucy ging langsam die Treppen hinunter zur Hinterstube. Wenn er den Mut hatte, ihrem Vater entgegenzutreten, dann wurde ihr kleiner Bruder in mehr als nur einer Hinsicht erwachsen. Sie war sich nicht sicher, ob sie das freuen oder erschrecken sollte. Warum war sie die Einzige, von der man erwartete, ihr Schicksal einfach hinzunehmen, ohne sich jemals zu beschweren? Jeder andere konnte in seinem Leben vorwärtskommen, nur sie trat immer auf der Stelle. Es war ungerecht!

Sie schob die sinnlosen, rebellischen Gedanken beiseite und dachte noch einmal über ihr Gespräch mit Anthony nach. Wer hatte das Kästchen in seine Tasche gesteckt? Die offensichtlichste Antwort war Mary, was wiederum gut zu ihrer ursprünglichen Theorie passte, dass die beiden Mädchen ein paar Kleinigkeiten gestohlen hatten, um ihre Reise nach London zu finanzieren. Aber wie war das Kästchen zertrampelt auf den Friedhof gekommen? Und wie war es wieder aus Anthonys Manteltasche verschwunden, wenn er es weder gesehen noch angefasst hatte? Entweder waren Mary oder Daisy vor ihrer Abreise aus Kurland St. Mary beraubt worden oder sie hatten davor die Gegenstände an jemand anderen verkauft.

Der Raum war so dämmrig, dass sie eine große Kerze anzündete, bevor sie sich hinsetzte. War es möglich, dass Ben Cobbins ihnen ihre entwendeten Schätze abgekauft hatte? Ihm eilte der Ruf voraus, dass er derjenige im Dorf war, der gestohlenes Gut an den Mann brachte. War das Kästchen beim Austausch der Ware versehentlich zerbrochen oder war es als wertlos zurückgelassen worden? Lucy schüttelte ihren Kopf. So ergab die Sache noch keinen Sinn. Sie hatte das Kästchen in Anthonys Tasche gefunden, *nachdem* Mary und Daisy verschwunden waren. Vielleicht hatte Mary es in ihrer Eile vergessen, aber es erklärte immer noch nicht, wie das Kästchen auf den Friedhof gekommen war.

Lucy rieb sich ihre Schläfen. Die Sache war viel zu verworren. Wenn doch nur Mary oder Daisy aus London schreiben würden, um mitzuteilen, dass sie gut angekommen waren, dann würden sie wenigstens in dieser Angelegenheit wissen, was passiert war. Im Moment hatte sie aber nur die Hälfte des Rätsels vor sich und es sträubte sich zu ihrer Frustration dagegen, ganz aufgedeckt zu werden.

Die Uhr schlug vier. Lucy fühlte sich zu rastlos, um länger sitzen zu bleiben, also stand sie auf und nahm die Kerze mit sich. Selbst der Gedanke, dass Ben Cobbins irgendwo in der kommenden Dunkelheit herumschlich, konnte sie nicht drinnen halten. Anna las gerade den Zwillingen vor und Lucy würde sich ihr später zum Abendessen und -gebet anschließen. Davor würde sie aber ihre Haube aufsetzen und sich zur Beratung mit ihrer Freundin Sophia auf den Weg zum Haus der Hathaways machen.

***

Robert wurde geweckt vom Flackern des Kerzenlichts und dem Zischen von frischem, feuchtem Holz, das auf das Feuer geworfen wurde. Er drehte vorsichtig den Kopf und erkannte Bookman, der auf den Fersen hockend vor dem Kamin saß und frische Scheite und zerknülltes Pergament in die Flammen warf. Er sah ihm eine Weile zu und genoss einfach das Flackern des Lichts und den leichten Geruch von brennendem Holz, der ihn an die Lagerfeuer seiner Kindheit erinnerte.

„Ich hoffe, Sie verbrennen die Briefe von meinem Cousin Paul."

Bookman schreckte auf und wirbelte zu Robert herum. „Mir war nicht klar, dass Sie wach sind, Sir. Das Opiat muss schneller aufgehört haben zu wirken, als ich gedacht hatte." Er warf das letzte Scheit in den Kamin, stellte sich hin und klopfte den Staub von seiner Hose. „Ich habe gelesen, dass man eine höhere Dosis Laudanum braucht, je mehr man davon nimmt, um den gleichen Effekt zu erzielen."

„Weshalb ich es eigentlich meiden sollte. Was haben Sie verbrannt? Liebesbriefe etwa?" Seine Stimme klang schwach und müde, beinahe wie die eines anderen Menschen.

„Nichts Wichtiges, Sir." Bookman starrte in die Flammen, sodass die Hälfte seines Gesichts im Schatten lag. „Ich wollte Sie nicht stören, Sir. Der Kamin in meinem Zimmer rauchte nur zu sehr und ich wollte keinen Brand riskieren."

„Ich erinnere mich, dass Sie in Frankreich mit fast allem das Feuer entzündet haben, nur nicht mit Ihren wertvollen Briefen von Ihrer Geliebten."

Bookman trat mit solcher Wucht gegen das Gitter, dass ein paar Funken herausflogen und auf dem Teppich landeten. „Ich war ein Narr, Sir."

„Steht es zwischen Ihnen nicht gut?"

„Das könnte man sagen, Sir." Bookman drehte sich zu ihm um. „Gibt es noch etwas, womit ich Ihnen helfen kann?"

„Könnten Sie mir etwas zu trinken holen?"

„Gleich neben Ihrem Bett steht Wasser, erinnern Sie sich nicht, Sir?" Bookman kam zu ihm herüber. „Soll ich Ihnen dabei helfen, sich hinzusetzen?"

„Ich glaube, das müssen Sie wohl. Ich fühle mich schwach wie ein neugeborenes Fohlen."

Er brachte ihn in eine aufrechte Sitzposition und türmte hinter ihm einige Kissen auf. „Bitte sehr, Sir."

Robert sah ihn nachdenklich an. „Sie müssen nicht mit mir sprechen, als wäre ich fünf, und fangen Sie um Himmels willen nicht wieder an, mich zu bemitleiden. Ich dachte, das hätten wir hinter uns. Ich gebe zu, dass ich mich heute übernommen und die Konsequenzen zu spüren bekommen habe, aber ich bin noch nicht bereit, gänzlich zu verzweifeln."

„Das sollten Sie auch nicht, Sir." Bookman schenkte ihm nach. „Miss Harrington hat vielleicht die besten Absichten, aber sie weiß nicht, wann man besser aufhören sollte, nicht wahr?" Er lachte verächtlich. „Ihnen mit all diesem Gerede von Diebstählen Sorgen zu machen und Sie dazu zu zwingen, vorzupreschen und die Zügel wieder in die Hand zu nehmen. Sehen Sie nur, wohin es Sie gebracht hat."

Robert ließ Bookmans Strafpredigt über sich ergehen. Das war einfacher, als sich zu verteidigen. Er bezweifelte, dass sein Kammerdiener der Letzte sein würde, der ihm empfahl, Überanstrengung zu vermeiden und sich auf seine Erholung zu konzentrieren. Die einzige Person, die ihn wie einen vernünftigen, intelligenten Menschen behandelte, war Miss Harrington, und er hatte das Gefühl, dass Foley und Bookman nach dem Desaster mit dem Stuhl die Pfarrerstochter ganz aus dem Haus verbannen wollten.

Das würde er natürlich nicht zulassen – auch wenn er zugeben musste, dass sein Leben, bevor sie gekommen war und ihn dazu gedrängt hatte, seiner Verantwortung nachzukommen, friedlicher gewesen war. Allerdings war sie für diese neue Krise nicht verantwortlich. Er allein war daran schuld ...

Bookman sagte etwas von Abendessen und Robert nickte, obwohl sich seine Aufmerksamkeit nach innen richtete und er im Kopf noch einmal den Moment durchspielte, als sich Rogue vor ihm aufgebäumt hatte. Noch nie in seinem Leben hatte er derart eisige, überwältigende und völlig unvernünftige Angst empfunden. Und das auch noch vor einem Pferd! Wie würde er jemals wieder in die Schlacht reiten, wenn er zu viel Angst davor hatte, sein Ross auch nur anzusehen? Verzweiflung ergriff ihn, als er sich seine Zukunft ausmalte. Tot wäre er besser dran.

„Major Kurland?"

Als er die Augen öffnete, stand Miss Chingford neben seinem Bett. Konnte der Tag noch schlimmer werden? Sie trug ein weites Paisley-Umhängetuch, von dem er wusste, dass es seiner Tante gehörte.

„Miss Chingford."

Sie hielt das Tuch fest an ihre Brust gepresst und mied seinen Blick. „Ich würde Sie gern etwas wissen lassen. Ich habe meinen Eltern geschrieben, um sie zu unterrichten, dass unsere Verlobung gelöst ist."

„Ist sie das?"

„Sie müssen bemerkt haben, dass ich unglücklich war."

„Ja, ich hatte den Verdacht. Wenn es das ist, was Sie wollen, werde ich nicht versuchen, Sie umzustimmen." Er las ihren jammerhaften Gesichtsausdruck. „Mir ist klar, dass ich nicht mehr der Mann bin, mit dem Sie sich eine Hochzeit vorgestellt haben."

„Meine Eltern werden versuchen, mich umzustimmen." Sie zögerte. „Sie haben noch andere Töchter, die sie unter die Haube bringen müssen, und sie werden meine Weigerung, Sie zu heiraten, als eine Pflichtverletzung ansehen.“

„Aber Sie sollten sich nicht um ihretwillen aufopfern.“

„Das hat Mrs Armitage auch gesagt.“ Ihre Worte kamen überstürzt. „Ich kann mir nicht vorstellen, mein Leben an einen Invaliden zu binden. Das wäre ungerecht, ich verdiene *so* viel Besseres. Ich bin sicher, das können Sie verstehen.”

„Absolut, Miss Chingford.“ Auch wenn ihre Worte sein ohnehin schon angeschlagenes Selbstbewusstsein trafen, streckte er ihr die Hand entgegen. „Können wir als Freunde auseinandergehen? Ich verspreche, nie schlecht von Ihnen zu irgendeinem Ihrer Bekannten zu sprechen, und ich nehme die gesamte Verantwortung für das Scheitern unserer Beziehung auf mich. Ich würde sogar Ihren Eltern schreiben, um ihnen das mitzuteilen, wenn Sie es wünschen.“

Sie nahm seine Hand und er spürte ihre warmen Finger. „Danke. Vielleicht finden Sie eine andere Frau, die dankbar genug ist, um Ihre Deformitäten und Ihr hitziges Gemüt zu akzeptieren und Ihre Frau zu werden. Miss Anna Harrington ist schön genug anzusehen und sie scheint deutlich gewillter zu sein als ihre Schwester.“

Ihre Selbstsucht fand Robert gleichzeitig faszinierend und abstoßend. War er mit zwanzig auch so egoistisch gewesen? Er vermutete, dass das durchaus der Fall sein könnte. „Vielen Dank für den Vorschlag. Wissen Sie, ob meine Tante zu Hause ist?“

„Sie hat mich hochgeschickt, um mit Ihnen zu sprechen.“ Miss Chingford trat einen Schritt zurück. „Sie war der Meinung, dass ich Ihnen die Mitteilung persönlich überbringen sollte.“

„Das war sehr mutig von Ihnen.“

Sein Sarkasmus ging an ihr vorüber und sie lächelte zum ersten Mal. „Das finde ich auch. Aber wenn ich vorhabe, meinen Eltern gegenüberzutreten, dann ist dieser Moment eine gute Übung dafür – auch wenn Sie, Major, sehr viel angsteinflößender sind als sie." Sie machte einen Knicks und wandte sich zum Gehen. „Ich werde Mrs Armitage zu Ihnen schicken."

Robert ließ seinen Kopf nach hinten in die Kissen sinken und studierte den verzierten Baldachin seines Himmelbettes. Einer seiner Vorfahren hatte – zweifellos, um künftige Generationen zu inspirieren – das Familienwappen über seinem Kopf aufnähen lassen.

„Kämpfe, bis Atem und Blut ausgehen, und dann kämpfe weiter."

Ihm war nicht länger nach Kämpfen zumute.

Bookman betrat das Zimmer mit einem Tablett. „Mrs Armitage lässt ausrichten, dass sie noch einen Moment braucht. Sie schreibt gerade noch einen Brief fertig."

„Danke. Ich schätze, sie schreibt an die Familie Chingford. Miss Chingford hat entschieden, dass wir nicht zusammenpassen."

Bookman setzte das Tablett ab. „Das ist schade, Sir."

„Nicht wirklich. Sie hat natürlich recht; wir würden gar nicht zusammenpassen." Robert seufzte. „Es scheint mir, dass wir beide kein Glück in der Liebe haben, Bookman."

„Immerhin hatte Miss Chingford den Anstand, es Ihnen ins Gesicht zu sagen, Sir." Bookman breitete eine Serviette mit einem schnellen Schwung aus und platzierte sie auf Roberts Schoß. „Wollen Sie mit der Suppe oder mit dem Lamm anfangen?"

„Ich denke, es wird die Suppe, auch wenn meine Hände noch etwas zittrig sind."

„Ich kann Sie füttern, wenn Sie möchten, Sir."

„Nein danke, Bookman. Ich würde es doch gern selbst schaffen." Er nahm den Löffel und fokussierte all seine

Selbstbeherrschung darauf, die duftende Suppe aus der Schüssel ohne Verlust in seinen Mund zu befördern. Zu viel mehr schien er gerade nicht in der Lage, denn sein Körper zitterte so stark, dass er das Gefühl hatte, seine Kräfte würden ihn bei einer größeren Anstrengung sicher im Stich lassen. Was für ein Narr er doch gewesen war, nach draußen gehen zu wollen. Er hätte im Bett bleiben sollen, wo er offensichtlich hingehörte.

„Mr Hodges wollte Sie heute Morgen sprechen, Sir."

„Wer ist das?"

„Ihr Gärtner, Sir."

Da war wieder der Tonfall, als wäre Robert ein Invalide, der besondere Aufmerksamkeit brauchte. Dabei war er nicht abnormal, oder etwa doch? Miss Chingford war so freundlich gewesen, ihn darauf hinzuweisen, als sie die Verlobung mit ihm gelöst hatte. Allerdings hatte sie ja auch das Vergnügen gehabt, ihn dabei zu sehen, wie er panisch wegen nichts auf dem Boden herumgerollt war. Wenn sie gewusst hätte, dass seine körperliche Deformität nur das offensichtlichste seiner Probleme war …

„Major?"

Er blickte auf. „Ja?"

„Haben Sie Ihre Suppe aufgegessen?"

Er blickte auf den leeren Teller. „Ich schätze, das habe ich. Sie war vorzüglich."

„Kann ich Sie für ein wenig Lamm begeistern?"

„Die Suppe hat mir gereicht, danke."

„Sie sollten versuchen, bei Kräften zu bleiben, Sir."

„Wozu? Damit ich im Bett liegen und fett werden kann?"

Bookman nahm das Tablett. „Sie werden da schon durchkommen, das tun Sie immer. Hören Sie einfach auf Foley und mich und Sie werden schon in Ordnung kommen. Und halten Sie sich von Frauen fern. Sie machen alles nur übermäßig kompliziert."

Robert ließ sich wieder unter die Bettdecke sinken. „Ich fange an zu denken, dass Sie damit recht haben könnten."

„Womit recht haben, mein Lieber?"

„Tante Rose." Robert öffnete seine Augen und versuchte hastig, sich wieder aufzusetzen. „Danke, dass du Miss Chingford davon überzeugt hast, ihre Meinung zu ändern. Es wird uns beide so viel glücklicher machen."

„Oh, es war nicht mein Verdienst, mein Lieber. Das war allein Miss Harrington."

„Miss Harrington? Aber Miss Chingford kann sie nicht ausstehen."

„Da bin ich mir sicher, aber immerhin war sie so vernünftig, auf sie zu hören. Ich habe den Chingfords einen Brief geschrieben. Ich vermute, du wirst auch eine Nachricht beifügen wollen. Ich werde sie in ein paar Tagen zurück in die Stadt fahren und ihr dabei helfen, den Zorn ihrer Eltern zu ertragen."

„Das ist sehr freundlich von dir."

„Ich tue das nicht für sie, sondern für dich. Sie wäre eine furchtbare Frau für dich gewesen."

„Nein, da hast du etwas falsch verstanden. Wie mir mitgeteilt wurde, wäre *ich* ein furchtbarer Ehemann geworden und sie hätte eigentlich jemand viel Besseren verdient als einen alten Invaliden."

„Das hat sie aber nicht wirklich zu dir gesagt, oder?"

Robert lächelte müde. „Es war recht nahe dran. Aber ich muss sie für ihre Ehrlichkeit doch bewundern. Sie weiß, was sie im Leben will, und ist entschlossen, es sich zu holen."

Tante Rose nahm seine Hand. „Es tut mir leid, mein Lieber. Du verdienst so viel Besseres. Wenn du wieder auf den Beinen bist, werden wir uns ein wenig umsehen und eine Liste all der jungen Ladys machen, die infrage kommen würden. Dann kannst du eine Auswahl treffen."

„Ich glaube nicht, Tante. Ich bin wohl kaum ein besonders guter Fang."

„Sei nicht so bescheiden, Junge. Du hast immer noch Wohlstand und einen guten sozialen Status."

„Ah, wie schön es ist, daran erinnert zu werden, dass man – wenn alle Stricke reißen – immer noch für Geld heiraten kann."

Sie tätschelte seine Wange und ließ ihn allein mit seinen Gedanken zurück.

***

Lucys Laune verschlechterte sich auf dem Weg zurück von den Hathaways. Sorgen kreisten durch ihre Gedanken und verlangsamten ihre Schritte. Einige Nebelfetzen ausgehend von den Wassergräben entlang der Straße hingen über dem Weg. Sie dämpften die Geräusche um sie herum und schränkten Lucys Sicht ein. Trotz ihrer Einwände hatte Sophia ihre Einladung wiederholt und Mrs Hathaway hatte so beharrlich darauf bestanden, dass es fast schon wirkte, als würde sie dafür sorgen, dass es so geschehen würde. Wenn man doch nur ihren Vater umstimmen könnte. Die Hathaways wussten nicht, dass Anthony gerade dabei war, die Zukunftspläne ihres Vaters durcheinanderzuwirbeln, und er sich rächen dürfte, indem er umso stärker an seinen Plänen für die anderen Kinder festhielt.

Jedenfalls hatten sie ausgeheckt, dass Mr Hathaway die Harringtons zum Abendessen einladen und ihren Vater zu diesem Anlass beiseitenehmen würde, um ihm die Idee zu unterbreiten, dass Lucy nächsten Frühling Sophia nach London begleiten könnte. Lucy wusste, dass ihr Vater Ideen mehr beachtete, wenn sie von einem Gentleman kamen, den er respektierte.

Hinter ihr auf dem Weg wieherte ein Pferd. Lucy wirbelte herum und bemerkte plötzlich, dass sie ganz auf sich gestellt war. Besaß Ben Cobbins ein Pferd?

„Guten Abend, Miss Harrington."

Der warme Geruch von Leder und Pferd umgab sie und sie blickte hinauf zum Reiter, der sich zur Begrüßung an den Hut fasste.

„Mr Jenkins."

Er schenkte ihr ein warmes Lächeln. „Wie ich hörte, haben Sie diese Woche meine Großmutter besucht. Tut mir leid, dass ich Sie verpasst habe."

„Das war kein Problem, Sir. Wir haben nur über Dinge der Haushaltsführung geplaudert. Sie hätten sich wahrscheinlich zu Tode gelangweilt."

„Vermutlich, aber ich freue mich immer über Ihre Gesellschaft." Er deutete auf den Weg vor ihnen. „Sie sollten hier nicht in der Kälte herumstehen. Darf ich mein Pferd neben Ihnen herführen?"

„Wenn Sie das wünschen." Sie konnte die Wärme fühlen, die das Pferd ausstrahlte, und war dankbar für den Windschutz, den das große Tier abgab. „Ich bin auf dem Weg nach Hause."

Er blickte hinter sich. „Oh, haben Sie gerade die Hathaways besucht? Wie geht es ihnen?"

„Dem Vernehmen nach gut."

„Und Ihrer Familie, Miss Harrington? Ihrer Schwester?"

Sie bemühte sich, ihr Lächeln zu verbergen. Der ehrbare Nicholas Jenkins, dessen Großvater ein Viscount war, schien zweifellos ein Auge auf Anna geworfen zu haben.

„Sie ist so schön wie eh und je. Mein Vater denkt darüber nach, sie nächstes Jahr nach London zu schicken, wo sie bei seinem Bruder, dem Earl, bleiben wird und sich der Königin vorstellen soll."

„Nach London?"

Sie bemerkte sein fast entsetztes Stirnrunzeln und lächelte weiter. „Ja. Es ist langsam an der Zeit, finden Sie nicht?"

„Das ist es wohl. Werden Sie sie begleiten?“

„Ich bin mir nicht ganz sicher. Unsere Pläne sind noch nicht in Stein gemeißelt.“

„Ich überlege selbst, nächstes Jahr nach London zu gehen. Mein Großvater ist der Ansicht, dass alle jungen Männer ein wenig Schliff von der Großstadt brauchen.“

Seine Eltern waren an den Pocken gestorben und so war er von seinen Großeltern auf Farleigh Manor großgezogen worden. Er war ein freundlicher junger Mann und einer der Freunde von Anthony, die Lucy sehr schätzte. „Dann dürfte Ihnen Anna sicherlich über den Weg laufen. Sie wird sich freuen, ein bekanntes Gesicht zu sehen.“

„In der Tat.“

Sie gingen schweigend weiter, bis Lucy die Kreuzung vor ihnen erblickte, an der sich ihre Wege trennen würden. „Es war schön, Sie wiederzusehen, Mr Jenkins. Bitte richten Sie Ihrer Großmutter meine besten Grüße aus.“

„Das werde ich, Miss Harrington, und bitte sagen Sie Miss Anna, dass ich mich nach ihr erkundigt habe.“ Er tippte zum Abschied an seinen Hut und hielt dann inne. „Mir ist gerade eingefallen, dass ich Ihnen von meiner Großmutter etwas ausrichten sollte, wenn ich Ihnen begegne. Sie sagte, bei ihr fehlen zwei Statuen und zwei kleine Kerzenhalter aus dem Tageswohnzimmer. Können Sie damit etwas anfangen?“

„Leider ja. Es scheint, dass es Diebstähle in einigen Häusern in Kurland St. Mary gegeben hat.“

„Das ist eine üble Sache.“ Er schaute finster drein und sein Pferd scharrte unruhig mit den Hufen. „Haben Sie eine Idee, wer dahinterstecken könnte?“

„Noch nicht, aber ich bin entschlossen, den Täter zu überführen.“

„Sie sagte auch, dass kürzlich nur ihre Diener, Sie, der Vikar und Mrs Hathaway in dem Zimmer waren." Er zog an den Zügeln seines Pferdes. „Nun gut, ich will Sie durch unser Gespräch nicht länger als nötig hier draußen in der Kälte ausharren lassen, Miss Harrington. Ich mache mich lieber auf den Weg."

Lucy schenkte ihm ein Lächeln. „Vielen Dank für die Gesellschaft."

Er nickte, lenkte sein Pferd herum und folgte weiter der Straße. Auch Lucy setzte ihren Weg fort und bald schon kam der Kirchturm in Sicht. Die einladenden Lichter des Pfarrhauses leuchteten ihr entgegen und spornten sie an, ihren Schritt zu beschleunigen.

Anna empfing sie an der Vordertür. „Wie war dein Spaziergang?"

Lucy legte ihre Haube und die Handschuhe ab. „Er war sehr produktiv. Ich habe etwas Zeit bei Sophia und ihrer Mutter verbracht. Auf dem Weg nach Hause habe ich den ehrenwerten Mr Jenkins getroffen. Er hat nach dir gefragt."

Anna lächelte das typische Lächeln der Dorfschönheit. „Das tut er immer."

„Er ist ein sehr netter Mann."

„Ich weiß."

„Er hat mir eröffnet, dass bei seiner Großmutter ebenfalls ein paar Gegenstände gestohlen worden sind."

Anna nahm Lucys Mantel ab. „War es der furchtbare Affe? Ich wette, der stibitzt gern Kleinigkeiten."

Lucy folgte Anna in die Hinterstube. Es war fast Zeit für das Abendessen und sie wollte Mrs Fielding in der Küche nicht in die Quere kommen. „Ich glaube nicht, dass es Claude war. Tatsächlich können es nur sehr wenige Leute gewesen sein, wenn man ihre Bediensteten ausklammert ..." Ihr Blick fiel auf ihr Nähkästchen, das offen und ausgeschüttet auf dem Boden lag. „Hast du nach etwas gesucht?"

„Das war ich nicht." Anna runzelte die Stirn und begutachtete die Unordnung. „Ich frage mich, wer das gewesen sein könnte. Vermutlich die Zwillinge."

„Ich muss los zu Major Kurland."

„Zu dieser Uhrzeit?"

„Ich muss los! Wenn Vater fragt, sag ihm bitte, dass ich mit Kopfschmerzen ins Bett gegangen bin."

Lucy rannte an der Kirche vorbei, zwängte sich durch den Spalt zwischen Eckpfeiler und Friedhofsmauer und eilte über den weitläufigen Rasen zum Seiteneingang von Kurland Hall. Sie machte sich gar nicht erst die Mühe zu klopfen, sondern hob einfach den Riegel und lief durch die verschlungenen Korridore in die riesige Küche. Foley saß dort mit einem Humpen vor sich am Tisch und war in eine Zeitung versunken. Er machte Anstalten, zur Begrüßung aufzustehen, aber Lucy hob ihre Hand.

„Ist Major Kurland noch wach?"

„Ich weiß nicht, Miss Harrington." Er blickte zur Küchenuhr. „Wünschen Sie, dass ich nachsehe?"

„Machen Sie sich keine Mühe, Mr Foley, ich sehe selbst nach."

„Aber –" Foley war halb aufgestanden, aber Lucy war schon aus der Küche hinaus und auf dem Weg die Treppe hinauf.

Vor der Tür des Majors blieb sie stehen, aber sie konnte im Innern kein Geräusch vernehmen. Sie hob vorsichtig den Riegel und warf einen Blick hinein. Der Major war zwar im Bett, aber er saß aufrecht und blickte nachdenklich ins Feuer. Sein Blick traf den ihren und er runzelte seine Stirn.

„Hat dieser Tag denn gar kein Ende? Was wollen Sie?"

„Das ist nicht gerade die feine Art, einen Gast zu begrüßen, Major."

„Gäste warten für gewöhnlich unten und werden mir
von meinem Butler angekündigt. Dann entscheide ich,
ob ich sie sehen will oder nicht.“

„Ich sagte Foley, dass ich den Weg kenne.“ Sie sah sein
halb abgewandtes Gesicht an und erkannte im Schein
des Feuers die tiefen Falten der Anspannung um seinen
Mund und die Augen. „Wollen Sie nicht mit mir reden?“

„Es scheint, als bliebe mir keine Wahl, oder? Ich kann
ja wohl kaum aus dem Bett springen und davonlaufen.“

Sie kam näher. „Sind Sie wütend auf mich wegen des
Vorfalls heute früh?“

„Warum sollte ich wütend sein? Ich fühle mich vielleicht in Grund und Boden gedemütigt, aber Grund für
Ärger habe ich nicht.“ Er sah sie schließlich doch an.
„Um ehrlich zu sein, sollte ich Ihnen wohl dankbar
sein, dass Sie vor den anderen verborgen haben, warum ich mich auf dem Stallvorplatz wie ein Feigling
auf den Boden geworfen habe.“

„Ich bin mir bis jetzt noch nicht ganz sicher, warum
Sie das getan haben. Hatte es etwas mit dem Pferd zu
tun?“

Er sah sie verärgert an. In seinen Augen spiegelte sich
die Flamme der Kerze. „Sie wissen verdammt gut, dass
es mit dem Pferd zu tun hatte! Ich hatte panische Angst
vor der Kreatur.“

„Das überrascht wenig, wenn man bedenkt, dass das
letzte Mal, als Sie eins gesehen haben, das Pferd auf Sie
gefallen ist und Ihnen beide Beine gebrochen hat.“

„Hören Sie auf, so verdammt vernünftig zu sein.“ Ein
Muskel in seinem Gesicht zuckte leicht. „Ich habe kei-
nen Grund, vor dem Pferd Angst zu haben. Ich bin ein
Major bei den Husaren des Prinzen von Wales.“

„Nun, das waren Sie.“ Sie ging einen weiteren Schritt
auf ihn zu. „Ich bezweifle, dass Sie das je wieder sein
werden.“

Ein schmerzlicher Ausdruck breitete sich auf seinem Gesicht aus, fast als hätte sie ihn geschlagen. „Glauben Sie, dass ich das nicht selbst weiß?"

„Sie können nicht zulassen, dass diese eine Facette Ihrer Persönlichkeit Sie definiert. Sie sind weit mehr als nur ein Soldat."

„Ja, ich bin außerdem ein Invalide und ein Feigling. Diese wunderbaren Eigenschaften dürfen wir natürlich auf gar keinen Fall vergessen."

Einen Moment lang verspürte sie den Drang, zu ihm zu gehen, ihn in ihre Arme zu nehmen und ihm zu sagen, dass alles gut werden würde, aber sie spürte, dass er noch nicht dazu bereit war, ihr Mitgefühl zu akzeptieren. Vielleicht würde er das nie sein. Männlicher Stolz war eine merkwürdige Sache. Sie musste ihn also auf irgendeine andere Art erreichen.

„Sie sind vielleicht ein Invalide, aber mit Sicherheit kein Feigling. Es braucht mehr Mut, zu versuchen, aus dem Bett zu kommen und an Ihrem Zustand etwas zu ändern, als im Bett herumzuliegen und sich selbst zu bemitleiden."

„Hören Sie auf, mich aufzuziehen." Er rieb sich mit der Hand über die unrasierte Wange. „Vielleicht bin ich es einfach leid, es weiter zu versuchen."

Sie ging zügig drei weitere Schritte nach vorn, sodass sie direkt neben ihm stand. „Seien Sie nicht dumm. Das ist nur ein kleiner Rückschlag. Das nächste Mal –"

Er fiel ihr ins Wort. „Es wird kein nächstes Mal geben. Ich werde das Haus nicht mehr verlassen, bis ich ein verdammtes Pferd reiten oder meine Nachbarn zu Fuß besuchen kann!"

Sie streckte ihm ihre Hand entgegen. „Wollen Sie darauf wetten?"

„Was?"

„Ich wette fünf Pfund, dass Sie beides tun werden."

„Sie können nicht auf etwas wetten, das ich tun werde oder nicht! Das ist absurd!“

„Selbstverständlich kann ich das, denn ich werde alles in meiner Macht Stehende tun, damit es passiert! Ich werde nicht zulassen, dass Sie zurück in Ihren Sumpf aus Selbstmitleid sinken und den perfekten Invaliden geben.“

„Sie sind wirklich der Teufel. Alles, was ich tun muss, ist Foley anzuweisen, Sie nicht mehr ins Haus zu lassen und Sie werden nie wieder auch nur in meine Nähe gelangen.“

„Ich bin gerade ja auch hier, oder? Foley hat mich auch diesmal nicht aufgehalten.“

Sie war ihm jetzt so nahe, dass sich ihre Nasenspitzen fast berührten und sie direkt in seine Augen sehen konnte. Es war kein besonders angenehmer Anblick, es hatte vielmehr etwas davon, in einen aktiven Vulkan zu blicken. Zeit, ihren letzten Schachzug zu spielen.

„Wenn Sie schon nicht in Erwägung ziehen wollen, sich selbst zu helfen, werden Sie dann wenigstens darüber nachdenken, mir zu helfen?“

Auf seinem Gesicht zeigte sich sofort ein Ausdruck von Besorgnis. „Was ist los?“

Sie setzte sich auf seinen Bettrand, auch wenn es sich ganz und gar nicht gehörte. „Mein Nähkästchen ist geplündert worden.“

„Na und?“

„Und dabei ist mir etwas Wichtiges aufgefallen. Mary hat den Knopf an Anthonys Mantel genäht.“

„Was zum Teufel hat das mit alledem zu tun und warum mussten Sie mir das so dringend mitteilen?“

„Ich glaube inzwischen, dass Sie recht hatten: Die Diebstähle haben nichts mit dem Verschwinden der Mädchen zu tun.“ Sie blickte ihn erwartungsvoll an.

„Nun, vielen Dank, dass Sie endlich einmal meiner Meinung sind. Ich bin mir allerdings aus diesen wirren

Fakten, die sie mir gegeben haben, nicht sicher, wie Sie zu dieser Ansicht gekommen sind.“

„Mary hat den Knopf so schlecht angenäht, dass Anthony den Mantel nicht tragen konnte. Genau genommen konnte er zunächst den Mantel nicht einmal *finden*, weil sie ihn in Edwards Schrank geräumt hatte.“

„Na und?“

„Ich musste den Knopf erneut annähen. Dabei fand ich das Porzellankästchen in der Tasche und fragte Anthony, wo er es herhatte. Er bestritt, irgendetwas davon zu wissen, und wir haben uns anschließend über seine früheren Probleme mit der Spielerei gestritten. Er wurde recht wütend, als ich ihn fragte, ob er wieder in finanziellen Schwierigkeiten steckte.“

„Wieso überrascht Sie das? Kein Mann wird gern von einer Frau ausgefragt, besonders wenn es um Geld geht.“

Sie blickte ihn ernst an. „Das Kästchen verschwand erneut und das nächste Mal, als ich es sah, war es zerbrochen auf dem Friedhof.“

„Sind Sie sich sicher, dass es dasselbe war?“

„Ich glaube schon. Die Malerei darauf war besonders fein und recht einzigartig.“

„Das war das Kästchen, nach dem Sie mich gefragt hatten? Das aus dem Zimmer meiner Mutter?“

„Ja.“

„Wie ist es dann auf den Friedhof gekommen?“

„Genau das habe ich mich auch gefragt. Zuerst war ich besorgt, dass Anthony tatsächlich Dinge gestohlen hatte, um seine Spielschulden zu decken.“

„Das ist wohl auch der Grund, warum Sie mir bisher nichts davon erzählt haben.“

Sie spürte, wie ihre Wangen erröteten. „Ich wollte nicht glauben, dass es mein Bruder gewesen sein könnte.“

„Und jetzt?"

„Ich weiß, dass er sich so merkwürdig verhalten hat, weil er eine ungebührliche Bindung mit dem Barmädchen im *Red Lion* eingegangen ist." Sie zuckte die Achseln, als der Major überrascht die Augenbrauen hob. „Er ist volljährig und sein Kopf ist von der Liebe verdreht. Dorcas ist außerdem wirklich eine Schönheit und nach dem, was ich gehört habe, auch nicht gerade geizig damit, sie zu präsentieren."

„Sie überraschen mich immer wieder, Miss Harrington. Bitte fahren Sie fort."

„Und dann ist mir der Gedanke gekommen, dass Mary ja den Knopf an Anthonys Mantel genäht hatte."

„Also glauben Sie, dass sie das Kästchen gestohlen hat, um es zu verkaufen? Aber Sie haben doch gerade gesagt, dass beides nichts miteinander zu tun hatte."

„Major, Sie sehen nicht, worauf ich hinauswill!"

„Ich kann nicht erkennen, dass diese Geschichte überhaupt auf etwas hinausläuft."

„Mary nähte den Knopf an und legte den Mantel versehentlich in Edwards Schrank und nicht in Anthonys."

„Also hat sie das Kästchen am falschen Ort versteckt und später vergessen, es zurückzuholen?"

„Nein! *Edward* versteckte es darin, weil er glaubte, es wäre sein Mantel."

Er starrte sie eine gefühlte Ewigkeit an, dann schüttelte er den Kopf. „Und meine Bediensteten glauben, ich bin derjenige, der Gefahr läuft, den Verstand zu verlieren."

Sie schlug ermahnend auf seine Hand, die auf der Decke lag. „Hören Sie doch einfach zu! Edward muss seine ganze Familie mit seinem mageren Einkommen durchbringen. Er scheint diese Verantwortung sehr ernst zu nehmen."

„Das ist bewundernswert, aber das macht ihn noch nicht zu einem Dieb."

Lucy ignorierte die Bemerkung. „Nachdem ich mit den Potters und den Hathaways gesprochen habe, wurde mir klar, dass der Dieb entweder ein Diener sein musste, der jedes der großen Häuser besucht und dabei Zugang zu allen Räumen hatte – was unwahrscheinlich erschien –, oder jemand aus den großen Häusern selbst. Deshalb hatte ich zuerst Anthony unter Verdacht. Als ich herausfand, dass er es nicht gewesen sein konnte, sprach ich mit Mr Jenkins, der mich darüber informierte, dass bei seiner Großmutter ebenfalls Kleinigkeiten gestohlen worden waren. Sie war sich sicher, dass nur ihr Personal, Mrs Hathaway, der Vikar und ich im betreffenden Raum gewesen sind. Und dann sah ich mein Nähkästchen und erinnerte mich an die Verwechslung mit dem Mantel."

Sie lehnte sich zurück. „Was, wenn Edward die Sachen stiehlt, um damit das Überleben seiner Familie zu sichern? Er hat Zugang zu allen großen Häusern und auch zum Laden der Potters. Niemand würde seine Anwesenheit verdächtig finden."

„Aber wie verkauft er das Diebesgut?", fragte Robert. „Er schickt es wohl kaum direkt an seine Familie und behauptet, es sei Teil seines Lohns, oder?"

„Das ist die andere Sache." Lucy verschränkte voller Spannung ihre Hände. „Einer der Gründe, warum ich auf dem Kirchenfriedhof nach Blutspuren gesucht habe, war, dass ich dort gehört hatte, wie Ben Cobbins mit jemandem stritt. Was, wenn *er* die Beute für Edward verkauft? Ich bezweifle, dass er ihm gegenüber höflich wäre."

„Wie ich Cobbins kenne, hat er ihm vermutlich gedroht, alles Ihrem Vater zu sagen, und ihm dafür das Doppelte berechnet." Er schwieg einen Moment, bevor er weitersprach. „Ich habe vor Kurzem nachts beobachtet, wie der Vikar mit Ben sprach, hatte Bookman Ihnen davon erzählt?"

„Nein, das hat er nicht."

„Ich frage mich, wieso."

„Der arme Edward."

Er blickte sie verärgert an. „Der *arme* Edward? Wahrscheinlich war er es, der Ihnen einen Schlag auf den Hinterkopf verpasst hat. Er oder Ben Cobbins. Sie haben Sie offensichtlich dabei ertappt, wie Sie dabei waren, ihr Geschäftsmodell zu enttarnen."

Lucy wollte erst widersprechen, überlegte es sich aber anders. Immerhin schien er mit ihr einig über die Identität des Diebes zu sein. „Was sollen wir also tun?"

„Sie werden gar nichts tun. Ich werde mit Ihrem Vater reden und dann entscheiden wir, wie wir weiter vorgehen."

„Nein, werden Sie nicht!"

„Wie bitte?"

„Sie werden mich nicht einfach beiseiteschieben, wo ich doch diejenige bin, die das alles herausgefunden hat!"

„Miss Harrington –"

Sie sprang empört vom Bett und zeigte mit dem Finger auf ihn. „Sie haben mir selbst gesagt, wie sehr Sie es hassen, wie ein Kind behandelt zu werden. Tun Sie jetzt nicht dasselbe mit mir!"

Er starrte sie eine gefühlte Ewigkeit an und nickte dann. „Also gut. Würden Sie es vorziehen, dass wir ihn hier zusammen mit allem konfrontieren und dann sichergehen, dass er die Sache Ihrem Vater beichtet?"

Sie sah ihn misstrauisch an. „Meinen Sie das ernst?"

„Das tue ich. Sie haben ein gutes Argument vorgebracht und zur Abwechslung möchte ich ein wenig versöhnlicher sein."

„Danke."

„Gern geschehen. Vielleicht könnten Sie Edward darum bitten, Sie morgen hierher zu begleiten, dann können wir die Angelegenheit mit ihm besprechen."

„Das werde ich, Major."

„Werden Sie dann jetzt endlich nach Hause gehen?"

Sie lächelte ihn an. „Ja. Danke, dass Sie mir zugehört haben."

„Wie ich schon sagte: Ich hatte kaum eine Wahl."

Sie nahm das Glöckchen, das neben seinem Bett stand. „Sie hätten die hier jederzeit läuten können und Ihre loyalen Diener wären durch diese Tür dort geeilt und hätten mich ohne Zögern aus dem Zimmer entfernt."

„Würden Sie mir glauben, wenn ich sagen würde, dass ich vergessen hatte, dass sie dort stand?"

„Nein, würde ich nicht. Sie haben bereits die Entscheidung getroffen, dass Sie weiterleben wollen, auch wenn Sie sich das vielleicht nicht eingestehen." Sie machte einen Knicks. „Gute Nacht, Major Kurland."

„Gute Nacht, Miss Harrington."

Sie konnte, selbst nachdem sie die Tür hinter sich geschlossen hatte und dem Gang in Richtung der Treppen folgte, nicht aufhören zu lächeln. Eine Gestalt trat aus den Schatten hervor und versperrte ihr den Weg.

Vor Schreck fasste sie sich an den Mund, um einen Aufschrei zu unterdrücken. „Mr Bookman, ich habe Sie gar nicht gesehen. Ist alles in Ordnung?"

Er lächelte nicht. „Das kommt darauf an, Miss Harrington. Was ich wissen will, ist, warum Sie glauben, das Recht zu haben, einfach – wann immer es Ihnen gefällt – hereinzustürmen und meinen Herrn zu sehen."

„Wie bitte?"

„Sie haben mich schon verstanden, Miss. Der Major ist krank und sein Zustand verschlechtert sich. Das Letzte, was er braucht, sind Sie, die ihn aufregt und wegen nichts beunruhigt."

„Ich habe lediglich versucht, ihn bei guter Laune zu halten, und ihn dazu ermuntert, wieder an sich zu glauben."

„Und dabei seine Gesundheit zerstört. Es geht ihm ganz und gar nicht gut. Er trinkt Laudanum wie Wasser, und beim Brandy ist es nicht viel anders. Er kann sich nicht an die Hälfte von dem erinnern, was er tut, sagt oder gesehen zu haben glaubt. Heute Morgen konnte er sich nicht einmal daran erinnern, wer sein Gärtner ist."

„Ich weiß, dass Sie sich Sorgen um ihn machen, Mr Bookman, aber es kann nicht gut für ihn sein, im Bett zu liegen und nichts zu tun."

Er kam näher heran.

„Es ist besser, als wenn er sich in Dinge einmischt, um die er sich keine Sorgen machen sollte. Ich habe Ihnen zugehört, Miss Harrington, wie sie ihn aufpeitschen mit Geschichten von verschwindenden Frauen und Diebesgut. Er braucht Ruhe und Frieden, um sich wieder zu erholen. Mehr braucht er nicht! Ich und Foley können ihm das ohne Probleme geben – ganz ohne Ihre Hilfe." Er atmete schwer aus und rieb sich mit der Hand den Nacken. „Ich entschuldige mich, wenn ich wütend klang, aber ich will nicht, dass der Major noch mehr leidet."

„Das verstehe ich, Mr Bookman. Ich verspreche, ich werde mein Bestes tun, ihn in Zukunft nicht zu sehr aufzuregen."

„Vielen Dank, Miss." Bookman trat zurück und gestattete ihr, an ihm vorbeizugehen. „Brauchen Sie jemanden, der Sie sicher nach Hause geleitet?"

„Das wird nicht nötig sein, danke." Sie eilte an ihm vorbei die Treppe hinunter zur Küche. Seine Einmischung hatte sie überraschend stark mitgenommen. Seine Sorge um den Major schien ihr ein wenig

übertrieben. Mit einem Schaudern verließ sie das Anwesen und rannte in die Sicherheit des Pfarrhauses.

Kapitel 15

„Ich bin mir nicht ganz sicher, warum Major Kurland ausgerechnet *mich* sehen will, Miss Harrington. Er hat in der Vergangenheit sehr deutlich zum Ausdruck gebracht, dass er sich von meiner Anwesenheit belästigt fühlt."

Lucy hakte sich fester bei Edward unter und klopfte an den Haupteingang von Kurland Hall. Foley öffnete die Tür und ließ sie eintreten.

„Guten Morgen, Miss Harrington, Mr Calthrope. Major Kurland erwartet Sie in seinem Arbeitszimmer."

Sie wartete, während Edward Foley seinen Hut und seine Handschuhe übergab, und folgte dann dem Butler durch einen Gang, der mit reich verzierten Holzpaneelen aus der elisabethanischen Zeit verziert war. Die Tür zum Arbeitszimmer war weit geöffnet und Major Kurland saß an seinem Schreibtisch. Obwohl sie sich darüber sorgte, wie das Treffen ausgehen würde, freute sie sich zu sehen, dass der Major etwas getan hatte, das nicht sofort die Aufmerksamkeit auf sein Gebrechen lenkte.

Als sie allerdings Bookman sah, der vor dem Tisch in Bereitschaft stand, zögerte sie kurz. Bei ihrer Ankunft salutierte er dem Major, drehte sich scharf um, marschierte aus dem Zimmer und bezog Stellung im Gang vor der Tür. Er zwinkerte ihr im Vorbeigehen zu, aber sie konnte die kalte Feindseligkeit seiner Worte und seinen unerbittlichen Gesichtsausdruck am Vorabend nicht ganz aus ihrem Gedächtnis verbannen.

Major Kurland nickte Edward zur Begrüßung zu. „Guten Morgen, Mr Calthrope. Ich entschuldige mich dafür, dass ich nicht aufstehen kann, um Sie zu begrüßen."

„Guten Morgen, Sir. Es freut mich, Sie so gut erholt zu sehen." Edward warf Lucy einen begeisterten Blick zu. „Miss Harrington ist eine ausgezeichnete Krankenschwester."

„Das ist sie in der Tat. Ich weiß nicht, wie ich ohne sie überlebt hätte."

Lucy folgte genau den Regungen im Gesicht des Majors, aber seine Miene änderte sich nicht. Sie konnte aus seinem Tonfall schließen, dass er ihr tatsächlich ein Kompliment machen wollte. Es war eine neue Erfahrung für sie. Lucy setzte sich auf einen der Stühle vor dem Schreibtisch und wartete, bis Edward auf dem anderen Platz genommen hatte. Foley stand noch an der Tür, allerdings schien Edward ihn nicht zu bemerken.

Major Kurland räusperte sich. „Ich würde gern Ihre Meinung in einer recht heiklen Angelegenheit hören, Mr Calthrope."

„Meine Meinung, Sir? Wäre es nicht besser, direkt mit Ihrem Anliegen zum Pfarrer zu gehen?"

„Das habe ich noch vor, falls es nötig wird, aber mein Anliegen betrifft Sie."

Edward spielte nervös am Ärmel seines ausgefransten Hemdes. „Es wäre mir eine Freude, Ihnen zu Diensten sein zu können. Was kann ich denn für Sie tun?"

„Ich bin mir nicht sicher, ob Sie davon wissen, aber es hat eine Reihe kleiner Diebstähle aus Geschäften im Dorf und aus den großen Häusern in der Nachbarschaft gegeben."

„Davon wusste ich bisher nichts, Sir."

„Sind Sie sich da ganz sicher?" Der Major nickte Lucy zu. „Miss Harrington und ich haben uns die Köpfe zermartert, wer die Gelegenheit gehabt haben könnte, diese Kleinigkeiten unbemerkt zu entwenden."

„Um uns herum gibt es viele Diebe, Sir."

„Das ist wahr, aber die meisten davon haben keinen Zugang zu den Salons des örtlichen Adels."

Edward zupfte unruhig an seinem Kragen. „Ich bin mir noch nicht ganz sicher, was das mit mir zu tun hat, Major."

„Miss Harrington, wären Sie vielleicht so freundlich, ihn darüber aufzuklären?"

Lucy wandte sich Edward zu, der inzwischen recht blass aussah. „Ich habe die Schnupftabakdose in Anthonys Manteltasche gefunden."

„Wie bitte?"

„Erinnern Sie sich nicht? Mary hat versehentlich Anthonys Mantel in Ihr Zimmer gebracht und Sie haben darin eine Schnupftabakdose vergessen, die Major Kurlands Mutter gehörte."

„Ich habe keine Ahnung, wovon Sie reden, Miss Harrington." Edwards Mund öffnete und schloss sich wie der eines nach Luft ringenden Fisches. „Wo ist diese ‚Dose', die ich angeblich gestohlen haben soll?"

„Ich habe die Überreste davon vor einigen Tagen auf dem Friedhof gefunden." Lucy hielt inne. „Sie müssen in Panik geraten sein, als Sie bemerkten, dass Sie sie im falschen Mantel gelassen hatten. War Ben Cobbins darüber verärgert, als Sie sie ihm nicht wie vereinbart bringen konnten? Hat er sich geweigert, sie anzunehmen, als Sie sie dann schließlich doch mitbrachten?"

Edwards Kopf fuhr zu Major Kurland herum. „Sir, Sie können einem derartigen Unfug doch keinen Glauben schenken. Miss Harrington leidet ganz offensichtlich noch an den Folgen des Schlags auf ihren Kopf. Sie spricht in Rätseln."

„Das glaube ich nicht, Mr Calthrope. Soll ich Ben Cobbins herbitten und nach der Wahrheit fragen? Vertrauen Sie mir, wenn ich ihm nur genug bezahle, verrät er seine eigene Mutter."

Mit einem Stöhnen vergrub Edward das Gesicht in seinen Händen und seine Schultern begannen zu beben.

Lucy sah den Major an und zuckte etwas ratlos mit den Achseln.

„Lassen Sie den Mann die Beherrschung wiedererlangen, Miss Harrington, vielleicht sagt er uns dann die Wahrheit."

Nach einer Weile schaute Edward tatsächlich mit gequältem Gesicht auf. „Werden Sie dem Pfarrer erzählen, was ich getan habe?"

„Sie geben es also zu?"

„Dass ich ein Dieb bin?" Er schluckte schwer. „Ja doch. Aber ich habe nicht für mich gestohlen."

„So viel wurde mir auch gesagt. Miss Harrington erzählte mir, dass Sie Ihre gesamte Familie unterstützen."

„So ist es. Die Schulgebühren meines Bruders allein sind schon horrend und meine Schwester hat keine Aussicht auf eine gute Heirat. Sie überlegt sogar schon, ins Kloster zu gehen, nur damit meine Mutter sich nicht mehr um sie kümmern muss."

Lucy hielt sich zurück, während der Major Edward mit forschendem Blick ansah.

„Ich weiß zwar nicht, wie ein Mann Ihrer Berufung darum herumkommt, eine derartige Sünde seinem Vorgesetzten zu beichten, aber ich bin durchaus dazu bereit, mich für Sie einzusetzen." Edward hob seinen Kopf. „Wenn Sie hierbleiben, bin ich auch gewillt, dem Pfarrer einen Zuschuss zu zahlen, damit Ihr Lohn erhöht wird und Sie nicht wieder stehlen müssen."

„Das würden Sie für einen Dieb tun?"

Major Kurland schenkte ihm ein schiefes Lächeln. „Man kann es einem Mann nicht zum Vorwurf machen, wenn er versucht, seine Familie zu ernähren, Mr Calthrope. Ich vermute aber, dass Sie in eine andere Gemeinde versetzt werden müssen. Meine Tante kennt mehrere Bischöfe im Norden Englands, die sicherlich eine freie Stelle für Sie mit einem Haus und Sicherheit für Ihre Familie finden könnten. Ich werde mit ihr darüber sprechen, bevor sie nach London fährt."

„Vielen Dank, Major Kurland." Edward schüttelte den Kopf. „Ich verdiene so viel Güte nicht. Ich fühlte mich wie eine Ratte in der Falle. Je mehr ich mich wehrte, desto schwerer hat es mir Ben Cobbins gemacht, mich zu befreien. Er hat gedroht, mich zu erpressen, und hat angefangen, mir die Gegenstände für so wenig Geld abzukaufen, dass ich doppelt so viel stehlen musste."

Er wandte sich Lucy zu. „Ich muss gestehen, dass ich alles beenden wollte, als er das Schnupftabakdöschen zerbrach und mir damit drohte, alles aufzudecken. Ich wollte Ben diese Woche sagen, dass ich nicht länger für ihn stehlen kann." Er erschauderte bei dem Gedanken. „Hätte er mich dafür umgebracht, hätte vielleicht wenigstens jemand Mitleid mit meiner Familie gehabt und sich besser um sie gekümmert, als ich es vermochte."

Lucy streckte ihre Hand aus und tätschelte seinen zitternden Arm. „Es tut mir leid, Edward. Ich wünschte, Sie hätten uns einfach gesagt, in was für einer Situation Sie sich befinden. Wir hätten Ihnen so viel schneller helfen können."

Er legte seine Hand auf ihre. „Ich wollte nicht, dass Ihr Vater meine wahre Situation kennt, denn er schien eine Hochzeit zwischen uns zu erwägen. Ich dachte, ich könnte meine Familie herholen, wenn wir verheiratet wären."

Lucy bemerkte den süffisanten Gesichtsausdruck des Majors und zog ihre Hand zurück. „Ich will Sie nicht heiraten, Edward. Ich dachte, das hätte ich deutlich gemacht."

„Ich hatte gehofft, dass Ihr Vater Sie umstimmen würde, aber es sollte wohl nicht sein." Edward seufzte kräftig. „Ich schätze, ich sollte dem Pfarrer als Nächstes alles beichten.“

Major Kurland hielt ihm einen Brief hin. „Ich habe dem Pfarrer geschrieben. Am besten übergeben Sie ihm das hier.“

„Das werde ich, Sir.“ Edward nahm den Brief und verstaute ihn in seiner Manteltasche. „Danke.“ Er warf Lucy einen Blick zu. „Kommen Sie mit mir, Miss Harrington?“

„Ich denke, Sie würden besser dastehen, wenn Sie allein gestehen, oder?“

„Das stimmt.“ Major Kurland nickte. „Ich habe Bookman darum gebeten, Sie zurück zum Pfarrhaus zu begleiten, Mr Calthrope, nur für den Fall, dass Ben Cobbins irgendwo lauert.“

Edward öffnete die Tür, hinter der ihm Bookman zur Begrüßung zunickte. „Guten Morgen, Sir.“

Lucy schaute den beiden Männern bis in die Eingangshalle hinterher und atmete dann erleichtert aus. „Gott sei Dank ist das vorbei.“

„Es lief ausgesprochen gut“, bemerkte Major Kurland. „Ich glaube, er hatte sich schon innerlich darauf eingestellt, alles zu gestehen, meinen Sie nicht? Er erscheint mir nicht wie die Art Mann, die aus Vergnügen stiehlt. Er stahl, weil er keine Wahl hatte.“ Er studierte sie einen Moment, bevor er weitersprach. „Warum sehen Sie so missmutig aus, Miss Harrington?“

„Weil jetzt alles wieder so sein wird wie früher.“

„Sie haben es genossen, in dieser Sache zu ermitteln, nicht wahr?“

„Wenn Ihr Leben so vorhersehbar wäre wie das meine, würden Sie solche Momente ebenfalls genießen.“

„Aber mein Leben ist ebenso vorhersehbar. Schließlich habe ich die letzten neun Monate ausschließlich unter Schmerzen verbracht.“ Er ordnete die Papiere auf seinem Tisch. „Also glauben Sie jetzt, dass die Mädchen sicher in London sind?“

„Ich vermute, das ist wohl die einzige Möglichkeit.“

„Und Sie denken, dass es nichts gibt, was Sie vom Gegenteil überzeugen würde?“

Lucy setzte sich aufrechter hin. „Major, jetzt versuchen Sie, nur aus Prinzip zu widersprechen. Sowohl Sie als auch Ihre Bediensteten haben ihr Bestes gegeben, mich davon zu überzeugen, dass Sie nicht bei Verstand wären und genug Laudanum eingenommen hätten, um Ihr Hirn einzulegen. Was soll ich denn Ihrer Meinung nach glauben?“

Seine Miene verfinsterte sich. „Wer hat Ihnen vom Laudanum erzählt?“

„Bookman, aber sagen Sie ihm bitte nicht, dass ich es Ihnen gesagt habe. Ich bin bereits in Ungnade gefallen, weil ich Ihre Ruhe gestört habe.“

„Dafür möchte ich mich entschuldigen. Bookman ist derzeit nicht gut auf das schönere Geschlecht zu sprechen. Er hatte kein Glück in der Liebe. Wenn es hilft: Er hielt ebenfalls recht wenig von Miss Chingford.“

„Das kann ich gut nachvollziehen.“

Er hob die Augenbrauen, aber sie führte die Sache nicht weiter aus. Er hatte ihr bereits gesagt, dass Miss Chingford nicht ihre Angelegenheit war.

„Ich denke, ich sollte nach Hause gehen.“ Ihre Schultern erschlafften bei dem Gedanken. „Ich werde nach Ihrer Tante und Miss Chingford sehen und mich dann auf den Weg machen. Hoffentlich wird mein Vater bis dahin mit Edward fertig sein. Sie hatten gesagt, dass sie bald abreisen wollen?“

„In der Tat, meine Tante hat aber vor, regelmäßig herzukommen. Sie hat beschlossen, dass sie lieber hier übernachten möchte, um von hier aus ihre Tochter in London zu besuchen, anstatt sich tagelang mit der

Hochnäsigkeit von ihr und ihrem Haushalt auseinandersetzen zu müssen.“

„Ihre Tochter sollte sich schämen. Wenn Ihre Tante Rose nicht wäre, würde sie nie einen solchen Lebensstil genießen.“

„Das stimmt.“

Sie erhob sich und Major Kurland sah zu ihr auf. Zu ihrer Überraschung stand auch er langsam auf. An seinen Schreibtisch gelehnt stand ein robuster Gehstock.

„Vielen Dank für Ihre Hilfe, Miss Harrington.“

Sie machte einen Knicks. „Gern geschehen, Sir.“

„Ich entschuldige mich dafür, dass ich Sie nicht zur Tür begleite, aber das übersteigt derzeit noch meine Fähigkeiten.“ Er blickte auf den Gehstock und zuckte mit den Achseln. „Ich habe beschlossen, dass ich mich darauf konzentrieren sollte, zunächst wieder zu lernen, wie man steht, wenn ich im Moment schon nicht reiten kann.“

„Eine bewundernswerte Entscheidung.“ Lucy versuchte, nicht zu lächeln, aber er bemerkte es dennoch und setzte als Erwiderung eine mürrische Miene auf.

„Mein Gärtner wird mich um elf Uhr aufsuchen, daher werde ich hier auf ihn warten. Ich bin sicher, Foley wird Sie nach draußen begleiten.“

„Seien Sie vorsichtig, Major, sonst schulde ich Ihnen schon bald fünf Pfund.“

Es dauerte eine Weile, bis sein Lächeln kam, aber es war die Wartezeit wert. „Das will ich auch hoffen, Miss Harrington. Wie sonst soll ich mir leisten, den Lohn von Mr Calthrope zu erhöhen?“

Lucy nahm den langen Weg zurück zum Pfarrhaus und trödelte trotz des beißenden Windes langsam die mit Ulmen gesäumte Auffahrt entlang. Spitze, grüne Knospen bedeckten die silbernen Zweige der Bäume und kündeten vom kräftigen Grün im Sommer, das sehr willkommenen Schatten spenden würde. Allerdings konnte sie den Gedanken nicht ganz genießen. Sie hatte sich stolz gefühlt, einen Dieb enttarnt zu haben, aber sie fürchtete die Rückkehr zur Normalität. Bald schon würde sie in einer Reihe schwieriger Aufgaben ertrinken, wenn sie die Zwillinge für die Schule ausstatten und Annas mögliche Saison in London vorbereiten musste. Erneut würde sie ihre eigenen Bedürfnisse beiseitestellen müssen.

Auf ihre Art war sie ebenso egoistisch wie Major Kurland und ihr Vater. Der Unterschied lag darin, dass sie alle die Möglichkeit hatten, ihr Schicksal selbst zu bestimmen, während ihr dieses Privileg versperrt blieb. Als der Haupteingang des Pfarrhauses in Sicht kam, füllte sie der Anblick daher mit Beklemmung. Nach Anthonys Ankündigung seiner Zukunftspläne und Edwards Geständnis der Diebstähle würde ihr Vater ohnehin nur wenig Beherrschung besitzen.

Sie entschied sich dazu, zum Hintereingang des Hauses zu gehen, wo sie Anthony beobachtete, der gerade aus Richtung der Ställe kam. Sein dunkles Haar war vom Wind zerzaust und seine Wangen von der Kälte gerötet.

„Lucy! Ich habe nach dir gesucht." Er grinste sie an. „Wie du siehst, hat Papa mich nicht gleich erschossen. Er war zwar nicht begeistert, aber ich glaube, er wird sich mit der Idee anfreunden." Sein Gesichtsausdruck wurde ernster. „Ich habe versucht, ihn zu beruhigen, dass die Wahrscheinlichkeit, dass ich im Kampf falle, deutlich geringer ist, jetzt, da Napoleon besiegt ist. Aber ich glaube, er kann die Sache mit Tom noch nicht ganz vergessen."

Lucy ging es genauso, aber sie wollte Anthonys gute Laune nicht verderben. Er ließ sie sich bei ihm unterhaken und zusammen gingen sie zum Haus. „Glaubst du,

Major Kurland wird ein gutes Wort für mich bei seinem alten Regiment einlegen?"

„Ich bin mir sicher, das würde er tun. Wieso gehst du nicht zu ihm und fragst selbst?"

„Ich dachte, er empfängt keine Besucher."

„Wenn du ihm von deinen Plänen erzählst, bin ich mir sicher, dass er für dich eine Ausnahme machen wird."

„Ich werde ihm gleich eine Nachricht schreiben und ihn besuchen, wenn ich morgen ausreite." Er seufzte schwer. „Nachdem ich mich um die Sache mit Dorcas gekümmert habe."

Sie drückte seinen Arm. „Wenn du nach London gehst, um Offizier zu werden, ist das wahrscheinlich besser so."

„Sie wird sehr traurig sein. Sie sagt, ich bin für sie unersetzlich."

Klugerweise entschied Lucy sich, nichts darauf zu antworten, und ging in die Küche. Mrs Fielding rührte gerade in einem Topf auf dem Herd.

„Mrs Weeks hat nach Ihnen gesucht, Miss Harrington." In der Stimme der Köchin lag eine unheilvolle Note, die Lucy nachdenklich werden ließ.

„Was wollte sie?"

„Das kann ich leider nicht sagen, sie hat sich geweigert, es mir mitzuteilen." Sie rümpfte ihre Nase. „Allerdings hat der Pfarrer bald Geburtstag. Die hinterhältige Füchsin hat wahrscheinlich vor, Sie darum anzuflehen, seine Torte machen zu dürfen."

„Danke, Mrs Fielding, ich werde mit Mrs Weeks sprechen, wenn ich morgen im Dorf bin", versprach Lucy. „Ist der Pfarrer noch in seinem Arbeitszimmer?"

„Ich glaube schon, Miss."

„Könnte Betty mir wohl noch etwas Tee bringen?"

Sie wartete nicht auf die Antwort und floh lieber schnell in den Gang. Kurz darauf stand sie vor dem

Arbeitszimmer ihres Vaters. Bevor sie eintrat, kündigte sie sich mit einem Klopfen an der Tür an. Er saß an seinem Schreibtisch und studierte mit besorgtem Blick einen Brief, der in einer sehr ausdrucksstarken Handschrift verfasst war.

„Papa?"

Er blickte auf. „Ah, Lucy. Komm doch herein. Ich hatte gerade ein ausgesprochen außergewöhnliches Gespräch mit Edward."

„Ich weiß." Sie setzte sich. „Hast du Major Kurlands Brief gelesen?"

„Ich bin gerade damit fertig geworden." Er schüttelte den Kopf. „Der Major ist bemerkenswert großzügig, wenn man die Umstände bedenkt. Mein erster Impuls war es, Edward ohne Referenz zu entlassen, aber glücklicherweise hat sich die christliche Nächstenliebe wieder eingestellt. Es würde sehr helfen, wenn Major Kurland eine neue Stelle für Edward finden kann. Wenn herauskommt, was er im Ort getan hat, bezweifle ich, dass ihn noch irgendjemand in seinem Haus willkommen heißen wird."

„Ich bin recht zuversichtlich, dass Major Kurland eine neue Anstellung für ihn findet. Wenn er sich etwas in den Kopf setzt, kann er sehr beharrlich sein."

„Das habe ich auch gehört, allerdings haben wir von seiner Beharrlichkeit recht wenig gesehen, seit er vom Festland zurückgekehrt ist."

„Ich glaube wirklich, dass er jetzt auf dem Weg der Besserung und mehr als bereit dazu ist, seiner Verantwortung gerecht zu werden."

„Gott sei Dank! Es ist nicht einfach gewesen, im Distrikt die einzige Autoritätsperson zu sein. Es war doch recht anstrengend." Er seufzte. „Und wir werden uns die Mühe machen müssen, einen neuen Vikar zu finden."

„Ich werde dir dabei helfen, Papa."

Er setzte seine Brille auf. „Ich fürchte, ich werde deine Hilfe bei einer ganzen Reihe von Angelegenheiten brauchen, meine Liebe. Um ehrlich zu sein, würde ich das ohne dich nicht schaffen.“

„Ich weiß, Papa.“ Sie setzte ein gezwungenes Lächeln auf. „Ich werde mein Bestes geben.“

„So wie du es auch solltest, meine Liebe.“ Er lächelte sie liebevoll an. „Du bist das einzige meiner Kinder, das wirklich seine Verpflichtungen kennt.“

Sie stand auf, ging um den Schreibtisch herum und gab ihrem Vater einen Kuss auf die Wange. „Ich muss nachschauen, wie es mit dem Abendessen aussieht.“

„Das ist mein Mädchen.“ Er tätschelte ihre Hand. „Und sorge bitte dafür, dass Mrs Fielding mir nicht wieder Lamm serviert.“

„Natürlich, Papa.“

Lucy schloss die Tür zum Arbeitszimmer und blieb eine Weile im dunklen Gang stehen. Sie lehnte sich gegen die Tür und sog für einen Moment die Stille ein. Dann machte sie einen tiefen Atemzug, richtete sich auf und schritt kampfbereit in die Küche.

Anna nahm einen Flicken aus der Flickentasche und untersuchte ihn im Kerzenlicht. „Der hier eignet sich für den Rand, aber er ist zu klein für ein komplettes Quadrat.“ Sie wühlte erneut in der Tasche und zog ein weiteres Stoffstück hervor. „Stört es dich nicht, so viele Farben in der Decke zu haben, oder ist das deine Absicht? Für wen ist sie?“

Lucy blickte hinab auf ihre Schwester, die sich zu ihren Füßen hingesetzt hatte. Es war still im Haus. Die Zwillinge waren im Bett und Anthony war losgezogen, um sich mit seinem Tutor zu treffen und ihm zu erklären, warum er seine Dienste nicht länger brauchte.

„Die Flickendecke ist für jemanden aus der Coles-Familie. Sie muss also nicht perfekt sein.“

Anna legte eine Hand auf Lucys Knie. „Was ist los?“

„Was lässt dich glauben, dass irgendetwas los ist?“

„Dass du den ganzen Abend schon so traurig aussiehst.“

„Es tut mir leid, meine Liebe. Ich habe mich nur gefragt, was wohl aus Edward wird.“

„Hast du doch Gefühle für ihn entwickelt, Lucy?“

„Nicht auf diese Art, nein. Aber er tut mir leid. Vielleicht haben wir hier nicht immer alles, was wir uns wünschen, aber zumindest sind wir gut genährt und müssen uns nicht darum sorgen, das Dach über unserem Kopf zu verlieren.“

„Ja, wir haben so vieles, für das wir dankbar sein müssen.“ Anna suchte sich einen weiteren Flicken heraus. „Glaubst du, die Cole-Jungs würde eine Spur Rosa stören?“ Anna entfaltete den Flicken und legte ihn glatt hin.

Lucy starrte das Muster an, bis es schien, als hätte es sich in ihr Gehirn gebrannt. „Von welchem Kleid stammt es?“

„Dieses Rosa?“, fragte Anna. „Ich habe keine Ahnung. Wieso, ist das von Bedeutung?“

Lucy hielt den Stofffetzen fest umklammert und rannte die Treppe hinauf. Sie platzte in die Kinderstube hinein und erschreckte dabei Jane, die gerade am Tisch saß und Socken stopfte.

„Jane, hast du diesen Stoff schon einmal gesehen?“

„Ich glaube schon. Ich habe Mary letztes Jahr dabei geholfen, ein Sommerkleid zu säumen. Es hatte die gleiche Farbe.“

Lucy drückte den Stoff fest an die Brust und schloss kurz die Augen.

„Geht es Ihnen gut, Miss Harrington?“

Lucy nickte und ging wieder die Treppe hinunter. Sie war sich absolut sicher, dass der Stoff identisch mit dem war, den sie eingeklemmt in der Tür der DeVry-

Gruft gefunden hatte. Ihre Gedanken kreisten darum, was sie als Nächstes tun sollte. Wenn sie ihren Vater in seiner jetzigen Stimmung aufsuchte, würde er sicherlich nicht ihrem Wunsch nachkommen, das Grab zu öffnen. Aber wen konnte sie sonst um Hilfe bitten?

Bevor sie sich im Klaren darüber war, was sie tun sollte, war sie auch schon auf dem Weg zur Hintertür. Major Kurland war der örtliche Magistrat. Damit hatte er sicherlich die Autorität, ihren Vater zu überstimmen und ihn anzuweisen, das Grab zu öffnen. Sie blieb mit der Hand am Türriegel stehen. War sie dazu bereit, einen so empörenden Schritt zu gehen? Ihr Vater würde glauben, dass sie den Verstand verloren hatte. Aber würde der überbehütende Bookman sie zu dieser späten Stunde überhaupt zum Major vorlassen? Sie bezweifelte es.

„Lucy?"

Sie blickte die Treppe hinauf und sah Luke, der in seinem Nachthemd auf dem Treppenabsatz stand und sich mit einer Hand die Wange rieb.

„Was ist los, Liebling?"

„Mein Zahn. Der tut höllisch weh."

„Sag solche Worte bitte nicht, mein Schatz. Hast du Jane Bescheid gesagt?"

„Ich wollte lieber zu dir."

Sie steckte den Stofffetzen in ihre Tasche und ging zu ihm die Treppe hinauf. Sie runzelte die Stirn, als sie die geschwollene Wange bemerkte. Er sah mit seinen dicken Bäckchen und großen Augen fast aus wie eine Feldmaus, die sich gerade an einem der größeren Maiskolben bedient hatte. „Lass mich mal sehen."

Er öffnete zögerlich den Mund. Einer der kleinen Backenzähne war eindeutig zerfressen und das Zahnfleisch darum geschwollen.

„Das sieht aus, als würde es wehtun. Ich vermute, der Zahn muss gezogen werden. Ich werde dich gleich morgen früh zu Dr. Baker bringen."

„Oh toll, kann man dabei Blut sehen?" Lukes Zwilling Michael war neben ihnen aufgetaucht und strahlte sie mit leuchtenden Augen an.

„Das wird man nicht, Dr. Baker ist ein sehr fähiger Arzt. Kommt jetzt, Jungs." Sie legte einen Arm um die beiden und bugsierte sie zurück in die Kinderstube. „Luke, ich werde dir etwas Laudanum holen, damit du zumindest ein wenig besser schlafen kannst."

Er umarmte sie, wobei sie bemerkte, dass sein kleiner, starker Körper fast schon glühte. „Danke, Lucy. Bleibst du bei mir, bis ich eingeschlafen bin?"

„Natürlich werde ich das."

Lucy tätschelte seinen strubbeligen blonden Schopf und half ihm ins Bett, während Jane das Laudanum brachte. Nachdem Luke eingeschlafen war, würde sie sich einen Moment Zeit nehmen, um Major Kurland eine Nachricht zu schreiben, und sie direkt am nächsten Morgen überbringen lassen.

Kapitel 16

Dr. Bakers Haus lag vom Pfarrhaus aus gesehen am anderen Ende des Dorfes und es war ein recht langer Weg zu ihm. Trotz der energischen Einwände von Michael hatte Lucy ihn bei Jane gelassen und sich allein mit Luke auf den Weg gemacht. Zu ihrer Erleichterung war der Doktor nicht nur zu Hause, er erledigte die Angelegenheit mit dem Zahn auch noch innerhalb von Sekunden. Luke schniefte und hielt ein blutiges Taschentuch an die Wange, war aber ansonsten unversehrt. Dr. Baker informierte sie darüber, dass es sich um einen Milchzahn gehandelt hatte, der keine nennenswerte Wurzel besessen hatte. Er hatte Luke ermahnt, auf den nächsten Zahn, der sich von unten herausschob, besser aufzupassen.

Als sie auf die Hauptstraße zurücktraten, blickte Lucy in das kummervolle Gesicht neben ihr. „Ich muss kurz mit Mrs Weeks von der Bäckerei reden. Willst du dir vielleicht ein Stück Kuchen aussuchen, das du für den Tee mit nach Hause nehmen kannst?"

„Ganz für mich allein?"

„Na ja, es wäre sehr nett von dir, wenn du ihn dir mit Michael teilen würdest."

Er sah sich eine Weile die verlockende Auslage hinter dem leicht beschlagenen Fenster an. „Das hängt davon ab, wie groß das Stück ist, oder?"

Sie verbarg ein Lächeln über seine kindliche Logik, öffnete die Tür und ging zur Theke. Der Duft von Hefe und Zucker umwaberte sie und erst jetzt bemerkte sie, dass sie recht früh dran war und die Weeks wohl noch dabei waren zu backen.

„Kann ich Ihnen helfen, Miss?“

„Ja, ich wollte mit Mrs Weeks über die Torte für meinen Vater ...“ Lucy starrte die Erscheinung, die den Verkaufsraum betreten hatte, ungläubig an. *„Daisy?“*

Die Mundwinkel des Mädchens glitten nach unten. „Ja, Miss Harrington.“ Sie deutete auf Luke, der das Gesicht gegen das Glas gedrückt hatte, das die Besucher vom Gebäck fernhalten sollte. „Will er vielleicht etwas?“

„Ich hätte gern eine Zimtschnecke, bitte“, sagte Luke deutlich. „Die große da hinten, weil ich sie mit meinem Bruder teilen muss.“

Lucy sah zu, wie Daisy das Gebäck in eine Papiertüte legte und sie Luke übergab. Lucy legte ihre Hand auf die Schulter ihres Bruders. „Willst du schon mal nach Hause vorgehen? Sag Anna, dass ich so schnell wie möglich nachkomme. Wenn dir die Wange wehtut, kannst du Jane um etwas Laudanum bitten.“

Luke verließ fröhlich mit seiner Zimtschnecke fest in der Hand die Bäckerei und Lucy wandte sich Daisy zu.

„Wann bist du zurückgekommen?“

„Vorgestern.“

„Hat London dir nicht gefallen?“

Sie runzelte die Stirn. „Es war furchtbar. Die einzige Arbeit, die mir angeboten wurde, war in einem Bordell. Das wollte ich nicht. Als mir das Geld ausging, habe ich beschlossen, dass es wohl besser wäre, zurück nach Hause zu gehen.“

„Eine weise Entscheidung.“ Lucy zögerte. „Ist Mary mit dir zurückgekommen?“

Daisys Gesicht verfärbte sich rot. „Welche Mary?“

„Mary Smith, die im Pfarrhaus gearbeitet hat. Ich hatte gehört, dass ihr beide vorhattet, zusammen nach London zu gehen.“

„Mary hat ihre Meinung geändert, Miss. So war sie schon immer: Stimmt immer allen zu und enttäuscht die Leute dann.“

Lucy umklammerte ihre Handtasche so fest, dass ihre Finger wehtaten. „Wo ist sie dann?“

„Woher sollte ich das wissen?“

„Du sagst also, sie ist nicht mit dir weggelaufen?“

„Sie hat gesagt, sie würde mitkommen, aber dann hat sie im letzten Moment, als ich sie am Pfarrhaus abholen wollte, gesagt, dass sie nicht gehen könnte und lieber hierbleiben wollte.“

„Wieso?“

Daisy biss sich auf die Lippe. „Sie sagte, sie hätte Männerprobleme, mit einem alten und einem neuen Verehrer. Vor dem ersten hatte sie Angst und den zweiten wollte sie heiraten. Deswegen wollte sie nicht mit mir nach London kommen. Sie wollte sich stattdessen mit William Bowden treffen. Ich war so wütend auf sie, Miss. Ich war ganz und gar nicht darauf vorbereitet, allein nach London zu gehen.“

„Hast du sie zusammen mit William gesehen?“

„Nein, wir haben uns gestritten und ich habe sie bei der Kirche stehen gelassen. Da habe ich sie das letzte Mal persönlich gesehen.“

„Sie hat sich nie mit William getroffen. Er hat ebenfalls vergeblich auf sie gewartet.“

„Wo ist sie dann, Miss?“

„Ich weiß nicht. Kommst du mit mir nach Kurland Hall und sagst dem Major, was du mir gerade erzählt hast?“

„Warum wollen Sie das?“ Daisy blickte über ihre Schulter und zupfte unruhig an ihrer Schürze. „Ich will nicht noch mehr Ärger bekommen, meine Mutter wird mich umbringen.“

„Ich werde sie darum bitten, dass du mit mir kommen kannst, damit sie weiß, dass du in Sicherheit bist.“ Lucy hob ihr Kleid an. „Ist sie gerade da drinnen? Kann ich hinein und mit ihr sprechen?“

Fünf Minuten später schritten Lucy und Daisy die Auffahrt nach Kurland Hall hinauf. Lucy trat durch die Hintertür ein und suchte Foley auf.

„Ist der Major wach?“

„Ich glaube schon, Miss Harrington. Er ist in seinem Arbeitszimmer. Er erwartet Sie schon.“

„Können Sie uns zu ihm führen?“ Sie nickte Daisy zu, um ihr zu bedeuten, ihnen zu folgen. „Ist Mr Bookman auch hier?“

„Nein, er ist heute zu Besuch bei seiner Mutter. Sie hat ein Loch in ihrem Strohdach, das geflickt werden muss. Der Major hat ihn freigestellt, damit er sich darum kümmern kann.“

„Das war sehr freundlich von ihm.“ Lucy lächelte Daisy, die ein wenig eingeschüchtert wirkte, aufmunternd an. „Danke, Mr Foley.“

Major Kurland blickte auf, als sie eintraten. Zum ersten Mal war er förmlich angezogen mit einem braunen Mantel, einer Krawatte und einer Weste.

„Guten Morgen, Miss Harrington. Foley, würden Sie uns etwas zu trinken bringen? Meine Tante und Miss Chingford sind gerade außer Haus, um sich von den Familien im Ort zu verabschieden. Es wird noch eine Weile dauern, bis sie zurückkehren.“ Er wandte sich Daisy zu. „Und wer ist das?“

Sie machte einen ungeschickten Knicks. „Ich bin Daisy Weeks, Major. Wie geht es Ihnen?“

Daisy Weeks?“ Er starrte Lucy an. „Aber ich dachte, Miss Weeks wäre zusammen mit Mary Smith nach London gegangen.“

„Offenbar nicht.“ Lucy bedeutete ihrer Begleiterin, sich zu setzen. „Daisy ist nach London gegangen, aber sie war schlau genug zu sehen, dass sie noch nicht qualifiziert war, eine Stelle zu finden, die ihr gefiel, und entschied, nach Hause zurückzukehren.“

„Aber was ist mit Mary?“

„Sie ist nicht mit ihr gegangen.“ Lucy erwiderte den besorgten Blick des Majors. „Sie ist ebenfalls nicht mit William Bowden gegangen, wo ist sie also?“ Sie wandte sich Daisy zu. „Kannst du Major Kurland erzählen, was in der Nacht geschah, als du fortgelaufen bist?“

Als Daisy ihre Geschichte erzählte, lehnte sich Robert immer weiter nach vorn und griff angespannt nach der Schreibtischunterlage vor ihm. „Also hat Mary sich geweigert mitzukommen, als du sie bei der Kirche getroffen hast?“

„Ja. Sie sagte, dass sie sich mit William treffen sollte, aber dass etwas Schlimmes passiert sei.“

„Hat sie gesagt, was?“

„Nein, aber sie zitterte und war blass. Ich dachte, sie würde lügen, um sich davor zu drücken, mit mir zu kommen, daher habe ich ihr nicht viel Gelegenheit gegeben, mir die Sache zu erklären.“

„Und du hast auch nicht gesehen, dass sie sich mit William Bowden getroffen hat?“

Daisy zögerte. „Als ich mich umgeschaut habe, habe ich jemanden bei ihr gesehen. Ich dachte, sie hätte wieder geflunkert und dass es William sei, aber vielleicht habe ich mich da geirrt. Er sah nicht ganz so aus wie William.“

„Du bist William zuvor schon einmal begegnet?“

„Ja, er ist so lang wie eine Bohnenstange. Wir haben ihn als Kinder ausgelacht, aber er hat sich im Laufe der Jahre gemausert, wenn Sie verstehen, was ich meine.“

„Also könnte es ein anderer Mann gewesen sein.“

„Ich denke schon. Vielleicht hatte sie deshalb ja Angst. Vielleicht war dieser andere Kerl hinter ihr her.“ Sie wirkte bedrückt. „Jetzt fühle ich mich schlecht, weil ich ihr nicht zugehört habe. Ich dachte, sie hätte sich alles nur ausgedacht."

„Es ist schon in Ordnung, Daisy. Du konntest nicht wissen, was wirklich vor sich ging."

„Aber ich wusste, dass sie Angst vor John hatte, Sir. Sie hatte gehofft, dass er nicht zurückkommen würde."

„Ihr ehemaliger Verehrer hieß John? Kennst du seinen Nachnamen?"

„Ich kann mich nicht erinnern, Sir. Es war ein älterer Mann, vermutlich in Ihrem Alter. Sie war erst dreizehn, als sie mit ihm zusammenkam." Sie zitterte.

„Bist du ihm je begegnet?"

„Ich bin mir nicht sicher, Sir. Er war viele Jahre lang bei der Armee und kam erst kürzlich zurück nach Hause. Mary hat versucht, in einem Brief mit ihm Schluss zu machen, bevor er zurückkam, aber nach dem, was ich gehört habe, hat er es nicht gut aufgenommen. Vielleicht war er wütend auf sie, weil sie einen anderen Mann gefunden hatte."

Robert atmete tief aus. „Du hast uns sehr geholfen, Daisy. Darf ich dir anbieten, dass dich mein Diener James nach Hause begleitet? Vielleicht möchtest du noch kurz in der Küche warten, während ich einen Brief an deine Eltern verfasse."

Miss Harrington läutete das Glöckchen und Robert schrieb eine kurze Nachricht für die Familie Weeks, in der er darum bat, Daisy für einige Tage sicher im Haus zu behalten. Als James eintraf, übergab ihm der Major den Zettel und wies ihn dann an, Miss Weeks aus der Küche abzuholen und sicher nach Hause zu bringen. Eine Antwort auf seine Nachricht würde auch begrüßt werden.

Miss Harrington schenkte ihnen beiden eine Tasse Kaffee aus der Kanne ein, die Foley ihnen gebracht hatte. „Was halten Sie von der Geschichte?"

Er sah ihr in die Augen. „Bookman heißt John mit Vornamen."

„Was?" Sie stellte ihre Tasse mit lautem Scheppern auf den Tisch. „Was wollen Sie andeuten?"

Er fuhr sich mit beiden Händen durch sein kurzes Haar. „Es ergibt auf eine furchtbare Art Sinn. Bookman hat über Jahre seiner großen Liebe zu Hause geschrieben. Vielleicht war es Ihre Mary. Sie kam hierher, als sie zwölf war, richtig? Wer könnte es sonst sein? Wie viele andere Männer aus dem Ort, die John heißen, sind vor Kurzem aus dem Kriegsdienst zurückgekehrt?"

„Vermutlich einige."

„Aber die Wahrscheinlichkeit, dass es Bookman ist, dürfte hoch sein. Er hat mich von Anfang an davor gewarnt, mich in Ihre Nachforschungen einzuschalten." Er stöhnte. „Er war außerdem dafür verantwortlich, mir das Laudanum zu verabreichen! Ich hatte schon angefangen zu glauben, dass ich den Verstand verliere."

Miss Harrington tätschelte seine Schulter. „Es ist schon in Ordnung. Ich hatte auch schon angefangen zu glauben, dass ich nicht mehr ganz bei Sinnen bin." Sie nahm etwas aus ihrer Handtasche. „Ich habe das hier letzte Nacht in unserem Flickenbeutel gefunden. Deswegen hatte ich Ihnen geschrieben."

Er untersuchte das Stück billigen Stoffs. „Was ist damit?"

„Es hat das gleiche Muster wie der Stoff, den ich eingeklemmt in der Gruft gesehen habe." Sie wartete einen Moment, bevor sie weitersprach. „Das ist ein Stück von einem Kleid, das Mary sich letzten Sommer genäht hat. Ihr *bestes* Kleid. Ich vermute, das würde sie getragen haben, wenn sie dachte, dass sie davonlaufen würde, um zu heiraten. Ich würde in so einer Situation auch mein bestes Kleid anziehen."

„Guter Gott. Haben Sie Ihrem Vater davon erzählt?"

„Nein, ich denke nicht, dass er mir Glauben schenken würde. Daher dachte ich, dass ich lieber Sie frage, ob Sie Ihre Überzeugungskünste als örtlicher Magistrat einsetzen könnten, um ihn dazu zu bringen, das Grab der DeVrys zu öffnen."

„Das ist sicherlich möglich." Robert schüttelte den Kopf. „Ich kann immer noch nicht glauben, dass Bookman jemanden –"

„Umbringen könnte? Major, Sie sind doch genau wie er dafür ausgebildet, Menschen zu töten. Was könnte eine bessere Erklärung sein?"

„Sie verstehen das nicht. Es ist eine andere Sache in der Schlacht. Hier wäre ich genauso wenig wie Sie imstande dazu, jemanden umzubringen."

Aber Bookman war durchaus dazu fähig. Der Gedanke kam ihm, bevor er etwas dagegen tun konnte. Sein Kammerdiener war schon immer bereit dazu gewesen, nötigenfalls zu töten.

„Bevor wir das Grab öffnen, möchte ich ihm die Gelegenheit geben, sich gegen die Anschuldigungen zu verteidigen. Wir könnten uns irren."

„Major –"

Robert hob seine Hand. „Lassen Sie mich ausreden. Sie haben es selbst gesagt: Es gibt viele ehemalige Soldaten, die in letzter Zeit hierher zurückgekehrt sind. Und John ist ein häufiger Name."

„Aber was, wenn er versucht, Sie zu verletzen?"

„Wir sind schon unser ganzes Leben befreundet. Ich bezweifle, dass er mir etwas antun würde."

„Abgesehen davon, Sie zu überzeugen, dass Sie im Begriff sind, den Verstand zu verlieren, und Sie abhängig von Laudanum zu machen? Um Himmels willen, Major, er hat versucht, *mich* davon zu überzeugen, dass *Sie süchtig sind!*"

„Dann müssen wir einen Weg finden, dass er gesteht und wir ihn gleichzeitig davon abhalten können zu fliehen oder zu versuchen, mich zum Schweigen zu bringen." Er hielt ihrem Blick stand. „Ich bin mir sicher, dass uns etwas einfällt."

***

Lucy verließ Kurland Hall, kürzte über die Wiese vor den Fenstern des Majors ab und ging in Richtung des Pfades neben der Kirche. Sie musste gestehen, dass der Plan des Majors recht unkompliziert war – aber es erschien ihr äußerst gefährlich, einen Mann, dem das Töten so leichtfiel, zu provozieren. Bookman sollte noch vor dem Abendessen von seiner Mutter zurückkehren und Major Kurland hatte vor, ihn noch diesen Abend mit den Vorwürfen zu konfrontieren.

Beinahe wünschte sie sich, sie könnte dabei sein, aber wenn herauskam, dass sie sich nach Einbruch der Dunkelheit im Schlafzimmer eines unverheirateten Mannes herumtrieb, wäre ihr Ruf ruiniert und der arme Major Kurland wäre gezwungen, ihr einen Antrag zu machen. Es war vermutlich besser, wenn sie zu Hause blieb und darauf wartete, dass Foley am nächsten Morgen zu ihr kam und ihr alles erzählte. Sie seufzte schwer. Es war so frustrierend, bei der Sache außen vor zu bleiben. Sie trat in den Schatten des Kirchturms und fühlte sofort die Kälte aufsteigen. Nach einem kurzen Blick den Pfad entlang zwängte sie sich durch den schmalen Spalt zwischen dem Eckpfeiler und der Friedhofsmauer und machte sich gerade auf den Weg in Richtung der einladenden Lichter des Pfarrhauses – da schlossen sich Finger um ihren Arm und zogen sie zurück. Mit Wucht wurde sie gegen die Steinmauer geschleudert und bevor ihr auch nur ein Laut entweichen konnte, legte sich eine große Hand über ihren Mund.

„Ich habe dir doch gesagt, dass du den Major in Frieden lassen sollst."

Sie blickte in die kalten braunen Augen von Bookman und schluckte schwer.

„Was hast du herausgefunden, dass du ihm heute Morgen unbedingt schreiben musstest?“ Seine Hand schlang sich fester um ihren Arm. „Weißt du nicht, dass ich jede Post des Majors lese? Besonders Briefe von neugierigen Weibsbildern. Sag mir, was du herausgefunden hast.“

Er nahm die Hand von ihrem Mund und legte sie stattdessen um ihren Hals. Sie starrte ihn entschlossen an. Sie weigerte sich, ihren Blick abzuwenden oder der Angst nachzugeben. Seine Finger schlossen sich enger um ihren Hals und schon konnte sie nicht mehr atmen.

„Sag es mir.“

„Dass Daisy Weeks zurückgekehrt ist“, stieß sie atemlos aus.

„Und warum hast du geglaubt, dass er das wissen musste?“

„Weil ich dachte, sie wäre nach London fortgelaufen.“

Er studierte ihre Miene und schlug ihr dann ins Gesicht. „Lüg mich nicht an.“

Sie hatte sich auf die Lippe gebissen und der metallische Geschmack von Blut breitete sich in ihrem Mund aus. „Das ist die Wahrheit. Ich wollte wissen, ob Daisy Mary in London gesehen hat.“

Würde das reichen, um ihn davon abzuhalten, sie umzubringen, und auch nicht die Pläne von Major Kurland durchkreuzen, ihm ein Geständnis zu entlocken?

„Und, hat sie das?“

Lucy schüttelte ihren Kopf.

„Ich weiß, wo sie ist. Willst du sie sehen?“ Bookman grinste und löste in Lucy das Bedürfnis aus, sich zu übergeben. „Komm mit!“

Ihren Arm hinter dem Rücken verdreht und eine seiner Hände wieder über ihren Mund gelegt, wurde sie in Richtung des Friedhofs gezerrt. Als sie an der DeVry-

Gruft ankamen, schubste er sie nach vorn, sodass sie auf ihre Knie fiel. Als sie aufblickte, erkannte sie das Aufblitzen eines Messers. Sie versuchte sich von ihm wegzustrampeln, aber er zog an ihrem Kleid und schnitt in den Stoff.

Als sich seine Aufmerksamkeit kurz auf etwas anderes richtete, versuchte sie davonzukriechen, aber er hatte sich mit dem Stiefel fest auf ihr Kleid gestellt, sodass sie sich nicht bewegen konnte.

„Du hast mir beinahe schon einen Gefallen getan mit deiner Schnüffelei. Mir war nicht klar, dass das Grab nicht sicher ist, aber dank dir konnte ich mich darum kümmern." Er fesselte ihre Hände und stopfte ihr einen Knebel in den Mund. „Wir wollen doch nicht, dass du schreist, oder? Das soll schließlich niemand hören."

Mit einem Lächeln auf den Lippen zog er ein Brecheisen aus den Büschen und machte sich daran, die Tür der Gruft aufzuhebeln. „Es ist eine Schande, dass du deine Intelligenz nicht anders eingesetzt hast, Lucy Harrington. Aber wie alle Frauen musstest du dich in Angelegenheiten einmischen, die dich einfach nichts angehen. Aber damit ist jetzt Schluss!"

Die Tür zum Grab schwang auf und ihr schlug der furchtbare, süßliche Geruch von Verwesung entgegen. Im Dämmerlicht konnte sie gerade so ein rosa Kleid und blasse Haut ausmachen. Bookman hob sie an der Hüfte hoch. Lucy versuchte sich loszureißen – zu treten, aber er war zu stark für sie. Ihr Schrei, als er sie in die Gruft warf, wurde von dem Knebel erstickt. Sofort versuchte sie wieder auf die Beine zu kommen und sich umzudrehen und – die Tür des Mausoleums schloss sich rumpelnd hinter ihr und sie blieb allein in völliger Dunkelheit zurück. Mit gefesselten Händen trommelte Lucy gegen die Tür – aber es war zwecklos, der Stein rührte sich nicht. Schluchzend ließ sie ihre Stirn gegen die unnachgiebige Tür sinken und versuchte, ihren panischen Atem zu bändigen. Sie musste den Knebel loswerden, sonst würde sie in Ohnmacht fallen.

Zum Glück hatte Bookman ihre Hände vor ihrem Körper gefesselt, sodass sie den Stoff in ihrem Mund erreichen und ihn langsam und unter Schmerzen Stück für Stück weiter herausziehen konnte. Ruckartig riss der Stoff und ließ sie endlich wieder frei atmen. Ihr erster Atemzug war so tief, dass sie husten musste. Lucy drehte sich um, lehnte sich mit dem Rücken gegen die Tür und blickte ins Innere der Gruft. In der Finsternis konnte sie beinahe nichts ausmachen außer den schemenhaften Umrissen der Wandfächer, in denen die Särge standen. Sie tastete sich vor, bis sie mit einer ihrer Hände auf Baumwollstoff traf. Sie zuckte unwillkürlich zurück.

Hier lag Mary. Ihr Leben voller Möglichkeiten war beendet worden von einem Mann, der ihr nicht erlauben wollte, eine andere Liebe zu wählen. Was hatte Bookman dazu getrieben, seine langjährige Geliebte umzubringen? Was würde ihn davon abhalten, dasselbe seinem ebenso langjährigen Herrn anzutun?

Lucy lehnte sich zurück, um zu Atem zu kommen. Wenn Major Kurland es schaffte, Bookman zu einem Geständnis zu bringen, würde man sie vielleicht retten. Wenn Bookman es aber schaffte, den Major zu überlisten, würde sie wahrscheinlich nie befreit. Kälte drang durch ihr dünnes Kleid und sie begann zu zittern. Vielleicht war das ihre letzte Ruhestätte. Mit all ihrer Kraft schloss sie die Augen und setzte zum Gebet an.

***

Robert faltete seine Zeitung und setzte seine Lesebrille ab. „Ist Foley schon zu Bett gegangen, Bookman?"

„Ich glaube schon, Sir. Wieso, wünschen Sie etwas?"

„Nichts Besonderes. Ich habe ihn nur eine Weile nicht gesehen." Die alte Uhr auf dem Kaminsims schlug elfmal und das Uhrwerk ächzte ein letztes Mal, bevor es schwieg. „Ich vermute, er hat Miss Chingford und meiner Tante beim Packen geholfen. Sie reisen morgen ab.“

„Wird Mrs Armitage zurückkehren?“ Bookman unterbrach kurz das Falten von Roberts Wäsche und blickte ihn fragend an.

„Ich glaube schon. Sie hat vor, Miss Chingford bei ihren Eltern wieder in gute Gnade zu bringen, und wird versuchen, ihre Sorgen über die Zukunft ihrer Tochter zu zerstreuen. Danach wollte sie hierherkommen und noch ein paar Wochen mit mir verbringen.“

„Ich bin froh, dass sie wiederkommt, Sir. Sie ist ein wahrer Schatz.“

„Das ist sie in der Tat.“ Robert sah seine gefaltete Zeitung an. „Ich frage mich, was jetzt mit Miss Chingford geschehen wird.“

„Zweifellos wird sie umgehend etwas mit einem neuen Mann anfangen, sobald sich einer findet.“ Bookman warf die Schublade zu.

„Ist das auch Ihnen passiert?“

„Was meinen Sie, Sir?“

„Sie scheinen etwas desillusioniert, was das andere Geschlecht angeht, Bookman. Hat Ihre Liebste zu früh einen anderen Mann gefunden?“

Bookman wandte sich langsam um und lehnte sich gegen die Kommode. „Wie kommen Sie darauf?“

„Wie ich schon sagte, Sie wirken etwas verbittert.“

„Frauen sind treulose, niederträchtige Kreaturen, die einem Mann die Seele herausreißen, lachend auf ihr herumtrampeln und sich dann einem anderen zuwenden. Ich dachte, das Mädchen würde mich lieben. Ich habe ihre Briefe in Ehren gehalten, sie immer und immer wieder gelesen, bis sie ganz abgenutzt waren.“

„Ich erinnere mich daran“, sagte Robert mit sanfter Stimme.

„Und was hat sie getan, als ich zurückkehrte, um sie endlich zu meiner Frau zu nehmen?“ Bookman schlug mit der flachen Hand auf das Holz, sodass die Kommode wankte. „Sie sagte, sie hätte mir geschrieben, dass sie unsere Beziehung beenden wollte. Sie sagte, ich hätte mich verändert – dass ich zu hartherzig geworden sei und ihr Angst mache. Was sie mir wirklich sagen wollte, war, dass sie etwas mit einem anderen Mann angefangen hatte.“

„Und wie haben Sie darauf reagiert?“ Robert sah angespannt zu, wie sein Kammerdiener langsam zu seinem Bett herüberschlenderte.

„Was *ich* getan habe? Was machen wir mit Verrätern in der Armee, Major? Wir verpassen ihnen eine Lektion.“

„Aber sie war ein junges Mädchen.“

Bookman zuckte die Achseln. „Na und? Sollten an sie nicht die gleichen Maßstäbe für Loyalität und Anstand angelegt werden wie an uns alle?“

„Nicht, wenn sie kein Soldat ist.“

„Sie war meine Frau und hat mich hintergangen. Ich hatte ein Recht auf Genugtuung.“

Robert sah ihm in die Augen. „Und was genau hat zu dieser Genugtuung gehört?“

„Wieso beschäftigt Sie das? Sie haben Seite an Seite mit den Besten von uns gekämpft und getötet und nie solche Fragen gestellt.“

„Im Krieg, ja, aber nicht hier in Kurland St. Mary. Ich frage erneut: Was haben Sie getan?“

Bookmans Lächeln war eiskalt. „Ich denke, das wissen Sie bereits, Major. Diese verdammte Miss Harrington muss Ihnen mehr verraten haben, als mir klar war.“

Robert fühlte Unbehagen in seinem Bauch aufsteigen. „Was hat das mit Miss Harrington zu tun?“

„Kommen Sie schon, Major, glauben Sie, ich lasse mich zum Narren halten? Sie hat Sie doch erst dazu gebracht, Ihre Nase in Angelegenheiten zu stecken, die Sie nichts angehen. Ohne sie würden Sie diese Fragen nie stellen. Sie würden die Dinge einfach geschehen und auf sich beruhen lassen."

„Was bringt Sie auf die Idee?"

Bookman schenkte ihm einen verachtungsvollen Blick. „Dass Sie in der ganzen Zeit, in der Sie dalagen und von mir und Foley versorgt wurden, zu einem Feigling geworden sind. Sie haben an nichts auch nur im Entferntesten Interesse gezeigt."

„Jetzt bin ich interessiert. Und ich kann Ihnen absolut nicht erlauben, in meinem Dorf eigenmächtig Militärrecht anzuwenden. Wann haben Sie Miss Harrington zuletzt gesehen?"

„Was spielt das für eine Rolle? Sie wird jedenfalls heute Abend nicht herkommen und Ihnen eine ihrer Geschichten auftischen – das kann ich Ihnen versichern."

Robert ließ eine Hand unter seiner Decke verschwinden. Trotz seiner wachsenden Sorge um Miss Harrington musste er mit seinem Plan weitermachen.

„Wo ist Mary Smith?"

„Oh, sie ist in Sicherheit." Er ergriff einen der Bettpfosten und blickte auf Robert hinunter. „Major, ich bin es, Bookman. Der Mann, der Ihr Leben schon bei mehr als einer Gelegenheit gerettet hat. Was kümmert Sie eine dumme Dienstmagd?"

„Mich kümmert, dass Sie vielleicht einer unschuldigen Person Schaden zugefügt haben."

„Sie war nicht unschuldig. Sie war eine treulose, verlogene Schlampe."

„Die den Anstand besessen hat, Ihnen zu schreiben und mitzuteilen, dass sich ihre Gefühle geändert hatten. Die von Ihnen erwartet hat, diese Entscheidung zu respektieren – nicht, dass Sie sie umbringen, nur weil sie einen anderen Mann möchte. Solches Verhalten kann ich nicht dulden, Bookman!"

Bookman lächelte und nahm das Laudanum aus seiner Tasche. „Sie enttäuschen mich, Major. Wo ist Ihre ach so gerühmte Loyalität mir gegenüber? Wieso sollte Mary nicht etwas von dem Schmerz fühlen, den ich erleiden musste, als auf mich geschossen und auf mich eingestochen wurde? Sie hat mir gesagt, sie würde einen anderen Mann heiraten. Wieso sollte ich nach Hause kommen und *gar nichts* haben?"

„Wir alle haben diese Dinge erlitten. Das gibt uns nicht das Recht, unser Leid unschuldigen Zivilisten zuzufügen."

„Wieso nicht? Den verdammten Franzosen haben wir es auch zugefügt! Wir haben zu Hunderten da drüben Unschuldige abgeschlachtet und das wissen Sie so gut wie ich!" Bookman schwitzte sichtlich und war blass. Robert wusste, dass sich hinter dem entrückten Blick seines Kammerdieners die albtraumhaften Bilder ihrer gemeinsamen Vergangenheit abspielten. „Ich habe für Leute wie sie gekämpft, damit sie ein Leben in Frieden leben können, und sie hat mich als Dank hintergangen."

„Also haben Sie sie umgebracht."

„Ja, das habe ich, verdammt! Ich habe sie mit meinen bloßen Händen erwürgt." Bookman starrte ihn an. „Und ich würde es sofort wieder tun, wenn es dazu käme."

Robert musterte seinen langjährigen Freund und Kammerdiener, der plötzlich wie ein völlig Fremder auf ihn wirkte. Er hatte es schon öfter gesehen. Manche Soldaten kamen nie von den Schrecken des Krieges zurück, konnten sich nie mit dem Frieden arrangieren.

„Bookman, ich kann Sie damit nicht davonkommen lassen, aber ich schwöre, ich werde mich für Sie einsetzen. Ich werde Ihren beispielhaften Einsatz im Krieg beschwören, Ihre Erwähnungen in Kriegsdepeschen, Ihre –"

„Sie werden nichts dergleichen tun, Major." Bookman blickte auf das schwarze Glasfläschchen. „Sie werden das hier trinken wie ein guter kleiner Junge, einschlafen und dann nie wieder aufwachen. Es wird niemanden überraschen. Ich habe genug davon berichtet, wie besorgt ich über Ihre Sucht nach dem Zeug bin."

Er zog den Korken aus der Flasche und sah sie eindringlich an. „Ich werde mich natürlich dafür schämen, wenn mir auffällt, wie Sie mich ausgetrickst und mir die Flasche entwendet haben, als ich Ihnen den Rücken zuwandte." Er gluckste. „Aber selbstverständlich nicht so sehr, dass ich nicht die großzügige Pension akzeptiere, die mir Ihre Tante sicher anbieten wird. Jetzt kommen Sie, Sir, lehnen Sie sich zurück und lassen Sie mich Sie einschläfern. Wofür lohnt es sich für Sie denn noch zu leben? Sie werden wahrscheinlich nie wieder gehen können, Sie haben Angst vor Ihrem eigenen Schatten und keine Frau bei Verstand wird einen übellaunigen Krüppel wie Sie heiraten."

Er legte die Hand auf Roberts Schulter. In dem Moment ließ Robert die Bettdecke zur Seite gleiten und gab die Sicht auf die Pistole frei, die er in der Hand hielt.

„Treten Sie zurück, Bookman."

Sein Kammerdiener lachte. „Sie glauben, Sie haben die Nerven, auf mich zu schießen, Sir? Wie oft musste ich schon Ihre Haut retten, weil Sie zu viel Angst hatten, den Abzug zu drücken?" Er hielt das Fläschchen hoch. „Kommen Sie schon, Sir, lehnen Sie sich einfach zurück."

Mit dem Schuss aus Roberts Pistole brach das Chaos los. James und Foley kamen aus dem Gang hereingestürmt und rangen den blutenden Bookman, der sich an seine schmerzende Schulter griff, zu Boden.

„Gute Arbeit, Major", sagte Foley völlig außer Atem, während Bookman auf dem Boden in eine tiefe Ohnmacht sank. „Genug, um ihn außer Gefecht zu setzen, aber nicht genug, um ihn direkt zu töten."

Robert legte die qualmende Pistole auf den Nachttisch. „Das hat Bookman nie verstanden: Man kann einen Mann recht gut aufhalten, ohne ihn gleich töten zu müssen."

Sein Magen sträubte sich bei dem Geruch von Blut und Schießpulver und er musste schwer schlucken. Das ruhige Schlafzimmer war kein Ort für einen gewaltsamen Tod. Aus irgendeinem Grund fühlte es sich dadurch besudelt an.

„Fesseln Sie ihn, James, und bringen Sie ihn in den Lagerraum im Keller. Schicken Sie jemanden, um Dr. Baker und den Dorfwachtmeister zu holen."

„Ja, Sir."

James warf Bookman über seine Schulter und trug ihn aus dem Raum. Robert und Foley blieben zurück und wechselten einen langen Blick. Foley tupfte seine Stirn ab und hob die heruntergefallene Flasche Laudanum auf.

„Das war sehr knapp, Sir. Wirklich sehr knapp."

Robert atmete langsam aus. „Holen Sie Joseph Cobbins und gehen Sie mit ihm so schnell es geht zum Pfarrhaus. Wecken Sie Reverend Harrington und sagen Sie ihm, dass er umgehend das DeVry-Grab öffnen muss, wenn er seine Tochter retten will."

„Das Grab, Sir? Sind Sie sich da ganz sicher?"

„Ja, Foley. Ich nehme das Laudanum nicht mehr, schon vergessen? Gehen Sie schnell – ihr Leben könnte davon abhängen!"

***

Waren Mäuse in dem Grab? Lucy wackelte mit ihren halb erfrorenen Zehen und versuchte auszumachen, was die schwachen Kratzgeräusche verursachte. Sie wagte nicht, sich auszumalen, was sonst derartige Geräusche machen könnte. Dafür klang es viel zu sehr wie Fingernägel, die an Stein kratzten. Und wenn es nicht ihre Fingernägel waren, wem sonst konnten sie gehören? Ihre Zähne begannen zu klappern, daher versuchte sie ihren Kiefer fest geschlossen zu halten. Immerhin hatte ihre Lippe in der Eiseskälte aufgehört zu bluten.

Kein Wunder, dass der Adel Eishäuser baute, die wie Mausoleen aussahen. In diesem Grab würden selbst die kältesten Desserts gefroren bleiben. Sie versuchte ihr Handgelenk unter dem festen Knoten ihrer Fesseln zu bewegen, aber es gelang ihr nicht, sich zu befreien. Wie lange hatte sie hier schon gelegen? Es fühlte sich wie Stunden an, aber sie hatte jegliches Zeitgefühl verloren. Sie drehte erneut ihr Handgelenk. Immerhin konnte sie froh sein, dass sie Handschuhe gegen die Kälte trug.

Oh Gott, sie trug noch *Handschuhe*. Mit einem verärgerten Ausruf brachte sie ihre Hände zum Mund und versuchte, mit den Zähnen die Knöpfe ihrer Handschuhe zu öffnen. Wenn sie die lösen könnte, könnte sie vielleicht zumindest eine Hand befreien. Es schien ewig zu dauern, da ihre klappernden Zähne immer wieder vom unnachgiebigen Metallverschluss abrutschten oder sich daran verkanteten. Schließlich gelang es ihr, den Verschluss zu lösen und den engen Handschuh zusammen mit der Fessel abzustreifen, indem sie den Stoff zwischen ihren Knien einklemmte.

Immerhin konnte sie jetzt ihre Finger benutzen, um die Ränder der Tür zu ertasten und festzustellen, ob sich ihr irgendwo eine Schwachstelle oder ein Riss zeigte. Sie wollte sich umdrehen, aber ihre krampfenden Beine gaben unter ihrem Körpergewicht nach und brachten sie schmerzhaft auf den harten Boden zu Fall. Sie schaffte es, sich noch mit Händen und Knien aufzufangen, und kauerte einen Moment am Boden, um zu Atem zu kommen. Sie brauchte eine Weile, um sich wieder aufzurichten, indem sie sich an einem der Fächer, die beide Seiten der Krypta säumten, hochzog. Ihre Finger berührten eiskaltes Fleisch und sie zuckte zurück.

In der Dunkelheit war es unmöglich zu sagen, was genau sie berührt hatte, aber der Umstand, dass ein Körper nicht in einem der Särge lag, war mehr als ungewöhnlich. Wahrscheinlich handelte es sich hierbei um kein gewöhnliches Begräbnis. Ganz vorsichtig tastete sie die eisige Hand entlang, den Arm hinauf zur Schulter und sie erschauderte, als sich ihre Finger in den feinen Haaren wie in Spinnweben verfingen. Es handelte sich eindeutig um eine Frau und sie war ohne Zweifel tot.

Lucy sprach ein stilles Gebet für die Verstorbene und ließ sich dann wieder auf den Boden sinken. Niemand würde kommen. Sie würde hier drinnen allein sterben ohne ein richtiges Begräbnis durch ihre Angehörigen. Ihr war zum Weinen zumute, aber sie hatte den starken Verdacht, dass ihr die Tränen auf den Wangen gefrieren würden wie Hagel in einem Wintersturm. Die Kälte machte es schwer nachzudenken. Sie wollte einfach nur ihre Augen schließen und einschlafen – einfach alles vergessen. Würde sie überhaupt jemand vermissen? Wie albern es doch gewesen war, sich darüber zu sorgen, ob sie nächste Saison nach London gehen könnte, wo sie doch einfach ihrem Vater von ihrer Einladung hätte erzählen und ihn allein hätte zurücklassen können. Dann hätte er sich selbst mit seiner Köchin herumschlagen dürfen. Wie belanglos ihre Sorgen hier drinnen doch wirkten ...

Sie schloss ihre Augen und lehnte sich an die Wand. Wenn sie erst einmal ein wenig Schlaf bekommen hatte, würde sie sich etwas ausdenken, das ihr zur Flucht verhelfen würde – ja, so würde es sein.

Unvorbereitet traf sie ein kräftiger Stoß frischer Luft im Gesicht und sie bedeckte ihre Augen vor dem grellen Licht flackernder Fackeln. Lucy kauerte sich zusammen. War Bookman zurückgekehrt, um sie zu töten?

Wenn dem so war, hatte sie keinerlei Kraft mehr, um sich ihm zu widersetzen.

„Miss Harrington!"

Verwirrt blickte sie in Foleys vertrautes Gesicht. Er drehte sich weg, um etwas zu rufen, das sie nicht verstehen konnte. Wie aus dem Nichts waren Anthony und Harris schon da und trugen sie aus der Gruft in Richtung des Pfarrhauses. Mit letzter Kraft gelang es ihr, an Anthonys Ärmel zu ziehen.

„Da ist noch jemand drin. Lasst sie nicht allein da."

„Alles ist gut, das wissen wir. Wir werden uns um Mary kümmern, mach dir keine Sorgen. Lass uns dich reintragen, Anna wird dich ins Bett bringen."

Kapitel 17

Robert ließ seinen Blick ungeduldig zwischen der Uhr auf dem Kaminsims und der Tür hin- und herschwingen. Wo *blieb* sie nur? War es zu viel von einer Frau verlangt, pünktlich zu sein?

Foley klopfte und trat mit einem Lächeln auf dem Gesicht ein. „Miss Harrington ist da, Major. Soll ich sie hereinführen?“

„Sie kennt den Weg, Foley. Gehen Sie und machen Sie sich nützlich, indem Sie uns frischen Tee holen.“

„Sehr wohl, Major.“ Foley trat beiseite und gab den Blick auf Miss Harrington frei, die hinter der Tür gewartet hatte.

Robert gebot ihr ungeduldig einzutreten. „Kommen Sie schon herein.“

„Kein Grund, mich so anzubellen. Ich gehe, so schnell ich kann.“

Sein Blick war auf ihr Gesicht fixiert. „Guter Gott. Was hat Bookman Ihnen angetan? Nehmen Sie die Haube ab, damit ich mir die Verletzungen ansehen kann!“

Sie blieb mit erhobenem Kinn vor ihm stehen. „Major, darf ich Sie daran erinnern, dass ich weder eine Ihrer Bediensteten noch einer Ihrer Soldaten bin? Ich werde meine Haube absetzen, wenn es mir beliebt!“ Sie schenkte ihm ihren finstersten Blick, während sie die Bänder ihrer Kopfbedeckung löste und sie neben sich auf die Couch legte. „Bitte, sind Sie jetzt zufrieden?“

Robert machte einen scharfen Atemzug. „Er hat Sie verletzt. Hätte ich das gewusst, hätte ich ihm direkt in sein schwarzes Herz geschossen!“

Sie setzte sich ihm gegenüber und richtete kurz ihre Haare, die zu einer strengen Krone geflochten waren. „Sie haben das Richtige getan, Major. Sie haben dafür gesorgt, dass er vor Gericht gestellt wird." Sie zögerte. „Das muss Ihnen schwergefallen sein."

„Das ist es, aber ich habe eingesehen, dass Bookman sich offenbar überhaupt nicht gut zurück ins Leben eines Zivilisten eingefunden hat. Ihn verfolgten noch immer unsere Erlebnisse auf dem Festland und er war nicht in der Lage, seine gewalttätigen Impulse zu beherrschen. Es ist nicht ungewöhnlich für Soldaten, dass sie den Übergang als schwierig empfinden. Die meisten von uns finden sich aber irgendwann damit ab. Ich glaube, dass es Bookman nie richtig gelungen wäre." Er seufzte. „Und natürlich gab ihm Marys ‚Verrat' die perfekte Gelegenheit, diese Impulse auszuleben. Er sah es als gerechte Strafe für ihr Verhalten an. Als er herausfand, dass sie vorhatte zu heiraten, ist die Wut aus ihm herausexplodiert. Es muss zur Konfrontation gekommen sein – dabei erwürgte er sie und ließ ihre Leiche in der Gruft zurück."

„Was erklären würde, was Sie in jener Nacht gesehen haben."

„Und warum Bookman nicht auf meine Hilferufe reagierte, nachdem ich zu Boden gefallen war." Er verzog das Gesicht. „Ich schätze, es gibt an der Sache den Lichtblick, dass ich doch nicht den Verstand verliere."

„Hätten Sie ihn nicht in jener Nacht beobachtet, hätten wir Marys Schicksal vielleicht nie aufklären können."

„Das stimmt wohl. Für mich war das Schlimmste, dass Bookman offenbar erwartete, dass ich mich in der Angelegenheit auf seine Seite schlagen würde. Ich habe versucht, ihm beizubringen, dass das, was er getan hatte, nicht dasselbe war, wie jemanden im Kampf zu töten – aber ihn bestärkte das nur in der Überzeugung, dass ich ihm gegenüber damit ebenso illoyal war und auch den Tod verdiente."

„Foley hat mir erzählt, was passiert ist." Sie erschauderte. „Wie furchtbar für Sie."

„Am Ende war es recht simpel. Ich konnte einfach nicht zulassen, dass er in Kurland St. Mary mit einem Mord davonkommt."

Sie nickte und blickte hinunter auf ihre gefalteten Hände. „Wird man ihn hängen?"

„Davon gehe ich aus. Ich habe aber dem Richter geschrieben und darum gebeten, Milde walten zu lassen. Die Stimmung im Land ist momentan nicht günstig für zurückgekehrte Soldaten, daher weiß ich nicht, ob es irgendwelche Auswirkungen haben wird."

„Immerhin haben Sie es versucht."

„Ja. Und wie ist es Ihnen ergangen, Miss Harrington? Mit einer Leiche in einer Gruft eingeschlossen zu sein, würde wahrscheinlich selbst die stärkste Persönlichkeit mitnehmen."

„Ich kann nicht gerade behaupten, dass ich die Erfahrung gern wiederholen würde. Ich war so froh, als ich gerettet wurde – ich habe einfach versucht, das Ganze zu vergessen."

Er bemerkte die dunklen Ringe unter ihren Augen. „Ich vermute aber, dass Sie Albträume haben?"

„Die habe ich in der Tat." Sie schüttelte ihren Kopf. „Ich habe bisher ein so ruhiges Leben genossen, dass der Schlag auf den Kopf und die Gruft für mich im Reich des Fantastischen liegen. Es fällt mir schwer, das Erlebte mit meinem bisherigen Leben in Einklang zu bringen."

„Meiner Erfahrung nach, Miss Harrington, werden die Albträume mit der Zeit aufhören und Sie werden in der Lage sein, die ganze Angelegenheit hinter sich zu lassen."

„Das hoffe ich auch." Sie blickte ihn voller Entschlossenheit mit ihren braunen Augen an. „Aber es hat mich dazu gebracht, über meine Zukunft nachzudenken. Als ich in der Gruft gefangen war, wurde mir klar, wie belanglos meine Sorgen waren und dass ich aufhören muss, mein Leben nur für alle anderen zu leben."

„Ich hatte viele ähnliche Offenbarungen vor meinen Schlachten. Solche Ereignisse können manchmal recht wertvoll sein." Er lächelte sie an. „Was wollen Sie jetzt tun? Auf einem Kamel nach Ägypten fliehen?"

„Wäre das nicht wunderbar? Aber nein, ich hatte mehr daran gedacht, das Pfarrhaus gegen London einzutauschen."

Foley kam mit einem Teetablett herein und Miss Harrington schenkte ihnen beiden eine Tasse ein. Sie trug seine zu ihm herüber.

„Wieso um alles in der Welt wollen Sie denn nach London?" Er fragte sich, ob er sich genauso bockig anhörte, wie er sich fühlte.

Sie setzte die Tasse neben ihm ab. „Weil ich seit meiner Kindheit nicht mehr dort war und immer davon geträumt habe, dort eine Saison zu verbringen."

„Warum würden Sie so etwas tun wollen?"

„Weil ich einen Ehemann finden und nicht den Rest meines Lebens die Tochter im Haushalt bleiben möchte."

Er dachte über das, was sie gesagt hatte, nach. „Ich verstehe immer noch nicht, warum Sie nach London wollen. Hier suchen doch eine Menge Männer nach geeigneten Ehefrauen."

„Und sie alle haben nur Augen für meine Schwester Anna."

„Sie ist eine wahre Schönheit."

„Ich weiß." Mit wehendem Kleid drehte Miss Harrington sich um, um sich zurück auf ihren Platz zu setzen, aber er griff nach ihrer Hand.

„Ich habe mich noch nicht dafür bedankt, was Sie für mich getan haben.“

„Himmel, das war doch nichts.“ Es amüsierte ihn zu sehen, wie sie errötete.

„Es war weit mehr als das. Auf gewisse Weise hatte Bookman recht: Sie haben mich dazu gezwungen, die Augen zu öffnen und wieder darauf zu achten, was um mich herum passiert.“

„Dann war ich wohl selbst schuld an der Sache.“ Sie versuchte sanft, seinen Griff zu lösen, aber er hielt sie fest. „Ich hätte Sie in Ihrem prachtvollen Bett liegen lassen und mir dieses ganze Abenteuer ersparen sollen.“

Er lächelte. „Kommen Sie, Miss Harrington! Zumindest etwas an dieser Sache muss Ihnen Vergnügen bereitet haben. Spuren finden, meine Verlobte loswerden, ihre Fähigkeiten mit denen eines Mörders messen?“

„Einiges davon war recht interessant.“ Sie wartete einen Moment, bevor sie weitersprach. „Miss Chingford ist also nicht länger mit Ihnen verlobt?“

Er nickte. Sie warf einen ungehaltenen Blick auf seine Hand, die sie noch immer am Arm festhielt. „Werden Sie mich jetzt endlich loslassen?“

Er zog ihre Hand zu seinen Lippen und küsste sie. „Danke, Miss Harrington. Danke für alles. Vielleicht würden Sie ja in Erwägung ziehen, um meinetwillen in Kurland St. Mary zu bleiben.“

Sie riss ihre Hand los und trat aus seiner Reichweite. „Was in aller Welt wollen Sie mir sagen?“

„Es geht vielmehr um eine *Frage:* Ich hatte gehofft … Würden Sie akzeptieren, wenn ich Sie darum bitten würde, meine Sekretärin zu werden?“

„Ihre … *Sekretärin*? Sie –“

Sie wirbelte herum, nahm ihre Haube und stürmte durch die Tür hinaus. Foley, der gerade mit einem Teller voll Scones eintreten wollte, schaffte es eben noch rechtzeitig, ihr den Weg freizumachen. Er sah Robert fragend mit gerunzelter Stirn an.

„Was haben Sie zu Miss Harrington gesagt, das sie so aufgescheucht hat?"

„Ich habe nicht die leiseste Ahnung."

Er nahm seinen Tee, trank die Tasse aus und bat Foley, ihm nachzuschenken. Er hatte viel zu tun: einen neuen Kammerdiener finden, einen neuen Landverwalter und Miss Harringtons Reaktion auf seine Frage nach zu urteilen auch einen neuen Sekretär.

Seine Frage …

Was um alles in der Welt hatte sie von ihm für eine Frage erwartet? Er erinnerte sich an ihren völlig entsetzten Gesichtsausdruck und das erste Mal seit Monaten musste Robert laut lachen.